rowohlt
POLARIS

TOM CHATFIELD

# HIER IST GOMORRHA

THRILLER

Aus dem Englischen
von Gottfried Röckelein

ROWOHLT POLARIS

Die Originalausgabe erschien 2019
unter dem Titel «This is Gomorrah» im Verlag
Hodder & Stoughton/Hachette UK company, London.

Deutsche Erstausgabe
Veröffentlicht im Rowohlt Taschenbuch Verlag,
Hamburg, August 2020

Redaktion Tobias Schumacher-Hernández
Covergestaltung any.way, Barbara Hanke/Cordula Schmidt,
nach dem Original von Luitingh-Sijthoff, NL;
Studio Jan de Boer, Utrecht, The Netherlands
Satz aus der Dolly bei hanseatenSatz-bremen, Bremen
Druck und Bindung CPI books GmbH, Leck, Germany
ISBN 978-3-499-27589-0

Die Rowohlt Verlage haben sich zu einer nachhaltigen Buchproduktion verpflichtet. Gemeinsam mit unseren Partnern und Lieferanten setzen wir uns für eine klimaneutrale Buchproduktion ein, die den Erwerb von Klimazertifikaten zur Kompensation des $CO_2$-Ausstoßes einschließt.
www.klimaneutralerverlag.de

FSC
www.fsc.org
MIX
Papier aus verantwortungsvollen Quellen
FSC® C083411

*Für meine Frau – wie immer*

# JANUAR 2014

•••

Zuvor waren sie Cousins. Jetzt sind sie Brüder – einander eng verbunden in diesem Augenblick von Todesangst und Hoffnung. Neunzehn Jahre alt, mit einem Monat Unterschied, doch nun sind sie Männer, die sich die Welt unterwerfen wollen.

Hamid sieht seinem Atem nach, wie er in der Luft steht. Kalt ist es hier, was er sich nie hat vorstellen können. Daheim in England war Syrien für ihn ein Land wie das Ägypten bei Indiana Jones: heißer Sand, gleißendes Licht über der Wüste, Einheimische, die dankbar übers ganze Gesicht strahlen. Doch jetzt versucht er, bei seiner ersten Kontaktaufnahme mit sichtlich eingeschüchterten Bürgern des Islamischen Staats das Eis dadurch zu brechen, dass er auf seine Handschuhe zeigt, Überraschung mimt und mit hochgezogenen Brauen *barid* sagt, kalt. Sobald sie sicher sind, dass er nicht ihnen die Schuld an den niedrigen Temperaturen gibt, lachen sie immer. Ängstlich.

Seine Einheit befindet sich gerade im Kampfeinsatz, um die Stadt endgültig unter Kontrolle zu bringen. Sie sind dem Sieg nahe. Das Feuer eigener schwerer Waffen aus irakischen Beständen, bedient von ausgebildeten Soldaten aus Saddams ehemaliger Armee, lässt immer wieder die Luft erzittern und die Erde beben. Hamid ist schnell erwachsen geworden. Sobald er die Augen schließt, sieht er alles wieder vor sich: die unter Trümmern eingeklemmten Gliedmaßen, das Blut, das grauenhafte Durcheinander der von Granaten zerfetzten Leiber. Nichts von alldem hat Ähnlichkeit mit dem großen Kino in seiner Phantasie, auf das er gehofft hatte.

Andererseits ist sein Alltag gut, jedenfalls meistens. Die Brutalität und die Kameradschaft gefallen ihm. Es gibt Belohnungen, sowohl erwartete als auch überraschende. Drogen und Frauen sind, innerhalb sanktionierter Grenzen, reichlich verfügbar: Rauschgift in den Häusern, die von den Truppen benutzt werden, welche die Schmuggelrouten kontrollieren; Sex in Häusern, in denen Frauen als Sklavinnen gehalten werden. Nach entsprechender Ermunterung durch bereits abgehärtete Rekruten, hat er Gebrauch von beidem gemacht. Anders als sein Cousin ist Hamid ein Kämpfer; Kabirs Welt sind eher Tastaturen statt Waffen.

Andererseits ist das Internet für ihren Krieg unverzichtbar. Für Hamid und die anderen Ausländer gibt es Zugang zu sozialen Medien, Multiplayer-Onlinegames, Schokobrotaufstrich und gute Winterkleidung. Sie haben einen Sonderstatus als wandelnde Aushängeschilder fürs globale Image. Nicht mehr lange, und er und seine Brüder aus hundert Nationen werden Fastfood essen und schnelle Autos fahren und beten und mit gut geölten Kalaschnikows schießen. Im Glanz ihrer Siege werden sie in Ehren alt und grau werden. Sie müssen nur noch diese kalte, dreckige Stadt vollständig einnehmen, den noch übriggebliebenen Aufständischen die Scheiße aus dem Leib ballern und die ganze Region das Fürchten lehren.

Heute fand eine Kreuzigung statt. Seine erste. Hamid erforscht sein Inneres nach Anzeichen eines Schocks – und seinen Magen nach jener Übelkeit, mit der er bei seiner ersten Enthauptung zu kämpfen hatte –, aber da ist nichts. Der Grund ist möglicherweise, dass der Kopf des Opfers hinterher nicht aufgespießt wurde. Dennoch spürt er, dass er Fortschritte macht. Wie man ihnen angekündigt hat, führen solche Erfahrungen zu Weisheit und Gelassenheit. Wenn er sich doch bloß die gleiche Gelassenheit hinsichtlich seines heftigen Verlangens nach Zigaretten zulegen könnte, die strikt verboten sind. Tatsächlich sind ihm seit seiner Ankunft im November nur einmal die Tränen gekommen, als ein junger Mann wegen des Besitzes einer Packung Akhtamar Classic öffentlich zwanzig Peitschenhiebe erhielt. Für ihn war es unerträglich gewesen mit anzusehen, wie der kostbare Tabak in den Staub getreten wurde.

Im Augenblick ist Hamid angespannt, nimmt seine Waffe mal in die eine, dann in die andere Hand, ohne zu wissen, worauf er sie richten soll. Sie warten auf das Signal, ihre Deckung hinter einem halb zerstörten Mietshaus am Stadtrand zu verlassen und vorzurücken. Die Steine der Mauern klaffen auseinander wie verfaulte Zähne. Im Geist spielt er ein Szenario durch, das ihn in solchen Minuten der Langeweile und Angst tröstet. Er stellt sich vor, wie er sich eine Lucky Strike anzündet, den Rauch inhaliert und dann die Kringel durch die Nase entweichen lässt, um den Brand- und Blutgestank zu unterdrücken.

Dann ist er plötzlich tot.

Hamids Stirn franst rings um ein blutiges Loch aus und implodiert, während die Kugel des Scharfschützen aus dem Hinterkopf austritt. Es dauert merkwürdig lange, bis sein Körper seitwärts kollabiert und wie der eines Betrunkenen mit ausgebreiteten Gliedmaßen auf den staubigen Asphalt sinkt.

Die Männer um ihn herum werfen sich fluchend zu Boden. Nur Kabir rührt sich nicht von der Stelle. Er starrt auf den reglosen Brustkorb und die schlaffen Extremitäten, auf den überraschten Gesichtsausdruck und den nässenden Schädel. *So was darf doch nicht passieren,* flüstert die Stimme eines Kindes in seinem Kopf. *Wissen die Feinde denn nicht, was für Spielverderber sie sind?*

Weitere Garben aus Schnellfeuerwaffen reißen um sie herum die Erde auf und beharken das Mauerwerk. Männer schreien. Kabir wendet schließlich den Blick vom Toten ab, robbt in eine bessere Deckung, hantiert dabei mit seinem iPhone und macht eine Reihe von Fotos von der Leiche seines Cousins. Mit etwas Glück und dem richtigen Blickwinkel kann er das Motiv vielleicht zu einem Schnappschuss mit zeitlosem Symbolgehalt aufhübschen.

Während seiner Ausbildung wurde ihm unmissverständlich beigebracht: Jedes Leben, jeder Tod ist von jetzt an eine Botschaft. Wir brauchen sie nur in den sozialen Medien zu posten und dann zu warten, wie sie immer weiter geteilt wird.

# KAPITEL 1

•••

Tipp vom Profi: Beginne im Leben und bei der Software stets bei den FAQs. Du vermeidest damit, später wie ein Idiot dazustehen.

Dies sind die wichtigsten drei Fragen, um Azi Bello näher kennenzulernen: Wer zum Teufel ist er? Was ist ein Darknet? Was läuft in der modernen Welt falsch?

Wir beantworten sie in umgekehrter Reihenfolge.

Auf diesem unseren Planeten läuft im Jahr des Herrn zweitausendundvierzehn an sich nur wenig falsch, würde ein Bauer des Mittelalters feststellen, dem Hungersnöte, Vergewaltigungen und Plünderungen nur allzu vertraut wären. Dank weniger Jahrhunderte beispiellosen menschlichen Erfindergeistes kann heute jeder seine Zeit mit dem verbringen, was früher nur wenigen vorbehalten war: lesen, schreiben, Handel treiben, über Promis lästern. Das wirklich Neue beruht jedoch auf der Tatsache, dass bei Bedarf auf alles – von Kinderpornographie und Drogen bis zu tödlichen Waffen und noch tödlicheren Ideologien – von Milliarden von Schreibtischen oder Jackentaschen aus zugegriffen werden kann.

Um nichts anderes geht es in den Darknets. Sie sind die Marktplätze, die man aufsucht, um all das zu bekommen, was die Gesellschaft uns verwehren möchte. Sie sind die nachtaktiven Zonen des Internets, dem Blick des Unkundigen entzogen, zugänglich durch Tools, die, wenn man sie richtig handhabt, unsere Identitäten und Aufenthaltsorte genauso verbergen wie jene der Personen, mit denen man Alt-Right-Hardcore-Nazi-Islamisten-Desinformations-Pornos teilt. Gute Zeiten für schlechte Menschen.

Natürlich wurde die populärste Software für all das von der US Navy entwickelt. Wie man in Hackerkreisen gerne munkelt, gibt es nichts, was die US-Regierung lieber tut, als die globalen Konkurrenten ihres militärisch-industriellen Überwachungskomplexes zum Narren zu halten. Was haben chinesische Dissidenten, freiheitsliebende Iraner und neuseeländische Freaks, die weiche Drogen übers Meer verschicken, sowie die mit unbeschränkten Mitteln ausgestattete Beschaffungsbehörde der nordkoreanischen Regierung gemeinsam? Sie alle benutzen The Onion Router, auch unter dem Namen Tor bekannt: ein problemlos herunterzuladendes Programm, das jeden einzelnen Klick unter Dutzenden von digitalen Zwischenstationen aus anonymen Servern begräbt. Tor ist wie eine Zwiebel, wenn man sich Zwiebeln als weltumspannende Netzwerke vorstellt: Schicht um Schicht komprimierte Verschleierung. Tor soll so manchem auch Tränen in die Augen treiben.

Anonymität ist die Theorie. In der Praxis könnten unbedarfte User genauso gut eine Website mit Klarnamen, Adresse und einer blinkenden GIF-Datei mit der Aufforderung ins Netz stellen: *Bitte, NSA, nehmt mich ins Visier!* Anonymität bedeutet nicht Sicherheit. Zwar weiß im Internet keiner, dass ich ein Hund bin; doch die Spur von knochenförmigen Hundekeksen, die zu meiner Haustür führt, erlaubt fundierte Vermutungen.

Fragen wir einfach Azi. Obwohl Mitglied der Hackerbruderschaft (sehr wenige Damen; üppiges und widerliches geschlechtsspezifisches Trollen; die Klobrille immer oben), präsentiert er sich unter einer Variante seines eigenen Namens. AZ. Die Leute halten es für ein Pseudonym, weil ein sicherheitsbewusster Spezialist, der noch ganz bei Trost ist, niemals, *niemals* online irgendetwas verwenden würde, das mit irgendeinem Aspekt seiner tatsächlichen Identität in Verbindung gebracht werden könnte. Doch bei Azi sind das eben zwei Drittel des Namens, den man ihm vor vierunddreißig Jahren im Süden von Südlondon gegeben hat, in jenem architektonischen Äquivalent eines Arschlochs namens East Croydon.

Je nach Stimmung, in der man Azi/AZ antrifft, stellt ein Username, der so dicht am echten Namen ist, entweder einen Doppelbluff von einzigartiger Gerissenheit, einen mit Stolz getragenen Orden, ein Symptom für Dummheit oder eine Mischung aus allen dreien dar. Azi charakterisiert sich üblicherweise selbst als einen hochfunktionalen Chaoten, als einen Mann genialer Ideen, aber nur begrenzt alltagstauglich.

Heute ist ein guter Tag, denn Azi sitzt an seinem Tisch und isst das Beste aus der Fastfood-Küche: ein halbes Hähnchen mit Pommes, welches in einer so scharfen Chilisoße schwimmt, dass Azis Gesichtsnerven taub werden. Dazu trinkt er kalten Kaffee und tut so, als wäre er ein Neonazi.

Er chattet gerade in einer geschlossenen Gruppe und präsentiert sich als neuer, doch beachtlich aktiver Unterstützer einer weltweiten politischen Bewegung namens Defiance. Widerstand. Trotz. Die Gruppe tritt für den Schutz abendländischer Lebensart vor der zunehmenden Islamisierung ein, während ihre Anhänger zuweilen Menschen mit nichtweißer Ideologie verprügeln und für gesellschaftliche Missstände die «multinationale Verschwörung verfolgter Minderheiten» verantwortlich machen.

Köder für Defiance-Mitglieder auszulegen, ist ein Nebenprojekt, an dem Azi schon seit geraumer Zeit arbeitet. Würde man ihn entsprechend bedrängen, würde er es als eine Obsession beschreiben, aber weil ihn niemand bedrängt, gibt er es als Hobby aus. Nazis stellen für ihn generell gut gekleidete

Hiobsbotschaften dar. Smarte Neonazis mit auf Wählerstimmen zielenden strategischen Ambitionen und einer charismatischen deutschen Galionsfigur, die liebevoll Tommi genannt wird, sind für ihn eine besonders unangenehme Spezies.

Eine politische Figur, deren Name sogar von ihren Feinden in der kumpelhaften Koseform benutzt wird, verdient es nach Azis Einschätzung, gefürchtet zu werden, und dieser Deutsche ist schlimmer als jeder Brite im teuren Zwirn. Es gibt die realistische Chance, dass Tommi in der nächsten deutschen Regierung eine führende Rolle spielen könnte. Es sei denn natürlich, irgendein Whistleblower würde in den kommenden zwei Monaten detaillierte und unerhört kompromittierende Informationen über den Betreffenden verbreiten. Was das für einen Skandal gäbe!

Wie Azi sofort eingestehen würde, hat seine Operationsbasis nicht die geringste Ähnlichkeit mit der typischen Klause eines misanthropischen Superhirns. Von außen gleicht sie einer normalen Gartenhütte. Von innen sieht sie wie eine vollgestopfte Bruchbude aus, in die jemand vor langer Zeit einen übergroßen IKEA-Tisch und zwei Klappstühle gequetscht hat, dazu ein Haufen Secondhand-Computer-Equipment, und genau das hat Azi getan. Ein verstecktes Lautsprecherpaar spuckt Van Halen aus. Ausgeweidete Laptops, PCs und externe Festplatten liegen inmitten von Kabelgirlanden um drei große Bildschirme herum. Das einzige Zugeständnis an Komfort ist Kaffee. Aus einem Hario V60 Dripper auf einem winzigen Ecktischchen tropft gerade Union's Revelation Blend. Das Kaffeearoma durchdringt den Raum und ist Azis Gegengift zu dem Mief aus Staub und Ozon der ununterbrochen laufenden Hardware.

Azi selbst gefällt sich in einem übergroßen Hoodie, kombiniert mit Sneakers und Jeans, deren Used-Look eher ihrem

Alter als einem modischen Konzept geschuldet ist, und einem ungepflegten Dreitagebart. Man könnte ihn für zehn Jahre jünger und beinahe attraktiv halten, wenn er sich rasieren und sein Haar kunstvoller verstrubbeln würde. Dergleichen wird jedoch in absehbarer Zeit nicht geschehen. Was ihn anbelangt, so handelt es sich bei der materiellen Welt um eine großenteils bedauerliche Abfolge von Zufällen. Was für ihn zählt, ist das, was auf dem Bildschirm ist.

Ein Paradebeispiel für diese Lifestylephilosophie ist die Stehlampe, die Azi seit fünfzehn Jahren souverän ignoriert und deren zerlumpter Chintzschirm sich ermattet über seine Kaffeeanrichte senkt. Ein anderes ist die Tatsache, dass zwei der Personen, denen er sich am engsten verbunden fühlt – Hackerfreunde mit den Pseudonymen Milhon und Sigma –, sowohl männlich als auch weiblich sein können, zynische Teenager oder gelangweilte Generation-Xer, die irgendwo auf dem Globus sitzen, wo die englische Sprache und das Internet einander gefunden haben. Er hat einen Verdacht, dass beide weiblich sind, und zusätzlich den Verdacht, dass Sigma ein Faible für den rätselhaften AZ hat, doch ist er schlau genug, um zu wissen, dass dies eher eine Menge über ihn selbst, aber nur wenig über die Realität aussagt.

Insgesamt ist sein Leben gut, auch wenn sein eigentlicher Job als Penetrationstester immer weiter zugunsten des Köderns von Neonazis in den Hintergrund gerückt ist. Drei tausend ungelesene E-Mails lauern in Azis professionellem ProtonMail-Posteingang, und zwischen diesen wartet eine ungeduldige Anzahl von Betreffzeilen seines wichtigsten Auftraggebers. Azi hat begonnen, sie mit abstraktem Interesse zur Kenntnis zu nehmen, als wären sie ein Naturphänomen, dessen Wachstum zu stören unverzeihlich wäre.

Da wir das Jahr 2014 schreiben und Fanatiker jeglicher Couleur das Internet schon seit jenen Zeiten nutzen, als es noch keine Webbrowser gab, ist es ausgesprochen schwierig, Mitglieder von Gruppen wie Defiance zu dem Eingeständnis zu bringen, dass sie mit Dunkelhäutigen und – ja, warum auch nicht – Juden am liebsten kurzen Prozess machen und sie in ihre Heimatländer zurückführen würden und dass jeder, der ihnen darin nicht zustimmt, genauso entbehrlich ist. Stattdessen verbringen sie die meiste Zeit damit, sich gegenseitig zu ermahnen, den Anschein vernünftigen Argumentierens zu wahren, und lautstark öffentlich Klage darüber zu führen, dass die abgehobenen Eliten die berechtigten wirtschaftlichen Ängste anständiger Normalbürger nicht zur Kenntnis nähmen. Gewaltanwendung sei jedoch zu vermeiden, heißt es gleichzeitig, es sei denn, man könne dabei schlagkräftig *und* diskret vorgehen.

So hat Azi also viele Monate damit verbracht, sich mit ein paar nützlichen Idioten anzufreunden, von denen er annehmen kann, dass sie ihn über aktuelle Vorgänge auf dem Laufenden halten und ihn in ihrer Gruppenhierarchie nach oben weiterempfehlen, solange auch er sich als einer von jenen plump-vertraulichen Eiferern präsentiert, die gar nicht anders können, als im Freundeskreis kein Blatt vor den Mund zu nehmen. Und ein Bonbon hat er ihnen zusätzlich noch anzubieten, die Garantie nämlich, dass er und kein anderer der Typ ist, den sie suchen, mit Waffen, Drogen und Darknet-Kontakten im Angebot – beziehungsweise, um genau zu sein: mit der meisterhaft hinausgezögerten Verheißung auf all das, denn es gibt gewisse rote Linien, die zu überschreiten nicht klug wäre, geschweige denn, daraus ein profitables Nebengeschäft zu machen.

Ab und zu nimmt er sich einen chiligebeizten Hähnchenhappen, verzieht das Gesicht ob der Schärfe und widmet sich wieder konzentriert der Präsentation eines Füllhorns verbotener Waren, das er einem der evangelikal angehauchten jungen Männer unter seinen Online-Bekannten präsentiert. Gareth, ein Neuzugang aus Blackpool, gibt an, in einem Wettbüro zu arbeiten und den ganzen Tag nichts weiter zu tun als mitzuverfolgen, wie zionistische Tarnorganisationen ausgesuchte Immobilien entlang der Hauptstraße auf- und wieder verkaufen. Gareth spricht auch über eine internationale Verschwörung von Pädophilen, die die Computer von Kindern übernehmen und deren Webcams benutzen, um sie zu Hause zu beobachten. Weil aber Azi von mindestens einem solchen realen Fall weiß, hat er beschlossen, diese spezielle Angelegenheit in jener Region seines Gehirns zu archivieren, die etikettiert ist mit: *Nachgrübeln über solches Dreckszeug – ein andermal*. Während der vergangenen Monate ist diese Ablage erschreckend voll geworden.

Was Gareth aus Blackpool betrifft, so ist Azi nicht Azi. Er ist ein weißer, umwerfend gut aussehender Mann namens Jim. Und die Geschichte über die Seinswerdung von Jim veranschaulicht die beiden wichtigsten Überlegungen in Azis Hackerphilosophie. Erstens muss man seinen Gegnern so viele Schritte voraus sein, dass man praktisch schon gewonnen hat, bevor sie einen Angriff überhaupt bemerken. Zweitens: Gleichgültig, welche Postulate oder Erwartungshaltungen es da draußen gibt, es ist deine Aufgabe, dagegen zu verstoßen. Du lügst, du betrügst, du bettelst, du borgst, du verwirrst und täuschst.

Der ethische Anspruch eines Hackers lautet: Du nimmst alles auseinander und setzt es dann auf deine Weise wieder zusammen. Du tust das aus Gründen der Schadenfreude, der reinen Neugierde, der Möglichkeit, andere dumm dastehen zu lassen und dich selbst clever zu fühlen. Und außerdem gibt es da einen Haufen Neonazis, die eifrig damit beschäftigt sind, die Welt zu einem schlechteren Ort zu machen, und die den größten Hack aller Zeiten verdienen – und zwar in Form einer derart umfassenden und bloßstellenden Packung rechtschaffener Wahrheit, dass ihre eigenen Mütter sie verstoßen.

# KAPITEL 2

• • •

Und so hat Azi seine Pläne umgesetzt:

Vor eineinhalb Jahren, Anfang 2013, stieß er auf ein totes Kind. In aller Regel bauen die besten Unwahrheiten auf einer Wahrheit auf, welche im vorliegenden Fall im Namen einer sehr jungen Person bestand, deren Daten von einem Grabstein in Tooting abgekupfert wurden.

James Denison starb am 8. Juli 1982 im Alter von zwei Jahren und zwei Tagen. *Innigst geliebt und schmerzlich vermisst ruht er nun bei den Engeln.* Wiedergeboren wurde er am 27. Januar 2013, rechtzeitig vor seinem dreiunddreißigsten Geburtstag, mit neuem Gesicht und neuer, rückwärts erzählter Biographie.

Wie erschafft man einen zweiunddreißigjährigen Mann aus dem Nichts? Als Erstes forderte Azi Sterbe- und Geburtsurkunde an. Ein bisschen Recherche – man siebt den Lebensschutt der Mutter durch und findet ihren Mädchennamen –, ein paar ausgesucht höfliche E-Mails und Briefe, und schon schickt einem das Standesamt alles zu. Azi hatte jetzt überzeugende Dokumente in der Hand, und damit begann die eigentliche Arbeit.

Basteln wir uns eine Story. Es ist April 1982, und auf einer Insel im Südatlantik, von der noch ein paar Wochen zuvor kein Mensch in Großbritannien gehört hat, bricht ein Krieg aus. Der argentinischen Invasion der Falklands wird mit einer aus verletztem Stolz und politischer Berechnung zusammengeschusterten Streitmacht begegnet, die zum Schluss einhundertsiebenundzwanzig Schiffe umfasst. Irgendwie haben die Briten bis zum 14. Juni die Oberhand gewonnen, und die Premierministerin sonnt sich im Glanz ihrer patriotischen

Tat. Diese Einzelheiten sind wichtig. Bei Lügen, die man jahrelang erzählen wird, kommt es auf Akkuratesse an.

Jetzt ist es Ende Juni 1982. Ein kleiner Junge in Streatham, Südlondon, ist krank, sehr krank, und niemand glaubt an eine Besserung. Sein Papa ist schon seit über einem Jahr fort. Seine Mama, Putzfrau im St George's Hospital, ist körperlich und seelisch mit ihren Kräften am Ende, und obwohl ihre eigene Mutter ihr aushilft, wo sie nur kann, wird sich die Situation nicht zum Guten wenden, weil sich kleine Jungen nicht von dieser speziellen Art von Krebs erholen.

Das tut er allerdings ins Azis neuer Biographie.

In Tooting wird eine kleine Kiste unter einem Stein begraben, zu der sich neun Jahre später eine größere mit der Mutter gesellen wird, was jedoch problemlos ignoriert werden kann. Das Leben geht weiter.

Die 1980er Jahre sind nun voll im Gang. Gier ist gut, predigt Gordon Gekko, und James Denison geht zur Schule. Er kommt viel herum, besucht Lehranstalten, die längst geschlossen sind oder sich so verändert haben, dass man sie nicht wiedererkennt. Ein Account, der zu James' funkelnagelneuer Gmail-Adresse gehört, bestückt Websites und Formulare mit einem Pfad, der sich von der Grundschule über die weiterführende Schule bis hin zu A-Levels in Kunst, Französisch und Mathematik schlängelt. Dazu gibt es, zur allgemeinen Überraschung, einen zusätzlichen Abschluss («noch gut») in Psychologie an der University of Birmingham, dokumentiert durch ein Zeugnis, das bei einem Onlinedienst gekauft wurde und mehr hermacht als ein echtes.

Nach dem Tod seines Vaters 1999 – jenes Vaters, zu dem es nie Kontakt gab und der sich in ein penibel recherchiertes Grab in Coventry getrunken hat – ist James eine Vollwaise an der Schwelle zur Volljährigkeit. Seine Studentenzeit verläuft unspektakulär. Die Zeit vergeht. Der Hype der Jahrtausendwende fällt in sich zusammen, die Unruhe in der Welt digitalisiert sich, und die allgegenwärtige Angst vor Terrorismus artikuliert sich in Endlosschleifen. James firmiert nun als Jim, und Jim beginnt, eine dichtere Datenspur zu hinterlassen: frühere Arbeitgeber, Wohnadressen, eine abgebrochene Laufbahn als Verkäufer von Bürobedarf. Er reist viel, nicht nur im Vereinigten Königreich, landet in großen Städten, die genügend Anonymität bieten. Er ist ein Niemand, aber ein Niemand, den man nachverfolgen kann.

Jim braucht lange, bis er Teil jener Revolution wird, die von den sozialen Netzwerken ausgeht, aber nachdem er es geschafft hat, ist er ein neuer Mann. Sein Gesicht ist wie für die Medien gemacht: Das sich lichtende Haar ist blond gebleicht, seine knochigen Wangen und das kantige Kinn hat Azi liebevoll aus Bilddatenbanken zusammengemischt. Jim sieht gut aus für sein Alter. Wenn man mit den TV-Serien der späten neunziger Jahre aufgewachsen ist und nicht allzu genau hinschaut, ähnelt er ein wenig Spike in *Buffy*. Attraktive Menschen erregen mehr Aufmerksamkeit, aber sie fordern auch unser Zutrauen und unseren Respekt ein, und mit großem Vergnügen schlägt Azi aus einem Teil dieser weißen männlichen Währung Kapital für seine eigenen Zwecke.

Auf Facebook hat Jim einhundertdreiundzwanzig Freunde, die ebenfalls nicht existieren. Sie diskutieren über Politik, Fußball, Essen, Musik. Es handelt sich um Bots, um Algorithmen, die sich gegenseitig angiften, einander folgen, liken und Fremdwörter nachplappern. Azi vermutet, dass man Bots und Menschen nur auf eine einzige Weise online unterscheiden kann, und zwar dadurch, dass Roboter tatsächlich auf das eingehen, was andere Roboter sagen. Die Lust der Bots auf unaufhörliches Geplänkel innerhalb von Zielgruppen stellt eine rundum erfolgreiche Strategie dar: Resonanzen ohne Lerneffekt, Wiederholungen ohne Verständnis, die Perfektion einer Echokammer, in der alles gesagt und nichts gehört wird.

Was Jim betrifft, so ist seine politische Einstellung in Richtung einer nationalistisch angehauchten Libertät umgeschlagen. Er hasst es, wenn sich Außenstehende in Angelegenheiten dieses Landes einmischen, von dem er keine Wertschätzung erfahren hat. Seine Einstellung gegenüber Frauen kann in drei Kategorien unterteilt werden: Da gibt es die, die er beschützen will, die, denen er eine Lektion erteilen möchte, und die, die man ordentlich rannehmen muss. Die Grenzen zwischen diesen Kategorien sind nicht besonders streng gezogen. Jim ist wütend auf nahezu alle, welche man als «die» etikettieren kann. Er ist der für Defiance maßgeschneiderte Kandidat.

Leibhaftige Menschen – verwandte Seelen – beginnen Jim zu folgen und ihn zu kontaktieren. Am 6. Juli 2013 gratulieren ihm mehr als sechzig Follower zum Geburtstag, von denen ein Viertel tatsächlich existiert. Hinter den Kulissen ist Azi damit beschäftigt, überraschende Details auszuarbeiten. Content ergießt sich in Facebook, Twitter, Instagram, Reddit und LinkedIn. Azi delegiert immer weniger an Bots und textet immer mehr selbst, wenn er in seine zweite Haut schlüpft.

Im August 2013 beginnt Jim, mit einer nicht zurückverfolgbaren Kreditkarte Bitcoins zu kaufen. Er arbeitet mit einem alten Laptop, auf dem das liebste Betriebssystem aller Hacker installiert ist: Kali Linux. Er hat eine falsche Adresse in einem leer stehenden Gebäude, wo seine Post in unregelmäßigen Abständen abgeholt wird. Er benutzt den Silk-Road-Marktplatz im Tor-Darknet, um die letzten Teile für sein persönliches Puzzle zu erwerben: Führerschein und Pass, auf ausreichend hohem Qualitätsniveau gefälscht, um dem Blick des

Fachmanns standzuhalten. (Die Maschinen von Experten zu täuschen, ist eine andere Sache.)

Jim existiert. Die Welt sucht und findet ihn. Waffen, Drogen – er hat, was das Herz begehrt. Dafür braucht Jim eine umfassende Sachkenntnis, damit er zu der Person wird, die Azi für seine Zwecke braucht. Wenn man weiß, *wo* man im Dunklen suchen muss, ist alles einfach, weil es sich um einen Ort handelt, an dem Einvernehmen darüber besteht, dass jeder das Recht hat, alles zu kaufen, was er sich leisten kann. Eine Unze Marihuana, Caramello: 215 Dollar. Ein Gramm Kokain, kolumbianisches Fishscale: 97 Dollar. Ein Gramm MDMA, White Mitsubishi: 37 Dollar. Oxycontin im Zehnerpack: 248 Dollar. Eine Packung Adderall: geldbeutelfreundliche 6 Dollar. Alle Preise klar ausgewiesen zusammen mit dem täglichen Bitcoin-Kurs, den Verkäuferratings, den User-Beurteilungen und Feedbacks. Der Kapitalismus liebt ehrliche Märkte, und dieser ist einer der wenigen, den Amazon in absehbarer Zeit nicht kaputtmachen wird.

Andere Menschen chatten unter falschen Identitäten mit Jim stundenlang über Waffen, Hacks, Filme, Politik und darüber, wen sie am liebsten bumsen würden, mit detaillierten Angaben zu Zeitdauer und anatomischer Beschaffenheit des eingesetzten Tools. Jim und Azi spielen ihre Rollen, und Azi findet es verblüffend, was man alles von sich geben kann, wenn es aus dem Mund von jemand anderem kommt. Nutten und Schwuchteln und Arschlöcher, ficken und Fisting und Mord und Selbstmord; wichsen und weinen; Titten und Ärsche. Meme mit Cartoonfiguren, die Holocaustwitze reißen, ziehen ein jüngeres Publikum an. Azi hat sich anfänglich selbst für einen ziemlichen Zyniker gehalten, doch in jeder Korrespondenz lernt er neue Dinge kennen, die er bei anderen nicht besonders mag und bei sich selbst auch nicht.

An manchen Tagen fühlt es sich an, als hätte sich der Schmutz hinter seinen Augäpfeln eingenistet; dann sieht er sich mit Flecken besudelt, die keine Dusche wieder abkriegt. An anderen, schlechteren Tagen registriert er kaum die Diskrepanz zwischen Leben und Bildschirm.

Es ist September 2013. Jim behauptet jetzt, er wolle ein paar Sachen kaufen und verkaufen. Sein Image wird immer seriöser, gestützt durch sorgfältig aufeinander abgestimmte Aktionen und Indizien. Er wird vertrauenswürdig – und Vertrauen ist die Super-App, wenn es um die Technologie des einundzwanzigsten Jahrhunderts geht. Jedes Skriptkid kann eine Maschine hacken. Man kann sich Erpressungssoftware herunterladen und sie aktivieren, wofür es nur wenig mehr als eine Suchmaschine und eine menschenverachtende Einstellung braucht. Azi hingegen hackt sich in Bewusstsein, Vertrauen und Glauben von Jims Followern. Er hält die Welt zum Narren und bringt sie dazu, dass sie ihm ihre Geheimnisse ins Ohr flüstert.

Oktober, November, Dezember, ein neues Jahr beginnt. Das Gesicht mit der ansehnlichen Kinnpartie in gefälschtem Pass und Führerschein ist leichter zu finden und glaubhafter als Azis eigenes. Jim hat Freunde auf Facebook, bekommt Likes auf Instagram und Einträge bei LinkedIn – Orte, an denen Azi nicht existiert. Er selbst ist ein Schatten und lebt in sicherer Distanz zum Rauschen im Netz.

Die Welt schenkt wenigen Dingen ein größeres Vertrauen als dem äußeren Schein. Und das ist auch gut so, weil Azi auf ihre Ignoranz baut. Jim ist groß, weiß und berauscht von der Überlegenheit seiner Rasse. Azi ist hellbraun, schlank und joggt in den meisten Nächten so lange seine Runden, bis sich sein Geist beruhigt hat und er schlafen kann. Wenn Azi nachts um zwei loszieht, beschleunigen die Leute entweder ihre

Schritte, um ihm aus dem Weg zu gehen, oder fragen, ob er Drogen verkauft. Wenn Jim in den sozialen Medien zeigt, was er draufhat, reißen sich normale unbescholtene Bürger darum, ihm zu applaudieren. Jim und er: Sie sind das perfekte Team fürs einundzwanzigste Jahrhundert.

*Was ich suche*, heißt es in einem anrührenden Text von Gareth aus Blackpool, *ist eine dicke asiatische tussi die mich in ihr gesicht kommen lässt.* Jim hat Mitleid mit dem jungen Mann. Azi flucht leise, zerkaut einen letzten emotionslosen Bissen Hähnchen und versucht, die Konversation auf eher praktische Angelegenheiten zu richten. *Haste gesehen, was ich geschrieben habe?*

Azi weiß, dass Gareth es gesehen hat. Alle haben es gesehen, denn nach den Maßstäben dieser Gruppe handelt es sich um ein Meisterwerk, das sich nicht vor *Don Quijote*, *Krieg und Frieden* oder *Sakrileg* zu verstecken braucht. Es ist eine Rhapsodie über die strahlend weiße Zukunft, die ihnen allen bevorsteht, wenn Defiance erst einmal ihre Macht ausspielt.

Gareth wird kurz ernsthaft. *Du bist der mann Jim der für die richtige sache eintritt.* Azi kann die Tränen patriotischen Stolzes förmlich sehen, wie sie Gareth über die Wangen rinnen, und bemüht sich um einen angemessen feierlichen Ton. *Einer muss ja sagen was Sache ist lol, einer muss die Wahrheit sagen über die schwulen Judenschniggel.* Azi starrt auf den Bildschirm und stellt angeekelt fest, dass er ziemlich stolz auf seinen Essay ist. Er hat vierhundert Wörter nur dürftig verschlüsselter faschistischer Schmähungen verfasst und sich dabei von einem bekannten Stilratgeber für weiße Rassisten inspirieren lassen, in dem sich solche Perlen fanden wie: «Eine Vielzahl an Feinden kann verwirrend sein, also machen wir es nicht unnötig kompliziert und geben einfach den Juden die Schuld», oder auch die: «Es ist in Ordnung zu sagen, dass feministische jüdische Schlampen eine Vergewaltigung dringend nötig haben, solange du nicht damit drohst, es selbst zu machen.» Jims abschließende Betrachtungen zu traditionellen christlichen Werten fanden besonders großen Anklang beim harten Kern der britischen Defiance-Vorposten.

Azi atmet tief durch, tippt ein zärtliches Lebewohl – *bis später alter Wichser lol* – und loggt sich aus. Bald ist es so weit. Gareth und andere haben Jim in ihrem Umfeld bekanntgemacht und diskrete Empfehlungen gegeben. Jims Angaben lassen sich alle seriös verifizieren, und den älteren Mitgliedern der Organisation ist aufgefallen, dass er informationstechnische Kompetenzen hat, dass er an gewisse Sachen herankommt und dass es auf der Welt eine Menge Probleme gibt, die er nicht auf die liebenswürdige Art lösen möchte. Er hat ihnen Scans seiner Dokumente geschickt, seine Biographie sowie getürkte Bilder seiner Teilnahme an Demonstrationen. Er ist sauber und authentisch.

Noch ein paar Wochen. Mehr braucht Azi nicht. So lange muss er noch weitermachen.

# KAPITEL 3

•••

Genau wie Bergsteiger nehmen Hacker Herausforderungen deshalb an, weil sie da sind. Je steiler der Weg zum Ziel, desto besser, und wenn man als Erster sein Fähnchen auf dem Gipfel hissen kann, hat man einen zusätzlichen Prestigegewinn. Azi hat schon mehrmals etwas als Erster geschafft, doch sein persönliches Highlight bleibt das Casino, das er und Milhon auf dem Umweg über ein Aquarium so sensationell geknackt hatten.

Milhons Spezialgebiet ist Glücksspieltechnologie. Sie hat Azi mehr über die systemimmanenten Unberechenbarkeiten dieser Branche erzählt, als er überhaupt wissen wollte, und sie ist es gewesen, die das Zielobjekt vorgegeben hatte. Er aber ist es gewesen, der sich auf die Schwachstelle konzentrierte, auf eine, die nicht von einem der üblichen Vektoren veralteter Software herrührte, von unzufriedenem Personal oder Nachlässigkeiten bei Netzaktivitäten, sondern vom unstillbaren Bedürfnis des Casinos nach neuen spektakulären Attraktionen.

Besagtes Aquarium war besonders spektakulär. Fünfzigtausend Liter Wasser bildeten das Habitat nicht nur für fünfhundert exotische Fische, darunter auch zwei Hammerhaie, sondern außerdem für eine Menge sorgfältig gezüchteter Korallen und das Wrack eines Piratenschiffs. Diese Wasserwelt rahmte den Casinoeingang mit leuchtendem Blau ein und löste beim Besucher jenes kindliche Staunen aus, dessen Zweck es ist, Spaß daran zu haben, haufenweise Geld zu verlieren. Das Aquarium war auch mit Sensoren zur Überwachung der Wasserdaten bestückt, die – wie Azi hocherfreut feststellte – ungefähr zehn Jahre hinter dem allerneuesten Standard jeder x-beliebigen Sicherheitstechnik herhinkten.

Offenbar war weder denjenigen, die solch ein riesengroßes und unfassbar protziges Aquarium herstellten, noch jenen, die es kauften, der Gedanke gekommen, dass irgendjemand ihr System attackieren oder dass es vielleicht keine gute Idee sein könnte, die Wassersensoren über einen mit dem Hauptnetz des Casinos verbundenen Computer zu steuern. Es war eine unverschlossene Tür, die man nur aufzudrücken brauchte.

Von der Geborgenheit seiner Hütte aus schlich sich Azi in Gestalt eines kritischen Sauerstoffwertes in die winzigen Hirne der Sensoren und von dort ins gesamte System. Er und Milhon arbeiteten die ganze Nacht hindurch und diskutierten dabei über den verdienten Denkzettel, den sie dem Casino verpassen wollten, ohne dabei aber krass kriminell zu werden. Am nächsten Morgen wurden dann die Besucher auf allen Bildschirmen im Gebäude darauf hingewiesen, dass es fürs heutige Glücksspiel eine Geld-zurück-Garantie und zwei kostenlose Fische gebe. Internetforen und Boards rund um den Globus jubelten und kannten wochenlang kein anderes Thema als AZs jüngsten Triumph.

Das war im Jahr 2012, in der Frühzeit des Internets der Dinge und bevor Cyberkriminelle begannen, sich in Hunderttausende schutzloser Geräte einzuhacken. Zu dieser Zeit ist – dank der Annahme, alles und jedes übers Internet zu vernetzen, sei *eine gute Idee* – die Welt eine Wüstenei von nur mangelhaft geschützten «smarten» Geräten, darunter Fernseher, Duschen, Kühlschränke, Waschmaschinen, Drucker, Steckdosen und Kinderspielzeug. Wenn es um diese spezielle Vision von Zukunft geht, hat Azi für sich eine Faustregel parat: Leute, die einen mit dem Internet vernetzten Kühlschrank als etwas anderes bezeichnen denn als überflüssigen Schandfleck in der technologischen Landschaft, reden Scheiße.

Azi weiß nicht so recht, ob er in den letzten paar Jahren zynischer geworden ist oder einfach nur die Dinge klarer sieht, die ihn wütend machen: die Mächtigen, die gnadenlos den Ohnmächtigen buchstäblich die Luft abdrehen; Konzerne, die aus allem Kapital schlagen, was sie in die Finger kriegen; die raffgierige Gentrifizierung in London, die es nicht einmal fertigbringt, Croydons Stadtzentrum durch mehr zu bereichern als durch die Auswahl zwischen Starbucks und Costa. Was Azi aber sicher weiß, ist, dass er Herausforderungen liebt und dass eine mit dem zusätzlichen Bonus, die Kreise rassistischer weißer Vollidioten zu stören, nahezu unwiderstehlich ist.

Die Neonazis zeigen weiterhin die Bereitschaft, ihm die Privilegien eines Administrators zu gewähren, doch bis es tatsächlich so weit ist, herrscht Ruhe an der weißen Westfront, von den Spötteleien abgesehen, die sein Alter Ego mehrmals wöchentlich posten muss.

Dann kommt aus heiterem Himmel eine neue Anfrage herein. Und sie kommt von einer vertrauten Quelle.

*Hey AZ, Challenge gefällig? Mir aus der Patsche zu helfen?*

Azi lächelt. Sigma ist immer eine willkommene Ablenkung.

*Dir immer, Sigma. Zeit, unsere Capes umzuhängen, DDoS gegen Ungerechtigkeit?*

*Diesmal nicht. Brauch nen ernsthaften Gefallen. Vorwarnung: Es wird finster werden. OK für mich, wenn du nicht mitziehst.*

AZ und Sigma pflegen ihren Kontakt seit mehr oder weniger einem Jahr, doch fühlt es sich länger an. Online ist die Zeit eine andere. Intensität zählt mehr als Dauer, und sie haben eine Menge zusammen gemacht: Serverblockaden herbeigeführt und abgewehrt; Spammer und Botnet-Hirten abgeschossen; Bürgerproteste unterstützt; Kinderpornographen an den Pranger gestellt; popkulturelle Anspielungen ausgetauscht. Soweit er überhaupt jemandem traut, hält er Sigma für so authentisch, wie es ihre Aktivitäten nahelegen. Er hält sie für erfahren, verlässlich, idealistisch bis an die Grenze zum Fanatismus. Und nie würde sie sagen, dass sie in Schwierigkeiten steckt, wenn es nicht wirklich so wäre. Er zögert nur lange genug, um ernsthaft zu erscheinen.

*Für dich klar. Ich zieh mit. Schick's rüber. So schlimm wird es schon nicht sein, oder?*

Die letzte Frage ist tapferes Getue, weil beide wissen, dass es darauf nur eine ehrliche Antwort gibt. Gleichgültig, wie schlimm man sich etwas vorstellt, da draußen gibt es immer etwas noch Schlimmeres. Wenn die Leute der Ansicht sind, dass sie mit allem durchkommen, werden sie auch versuchen, mit allem durchzukommen. So läuft das nun mal.

*Du willst es nicht anders. Das hier ist eine Hiobsbotschaft für die Welt, aber eine noch schlimmere für mich. Brauch nicht zu lang.*

Azi atmet tief durch, gießt sich frischen Kaffee ein und fährt mit seinem Cursor über den Link, den Sigma soeben geschickt hat. Draußen vor dem einzigen Fenster seiner Hütte wird, von ihm unbemerkt, das letzte Licht der Abenddämmerung von der Dunkelheit verschluckt.

Sigmas Recherche sicher zu überprüfen, bedeutet, dass er in eine virtuelle Maschine schlüpfen muss, in einen simulierten Computer, der innerhalb des echten läuft, zwar mit identischer Software, doch ohne Zugang zu irgendetwas, das attackiert oder infiltriert werden könnte. Azi stellt sich das immer so vor, als würde man jemanden in ein Gefängnis stecken, das, wenn der Betreffende schläft, genauso aussieht wie das eigene Haus, und solange man nicht versucht, ein Fenster zu öffnen, gibt es keine Möglichkeit, einen Unterschied festzustellen.

Ein Dutzend Dateien entpacken sich, weitaus weniger, als von ihm erwartet. Als Erstes erscheint ein von Sigma erstelltes Textfile, das vermutlich ihr Fazit enthält. Azi will es als Letztes lesen. Er will sich erst mal selbst einen Eindruck verschaffen.

Das nächste File entpuppt sich als ein PDF der Ramadan-Sonderausgabe eines Propagandamagazins des Islamischen Staats. In Anbetracht seines Themas ist es von schockierender Harmlosigkeit, die Aufmachung ein uninspiriertes Hochglanzformat, der Ton penetrant missionierend. Die Artikel wechseln zwischen Koranstellen zur Rechtfertigung des Dschihad, heroischen Porträts einzelner Kämpfer und idyllischen Bildern vom Alltag im Islamischen Staat – alles recht fad, wenn man die Mordaufrufe ignoriert.

Weitaus unterhaltsamer sind die nächsten fünf Files: E-Mail- und Message-Protokolle mit frustrierten Korrespondenzen zwischen den Redakteuren des Magazins und ihren Vorgesetzten. Nachdem er sich durch die Hälfte einer besonders wütenden und mehrsprachigen Diskussion über das Bildungsniveau der Leserschaft gearbeitet hat *(schreibt einfacher, viele der ausländischen Brüder sind Schwachköpfe)*, begreift Azi, womit er es zu tun hat.

Die Files gehören zu einem bekannten Speicherauszug mit Dokumenten, der Mitte 2013 aus dem Innern des Islamischen Staats geleakt worden war. Man ging damals davon aus, dass die Dokumente von einem desillusionierten Insider stammten. Sie wurden zunächst von diversen Sicherheitsdiensten (und all den neugierigen freischaffenden Experten auf diesem Gebiet) im Hinblick auf Enthüllungen analysiert, bevor sie abschließend als unbedeutende Informationen eingestuft wurden, die bestenfalls zur Erstellung sarkastischer Meme über interne Querelen einer Terrororganisation taugten. Azi hatte sich selbst ein paar davon angesehen und war fasziniert gewesen, welche Details man mit Hilfe der Versionshistorien von MS Word erschließen konnte. Danach widmete er sich wieder Jim, den Neonazis und dem schrittweisen Abbau bezahlter Arbeit.

Die letzten Files aus Sigmas Sammlung sind jedoch andersgeartet. Zuerst erkennt Azi nicht, warum sie für irgendjemanden interessant sein sollten. Sein Bildschirm zeigt nichts als unverständlichen Datenschrott, vermutlich verschlüsselt, gefolgt von einer kurzen, durch Kommas getrennten Auflistung von Namen und Zahlen. Sardar Kerr, 475000. Mahmud Harrison, 850000. Ziad Hussein, 1255000. Und so weiter. Warum kommen ihm manche von denen bekannt vor?

Nach einer Minute weiß er es: Sie wurden alle in dem Magazin porträtiert, durch das er sich vorhin gescrollt hatte – tote Kämpfer, Scharfschützen, Selbstmordattentäter, die man als Vorbilder für andere ausgewählt hat. Insgesamt stehen auf dieser Liste fünfzig Namen. Er prüft noch einmal nach und wechselt in rascher Folge zwischen Suchfeldern hin und her. Jeder von ihnen starb irgendwann im vergangenen Jahr, und jeder Name wird von einer sechs- oder siebenstelligen Zahl begleitet.

Azi arbeitet schneller, weil er weiß, dass die Zeit knapp werden könnte, und öffnet die letzten Dateien. Diese sind wieder anders. Sie sehen amtlich aus und wie aus unterschiedlichen Quellen zusammengestellt: aus Wählerverzeichnissen, Telefonbüchern, Staatsarchiven. Hier musste es sich um etwas handeln, das Sigma über viele Wochen hinweg selbst zusammengestellt hat. Warum?

Intuitiv holt sich Azi ein neues Suchfeld auf den Schirm und beginnt zu tippen. Sardar Kerr. Mahmud Harrison. Für jeden Namen gibt es mehrere Treffer, verknüpft mit seitenweise Dokumentationen: Fotos, Kontaktdaten, aktuelle

Links. Sigma hat Scans von Sachen in die Finger bekommen, die nicht einfach so herumliegen, und hat sie akribisch mit Querverweisen zu ihren vorhergehenden Recherchen versehen. Französische und deutsche Pässe, Namen, Adressen. Zwar sind die Namen auf den amtlichen Dokumenten andere, doch die Gesichter sind dieselben, und während sich Azi alles besieht, werden ihm schließlich die Zusammenhänge klar.

Fünfzig islamische Märtyrer sind aus ihren Gräbern auferstanden. Über ihre Tode wurde damals weltweit berichtet. Doch Sigmas Schlussfolgerung, die er sich zu eigen machen soll, lautet, dass es sich bei den angeblichen Todesfällen um Inszenierungen gehandelt hat und dass die angeblichen Märtyrer in aller Stille ins Herz Europas implantiert worden sind. Es ist grotesk, doch Sigma liefert die Links und die Bezüge zu ihren Beweisstücken in behördlichen Datenbanken und Wählerverzeichnissen – Material, das sogar seinem von ihm selbst virtuos designten Alter Ego Jim nicht zur Verfügung steht. Azi gibt einige der neuen Namen in unterschiedliche offizielle Websites ein, jeweils nur einen. Sie sind echt.

Er hält inne. Möglicherweise hat sie ja das, was er sieht, irgendwie gefakt. Doch was hätte sie davon? Und was ist mit den Zahlenreihen neben jedem Namen? Sie können nur eines bedeuten: Geld. Doch selbst tadellos gefälschte Pässe und Identitäten werden eher mit Zehntausenden als mit Hunderttausenden von Dollar gehandelt. Für welche Art von operativen Vorteilen würde eine Terrororganisation bereitwillig so viel Geld pro Person zahlen, und wie können selbst die allerbesten Fälschungen an die biometrischen Daten angepasst werden, die heutzutage automatisch mit jeder realen Identität verknüpft sind?

Falls alles, was Sigma ihm geschickt hat, das ist, was es zu sein scheint, dann sind die fünfzig Fake-Identitäten faktisch echt und nicht als Fakes zu erkennen. Der Islamische Staat sollte keinen Zugriff auf eine so ausgefeilte Fälschungstechnik haben. Niemand sollte das, weil es bedeutet, dass einige der sichersten und sensibelsten Systeme der Welt kompromittiert und die Ergebnisse auf dem schwärzesten aller Schwarzmärkte verkauft worden sind. Und kein Mensch hat irgendetwas bemerkt.

Zum Schluss öffnet Azi die Datei, die Sigma selbst erstellt hat. Sie umfasst nur wenige Zeilen, aber sie lässt ihn auf seinem Stuhl zusammensinken.

*Die Namen, das Geld, die Sache, um die es geht. Siehst du, was ich sehe? Sie sind hinter mir her. Ich weiß nicht, wem ich trauen kann, AZ. Sie sind mir dicht auf den Fersen. Es ist Gomorrha, da bin ich mir sicher.*

Gomorrha. Ein Name, der gerüchteweise in den Tiefen der abgedrehtesten Foren kursiert, ein Ort, den aufzusuchen sich die allerkränksten Typen erträumen. Eine Pointe in Witzeleien über das Zeug, das einem kein Darknet verkaufen würde. Jeder weiß, was in Sodom los war, aber was haben sie in Gomorrha getrieben? *Schwefel und Feuer regneten vom Himmel herab. Qualm stieg von der Erde auf wie der Qualm aus einem Schmelzofen.* Das sind die letzten Worte der Bibel in dieser Angelegenheit, doch über das da draußen in der Finsternis gibt es viel mehr zu sagen. Ein Marktplatz für gemarterte Seelen, für Leben und Tod. Der einzige Ort, den Azi und Sigma kennen, von dem aus das, was sie gefunden hat, an eine Terrororganisation verkauft worden sein könnte.

Eine Stunde ist verstrichen, seit er Sigmas Dateien geöffnet hat. Sein Kaffee ist kalt, die nächtliche Stadt präsentiert sich als gedämpfte Geräuschkulisse von Autos, Zügen, Stimmen und Sirenen. Der Bildschirm wartet auf Azis Antwort.

*Okay, ich sehe es auch. Ich sehe, wie du vorgegangen bist. Wie* _kannst du dir sicher sein? Woher stammt die Liste – der Link, der alles zusammenhält? Wer sagt, dass es nicht Fiktion ist, Desinformation, das Werk eines Scherzbolds?_

Sigma antwortet sofort.

_Ich weiß nicht, ob ich dir das sagen soll. Noch nicht, erst wenn du weißt, womit du es zu tun hast. Ich bin auf der Flucht._

_Oh, shit. Echt jetzt?_

_Aufgeflogen. Ich schreib dir über ein offenes WLAN._

_Wie schlimm ist es?_

_Ich lebe, also wissen sie noch nicht, wo ich gerade bin. Ich wollte, dass du das alles siehst, AZ. Frage: Kann ich dir trauen?_

_Du weißt, dass ich sauber bin._

_Weiß ich, AZ. Aber es ist mein Leben, das bin *ich*, worüber wir reden. Also frage ich dich: Kann ich *dir* trauen? Weil ich glaube, dass ich ziemlich bald einen echten Freund brauche. Offscreen. Ich möchte dich treffen._

Azi antwortet nicht. Solche Chats sollte er nicht führen, nicht wenn ihm sein Leben lieb ist. Ab einem bestimmten Punkt gibt es so etwas wie Vertrauen nicht mehr. Und dies ist jetzt der Punkt. Er hat eine vage Ahnung, dass Sigma eine Britin ist, genau wie sie zu glauben scheint, dass er ein Brite ist. Aber ihm ist zugleich klar, dass «sie» genauso gut ein verschwitzter Kerl sein könnte, der gerade in seiner Unterwäsche dasitzt und Doritos mampft, während er versucht, AZs Psyche anzuzapfen – was nur eine von zehntausend Möglichkeiten wäre, von denen Azi – anders als im wirklichen Leben – keine einzige ausschließen kann.

Er blickt hinab auf seine Hände, lässt sich einen Augenblick Zeit, um seine Antwort zu tippen, zu löschen und neu zu tippen. Er versucht, sich nicht vorzustellen, was ihr alles zustoßen könnte.

_Wenn ich helfen kann, tu ich's. Aber keine Namen, keine Einzel-_

*heiten. Kein Treffen. Wenn du die Sache offscreen angehst, bin ich kein Held.*

Pause ihrerseits.

*Tschüs, AZ. Mehr kann ich nicht erwarten. Pass auf dich auf. Gib Bescheid, falls du deine Meinung änderst. Muss losrennen, in echt.*

Azi atmet aus. Er könnte anfangen zu graben. Es reizt ihn, seine Nase dort hineinzustecken, wo sie nicht hingehört. Sigma hat seine Hilfe verdient, und er möchte ihr vertrauen, möchte ihr dorthin folgen, wohin ihre gemeinsame Verbindung sie führt. Doch er hat Regeln, und sie zu befolgen, ist der einzige Weg, um sich zu schützen. Sichere alles ab, trau niemandem. Notfalls guck dir ein paar alte Episoden von *Akte X* an, um dich wieder einzukriegen.

Ob wahr, unwahr oder irgendwo dazwischen: Die Sache ist in jedem Fall riskant, ganz zu schweigen von der ernstzunehmenden Aussicht auf die Gefahr für Leib und Leben. Azi Bello lässt einen einsamen Finger über der Tastatur schweben, hält inne und klickt. Sigmas Botschaften verschwinden.

Fünf Minuten verstreichen. Er nimmt einen neuen Filter, füllt ihn mit Kaffeepulver und übergießt ihn mit frisch gekochtem Wasser, loggt sich als Jim ein und denkt über ein letztes Update des Tages nach – vielleicht eine schwulenfeindliche Schimpfkanonade zur Abwechslung.

Dann klopft jemand dreimal an die Tür seiner Gartenhütte.

# KAPITEL 4

•••

Azi knallt den Deckel eines von mehreren Laptops zu, die ständig parallel zu seinen anderen Systemen laufen. Dieser spezielle fungiert als einer der Killschalter, die er installiert hat, um alle Komponenten seiner Netzwerke zu schließen und zu verschlüsseln. Die Bildschirme auf seinem Tisch leeren sich. Eine im ganzen Raum verstreute Anzahl verschiedener Telefone und Tablets geben Geräusche ab und verstummen dann. Sogar die Musik bricht ab.

Gleichzeitig wirbelt er, deutlich weniger effizient, aber so nachdrücklich auf seinem Sitz herum, dass er einen zentrifugalen Schwall aus kaltem Kaffee quer durch die Hütte schickt. Die misst nur drei mal zwei Meter, und auf jedem Zentimeter Fläche, der nicht der Kaffeezubereitung dient, stapelt sich Elektronikmüll, weshalb sein Drehschwenk ungeschützt umherliegende Schaltkreise im Wert von mehreren hundert Pfund ruiniert. Allerdings stellt das für ihn momentan nicht das drängendste Problem dar, denn er ist zu sehr damit beschäftigt, die schick gekleidete Frau anzustarren, die in der nunmehr geöffneten Tür steht und ihn mit verschränkten Armen betrachtet, als wäre er ein Tier in einem Streichelzoo.

«Ich habe es denen gesagt, dass du deinen Kaffee verschütten würdest, Azi. Aber das hier ist eine echte Schweinerei.»

Sie hat die Art von wohlmodulierter Aussprache und glatter Kurzhaarfrisur, die Azi mit jenen Moderatorinnen assoziiert, die mit den Nachrichten zugleich unterschwellig die drohende Botschaft übermitteln: Denk nicht mal im Traum daran, dich mit mir anzulegen. Eindeutig vonnöten ist jetzt eine Demonstration, dass er auf eine derartige Situation vorbereitet ist und adäquat mit ihr umgehen kann. Ebenso eindeutig ist, dass er dazu weder die Mittel noch den Willen hat.

«Wer sind Sie? Was machen Sie in meinem Haus? Ich meine, in meiner Hütte. Ich meine –»

Azi macht Anstalten aufzustehen, sucht nach Worten, die jedoch in seiner Kehle zu Grunzlauten zermanscht werden, fällt anschließend als Herr der Situation die souveräne Entscheidung, sich wieder hinzusetzen und die Augen zu schließen, in der Hoffnung, die Dinge entwickeln sich zur Normalität zurück, sobald er die Welt eine Weile nicht mehr sieht. Dummerweise kann er noch hören.

«Azi Bello, es ist mir ein Vergnügen, dich endlich kennenzulernen. Ganz ehrlich: Wir lieben deine Arbeit. Die Sache mit dem Aquarium und jetzt die Infiltration des jungen Gemüses bei den Neonazis. Doch du bist an einem Punkt angelangt, wo du aktiv intervenieren musst, denn die Anfrage, die man dir vorhin geschickt hat, ist von sehr speziellem Interesse für mich und meine Kollegen.»

Azi fährt sich mit einer Hand durchs Haar und schluckt schwer.

«Und für welche Behörde genau arbeiten Sie?»

Schon während er die Frage formuliert, meint er, die Antwort zu kennen. Es gibt nicht vieles, was einem Hacker ein derartiges Maß an Aufmerksamkeit einbringt, und im Moment ist er nicht mit irgendetwas Spektakulärem beschäftigt. Ausgenommen seine derzeitigen Recherchen, für die eine Abteilung, die mit «T» anfängt, zuständig wäre.

Sein System ist geschützt, da ist er sich sicher. Was bedeutet, dass man ihn auf eine andere Weise beobachtet hat. Und das schon eine ganze Weile. Doch hat er zum Komplex «Terrorismus» das erste Mal etwas von Sigma gehört, und zwar gerade eben, weshalb sie *ihn* wegen *ihr* unter Beobachtung gestellt haben mussten. Und das legt die Vermutung nahe, dass gerade jetzt mehrere seiner Worst-Case-Szenarien parallel ablaufen.

Azis Gedanken und Puls rasen inzwischen. Hat Sigma nicht angedeutet, dass sie vor Leuten auf der Flucht sei, denen der Sinn nach Gewalt stehe? Könnte dann dieser Angriff auf seine Festung der Einsamkeit eventuell gar nichts mit irgendeinem Beamtenapparat, sondern vielmehr mit höflichen und wortgewandten Profis der Verhör-, Folter- und Leichenbeseitigungsbranche zu tun haben? Angesichts dieser Erkenntnis scheinen ein paar wenige, wohl überlegte Worte unbedingt aus seinem Mund dringen zu wollen …

«Oh fuck, oh fuck, oh fuck, bitte bringt mich nicht um. Ich weiß nichts, ich schwör's! Ich meine, ich erzähl euch alles, was ich weiß. Was nicht viel ist. Oh Scheiße. Ich werde gleich sterben, stimmt's? In meiner eigenen Hütte!»

«Nein, nicht unbedingt.»

«Aber das würden Sie doch auch sagen, wenn Sie vorhätten, mich gleich umzubringen, oder?»

Die Frau seufzt, atmet kurz durch, klappt dann flink Azis Reservestuhl auf, setzt sich vor ihn und verschränkt die Knöchel, als wäre sie die Herzogin von Cambridge, die eine Parade von Veteranen und Schulkindern abnimmt. Ihr Gesicht ist sehr dicht vor seinem, was aber, angesichts der räumlichen Enge, sowohl der Notwendigkeit als auch einer Absicht geschuldet sein kann.

«Azi Bello, du hältst jetzt mal den Mund und hörst stattdessen zu. Du hast Mist gebaut, und ich bin hier, um dir zu sagen, was als Nächstes passiert. Denk nicht mal andeutungsweise daran, diskutieren, ausreißen oder etwas anderes tun zu wollen, als eine deutlich erkennbare und folgsame Bereitschaft zur Teilnahme an dieser Unterhaltung zu signalisieren.»

Mangels Alternativen tut Azi, wie ihm geheißen. Die Frau lächelt. Es ist kein freundliches Lächeln, aber auch kein eindeutig mordlustiges. Er lächelt zurück. Er riecht den Kaffee, der auf seiner Kleidung trocknet. *Warum riecht Kaffee so gut, wenn man ihn kocht, und später so entsetzlich? Ist sie von dem Geruch genauso angewidert wie er? Sollte er ihr eine Tasse anbieten?* Vielleicht versucht er gerade nur sehr, sehr angestrengt, nicht über das nachzudenken, was vorgeht.

«Mein Name ist Anna. Da wir nun friedlich beisammensitzen, werden diejenigen, die uns in einem Transporter nicht weit von hier beobachten, ein klein wenig entspannter sein. Das werden sie so lange bleiben, wie du hier nur sitzt, nickst und zuhörst. Hast du verstanden?»

Azi sitzt, nickt und hört zu. *Denk nach*, flüstert sein Gehirn. *Denk nach. Denk nach. Du hast einen Schock, du bist panisch. Reiß dich zusammen. Atme, entspann dich. Such Blickkontakt. Sag was.* Er macht eine Bewegung, um seinen Kaffee zu trinken, erinnert sich dann aber, dass er ihn vorhin im ganzen Raum verteilt hat. Also nuckelt er stattdessen am Rand seiner leeren Tasse.

«Ich versteh dich ja», sagt Anna. «Du überlegst, was ich alles weiß und warum ich hier bin. Was du sagen kannst, ohne dir dein Grab noch tiefer zu graben.»

Er windet sich, und sie seufzt erneut.

«Ich habe mich unangemessen ausgedrückt. Niemand bringt irgendjemanden um – jedenfalls nicht, solange ich hier bin. Du hast keine Ahnung, welches Glück du hast, dass diese Unterredung in einer solch kongenialen Umgebung stattfindet. Ich bin noch nicht einmal hier, um dich festzunehmen. Ich bin hier, weil du etwas für mich tun wirst.»

«Okay. Klar. Möchtest du einen Kaffee? Ich hatte gerade welchen gekocht, als du – äh – geklopft hast.»

«Sehr nett. Bleib sitzen, ich gieß mir selbst welchen ein.»

Sie dreht sich um und gießt sich ein, ohne vom Stuhl aufzustehen. Ihre Bewegungen sind geschmeidig und unangestrengt, als würde sie sich in der Hütte bestens auskennen. Was sie wahrscheinlich auch tut. Mit stockender Stimme versucht Azi herauszufinden, welche grundstürzenden Offenbarungen zusammen mit dieser Frau in seine Hütte spaziert sind.

«Wie habt ihr mich gefunden?»

«Die Frage kommt immer als erste. Die Antwort ist immer die gleiche. Ich werde den Teufel tun und es dir sagen. Wir kennen AZ schon seit Jahren, aber worauf es uns ankam, waren die Connections. Die zwischen AZ und Sigma. Zwischen AZ und Azi Bello. Ich gestehe, dass dieser Teil nicht einfach war, dank deiner bewundernswürdigen Professionalität. Aber –»

«Aber?»

«Clevere Menschen sind immer auch dumm, auf ihre eigene Weise. Deine sentimentale Anhänglichkeit hat dich hochgehen lassen. Das Haus, der Garten, die Hütte. Wir haben uns ein wenig altmodische Überwachung erlaubt. Angesichts der Tatsache, dass du bei deiner physischen Sicherheit so amateurhaft vorgehst, wie du im digitalen Bereich gut bist, haben wir uns für zwei hochauflösende Lochkameras in deinem Dach entschieden. Hat prima funktioniert.» Wieder dieses Lächeln.

«In meinem Dach.» Azi blickt nach oben, als würde ihm die korrekte analoge Identifizierung des Begriffs «Dach» bei Anna Pluspunkte einbringen.

«Ja, in deinem Dach. Direkt über deinem Tisch. Warum sollte man ein gut geschütztes Informationssystem attackieren, wenn man jeden Mausklick und Tastendruck des Betreffenden aufzeichnen kann?» Sie hebt die Schultern.

«Tja, da hätte ich wohl dran denken sollen.»

«Richtig. Wir haben alles von dir – protokolliert, aufgelistet, reproduziert. Alle deinen kleinen Geheimnisse.»

In Annas Stimme schwingt ein kaum unterdrücktes Lachen mit, und Azis Verstand sackt in seine Magengrube, hält dort inne und flüstert: *Zwar bist du im Moment so was von am Arsch, aber mach dir nichts draus, ich bin gleich wieder zurück mit einem raffinierten Plan, sobald ich mit der äußerst ernst zu nehmenden Aufgabe fertig bin, dafür zu sorgen, dass du dir nicht in die Hosen scheißt.*

«Wir wissen alles über dich, Azi, oder zumindest alles, was wir wissen müssen. Das meiste davon ist gut, vieles bereitet uns ein wenig Kopfzerbrechen. Und ein paar Sachen – du wirst bestimmt wissen, welche – sind so beeindruckend, dass wir es uns nicht leisten können, dich Justitias warmer Umarmung zu überlassen, selbst wenn wir das wollten. Wenngleich auf beiden Seiten des Atlantiks gewisse Freunde von uns entzückt wären, wenn wir es täten.»

Schneller als erwartet kehrt sein Verstand mit zusammenhängenden Sätzen zurück.

«Okay. Ich versuch mal, das Ganze zu kapieren. Ihr werdet mich nicht einsperren. Du sitzt hier und trinkst Kaffee, obwohl du mich genauso gut als verschnürtes Bündel hinten in einen fensterlosen Transporter verfrachten lassen könntest. Also muss es sich um einen ziemlich wichtigen Deal handeln.»

Azi bricht mittendrin ab. Er stellt fest, dass zu wissen, was andere nicht tun, kein guter Ratgeber für das ist, was tatsächlich geschehen wird.

«Was wollt ihr von mir? Warum ist Sigma so wichtig für euch?»

«Es gibt gewisse Dinge, die ich dir sagen kann, und andere eben nicht. Verschwende bitte meine Zeit nicht mit dem Versuch, etwas über die zweite Kategorie herauszufinden. Jawohl, wir sind an der Person, die sich Sigma nennt, sehr interessiert. Wir haben schon seit Monaten gehofft, dass sie letztendlich zu dir kommen wird und dich um Hilfe bittet. Leider hast du ihr gesagt, dass du nicht bereit bist, von deiner Tastatur aufzustehen. Aber keine Sorge, wir werden das ändern.»

«Wie bitte?»

«Du wirst Sigma eine Nachricht schicken. Und zwar umgehend. Und ihr sagen, dass du dich mit ihr treffen willst.»

Das ist so jenseits von allem, was Azi erwartet hätte, dass er kurzzeitig vergisst, fürchterlich Angst zu haben.

«Warum sollte ich das tun? Warum wollt ihr, dass ich das tue?»

«Erinnerst du dich, was ich dir gerade zum Thema Fragenstellen gesagt habe? Ich mach's jetzt mal schön einfach für dich. Diese junge Frau – und jawohl, sie ist eine Frau – ist für uns extrem wichtig, und es ist unsere Absicht, dich zu benutzen, um sie ein wenig besser kennenzulernen. Du bist ein wichtiger Aktivposten für uns, ein wertvoller Agent. Wie fühlt sich das an?»

«Wie Gomorrha. Darum geht es doch nur.»

«Ich will das Wort nie wieder aus deinem Mund hören. Nie wieder. Du hast keine Vorstellung, womit du es zu tun hast. Wenn die an meiner Stelle hier säßen, hättest du nur noch Minuten zu leben. Und glaub mir: Fröhliche Minuten wären das nicht. Munira Khan. So heißt sie. Das wird sie dir sicher noch sagen. Sie wird immer verzweifelter, und du wirst das einzig Gute sein, das ihr seit langem begegnet ist. Mehr brauchst du einstweilen nicht zu wissen.»

«Nein. Kommt nicht in Frage. Ich spiele nicht den Lockvogel.» Erst als ihm dieser Satz entfährt, wird ihm klar, welch entschiedene Meinung er zu diesem Thema hat. Wer auch immer Sigma ist: Sie verdient einen besseren Freund als ihn, auch wenn es bei ihm um hehre moralische Ansprüche eher dürftig bestellt ist. Anna schaut ihn unverwandt an, wechselt dann den Tonfall und redet ihm fast konspirativ zu.

«Azi, wir beide stehen auf derselben Seite. Die Leute, die wir zu stoppen versuchen, sind schlimmer als die kleinen Würstchen, die du die ganze Zeit anfütterst, diese Kindsköpfe, die von ihrem Schlafzimmer aus ‹weißer Rassist› spielen. Wir sind hinter denjenigen her, bei denen deine Kindergartennazis gern in die Schule gehen möchten. Wir versuchen Munira zu retten, und später werde ich dir genauer sagen können, wer ‹wir› sind. Ehrlich gesagt, versuche ich gerade auf gut Glück, dein Vertrauen zu gewinnen, damit du uns hilfst. Ich weiß, dass du dich selbst für einen von den Guten hältst. Dies ist deine Chance, es zu beweisen. Da, nimm.»

Ohne Theatralik greift Anna in ihre Jackentasche und übergibt ihm einen Zettel. Darauf ist eine Zeile getippt: *Victoria Station, morgen, 10:00.* Azi macht den Mund auf und wieder zu. Nichts, was er sagt, könnte seine Lage verbessern, doch hat er das Gefühl, sie könnte sich beträchtlich verschlechtern. Anna klopft auf die Tischplatte.

«Das sind Ort und Zeit für euer Treffen. Wir wissen nicht genau, wo sie sich gerade aufhält, aber wir sind zuversichtlich, dass sie zu dir kommen wird. Gegenwärtig handeln wir nach der Devise: Vertrauen gegen Vertrauen. Die wertvollsten Informationen befinden sich innerhalb der Köpfe der Menschen. Und wie du nur allzu gut weißt, sind die sichersten Nachrichten die, die ganz ohne technische Hilfsmittel weitergegeben werden. Im direkten Gespräch, per Händedruck und im belebten öffentlichen Raum.»

Azi nuckelt ein letztes Mal an seiner Tasse und nimmt seinen ganzen Mut zusammen.

«Ja, und? Ihr habt genug in eurem Überwachungssystem, um mich ins Gefängnis zu stecken, wenn ich euch nicht helfe. Und du sitzt da, trinkst meinen Kaffee, erwartest von mir, dass ich nicke und mich für die Chance bedanke, in den Geheimdienst Ihrer Majestät einzutreten – oder wer auch immer ihr seid –, anstatt auf unbestimmte Zeit hinter Gittern zu verschwinden. Woher weiß ich, dass ihr Sigma nicht umbringt, sobald sie auftaucht? Woher weiß ich, dass wir beide nicht schon in dem Moment tot sind, in dem wir uns treffen?»

Anna zuckt mit den Achseln. «Du weißt es nicht. Was auch keine Rolle spielt, denn du hast keine andere Wahl. Du wirst dir alles aufmerksam anhören, was wir dir sagen, und wirst alles in deiner Macht Stehende tun, um uns behilflich zu sein. Du hast gesehen, was Sigma dir geschickt hat. Das Material ist echt, und wir sind diejenigen, die das Ganze zu stoppen versuchen. Alles in allem solltest du mir dankbar sein. Nicht zuletzt deswegen, weil ich ihnen aufgetragen habe, deine Bankkonten nicht völlig abzuräumen.»

Azi wirft ruckartig den Kopf hoch. «Wie bitte?»

«Sie wollten sie eigentlich vollständig leeren, aber ich habe ihnen gesagt, man könne dir genug trauen, um ein klein bisschen was übrig zu lassen. Zu gegebener Zeit bekommst du eine Rückvergütung, aber bis dahin möchten wir nicht, dass du finanziell zu gut ausgestattet bist. Betrachte es als einen unblutigen Beweis dafür, wie ernst wir es meinen. Und dann stell dir all die anderen Möglichkeiten vor, wie wir das hätten beweisen können.»

Während sich Azi in dem Raum umsieht, der seit zwei Jahrzehnten seinen Lebensmittelpunkt darstellt, herrscht Schweigen. Da sind die sich ablösenden Band-Poster. Die uralten Meme, aus denen er Postkarten gemacht hat. Der Lego-Gandalf, der sein Server-Rack bewacht. Dem Blick eines Fremden musste sich ein ziemlich mitleiderregendes Bild darbieten. Das ist ja das Problem, wenn man die Gewohnheit ablegt, die Dinge um sich herum wahrzunehmen; es hält die Welt nicht davon ab zurückzublicken.

«Und wenn ich jetzt tatsächlich nein sage?», fragt er. «Was, wenn ich Munira sage, falls sie überhaupt zustimmt, sich mit mir zu treffen, und falls sie wirklich Munira ist, dass wir beide bis zum Hals in Schwierigkeiten stecken und ihr vorschlage, dass das Beste, was wir tun können, ist, um unser Leben zu laufen?»

Die Frau, deren Name keineswegs Anna zu sein braucht, schenkt ihm ein nettes Lächeln, streckt den Arm aus und schüttelt ihm die Hand.

«Wir wissen beide, dass du das nicht tun wirst. Es war mir ein außerordentliches Vergnügen, dich kennenzulernen, Azi. Mein Kollege wird gleich zu dir stoßen, und außerdem empfehle ich eine Dusche. Der Kaffee riecht wirklich ziemlich unangenehm.»

Und damit verlässt sie ihn.

# KAPITEL 5

• • •

Es ist, als hätte Kabirs Unterbewusstsein ein Video von diesem Augenblick aufgenommen und müsste es nun ununterbrochen abspielen, eine Endlosschleife auf seinem privaten YouTube-Kanal: die Auflösung des Gesichts seines Cousins und seine Verwandlung in etwas anderes; das Abkippen des Körpers und der Fall, und noch einmal der Fall, und noch einmal der Fall in den Dreck. Im Wachen und Schlafen wird Kabir vom Auge eines Scharfschützen verfolgt, der sich ihn durch sein Zielfernrohr aussucht und seinen Kopf in Großaufnahme heranzoomt, während ein Finger vor dem Abzug schwebt. Ein Juckreiz wandert zwischen seiner Stirn und seinem Genick hin und her – das Vorgefühl einer Gewehrkugel. Das Gesicht seines Cousins verwandelt sich sekundenschnell von einem lebendigen in ein totes, und schon geht alles wieder von vorn los. Sein Boss hat ihm Schlaftabletten gegeben, die ein wenig helfen, auch wenn er dann manchmal zu kämpfen hat, um zum Morgengebet aufzustehen.

Bis dahin waren sie immer gemeinsam unterwegs gewesen. Von England über die Türkei nach Syrien hatten sie so getan, als wären sie einfache Rucksacktouristen, bis ein Bus und danach Taxis und lokale Schleuser sie ins Grenzgebiet und weiter brachten. Eine Rekrutierung war alles, was sie sich erhofft hatten. Sie waren auch auf Sachen gefasst, vor denen sie sich ihrer Ansicht nach nicht fürchteten: auf die psychische Erschöpfung in der Grundausbildung; auf die pedantisch ausgelegten Glaubensvorschriften, deren Nichtbefolgung den Tod bedeutete; auf die den Alltag prägende Angst. Angesichts all dessen sprachen sie sich gegenseitig

Mut zu, genossen die Privilegien der Besatzungsmacht und brüteten Pläne aus, in denen eine Heiratserlaubnis und hellhäutige Jungfrauen vorkamen.

Und dann war der eine von ihnen am Leben, und der andere war tot, und alles war ganz anders.

Allerdings war es auch der Tod seines Cousins, der Kabir zu dem gemacht hat, der er jetzt ist. Er hatte die Geistesgegenwart besessen, das Geschehen mit seinem iPhone aufzunehmen – eine Geistesgegenwart, die seinen Vorgesetzten gefällt. Die Bilder sahen authentisch, wirklichkeitsnah und intim aus. Sie schafften es in die BBC-Nachrichten. Der gefilmte Tod eines Märtyrers, der viral geht, ist fast so gut wie gefilmtes Leben. Manches Mal sogar besser, wenn er noch mehr Rekruten für die Schlacht um Herzen und Köpfe bringt.

Daheim in England hatte Kabir vage darüber nachgedacht, einmal AV-Techniker zu werden. Er hatte sich um Licht und Ton auf Partys von Freunden gekümmert. Hier draußen ist er jetzt ein fester und unfassbar gut bezahlter Mitarbeiter in einer mobilen Propagandaeinheit, und seine Tätigkeitsbeschreibung hat wenig Ähnlichkeit mit der klassischen Rolle eines Dschihadisten. Jetzt, da Raqqa unter Kontrolle ist, durchstreift er die nähere Umgebung, sucht nach emotional berührenden Begebenheiten und bemüht sich, seine Leistungsvorgaben einzuhalten.

Es wird erwartet, dass die autonome Produktionseinheit, in der Kabir als Regieassistent dient (der Islamische Staat nimmt es mit Funktionsbezeichnungen außerordentlich genau), täglich dreißig bis fünfzig professionelle Medieninhalte erstellt: komplette Filme, Social-Media-Updates, Pamphlete und Podcasts. Ruhmreiches Sterben und blutige Hinrichtungen sind schön und gut, aber Waffen zu schwingen und Glaubensabfall zu bestrafen, ist nicht genug. Es geht im Kern darum zu zeigen, dass sich der Islamische Staat behauptet und sich weiter ausbreitet, auch wenn er sich im Wesentlichen über Kidnapping, Plünderung, Sklaven- und Drogenhandel sowie Erpressung finanziert.

Kabir kümmern solche ökonomischen Zwänge nicht. Die jungen Moslems, deren Bewusstsein er zu erreichen sucht, sind für militärische Triumphe und Filmmontagen über die Ausbildung zum Kämpfer empfänglich, doch gibt es auch, wie er gelernt hat, ein beträchtliches Publikum für Bildmaterial über Instandsetzung von Infrastruktur, unternehmerische Initiativen, Momente häuslichen Glücks und heftiger Schuldgefühle wegen der Rettung von Sunniten vor der Ermordung. Rundum alles, was ein Imperium suggeriert, das auf den Trümmern westlicher Scheinheiligkeit erbaut wird, ist medientauglich.

Was Kabir am meisten beeindruckt, sind Kultiviertheit und Raffinesse des Ecosystems, das er mit seinen Beiträgen beliefert. (Sein Vokabular ist nun gespickt mit Begriffen wie: mediale Ecosysteme, Cyber-Dschihad, Plattform-Agnostizismus). Der Content seines kleinen Teams wird von einem sich ständig wandelnden Schwarm aus loyalen Unterstützern in der ganzen Welt neu aufbereitet und dort verbreitet, wo seine größtmögliche Wirkung vermutet wird. Was sie produzieren, ist ein Cocktail aus reinen, starken Emotionen, zielgruppengerecht gemixt wie die Sprüche, die ihn selbst hierhergebracht haben: *Dein Leben kann einen Sinn haben, dein Glaube kann dir Ruhm und Ehre einbringen.* Wer braucht da schon Hollywood? Er hat Geld in der Tasche, genießt Angst und Respekt der unterdrückten Einwohner Raqqas und lebt in einer gemütlichen beschlagnahmten Wohnung in der Nähe des Marktes, in Gesellschaft mehrerer hilfsbereiter Kameraden, die ihm gern seine Einkaufslisten übersetzen.

An gewisse Dinge muss man sich erst gewöhnen, und Kabir schöpft Trost aus der Tatsache, dass sich die Stadt nur allmählich mit ihrem neuen Status arrangiert. Die öffentlich zur Schau gestellte Frömmigkeit nimmt zu; Dutzende von Bürgern fallen in den Straßen spontan auf die Knie, wenn der Ruf zum Gebet erklingt. Frauen sieht man immer häufiger nur in Begleitung von Männern. Für die Ankündigung von Hinrichtungen werden die Lautsprecher in den Straßen benutzt, und er hat eine Weile gebraucht, um seine mimische Reaktion auf diese Durchsagen zu perfektionieren. Angebracht ist ein Gesichtsausdruck irgendwo zwischen Enthusiasmus und kampferprobtem Gleichmut, begleitet von resolutem Schweigen. Öffentliche Äußerungen werden streng überwacht, und fluchen ist verboten. Der letzte Brite, der «holy fucking shit» gemurmelt hat, als er mit ansah, wie einem Abtrünnigen stümperhaft der Kopf abgehackt wurde, hatte Glück, dass er mit zwanzig Peitschenhieben davonkam.

Andere verbotene Dinge umfassen (in willkürlicher Reihenfolge): nicht genehmigte Versammlungen; Musikhören; Lehren oder Lernen von etwas, das sich an westlicher Weltanschauung orientiert; Rasieren und Taubenzüchten. Kabir hat Tauben nie gemocht, sein Bart ist üppiger Beweis für seine Männlichkeit, und die Paranoia, wenn er in seiner Wohnung Pharrell Williams hört, ebbt allmählich ab. Von einem gewissen Punkt an wird ihm – so vermutet er – ohnehin alles leichter fallen, und sein Aufstieg durch die Reihen der Auserwählten wird Belohnungen mit sich bringen. Von einem gewissen Punkt an werden sie sein Talent umfassend anerkennen. Mit etwas Glück schon morgen.

Denn morgen wird Kabir beim Dreh eines Actionfilms assistieren, dessen Handlung sich erst in der Realität entfalten soll. Es handelt sich um die letzte Folge der Blockbuster-Serie

*Clanging of the Swords*. Zum ersten Mal seit dem Tod seines Cousins wird er mitten unter echten Kämpfern arbeiten, dieses Mal als Teil einer kompletten Filmcrew, genauestens überwacht vom Al-Itisam-Institut für Medienproduktion. Es ist für ihn die Chance, von den Profis der technisch aufwendigsten Propagandafilmproduktion wahrgenommen zu werden, von jenen, die *Windows on the Land of Epic Battles* kreiert haben, und er ist entschlossen, sie zum Staunen zu bringen, auch wenn das bedeutet, auf die künstlerischen Feinheiten zu verzichten, die er sonst bevorzugt.

Sollte Kabir keinen guten Eindruck hinterlassen, könnten sie vielleicht beschließen, er wäre besser am Schreibtisch aufgehoben, um endlose religiöse Ansprachen hochzuladen, weshalb er gegenwärtig auf seinem gefliesten Wohnzimmerboden abwechselnd Liegestütze und Kniebeugen macht. Nach jeweils zwei Zehnersätzen wird das Ziehen in der Brustmuskulatur und in den Oberschenkeln unerträglich, sodass er lieber das Aufheben und Ablegen seiner schweren neuen Sony-Kamera übt. Dabei schafft er zwölf Wiederholungen, wonach seine Schultern und Arme zittern und seine Hand ständig vom Griff rutscht. Kabirs Grundausbildung ist schon eine Weile her, und bereits damals hat es ihm sein besonderes Medieninteresse aus vordschihadistischen Zeiten ermöglicht, jene qualvollen Schindereien zu vermeiden, die Hamid so gefielen. Sport ist noch nie sein Ding gewesen.

Schweißgebadet streckt sich Kabir auf seinem Sofa aus und klickt sich durch eine Auswahl offiziell verbotener Accounts in den sozialen Medien – ein gutes Mittel zu inspirierender Zerstreuung. Jetzt, da Hamid nicht mehr da ist, gibt es abends wenig zu tun, außer zu versuchen, sich keiner der Vergehen schuldig zu machen, die mit Verstümmelung bestraft werden. Sein Blick schweift unruhig durch den Raum. Alle Bücher,

Magazine, Zeitungen, Bilder und Holzstühle wurden vor seiner Ankunft im Hinterhof verbrannt, aber die Wände weisen noch mehrere kreuzförmige Umrisse von nicht ausgebleichter Farbe auf, was ihn zu der Vermutung führt, dass die früheren Bewohner Christen gewesen sind. Unter beträchtlicher Willensanstrengung gelingt es ihm, sich keines der Dinge vorzustellen, die ihnen vielleicht widerfuhren.

Morgen wird er direkt am Ort des Geschehens sein, auf Schritt und Tritt, Seite an Seite mit den Kämpfern. Er darf keine Schwäche zeigen, nicht stolpern oder sich vom Auge eines Scharfschützen zum Tod verurteilen lassen und fallen. Noch ein paar Momente der Erholung, noch ein paar Tabletten, damit die Nacht schneller vergeht, und dann kann ihn nichts mehr aufhalten.

# KAPITEL 6

• • •

Azi betrachtet seine Sneakers. Es ist 9 Uhr 55, und im Bahnhof wimmelt es von Pendlern und Touristen. Vom Versuch, diese zügig ausschreitenden Fremden auch nur teilweise im Auge zu behalten, wird ihm schwindlig. Er trägt Hoodie und Rucksack, lungert seit quälenden fünfzehn Minuten am verabredeten Treffpunkt mit Sigma/Munira herum, und er gibt sich höchstens noch zehn weitere Minuten, bevor jemand vom Sicherheitspersonal seinerseits in seiner Nähe herumlungert. Hände in den Taschen, im Kopf alle möglichen Szenarien, bemerkt er die junge Frau erst, als sie neben ihm steht.

«AZ?», fragt sie vorsichtig wie jemand, der zum ersten Treffen mit einem Mann aus einer Dating-App kommt. «Du bist tatsächlich gekommen.»

«Ja, ich bin gekommen.» Er lächelt sie an. Er kann sich nicht erinnern, wann er zum letzten Mal spontan jemanden angelächelt hat, aber sie hat nun mal eines dieser Gesichter. Und sie sieht so verängstigt aus, so jung. Plötzlich ist nicht mehr er das Opfer. Er hat jetzt das Sagen, und er muss sie beruhigen. «Keine Angst, ich will dich nicht entführen und deine Organe verschachern. Versprochen.»

*So ein Scheiß. Wo kam denn das jetzt her?* Doch sie erwidert sein Lächeln.

«Gut zu wissen. Super. Danke fürs Kommen. Ich bin so was von dankbar. Ich bin Munira. Hi.» Azi blinzelt und versucht eine Miene aufzusetzen, die irgendwie Vertrauen erwecken soll. Das Ganze artet viel zu sehr in ein Date aus. Er muss das besser handhaben, und zwar schnell, bevor er womöglich die

Frau, für die er den Lockvogel spielen soll, zum Lunch und ins Kino einlädt.

Es ist auch nicht hilfreich, dass sie viel hübscher ist, als er es jetzt gebrauchen kann.

«Ich bin Azi. Unterhalten wir uns beim Gehen. Schau am besten möglichst zu Boden.»

Sie durchqueren die Bahnhofshalle und hängen sich an eine Touristengruppe. Die Touristen sind langsam und ziehen sich deshalb den unverbrüchlichen Hass einer Reihe von Pendlern zu, aber Azi hält es für keine gute Idee, wenn es so aussähe, als wären sie beide in Eile. Munira beobachtet ihn scharf.

«Ich habe mich dauernd gefragt, wie man es ausspricht. Nicht A-Z. Azzi. Und wie heißt du richtig? Oder willst du es mir nicht sagen.»

«Äh – Azi. AZ, Azi? Amerikanisch ausgesprochenes Z. Soll so was wie ein Doppelbluff sein.» Warum klingen Dinge, die im Internet superclever erscheinen, immer so dumm, wenn man sie im echten Leben erklären soll?

«Das ist unglaublich frech. Nenn mich bitte Munira. Sigma bin ich in den Foren.»

«Ja klar, selbstverständlich. Munira. Passt zu dir.» Sie sieht mit gerunzelter Stirn zu ihm auf und senkt dann den Blick wieder zu Boden.

«Du bist überhaupt nicht so, wie ich erwartet habe», sagt sie. «Ganz und gar nicht. Ich dachte, du wärst, du weißt schon, wie.»

«Ein schlecht gelaunter Weißer im Assange-Grungelook?»

«Oder vielleicht ein bisschen wie Snowden, mit Brille und Pullover. Egal. Ich bin einfach bloß froh, dass du da bist. So was von froh.»

Und dann bricht sie mitten in der Victoria Station in Tränen aus.

Azi hat keine Ahnung, wie er mit fremden Tränen umgehen soll, ganz zu schweigen von Tränen, die über die Wangen einer geheimnisvollen Frau rinnen, die er gerade erst kennengelernt hat.

Von den Tränen abgesehen, gleicht Munira der jungen Frau auf dem Foto, das sie bei der zweiten Mail-Korrespondenz angehängt hat, bei jener, die unter der gestrengen Vormundschaft von Annas Kollegen zustande kam. Munira ist schlank, uneitel gekleidet mit Jeans, Pulli und dem roten Kopftuch, das sie zur eindeutigen Identifizierung vorgeschlagen hatte. Eine voluminöse Tasche ist quer über eine Schulter geschlungen, doch sie trägt sie locker und unangestrengt. Sie weint, ist nervös und angespannt, und ihre wechselnden Empfindungen spiegeln sich in ihrem Gesicht wider. Zieht sie eine Show ab? Zieht er eine Show ab? Auf jeden Fall hat er jede Menge an vor Stunden einstudierten Überredungsfloskeln an die Frau zu bringen.

Unbehaglich lässt Azi seinen Arm einen Zentimeter hinter ihrem Rücken schweben, um sie beide in Bewegung zu halten. Er beschließt, ihr Weinen zu ignorieren und sich wie ein echter Brite unbeeindruckt zu geben.

«Hey. Hör zu, Munira. Ich will gleich Tacheles mit dir reden.»

Sie lächelt wieder, und das Lächeln reicht bis zu ihren jetzt leicht geröteten Augen. Anscheinend versucht sie genau wie er instinktiv, sich durch Reden einer Panik zu entziehen.

«Tacheles reden? Ich glaube nicht, dass ich den Ausdruck jemals im wirklichen Leben gehört habe.»

«Dann eben ‹auf den Punkt kommen›. Sei gnädig mit mir, ich hab so was noch nie gemacht. Ich habe mir deine Recherchen angesehen, und zwar gründlich, und was du gefunden hast, stimmt überein mit einigen Sachen, auf die auch ich gestoßen bin. Auf ein paar echt schlimme Sachen.» Er spricht noch leiser. «Gomorrha, Schmuggel- und Schleuserrouten, Rechtsextremisten, der Islamische Staat und alles dazwischen. Das ist ein ganz schöner Brocken.»

Azi unterbricht sich und schaut sich um. Werden sie beobachtet? Natürlich werden sie beobachtet. Er fährt zügig fort.

«Du kennst das alles schon, und ich weiß nicht, was du bereits hinter dir hast. Aber ich kann dir hier und jetzt sagen, dass das nichts ist, was wir allein stemmen können. Wir brauchen Verstärkung, und wir brauchen Schutz, und wir werden keine Antworten kriegen, bevor wir nicht beides haben.»

«Warte mal. Langsam bitte. Sagst du mir gerade, dass du mir glaubst?»

«Mehr als das. Munira, wer auch immer hinter dir her ist – keiner von uns beiden ist jetzt noch sicher. Nicht mehr. Tut mir leid.»

Sie bleibt stehen und sieht ihn von der Seite an, die Augen argwöhnisch zusammengekniffen. Er holt tief Luft und beginnt vorsichtig, auf Risiko zu spielen.

«Mich hätten sie fast erwischt. Gestern, ein paar Stunden nach deinem ersten Kontakt. Ich habe nichts als einen Rucksack mit dem Nötigsten mitnehmen können. Beinahe wäre ich nicht gekommen ... Es tut mir leid. Ich wollte dich warnen, aber ich muss selbst weiter, und zwar bald.»

Dies ist der Moment, in dem er sich auf seine wichtigste Unwahrheit einlässt. Er hat einen schwarzen Rucksack auf dem Rücken, und es ist richtig, dass sich darin all das befindet, was er einpacken durfte. Er ist sich ziemlich sicher, dass er einen so verzweifelten und aus der Bahn geworfenen Eindruck macht, wie es seine Geschichte nahelegt – weil er, zutreffenderweise, beides ist.

Seit Annas Besuch sind zwölf Stunden vergangen. Unmittelbar nach ihrem Weggang kam ein Mann mittleren Alters in seine Hütte.

Flink und gelassen trat er wie der bestellte Heizungsmonteur auf, ausgestattet lediglich mit einem Werkzeugkasten, der Ausstrahlung väterlicher Kompetenz und der Befähigung, Azi alle Knochen im Leib zu brechen, sollte er Renitenz auch nur in Betracht ziehen.

Als Erstes befahl er ihm, Sigmas gelöschte Nachrichten wiederherzustellen und ihr zu schreiben, er habe es sich anders überlegt und schlage ein Treffen vor. Diese Rolle zu spielen, war schrecklich leicht, und Sigma war schrecklich dankbar. Sie hat ihm gleich ihren Klarnamen gegeben, hat ein Foto von sich geschickt, hat geschrieben, es sei kein Problem für sie, pünktlich nach London zu kommen – und hat dann erwähnt, dass zwei ihrer Cousins vom Islamischen Staat rekrutiert worden seien und dass sie im Besitz von Informationen sei, die IS-Agenten unbedingt haben wollten. Irgendetwas bezüglich Zugangsdetails zu Gomorrha, welche sie nur in der Software zwischen ihren Ohren mit sich trage. Ganz krank vor Schuldgefühlen, hat Azi sie mit ein paar Phrasen beschwichtigt.

Nachdem das erledigt war, erhielt der Mann Azis Unterschrift unter all die Dokumente, die Anna dagelassen hatte; Gedrucktes war das einzige Format, das ausreichend Sicherheit für die Zwecke dieser Leute bot. Danach bat der Mann um eine Tasse Tee mit drei Würfeln Zucker und begann, Azi all das einzutrichtern, auf das er vorbereitet sein musste. Azi durfte sich duschen, wurde, nachdem er um ein Uhr eingeschlafen war, sechs Stunden später geweckt und erbarmungslos gezwungen, mit weiteren Tassen starken Tees alles wieder und wieder durchzuspielen, anschließend angewiesen zu packen, bevor man ihn aus seinem eigenen Heim hinauswarf. Seine Instruktionen würde er über ein unauffälliges neues Handy erhalten, das er Tag und Nacht bei sich zu tragen hatte. Seine gesamte digitale Ausrüstung wurde als Pfand beschlagnahmt.

Inzwischen hat Azi, während er versucht, Muniras forschendem Blick standzuhalten, die beiden Dinge verinnerlicht, die bei jeder Art von Manipulation am wichtigsten sind: Dringlichkeit und Einschränkung. Deshalb die Story von seiner eigenen kritischen Lage. Indem man Dringlichkeit beschwört und andere Optionen ausschließt, suggeriert man die Aussicht auf einen Ausweg, erzeugt einen situativen Kontext, innerhalb dessen die manipulierte Person nur die Wahl hat, das zu tun, was man von ihr will, selbst wenn die Person glaubt, sich eigenständig entscheiden zu können.

«Wie haben sie dich gefunden?», flüstert Munira und führt ihn zurück zur überfüllten Bahnhofshalle. Die Luft riecht nach Desinfektionsmitteln und Kaffee.

Fast stößt er einen Seufzer der Erleichterung aus, bekommt sich dann aber wieder in den Griff und verwandelt ihn in einen der Erschöpfung. «Haben sie nicht, nicht ganz. Offenbar ist es kein Zufall, dass sie direkt nach deiner Kontaktaufnahme kamen. Irgendwie haben sie AZs Aktivitäten überwacht, und das wahrscheinlich schon eine ganze Weile. Hätten sie mich daheim aufgespürt, mag ich mir gar nicht vorstellen, was passiert wäre. Ich hatte aber alles remote ausgelagert, und meine Location war nur ein Fake, eine leere Hütte mit Dummymaschinen. Sie haben sie auseinandergenommen. Ich habe es sehen können, bevor sie meine Kameras entfernt haben. Aber letztlich waren sie hinter mir her, was bedeutet, dass sie kurz davorstehen, auch dich zu finden. Sehr kurz davor.»

«Du lieber Gott. Unsere Korrespondenz, die letzten Nachrichten, die wir uns geschickt haben. Bitte sag mir, dass die sicher waren. Die beobachten uns doch nicht gerade jetzt, oder?»

Sie schaut ihn direkt an, und jetzt sieht er nacktes Entsetzen in ihren Augen. Er schluckt eine neue Portion Schuldgefühl hinunter: *Ist doch nur ein Job. Nicht anders, als online zu lügen. Mit Lügen verdienst du deinen Lebensunterhalt, und das hier ist nur ein Upgrade.*

«Um Himmels willen, nein, ehrlich. Alles sicher. Sie haben nur gesehen, dass Sigma mit AZ Kontakt aufgenommen hat. Alle anderen Spuren haben sie an den falschen Ort geführt, nur zu Metadaten. Dieses Mal.»

«Es tut mir so leid, Azi. Hätte ich das gewusst, hätte ich nur an so was gedacht, hätte ich dich nie mit hineingezogen. Ich kann gar nicht glauben, dass sie dich kriegen konnten. Weil ich mich erkundigt hatte. Wie man an dich rankommt. Ich dachte, du wärst der Beste – du wärst ein Geist! Wenn sie an dich rankommen, wenn sie so gut sind, tja, dann sind wir erledigt. Wir sind praktisch schon tot.»

Sie unterhalten sich halb flüsternd. Ihre Worte gehen in einer Geräuschkulisse aus Schritten, Begrüßungen, Entschuldigungen, Ausrufen und lauten Handytelefonaten unter.

Azi wirft Munira einen Blick zu, beschleunigt seine Schritte und bedeutet ihr, ihm zu folgen. Sie gelangen zu den Rolltreppen und fahren hinauf in eine grellbunte Einkaufspassage. Diese ist fensterlos und gut besucht und verspricht *Alles, was du brauchst, unter einem Dach* – da Fastfood, Glückwunschkarten und Mode vermutlich alles ist, was das Herz begehrt.

Azi kauft am ersten Verkaufsstand, an dem sie vorbeikommen, ein halbes Dutzend Minicupcakes, weil die zu einer verführerischen Pyramide aufgetürmt sind. Er muss seine Hände, die fortwährend die Gurte seines Rucksacks bearbeiten, mit irgendetwas anderem beschäftigen. Und wie alle Hacker und Programmierer wissen: Zucker ist dein Freund – schlecht für den Körper, super fürs Gehirn.

Er isst zwei Cupcakes, bevor ihm einfällt, Munira auch einen anzubieten. Sie beobachtet ihn mit einem solchen Mitgefühl im Blick, dass er ihr am liebsten alles beichten würde. Könnte er ihr nicht in der pinkfarbenen Glasur des Gebäcks eine geheime Nachricht übermitteln? *Lauf!* Doch auf dem Ding ist noch nicht einmal Platz für vier Buchstaben, geschweige denn für ein Ausrufezeichen. Aus der Tatsache, dass er solche Gedanken hat, schließt er, dass er sich keine Improvisationen erlauben und sich an den Plan halten sollte.

«Hör zu», sagt er. «Ich weiß nicht, was du geglaubt hast, das ich tun könnte, was wir zusammen tun könnten, aber ich muss von hier weg. Es tut mir leid, dass ich bloß schlechte Nachrichten habe. Ich weiß, wir kennen uns nicht, wenigstens nicht richtig, aber ... ich bin froh, dass wir uns getroffen haben. Ich wollte, ich hätte mehr tun können.»

«Und was soll ich jetzt tun? Ich weiß nicht mehr, wo ich hingehen soll. Fuck!» Sie marschiert zielstrebig zum Ausgang. Azi hat nur noch wenig Zeit, um auf die Wirkung seiner Taktik zu warten.

«Hast du Freunde, denen du vertrauen kannst? Leute, die sie unmöglich überwacht haben können?» Er setzt jetzt alles auf eine Karte. *Der Vorschlag muss von ihr kommen, nicht von dir.*

«Nicht hier. Im Moment nicht. Azi, warte. Wenn du einen Plan hast, wie du das Land verlassen kannst ... kannst du mich da vielleicht mitnehmen? Es wäre nicht für lange, und ich habe Geld. Ich kann für mich selbst aufkommen.»

Azi kann die Sekunden verstreichen hören, während er sie ansieht und auf seiner Unterlippe herumkaut wie einer, der im Begriff steht, sich auf eine Fremde einzulassen.

«Hast du einen Reisepass?»

Sie nickt und klopft auf ihre Tasche.

«Und niemand weiß, dass du in London bist?»

«Können sie ja nicht wissen. Der Inhalt unserer Nachrichten war doch sicher, stimmt's? Wenn die Leute, die dich aufgespürt haben, mich überwacht hätten, wäre ich längst tot. Ich glaube nicht, dass die mein Gesicht oder meinen wirklichen Namen kennen. Du etwa?»

«Gehen wir vernünftigerweise davon aus, dass sie viel zu viel wissen, als dass wir uns keine Sorgen machen müssten. Aber ich habe nichts bei mir, was sie zurückverfolgen könnten, ich habe nichts hinterlassen, das ihnen was nützt, und Flughäfen zu überwachen, ist nicht einfach, außer für Polizei und Behörden. Ich zieh jetzt gleich los. Ein alter Freund tut mir einen Gefallen. Wenn ich für dich bürge, wenn ich sage, du gehörst zu mir, dann kann er vielleicht uns beiden weiterhelfen ... Du musst dich jetzt entscheiden.»

Sie nickt schnell ihre Zustimmung, sieht ihm wieder in die Augen, als hätte sie darin etwas verloren. Azi erkennt, dass er bis zu diesem Zeitpunkt nicht wirklich an diese Abfolge der Ereignisse geglaubt hat, die er in seiner Küche ein ums andere Mal durchgegangen ist. Dergleichen widerfährt doch keinem im wirklichen Leben, nicht zwei fremden, intelligenten Leuten mit festem Wohnsitz und Überzeugungen und technischem Knowhow. Es sei denn, diese intelligenten Leute finden heraus, dass sie betreffende Entscheidungen ganz woanders gefällt werden.

«Es geht nicht bloß um meine Cousins, verstehst du», fährt Munira nach einer Pause fort. «Sie waren nur der Grund, warum ich angefangen habe nachzuforschen. Ohne die zwei kommen wir alle besser zurecht. Doch was ich gefunden habe ... du hast ja ein paar von den Files gesehen, aber es gibt noch viel mehr. Was immer du dir an Schlimmem vorstellst: Es ist noch schlimmer.»

Azi bleibt vor einer Drogerie stehen.

«Möchtest du dir vielleicht eine Zahnbürste oder sonst was besorgen? Wir treffen uns wieder hier in fünf Minuten, und dann müssen wir in einen Zug steigen. Wir können uns später unterhalten.»

«Ich kann wirklich mitkommen? Wird das für deinen Freund okay sein?» Sie sieht ihn mit großen Augen an, was ihn nur noch mehr in seinem Entschluss bestärkt, die Sache hinter sich zu bringen.

«Ich schätze, ich bin dir was schuldig, und auf diese Weise können wir wenigstens unsere Kräfte bündeln. Ich kann ihn vom Zug aus kontaktieren. Geh. Beeil dich.»

Als sie weg ist, holt er das Handy heraus, das man ihm mitgegeben hat, und tippt eine Nachricht ein: *geschafft*.

Sie fahren nach Berlin.

# KAPITEL 7

• • •

Seit ihrer Geburt im Grenzland des amerikanischen Westens, wo auch der Kino-Western zu Hause ist, geht es in den Träumen der Hackerkultur um Hitzköpfe und Gerechtigkeit, um Helden und Bösewichte, die Krieg führen im Namen des populären Credos weißer Pioniere, es sei göttlicher Wille, dass die Welt am amerikanischen Wesen genesen solle. Mit anderen Worten: Diese Kultur ist schon immer von Selbstbetrug durchlöchert gewesen.

Die mit den weißen Hüten sind die Guten. Sie arbeiten in der IT-Sicherheitsbranche, werden großzügig bezahlt, wenn sie in einer Software Schwachstellen entdecken und dies den Anbieter besagter Software wissenlassen. Sie haben vielleicht eine Möglichkeit gefunden, wie man die Zugriffsberechtigung auf die Website einer Airline umgehen kann? Für diese Information wird man Ihnen ein paar hunderttausend Flugmeilen anbieten. Oder Sie haben womöglich den angeblich unüberwindlichen Krypto-Schlüssel einer Messaging-App geknackt? Um das zu schaffen, brauchen Sie echtes Wissen und Können, wofür Ihnen dann aber eine halbe Million Dollar winkt. Selbstverständlich unter der Voraussetzung, dass Sie erstens offiziell berechtigt sind, Ihren Hack auszuführen, und dass Sie zweitens den Schöpfer der App informieren, anstatt sich umzuhören, wie viel die kriminelle Bruderschaft zu bieten hätte.

Falls Sie sich in Richtung der kriminellen Bruderschaft orientieren, müssen Sie jetzt Ihren schwarzen Hut aufsetzen. Der Verkauf dessen, was Sie wissen, bedeutet dann, dass auch Sie selbst zu den bösen Buben gehören, die sich außerhalb des

Gesetzes bewegen und auf die über kurz oder lang ein Kopfgeld ausgesetzt werden wird. Haben Sie Glück, wird es Jahre dauern, bevor Beweise Ihrer kriminellen Aktivitäten ans Licht kommen. Gehen Sie umsichtig zu Werke, haben Sie inzwischen bereits ein halbes Dutzend neuer Exploits verkaufsfertig. Für jedes Schlupfloch, das geschlossen wird, tut sich an anderer Stelle ein Dutzend neuer Lücken auf. Irgendwo im Rückspiegel erblicken Sie die Regierungen, wie sie Gesetze gegen Missbräuche des vergangenen Jahrzehnts erlassen, womit sie zugleich neue Möglichkeiten für Ihresgleichen eröffnen. Es schaut beinahe so aus, als wollten Staat und Behörden, dass die Programme, die alle online benutzen, vorsätzlich fehlerhaft und unsicher designt werden.

Andererseits gibt es, wie in den besten Kinofilmen auch, noch einen kleinen Bereich dazwischen: die Zone, in der der menschliche Faktor zum Tragen kommt. Diejenigen, die weder ins eine noch ins andere Lager passen, heißen Grey Hats, und sie verkaufen einige der wirkmächtigsten Geheimnisse des einundzwanzigsten Jahrhunderts an Regierungen und Unternehmen gleichermaßen: Einmalzugänge durch Hintertüren in Systeme, von denen die Welt glaubt, dass sie sicher seien; Ausspähtechniken, von denen noch nicht einmal die Geheimdienste gehört haben; Schadsoftware, die sich über Jahre hinweg verbreiten und verstecken kann, bis sie irgendwann über ein Signal aktiviert wird; Sicherheitslücken tief in der Software von Satelliten.

Azi hat das vergangene Jahrzehnt auf der helleren Seite dieser Grauzone verbracht. Allerdings ist er immer unglücklicher geworden mit diesem ganzen Hackerkram. Der Hackerkult ist so was von bescheuert und retrocyberpunkmäßig, inklusive der Anklänge an Neunziger-Jahre-Filme wie *Hackers*, wo Johnny Lee Miller den Großrechner Gibson hackt und Angelina Jolie eine Pixie-Frisur trägt. Azi sieht sich selbst inzwischen ganz anders: als Fachmann für Biases, Blind Spots, Täuschungen, Illusionen, Konfusionen, Irritationen, Aversionen und Sehnsüchte; für Momente der Schwäche und des Irrsinns; für von der Wissenschaft Übersehenes und Vernachlässigtes; für Gruppendenken und Solözismus; für die Tatsache, dass nur wenige Menschen sich noch konzentrieren können, wenn sie sich bis zum Ende von Aufzählungen wie dieser durchgearbeitet haben.

Das war es, was er jedenfalls bis gestern gedacht hat, als er noch das Heft in der Hand hielt. Jetzt wird ihm alles, was er zu kennen glaubte, zur Erinnerung. Sprachlos, vornübergebeugt, vor sich eine hübsche Fremde im Gatwick Express, kann Azi spüren, wie seine Vergangenheit an ihrem Anker zerrt. Eine Lüge zu leben, ist das eine, aber er hat keine Ahnung, wie er mit seinen eigenen versteckten Wahrheiten umgehen soll.

Es war einmal ein Junge, der unbedingt Hacker werden wollte, und das mit der ganzen verzweifelten Energie, die in seinem pubertierenden Leib steckte. Denn dies war es, womit er seinem Alltag in den neunziger Jahren entkommen konnte, diesen sinnentleerten Teenagerjahren am dumpfen Rand von London, im Umfeld der East Croydon Station, einem Schandfleck aus Beton und Stahl. Dort hat er sich an Ecken herumgedrückt, wo sich seine Altersgenossen für planlose Stunden versammelten und sich mit McDonald's-Essen, billigem Fusel und Zigaretten über Wasser hielten. Dort stand der IKEA, wo er an Wochenenden und Feiertagen im Lager Schicht arbeitete. 1994 war er mit großem Tamtam eröffnet worden und ragt seitdem wie ein gelb-blauer Halbgott über der hässlichsten Straße Südenglands auf.

Dort war es, wo er begann, sich seine andere Welt zu

erschaffen. Ein Bildschirm und ein Modem waren sein Zugangsweg ins Abseits, zu einem Fluchtort, an dem ihn die Fragen seiner Mutter zum Schulunterricht nicht erreichen konnten. Eine Ausgabe von Stephensons *Snow Crash* auf dem Fußboden neben seinem Bett, die *Hackerbibel* vom deutschen Chaos Computer Club, fotokopiert und holprig übersetzt mit Hilfe eines aus der Schule geklauten Wörterbuchs. Sie wurde zu seinem Leitfaden, und der Einleitungssatz, der sich durch einen Irrgarten von Schaltkreisen schlängelt, wurde zu seinem Lebensmotto:

*A path can always be found out of even the most oppressive or addictive predicament.* Es gibt immer einen Ausweg.

Azi erinnert sich an all das, als wäre es erst gestern gewesen, weil er bis heute in demselben Haus lebte und von derselben Hütte aus arbeitete, die er sich mit dreizehn unbeholfen zusammengezimmert hatte: Dachpappe in krummen Lagen übereinandergenagelt, dabei bemüht, nicht von einem Küchenstuhl zu fallen, und ohne zu wissen, dass er zuvor die teerhaltigen Überreste der alten Pappe hätte entfernen müssen.

Zwar war es im Innern trocken, wenigstens einigermaßen, doch rochen die Spanplatten noch jahrelang nach Schimmel. Der Raum war spärlich beleuchtet und vollgestopft, zur Hälfte ausgefüllt von einem MALM-Schreibtisch, einem ehemaligen IKEA-Ausstellungsstück, auf dessen Unterseite irgendein gelangweiltes Kind ein Strichmännchen-Massaker gekritzelt hatte. Azi zwängte zwei Klappstühle, einen Beistelltisch und diese uralte Stehlampe in den Raum, zwängte sich dann selbst in zwei Pullover und ein Paar fingerlose Handschuhe, um sich die Kälte vom Leib zu halten. Außerdem fühlten sich fingerlose Handschuhe total hackermäßig an.

Er ließ sich von Unzulänglichkeiten nicht stören. An diesem Ort nahm alles seinen Anfang – mit der weißen Schlange eines Telefonkabels, die sich von der Küchensteckdose den Zaun entlang zu einem Loch in der Hüttenwand wand, durch das sie in die Rückseite eines 14,4-Kilobits-Sportster-Faxmodems von US Robotics kroch. Über dieses Kabel kam die ganze Welt zu ihm, extrem langsam und nur wenn seine Mutter nicht das Telefon benutzte. Alles war ganz so, wie es diese andere (und eher praxisorientierte) frühe Digitalbibel *The UK Internet Book* versprochen hatte, zusammen mit der Warnung, dass es – weil das Internet nun mal das war, was es war – nicht lange dauern würde, bis er Ärger bekommen würde.

Azi brauchte dazu nicht mal eine Woche.

«Alter, hast du von dem Ami gehört, der sein eigenes Telefon durch Reinpfeifen gehackt hat?»

Die Frage kam von Ad, Azis bestem Freund, der an einem trostlosen Freitag im Dezember 1994 nach der Schule bei ihm geblieben war, um zum ersten Mal *Die Hütte* zu besichtigen. Ad, bleich wie ein Blatt Papier, lange Gliedmaßen und von keinerlei Fett oder Muskeln verunziert, lehnte sich zurück, soweit es Holzwände und der IKEA-Stuhl erlaubten, und zelebrierte eine einstudierte Pose lässiger Gleichgültigkeit. Azi – brauner Teint, kompakter Körperbau, vierzehn Jahre jung und noch in Erwartung eines Wachstumsschubs – nickte und grinste.

Ads Vater war auf die gleiche rätselhafte Weise abwesend wie der von Azi, aber seine Mutter machte irgendetwas Wichtiges bei Microsoft, was bedeutete, dass Ad einen IBM-PC mit 486er Prozessor besessen hatte, während Azi sich noch immer mit zerbeulten BBC-Schulcomputern herumschlagen musste. Ad hatte inzwischen einen nagelneuen Pentium-PC daheimstehen, weshalb sein alter 486er in Azis Hütte einen Ehrenplatz bekam, zusammen mit dem superwichtigen Modem. Es war ein neuer Anfang.

Wenn es um Computer ging, glich Ads Status in Azis Leben fast dem einer Gottheit, einem vom Hauch einer nahen Zukunft gestreiften Wesen. Azi war dessen Jünger, und diese Enthüllungen über Telefon-Phreaking waren für ihn von fundamentaler Bedeutung. Als Azi mit Kopfnicken fertig war, spürte er, dass in Anbetracht von Ads Klugheit und Wissen eine förmlichere Aufforderung zu weiteren Ausführungen erforderlich war.

«Wie hat er das gemacht, Ad?»

«Du wirst es nicht glauben, aber er hat einfach mit einer Spielzeugpfeife aus einer Packung Cornflakes oder so ins Telefon gepfiffen, und der Ton hat dann die automatische Vermittlung durcheinandergebracht oder so ähnlich, und dann konnte er kostenlos telefonieren, so oft er wollte und überallhin.»

«Überallhin?»

«Yeah. Und das war schon vor Ewigkeiten, noch bevor wir auf die Welt kamen, aber ... du kennst doch diese Geräusche, die ein Modem macht, wenn es sich einwählt?»

«Ja, meines ist auf V.32bis-Modulation eingestellt bei aktiviertem lokalem Echo, hält den seriellen Port auf dem festeingestellten Wert, schickt nach Verbindungsaufbau die Trägererkennung an den Rechner und arbeitet mit variablen Datenraten. Das Daemon-Package scheint super zu sein, und deshalb denke ich, dass meine Bandbreite fürs Web und alles andere ausreicht.»

Azi hatte sich diesen Spruch den ganzen Tag lang vorgesagt. Es war ihm wichtig, Ad zu zeigen, dass er sich auskannte, dass er mehr war als ein dummer Azubi. In der Schule bekam er immer bessere Noten als Ad, und bei Computern war es doch bestimmt das Gleiche: Man investiert genügend viele Stunden, und irgendwann wusste man mehr als alle andern.

«Okay, es geht also darum, mit dem Computer am anderen Ende zu reden. Und genau wie diese Amis, die rausfanden, dass man das Telefonsystem austricksen kann, wenn man die richtige Frequenz pfeift, habe ich ein Ding, das sogar noch was Besseres kann, so was wie in *WarGames*, du weißt schon.»

Azi kannte den Film. Sie kannten *WarGames* in- und auswendig, weil sie sich den Filmklassiker von 1983 im letzten halben Jahr ungefähr zwei Dutzend Mal angeschaut hatten. Azi übernachtete in Ads Haus mindestens einmal die Woche, und Ads Mutter kümmerte sich nicht darum, wann sie ins Bett gingen oder was sie sich in seinem Zimmer im Fernsehen ansahen.

Ein solcher Luxus kam Azi fast obszön vor, genau wie Ads großer verwahrloster Garten und die fabrikneue Wohnküche. Ein ums andere Mal studierten sie, wie sich Matthew Broderick einen Zugang in ein Videospiel namens *Global Thermonuclear War* hackte, dann entdeckte, dass es sich in Wirklichkeit um ein reales militärisches Raketensystem handelte, und anschließend die Welt rettete, indem er dem System das Konzept eines beiderseitigen Potenzials zum nuklearen Gegenschlag beibrachte. Es war herrlich, auch wenn er und Ad voller Hohn die technischen Fehler mitzählten und dabei auf eine zweistellige Summe kamen. (Kein Mensch könnte sich in ein System wie NORAD einloggen ohne Usernamen *und* Passwort, pflegten sie zu knurren.)

«Du weißt schon, in *WarGames*, gleich am Anfang», fuhr Ad fort, «wo er all diese Nummern anwählt und nach einer Maschine sucht, die er hacken kann? Tja, die Sache ist nämlich die, dass ich etwas habe, was genau das auf diesem Rechner kann.» Ad ließ die Großartigkeit seiner Aussage einen Augenblick lang einsinken und brachte dann mit grandioser Geste aus den Tiefen der Taschen seiner Khakijacke eine Floppydisk zum Vorschein. TONELOC.EXE stand mit Filzstift geschrieben in extremer Schönschrift auf dem weißen Etikett. Er schob die Diskette in den Computer.

«Niemals.»

«Doch. Das ist nämlich ein Wardialler, so heißen die Dinger, benannt nach dem Film. Okay. Und wir können den benutzen, um so lange andere Computer anzuwählen, bis wir einen finden, mit dem wir uns unterhalten können, und dann versuchen, bei dem einzudringen.»

«Wie Matthew Broderick.»

Ad nickte.

«Und, aber – dürfen wir das? Ich meine, was ist, wenn sie uns erwischen?»

«Azi, vertrau mir. Nur Loser werden erwischt. Und sind wir Loser?»

«Niemals.»

«Also sind wir cool, oder? Wir sind cool. Spielen wir mal das Spielchen.»

«Und worum geht's eigentlich?»

«Um das, worum es immer geht, Professor Azi. Ums Gewinnen.»

Und es funktionierte. Nach einer verhaspelten Installation wählte der Computer in automatisierter Abfolge eine Nummer nach der anderen, und das summende und brummende Modem befüllte ein Protokollfile mit fehlgeschlagenen und verheißungsvollen Versuchen. Ehrfürchtig sahen sie zu. Azi hatte so etwas noch nie erlebt. Da saß er in einer winzigen versifften Hütte in Croydon, klopfte reihenweise bei Haushalten an und kartierte die unsichtbaren Linien, die sie alle miteinander verbanden.

Wie eine Spinne in der Mitte ihres Netzes beobachtete und wartete er, während die Maschine die Telefone in dem

Nummernbereich abarbeitete, den sie vorgegeben hatten. Ad trank Um Bongo und kommentierte flüsternd die Funde des Wardiallers, Dutzende von Sackgassen in der Form von Anschlüssen ohne Modem, aber auch einige Systeme, die antworteten, die man eventuell austricksen, kapern und aktivieren konnte.

An dieser Stelle wurden sie durch Azis Mutter unterbrochen, die sie zum Abendessen rief, wo sie die Würstchen und Waffeln servierte, die nach Azis Ansicht für einen solchen Anlass unverzichtbar waren. Sie fragte sie gerade, wie es in der Schule lief, als die Telefonanrufe begannen.

Es war Azis Mutter, die den ersten Anruf entgegennahm, dem Anrufer sagte, er müsse falsch verbunden sein, und den Hörer wieder auflegte. Der zweite Anruf kam eine Minute später, und verdutzt absolvierte sie die gleiche Prozedur noch einmal. Zwei Minuten später läutete das Telefon erneut, und dieses Mal sprang Azi auf und nahm ab. *Ihr habt mich angerufen*, nölte die Stimme eines alten Mannes, *und ich habe zurückgerufen, und da war dann nur dieses Geräusch – verkaufen Sie irgendwas? Nehmen Sie das jetzt auf? Ist es wegen meiner Rundfunkgebühren?*

«Das war ein Versehen», erwiderte Azi, und in seiner Magengrube bildete sich ein schwerer Klumpen, als er das Ausmaß ihres Fehlers erfasste.

Sie hatten die Anrufe über das Festnetz seiner Mutter getätigt. Sie hatten den Computer angewiesen, einen Satz lokaler Nummern abzuarbeiten und aufzulegen, sobald sich eine Person statt eines Modems meldete. Da das Modem inzwischen offline war, riefen dauernd Leute zurück, denn der aktuelle Schauplatz war Südlondon in den neunziger Jahren und nicht Kalifornien im Jahr 1983. Der Wardialler hatte in den letzten paar Stunden über zweihundert Nummern angerufen. Das ergab – wenn auch nur jeder Zehnte wusste, wie man zurückrief – zwanzig Personen.

Azi schwirrte der Kopf. Ad hatte sich von seinem letzten Würstchen in den Bann schlagen lassen, fixierte es starren und gesenkten Blickes, während er es in immer kleinere Stücke zerschnitt. Das Telefon läutete und läutete, und Azis Mutter warf den beiden einen langen Blick zu. Die wenigen Mitglieder der Familie seiner Mutter, die er kennengelernt hatte, schafften nahtlos den Übergang von laut zu ohrenbetäubend, wenn sie wütend waren; nicht so seine Mutter. Die wurde immer stiller, immer ernster, als würden ihre Gefühle über ihr zusammenschlagen. Sie wurde traurig, und er hasste das.

«Warst du das, Azi? Hast du irgendwas mit diesem Computer angestellt?»

«Ja, Mama. Allerdings aus Versehen.»

«Irgendwas Schlimmes? Polizei?»

«Nein, Mama. Wir haben nur was ausprobiert. Es war reine Blödigkeit, wir haben nicht geglaubt, dass es funktioniert.»

«Und jetzt rufen mich die Leute die ganze Nacht an?»

«Nein. Beziehungsweise ja. Vielleicht.»

«Ich bin müde, Azi. Ich werde aus dem Haus sein, bevor du aufwachst. Du gehst ans Telefon und bringst alles wieder in Ordnung. So was kommt mir nicht wieder vor. Mach langsamer, dann machst du auch alles richtig. Du bist ein guter Junge. Was auch immer du tust, ich möchte auf keinen Fall, dass irgendwelche Leute hier bei uns anrufen – auf keinen Fall. Hast du das verstanden?»

«Einmal und nie wieder, versprochen. Ich mach das nie mehr.»

Die Andeutung eines Lächelns huschte übers Gesicht seiner Mutter.

«Du lässt dich nie wieder erwischen, meinst du wohl.»

«Okay, Mama.»

Schweigend aßen sie auf und wurden alle fünf Minuten von einem Anruf unterbrochen, den Azi abwehren musste. Hier war er, was Hacking anging, zum ersten Mal auf den Geschmack gekommen. Und er hatte, wie ihm später klarwurde, die bestmögliche Lektion erteilt bekommen: Hinterlasse niemals Spuren. Du bist kein Angler, der seine Beute an Land zieht. Du bist ein Niemand, ein Geist in der Maschine eines anderen.

# KAPITEL 8

• • •

Berlin schmort in der Sommerhitze, das Spreeufer ist ein Gewimmel aus Jung und Alt. Fußgänger strömen in beide Richtungen, während andere die Szene aus Liegestühlen oder an verstreut umherstehenden Tischen betrachten. Es ist ein Bild von Pluralität, von Multikulturalität und einer demokratischen Erfolgsgeschichte. Eine Ansichtskarte von einer Zukunft, die vor einem halben Jahrhundert noch undenkbar gewesen wäre.

Unter seiner dunklen Kleidung schwitzt Azi. Um diese Art von Hitze ertragen zu können, hat er sich in seinem Leben nicht oft genug im Freien aufgehalten. Munira neben ihm schreitet mit der Effizienz von jemandem aus, der Hitzewellen gewohnt ist. Wie die Einheimischen ist sie passend gekleidet, was bedeutet, dass sie so wenig wie möglich anhat: Shorts, Flipflops, olivgrünes Oberteil, ein Tattoo in der Form eines kleinen Sterns, der auf der Innenseite ihres linken Handgelenks prangt. Ohne Kopftuch – das sie ihrer Aussage nach nur trägt, um Familienangehörige zu beschwichtigen oder bei Treffen mit geheimnisvollen Fremden – fällt ihr dunkles Haar, unzüchtig wippend, über die Schultern. Ein schöner Anblick.

Azi blinzelt in die Sonne und versucht, mit dem Strom zu schwimmen. Er bewundert die endlose Aufeinanderfolge von Museen und Konzerthäusern, von Kirchen und Regierungsgebäuden, und monologisiert vor sich hin.

«Ich bin nicht für die reale Menschenwelt geschaffen, Munira. Dieses in der Sonne Rumspazieren und Sichunterhalten ist nicht mein Ding. Je eher sie mein Gehirn in einen Tank stecken und an eine Maschine anschließen, desto besser.»

«*Die reale Menschenwelt?* Wow. Du haust das einfach so raus, als wäre es das Normalste, was normale Menschen eben so sagen.»

«Ha. Ich bedauere, dich darüber informieren zu müssen, dass ich jemanden kenne, der das Wort regelmäßig benutzt.»

Sie grinst ihn an. «Lass mich raten. Ein alter Freund? Deine Nemesis?»

«Eher Ersteres. Aktuell vielleicht auch ein wenig von Zweiterem. Wir haben schon eine Weile nicht mehr miteinander gesprochen. Wir haben zusammen eine Menge Zeit vor dem Computer verbracht, lange, bevor es cool wurde.»

«Du bist ja *so* alt. So was von letztes Jahrtausend. Dieses abgekoppelte und aufs Nötigste reduzierte Leben, das wir gerade führen, macht irgendwas mit meinem Bewusstsein. Aber du bist so aufgewachsen, oder? Nichts als *Menschenwelt*, so weit das Auge reicht.»

Azi hebt die Hände. «Du hast gewonnen. Es ist ein fürchterlicher Ausdruck. Sollen wir uns ein Internetcafé suchen?»

«Ja klar, denn solche Orte gibt es noch. Mit öffentlich zugänglichen Computern und Windows 98.»

«Ich hab's kapiert. Im Grunde genommen bin ich dein Opa.»

«Meiner nicht, überhaupt nicht. Der war ein schrecklicher alter Mann. Hat meinen Vater immer mit einem Gummischlauch verdroschen.»

So vieles von dem, was Munira sagt – ob gut oder schlecht, frech oder traurig –, klingt wie eine Punchline. Azi hat noch nie jemanden wie sie getroffen. Sie ist jetzt lebhaft und schlagfertig, ganz anders als die Frau, die er in der Bahnhofshalle kennengelernt hat.

Ein unangenehmer Anflug von Verfolgungswahn und unbestimmte Vorahnungen einer Katastrophe haben sie in Gatwick begleitet. Sie waren shoppen und Kaffee trinken und haben wahllos wildfremde Menschen angelächelt, sind am Ende einer grell ausgeleuchteten Ödnis von Korridoren in ihr Flugzeug gestiegen, haben schweigend die Bordillustrierten gelesen und nochmals gelesen, sich dann eine Stunde in die Schlange gestellt, bis sie hinaus in die historische Bausünde des Flughafens Berlin-Schönefeld entlassen wurden. Sie sind abgeflogen und gelandet. Das allein ist schon ein Sieg.

Jetzt strahlt Munira, weil es unerwartet Hoffnung gibt. Dies ist das erste Mal seit Monaten, erzählt sie ihm, dass sie nicht fortwährend einen Blick über die Schulter wirft – jetzt tut sie es nur alle zehn Minuten. Ihr Glücksgefühl nagt an seiner Selbstsicherheit. Azi wartet auf neue Instruktionen über das Handy in seiner Tasche. Mehr hat man ihm nicht gesagt, weil dies alles sei, was er wissen müsse. Wie Jim ist auch er nichts als das Täuschungsinstrument von jemand anderem. Also redet er einfach weiter.

«Schwere Kindheit?»

«Für meinen Vater schon. Für mich weniger. Er hat seinen alten Herrn gehasst, so wie der die Mutter behandelt hat; alles an ihm hat er gehasst. Ich vermute, er wollte, dass seine Kinder es besser haben. Schule, Computer, anständige Klamotten – er wollte, dass ich alles habe. Mama eher weniger. Und ihre Familie schon gar nicht. Weißt du, wie das ist, wenn man aus einer großen Familie stammt? Jedenfalls konnte ich es mir erlauben, dem Rest von ihnen zu sagen, dass sie mich mal können. Ich bin oft einfach abgehauen. Hab mich mit meinem gebrauchten Laptop auf eine Bank gesetzt und mich in das Starbucks-WLAN gehackt. Das war vor fünf oder sechs Jahren.»

Azi nickt, lässt sich von ihrer Erzählung mitreißen, ist froh, nur zuhören zu dürfen.

«Ich war ein braves Mädchen. Aber ich war auch clever, und das haben sie nicht bemerkt. Papa ausgenommen, wollten sie alle bloß, dass ich einen netten Kerl kennenlerne und nette Babys bekomme. Er hat mir diesen alten Laptop besorgt, und von da an habe ich beschlossen herauszufinden, wie es auf der Welt wirklich zugeht. Und einen Typen gab es natürlich auch. Einen weißen Jungen mit Brille und *World of Warcraft*-Klamotten, der überhaupt nicht zu mir gepasst hat.»

«Du Glückspilz.»

«Er hat mich betrogen, also habe ich sein Battle.net gehackt, alles, was er hatte, zu Geld gemacht und ihn zum Heulen gebracht. Ich wette, du hast ein Mädchen nie so behandelt. Ich bin sicher, du warst ein lieber Junge.»

«Ja, so was in der Art.»

«Wusste ich's doch. Lass mich raten. Du hast deine Mutter stolz auf dich gemacht. Fotocollagen an der Wand, deine Körpergröße mit Bleistift am Türrahmen dokumentiert. Mamas Sonnenschein.»

«Ich will dir ja nicht den Spaß verderben, aber ... sie ist tot. Meine Mutter ist gestorben. Bevor ich es geschafft hatte, sie vielleicht ein klein bisschen stolz zu machen.» Erinnerungen werden in ihm wach und drängen an die Oberfläche. Er unterdrückt sie. Munira ist entsetzt.

«Shit. Shit, tut mir leid. Ich wollte mich echt nicht über deine Mutter lustig machen. Ich kann echt meine Klappe nicht halten. Ich kann mich manchmal einfach nicht mehr bremsen.» Ihre Miene ist eine Mischung aus Beschämung und Mitleid.

«Ist schon in Ordnung. Ehrlich. Ich liebe ... ich mag es, dass du mir gegenüber ehrlich bist. Ich glaub nur, ich brauch jetzt was zu essen.»

«Ich habe vorhin einen vegetarischen Laden gesehen. Er war gerammelt voll, was unserem Interesse an Unauffälligkeit entgegenkommt. Andererseits weiß ja keiner, dass wir hier sind, abgesehen von deinem geheimnisvollen Freund, von dem du sagst, dass er unsere Flüge über eine gleichermaßen geheimnisvolle ‹Organisation› gebucht hat. Weswegen genau sollten wir uns also Sorgen machen?»

«Stellst du mir eine Frage?»

«Nein. Ja. Ich glaube, ich bitte dich, mir noch einmal zu erklären, was wir hier tun. Weil ich froh bin, hier zu sein, klar. Aber ... schau uns mal an. Beinahe hätten sie dich geschnappt. Weil ich nach dir gesucht habe. Woher willst du wissen, dass sie uns nicht jetzt gerade beobachten?»

Azi fühlt sich plötzlich sehr alt und sehr müde.

«Ehrliche Antwort? Ich weiß es nicht. Diese ganze Sache ist total verrückt.»

Munira schüttelt den Kopf und verscheucht alle Ängste, die sich gerade aufbauen wollten. «Sorry, sorry. Das weiß ich. Die Hitze, und Kopfweh hab ich auch. Azi, ich will doch nur, dass alles vorbeigeht.»

Sie spricht noch immer unbeschwert und schnell. Ihrer Miene nach würde man nicht darauf schließen, dass sie beide etwas anderes sind als zwei Touristen, die darüber diskutieren, wo sie essen wollen. Azi hat keine Ahnung, welches ihrer Egos das echtere ist: die quasselnde Hackerin, das gejagte Opfer, die selbstsichere Spaßmacherin, die rebellische Tochter? Und allem Anschein nach weiß sie es selbst nicht. Sie sollte sich ganz klar von ihm fernhalten. Wenn er sie anbaggern würde, hätte sie vielleicht einen plausiblen Grund, um sich davonzumachen. In der Vergangenheit hat sich das immer als ziemlich effektiv herausgestellt.

Allerdings würden das diejenigen, die ihm über sein Handy Anweisungen schicken, mitbekommen, weil sie alles mitbekommen. Sie haben jedes improvisierte Manöver, das ihm vielleicht einfallen könnte, von vornherein einkalkuliert.

Nachdem er sich jahrelang für die intelligenteste und gewiefteste Person im Raum gehalten hat, dämmert es Azi, dass er den größten Teil seines Lebens in Räumen verbracht hat, in dem sich nur eine einzige Person aufhielt. Mit Mühe gelingt es ihm, als glaubwürdiger Beschwichtiger aufzutreten.

«Hör zu. Jetzt hör mal zu. Es ist doch nicht wegen dir. Es ist wegen ihnen, diesen Leuten, die hinter dir her sind. Es ist alles nur wegen denen. Und ich hab Scheiß gebaut. Das geht auf meine Kappe. Du hast nichts weiter getan, als die Person um Hilfe zu bitten, von der du den Eindruck hattest, dass sie diese Hilfe am besten leisten kann. Es ist nicht dein Fehler, dass der Betreffende sich bei näherer Betrachtung als kleines Arschloch entpuppt hat. Nichts von alldem ist dein Fehler.»

Sie schnaubt, blickt sich um und fasst ihn an der Schulter, als wäre es das Einfachste der Welt, einen anderen Menschen anzufassen. Zwar ist das nachfolgende gemeinsame Schweigen nicht gerade kameradschaftlich, aber die Anspannung ist gewichen. Es ist einfach zu viel, das eine zu denken und das andere zu sagen. Üblicherweise kriegt man doch eine vom Staat finanzierte Ausbildung, bevor man ein Doppelleben führen soll, oder?

Sie schließen sich einer Schlange von absurd attraktiven und spärlich bekleideten jungen Leuten an, kommen sich gestrig und orientierungslos vor, und Azi nährt die Hoffnung, dass sich der Tag nach einem Falafel-Sandwich von einer besseren Seite zeigen wird.

Wie in allen anderen Bereichen der mobilen Arbeitswelt dieser Tage ist auch der Alltag von Spionen und Agenten nicht ohne Apps denkbar. Und ganz so wie bei allem anderen in der mobilen Arbeitswelt ermöglicht das beträchtliche Einsparungen, wenn es um Ausbildungsbudgets geht.

Das mysteriöse neue Handy, das man Azi im Tausch für alles aushändigte, was ihm einst gehörte, sieht total gewöhnlich aus, läuft aber mit einer stark modifizierten Version von Android, aus der konsequent alle Schwachstellen eliminiert wurden. (Bei Hightech und in der Kriegsführung gilt: je kleiner die Angriffsfläche, desto besser.) Über dieses reizende Gerät hat er seit ihrem Treffen in der Victoria Station die Fürsorglichkeit einer App mit der Bezeichnung *New Action Directives Issued Remotely*, kurz NADIR, erfahren.

Das Einzige, was Azis Handy kann, ist diese App ihr Werk verrichten zu lassen. Sie sagt ihm, was er als Nächstes zu tun hat, und er tut es. NADIR arbeitet im Grunde als Navi, und seine psychologische Wirkung ist Azi erschreckend vertraut. Je mehr man jemanden auffordert, Schritt-für-Schritt-Anweisungen zu vertrauen, desto mehr wird er sich wie jemand verhalten, der für alles, was er tut, Schritt-für-Schritt-Anweisungen braucht. Er wird sich passiv verhalten, keine Fragen stellen und vermutlich auch am Ende einer Hafenmole ins Meer fahren, wenn es ihm befohlen wird. Azi ist sich dieser Wirkung wohlbewusst, denn er hat damit andere selbst oft genug ausgenutzt. Er stellt irritiert fest, dass sein eigenes Bewusstsein als Reaktion auf die nicht sonderlich einfühlsamen Aufforderungen der App immer mehr abstumpft.

Außer der Benutzung des Handys, um mit seinem «Freund» in Verbindung zu bleiben, sind ihnen keinerlei Online-Aktivitäten gestattet. Azi hat Munira diese Anweisung als eine Sicherheitsvorkehrung verkauft, doch handelt es sich dabei zugleich um eine wirksame Taktik der Isolierung. Seit seinem vierzehnten Lebensjahr war er noch nie so lange offline gewesen. Es fühlt sich an, als wäre sein Gehirn geschrumpft. Ganze Areale voller Knowhow sind entleert und wie mit Brettern vernagelt. Andererseits ist er bereit zuzugeben, dass die

Abwesenheit konstanter Interaktionen mit Neonazis sich nur positiv auf seinen Glauben an die Menschheit auswirken kann.

Bislang wurden sie instruiert, in einer eigenartigen Simulation touristischer Aktivitäten in Parks, auf großen Plätzen und in Museen umherzuspazieren. Seit ihrer Landung in Berlin sind vier Stunden verstrichen, und Azi beginnt, sich überfordert zu fühlen. Um alles noch schlimmer zu machen, haben seine Falafel wie Sägemehl geschmeckt, und für ein gebratenes Hähnchen könnte er einen Mord begehen. Als eine neue Anweisung eintrifft, ist er so aufgeregt, dass er fast das Handy fallen lässt.

*Sag ihr, dass du losmusst, um deinen Freund zu treffen. Vom Brandenburger Tor folgst du für drei Querstraßen der Straße Unter den Linden und wartest auf weitere Instruktionen. Sie soll dich in zwei Stunden am Checkpoint Charlie treffen.*

Woher können die so sicher sein, dass sie macht, was ich sage? Woher wissen die, dass sie nicht abhaut? Azi rutscht das Herz in die Hose, als ihm klarwird, wie sicher die sich sein müssen und wie allumfassend ihre Überwachung ist. Was er jetzt tun muss, ist Ruhe bewahren, befiehlt er sich selbst. Irgendwann wird die Chance kommen, sie auszutricksen. Man kann nicht alles vorausplanen.

«Hey, Munira.»

«Ja?»

«Mein Freund hat sich gemeldet. Er will mich treffen, und zwar allein. Wir werden alles besprechen und dich dann am Checkpoint Charlie abholen. In zwei Stunden.»

«Weil, wenn ich schon in einem Spionageroman mitspiele, ich mir genauso gut auch die Sehenswürdigkeiten anschauen kann, stimmt's?»

«So ungefähr. Nur noch zwei Stunden, dann bist du sicher.»

Sie sieht ihn prüfend an.

«Sicher. Das klingt gut. Was für ein Glück für dich, dass es mir nichts ausmacht, in einer fremden Stadt allein gelassen zu werden und einem Mann zu vertrauen, den ich gerade erst kennengelernt habe. Ich bin deswegen kein bisschen panisch, bloß dass du's weißt ...»

«Munira. Alles wird gut, und ich werde dort sein. Ich versprech's.»

Sie lacht, aber es klingt nicht überzeugt.

«Das ist gut zu wissen. Das ist großartig. Ich bin bloß ... Ich will keine Angst mehr haben. Ich habe lange Zeit in Angst gelebt. Ich möchte dir wirklich, wirklich vertrauen, Azi. Darf ich dich was fragen?»

«Natürlich.»

«Was ist mit deiner Mutter passiert?»

«Wie bitte?»

«Ich möchte etwas Reales über dich wissen. Mein Papa ist tot. Das habe ich dir nicht gesagt. Herzinfarkt, vor zwei Jahren. Ich denke, wenn er noch am Leben wäre, wäre nichts von alldem passiert. Er hätte ein Auge auf meine Cousins gehabt, hätte auf sie eingeredet. Oder sie dem MI5 gemeldet. Okay. Du bist dran.»

Azi starrt sie an. Plötzlich geht es um die reine Wahrheit.

«Es war in meinem zweiten Jahr an der Uni. Ein Unfall mit Fahrerflucht. Reiner Zufall. Nur dass sie halt immer, ohne zu gucken, über die Straße gegangen ist, immer an derselben Stelle, also hätte ich wohl was sagen sollen. Wenn sie bei solchen Sachen mal auf mich gehört hätte. Was sie nicht tat. Ich bekam einen Zettel in mein Fach gelegt. So lange ist das schon her: ein kleines gefaltetes Stück Papier mit dem Wappen der Uni drauf, auf dem stand, ich soll sofort zu meinem Tutor gehen *wegen einer ernsten privaten Angelegenheit*. Da wusste ich gleich Bescheid. Weil es in meinem Leben ja sonst nichts gab, was wichtig war. Da waren nur ich und sie – und dann war nur noch ich da. Ich kann gar nicht glauben, wie lange das schon her ist.»

Azi und Munira sehen sich an. Er hat noch keiner Menschenseele so viel über seine Mutter erzählt. Munira sagt nichts, ist auffallend verschlossen. Dann streckt sie die Arme aus und umarmt ihn, hebt ihre Lippen an sein Ohr und flüstert.

«Lass mich nicht im Stich, Azi. Bitte. Komm und hol mich ab.»

Und noch ehe er antworten kann, ist sie weg.

# KAPITEL 9

•••

Azi bahnt sich einen Weg, wird von Menschentrauben umhergeschubst, riecht noch den sauberen Geruch von Muniras Haar, spürt den festen Druck ihrer Arme. Er weiß ganz und gar nicht, was er mit den Echos dieser Sinneseindrücke anfangen soll, kann aber seinen Körper nicht daran hindern, sich an sie zu erinnern.

Die breiten Gehsteige sind mit Touristen verstopft, zumeist junge Amerikaner, deren koffeinierte Blicke Azis Gesicht nur streifen. Sobald er sich seinem Ziel nähert und sicher ist, dass Munira ihm nicht folgt, holt er wieder das Handy heraus. Er muss zugeben, dass die App ein exzellentes Mittel zur Tarnung abgibt. Er würde sich als Tourist verdächtig machen, würde er nicht die meiste Zeit damit verbringen, auf ein digitales Gerät zu starren.

NADIR fordert ihn auf, ein Café auf der Südseite von Unter den Linden aufzusuchen. Es ist genau von der Sorte, die er hasst: ein Coffeeshop mit Anrichte, Reklame für internationale Hightechmarken, Sichtmauerwerk, ambitiöses Mobiliar, Backwaren und inspirierende Sprüche. Und am schlimmsten: Es gibt kostenloses Highspeed-Wi-Fi, das alle außer ihm nutzen dürfen.

Nachdem er die Räumlichkeiten ausgiebig gehasst hat, konzentriert er sich nun darauf, alle Personen darin zu hassen und danach sich selbst. Schließlich kapituliert er vor dem neuesten Befehl der App: *Kauf dir einen Kaffee und warte an einem Zweiertisch.* Er überlegt, ob er sich ein getoastetes Sandwich genehmigen darf. Allein die Tatsache, dass er sich diese Frage überhaupt stellt, ist deprimierend. Er fügt es seiner Bestellung hinzu (verglichen mit London hält sich der Preis erstaunlich in Grenzen), nimmt Platz und wartet, dass es ihm vom bärtigen Barista gebracht wird. Gleich nachdem der Kaffee eintrifft, setzt sich ein großer blonder Mann ungefähr seines Alters ihm gegenüber und beginnt zu sprechen, mit starkem Akzent, aber deutlicher Aussprache.

«Azi!», ruft der Fremde mit beunruhigender Vertraulichkeit aus. «Es ist schön, dich zu sehen, mein Freund! Ich bin so froh, dass du es geschafft hast.»

Zu schweigen ist offenbar keine Option. Azi soll eindeutig so tun, als wäre er es gewohnt, dass wahllos Leute, die alles über ihn wissen, in seine Privatsphäre eindringen und sich in eine Unterhaltung stürzen, als wären sie von Geburt an miteinander befreundet.

«Ja. Äh – und wie geht's dir?»

Genau jetzt kommt sein Sandwich, und er ist dankbar, dass er seine Aufmerksamkeit auf etwas anderes richten kann. Er beißt schnell hinein, verschluckt sich und hustet, weil ihm der heiße Schmelzkäse ein Stück der Gaumenschleimhaut in Fetzen reißt. Der Mann spricht weiter, als wäre nichts geschehen.

«Du solltest deine Messages checken. Und mich dann umarmen, du Halunke! Und zwar richtig, von Mann zu Mann, von Freund zu Freund.» Die Jovialität des Fremden ist so überzeugend, dass Azi kurzzeitig überlegt, ob er ihn nicht doch kennt.

Er checkt das NADIR. *Vertrau diesem Mann und tu, was er sagt*, lautet die Nachricht. Großartig. Er erhebt sich und bringt eine linkische Umarmung zuwege. Der blonde Fremde ist schlank, aber drahtig; seine Muskeln zeichnen sich unter dem hautengen grauen T-Shirt ab. Er sieht wie ein Kletterer oder Ausdauersportler aus. Sein Erscheinungsbild suggeriert kompromisslose Einsatzbereitschaft. Im Vergleich dazu kommt sich Azi mit seinem Mehrtagebart und den ramponierten

Turnschuhen wie jemand vor, den zu beherrschen die Herrenrasse keine große Mühe hätte.

«Folg meinem Beispiel, bleib freundlich und ruhig», flüstert der Mann, ehe er sich rasch wieder setzt und ein Tablet hervorholt, auf dem er während des Sprechens herumtippt. «Wir sind begeistert, dass du den Job übernehmen konntest. Leute wie wir – Leute wie du und ich – sind ein rares Gut. Das muss der Grund sein, warum wir so gute Freunde sind! Aber das hier ist nicht der Ort, um Geschäftliches zu besprechen.»

«Schön. Dann werden wir also –» Azis Versuch zu unterbrechen wird höflich, aber bestimmt durch einen erhobenen Finger gestoppt, weshalb er sich wieder seinem Sandwich widmet. Es geht nicht viel besser aus als beim ersten Bissen.

«Wir sind zwei alte Freunde und haben ein Rendezvous. Ein wunderbares französisches Wort, findest du nicht? Man plaudert ungefähr fünf Minuten über belangloses Zeug, was die typische Zeitdauer dafür ist, wie man mir sagt. Und danach ist es Zeit, fürs eigentliche Gespräch in einem privateren Rahmen aufzubrechen.»

«Schön. Sag's mir noch mal: Wie und wo haben wir uns kennengelernt? An der Uni? Bei der Agentenausbildung? Schon komisch, dass ich mich nicht mehr richtig erinnern kann, aber du kannst mir da bestimmt auf die Sprünge helfen.»

«Azi, Azi, du hast weder Alibis noch Lügen nötig, weil hier niemand außer mir weiß, wer du bist. Wie wunderbar, dass uns deine lebenslange Vorsicht die ganze Kleinarbeit erspart hat! Aber sagen wir um der Genauigkeit willen, dass wir zusammen Informatik studiert, uns auf Anhieb gut verstanden und eine tolle Zeit miteinander verbracht haben. Einzelheiten dazu gibt's an unserem Bestimmungsort.»

«Und der ist wo genau?»

«Halt dich einfach an mich. Du bist doch Experte für das,

was man sich merken sollte und was nicht. Wir sind ein Team, Azi Bello. Wir arbeiten zusammen an der Rettung der reizenden Munira, die du – wenn ich mich nicht täusche – langsam ein wenig zu mögen scheinst, stimmt's? Lächle, entspann dich und erzähl mir ein bisschen was von eurem Trip.»

Azis untere Gesichtshälfte verzieht sich zu einer Darbietung, die man beim besten Willen nicht als Lächeln bezeichnen könnte. «Du musst mich schon entschuldigen, aber für den heutigen Tag habe ich statt eines Hirns eine App und keinen freien Willen. Mit improvisiertem Geplauder habe ich wenig Erfahrung.»

Der Mann, der sich schon jetzt als ein Muster an leutseliger Entspanntheit präsentiert, scheint noch eins draufzusetzen, indem er sich auf seinem Stuhl zurücklehnt und mit gleichgültiger Fingerfertigkeit auf seinem Tablet herumtippt. Azi kommt sich vor, als sähe er einen Vodafone-Werbespot. Sollten Beauftragte für Informationssicherheit nicht eigentlich unauffällig sein, statt wie athletische Statisten aus einem Lifestyle-Magazin daherzukommen?

«Na schön, eine Minute haben wir noch, mein Freund. Nach meiner Erfahrung ist es am besten, wenn man sich stets so eng wie möglich an die Wahrheit hält. Versuchen wir's noch einmal, übungshalber. Erzähl mir was von eurem Trip.»

Azi versucht es auf die liebenswürdige Art. «Ganz entzückend war er angesichts der Tatsache, dass es die schrecklichsten vier Stunden meines bisherigen Lebens waren. Obwohl es für diesen Rekord auch schon jede Menge Konkurrenz gibt, seit eure Anna auf einen Kaffee bei mir vorbeigeschaut hat. Lass mich überlegen. Es war ein Gefühl wie zwischen Hammer und Amboss.»

«Aber, aber. Du bist doch ein cleverer Kerl, Azi. Und du

hältst dich so weit ganz gut unter all dem Druck. Darf ich dir einen Rat geben?»

«Ich bitte darum.» Azi hat plötzlich das Gefühl, zwei Identitäten zu haben, von denen die eine mit Bedauern zusieht, wie die andere mental und physisch zusammenbricht. Was soll's, denkt die eine, so oder so wärst du irgendwann mal fällig gewesen. Warum nicht jetzt, während du einen Milchkaffee mit einem gestandenen teutonischen Killer trinkst.

«Du stehst gegenwärtig mächtig unter einem Druck, den du so nicht gewohnt bist. Das ist hart. Also solltest du dich entspannen und dir erlauben, das Beste daraus zu machen. Tu so, als wäre es ein Auslandsurlaub mit Fremdenführer. Bei jedem Schritt kümmert sich jemand um dich, und ein Freund wie ich rollt dir einen roten Teppich aus. Das ist doch alles so viel besser als die Alternativen.»

«Okay. Also ...» Mit einer Willensanstrengung zwingt Azi die etwas gemäßigtere Version seiner Persönlichkeit, die Zügel in die Hand zu nehmen. Er wird das schaffen. Ein ganz gewöhnlicher Tag, ein gewöhnliches Café – nichts weiter. Er kann vor jedem Abgrund, an dessen Rand er sich verirrt, einen Rückzieher machen. «Wir haben uns an der Uni kennengelernt, in London. Wir sind seitdem in Kontakt geblieben, online, gemeinsame Arbeitsprojekte. Im wirklichen Leben haben wir uns seit Jahren nicht mehr gesehen, aber wir müssen eng befreundet sein, weil du mir und Munira eine Bleibe anbietest. So wie du ausschaust, würde ich sagen, dass wir nicht viele gemeinsame Hobbys haben.»

Der Mann ihm gegenüber klatscht in die Hände und applaudiert kurz. «Genau! Und mein Mangel an Informationen über dein Privatleben lässt sich problemlos damit erklären, dass du in den sozialen Medien nicht existierst. Es gibt ein paar Details, die man nicht improvisieren kann und die ich mit dir besprechen werde. Dazu gehört auch mein Name. Für dich bin ich Odi Wolff. Und jetzt ist es für uns an der Zeit aufzubrechen.»

«Kann ich wenigstens aufessen? Ich hatte heute nur ein grässliches Falafel-Sandwich.»

«Wenn du möchtest. Aber du schienst eben wenig Freude damit zu haben, und da, wo wir hingehen, gibt es was Ordentliches zu essen.»

Der Mann, der sich Odi nennt, erhebt sich und komplimentiert Azi aus dem Café.

# KAPITEL 10

•••

Kabir hat das Gefühl, endlich eine jener Offenbarungen erlebt zu haben, von denen er geträumt hatte, als er vor Monaten von zu Hause aufgebrochen war: ein Feuer in seinem Herzen, das die Welt erleuchtet. Unglücklicherweise hat sich diese Offenbarung als Angst manifestiert, als Selbsthass, Ekel, Schlaflosigkeit, Verzweiflung und Schuldgefühl, allesamt fein säuberlich in die Tatsache gewickelt, dass man ihn exekutieren wird, sollte er eine dieser Empfindungen preisgeben.

Positiv gilt zu vermerken, dass er bislang noch nicht in einem Käfig schreiend verbrannt worden ist, womit er den Probanden in seiner letzten Videodokumentation einige Schritte voraus ist: feindlichen Kämpfern, deren rituelle Opferung in Zeitlupe neu zu konfigurieren seine Aufgabe ist, um damit das ganze Ereignis filmischer wirken zu lassen. Negativ schlägt zu Buche, dass er begonnen hat, im Schlaf zu reden und sich durch sein Gestammel selbst zu wecken, weshalb er beunruhigt ist, dass bald der Zeitpunkt kommen könnte, wo er auch tagsüber nicht mehr kontrollieren kann, was er sagt.

Die Tatsache, dass Kabir beim Dreh von *Clanging of the Swords* viel Zeit damit verbracht hat, in Embryonalstellung um seine Kamera gekrümmt am Boden zu liegen und unsichtbare Scharfschützen anzuflehen, ihn nicht zu töten, führte dazu, dass er momentan in Vollzeit von seiner Arbeitsbox aus die Propagandafilme anderer Teams bearbeitet. Und das, was er da aus zweiter Hand zu sehen bekommt, lässt ihn vom Glauben an den Islamischen Staat mehr und mehr abfallen.

Wohnt man der Steinigung oder Enthauptung eines Menschen unmittelbar bei, überlegt Kabir, dann ist es relativ einfach, den angebrachten stabilen Gemütszustand aufrechtzuerhalten. Man überlässt sich den in Gegenwart der Brüder passenden Gedanken, das Blut pulsiert durch die Adern, das starke Gefühl von Kameradschaft liegt greifbar in der Luft. Betrachtet man jedoch das Gleiche immer wieder auf einem Bildschirm, während man das vorliegende Material aufbereitet, hochlädt und das, was andere aus subjektiver Perspektive dokumentiert haben, auf eine zweckentsprechende Weise zusätzlich emotional anreichert, dann erscheint es plötzlich – ja, als was genau?

Kabir mag es nicht aussprechen. *Wahnsinnig, psychopathisch, geistesgestört, übergeschnappt, abwegig?* Wörter wie diese schleichen sich auf gefährliche Weise in seinem Gehirn und auf seiner Zunge ganz nach vorn. Er schluckt sie hinunter und arbeitet weiter. Er hat begonnen, mit den Zähnen zu knirschen, was deshalb nicht ideal ist, weil es um die zahnärztliche Kunst hier eher schlecht bestellt ist. Ein Backenzahn hat sich von seiner Krone befreit, und bei jedem Atemzug zuckt der freiliegende Nerv. Zwar nimmt Azi weiterhin seine Tabletten, die aber die flüsternden Areale seines Gehirns nicht mehr erreichen.

*Das hier*, wispert eine Stimme in seinem Kopf, die mehr als nur ein klein wenig wie die seines toten Cousins klingt, *ist weder glorreich noch ruhmvoll, noch geheiligt, noch cool. Das hier ist ein Haufen Arschlöcher, die damit angeben, wie gern sie Leute umbringen. Im Grunde sind die wie dein Dad, wenn er die Glotze anschreit. Bloß dass sie Waffen haben.* Kabir befiehlt seinem toten Cousin, die Klappe zu halten, befiehlt sich selbst, nicht mehr mit Toten zu sprechen, beugt sich entschlossen über seinen Laptop und manipuliert weiter mit Schiebereglern und Ausblendeffekten.

Je nachdem, wie er mit seinem Finger über das Touchpad

fährt, läuft die Szene auf dem Bildschirm vorwärts oder rückwärts und wechselt sekundenschnell zwischen Leben und Tod. Bei seinem Zielpublikum sollen in unterschiedlichem Ausmaß Angst und Schrecken erzeugt werden, abhängig davon, ob es Zuschauer aus dem Innern des Islamischen Staats sind (bei denen es hauptsächlich um die Auslösung von Angstgefühlen geht) oder ob es sich um die Diaspora potenzieller Rekruten handelt (wo es darum geht, deren Bedürfnis zu fördern, andere in Angst und Schrecken zu versetzen).

Kabir hat keinen Plan, noch nicht, aber er hat registriert, dass auch einige andere Ausländer begonnen haben, insgeheim ein Interesse zu signalisieren, den Rest ihres Lebens nicht hier verbringen zu wollen. Dies ist ein weiterer Grund, warum es inzwischen weniger Videospiele, Besuche im Hurenhaus und Entspannungsveranstaltungen gibt. Einer seiner Kameraden, ein Deutscher, mit dem er sich etwas angefreundet hat, ein Idealist, dessen Motiv eindeutig «Hilfe für die sunnitischen Mitbrüder» ist und nicht «Bringt alle anderen um», steht seit kurzem in täglichem Kontakt mit seiner Schwester in Berlin. Allerdings hat Kabir den unguten Verdacht, dass diese spezielle Schwester gar nicht existiert.

Muhammed der Deutsche, wie er genannt wird, tauscht mit ihr über Facebook fast täglich detaillierte Verwünschungen gegenüber den Ungläubigen aus und behauptet, er sei kurz davor, sie für die gemeinsame Sache zu gewinnen. Doch ist er gleichfalls darauf bedacht, sich – auch in Abwesenheit von Vorgesetzten – beim Tippen nicht über die Schulter schauen zu lassen. Sollte es so weit kommen, dass Muhammeds Schwester an der türkischen Grenze abgeholt werden müsse und dass es ausschließlich Muhammed sei, dem sie vertraue, dass er sie herüberbringt, dann dürfte das wohl, so argwöhnt Kabir, das letzte Mal gewesen sein, dass er seinen Freund gesehen hat. Es sei denn, er könnte selbst an diesem Geleitschutz teilnehmen.

Draußen im Labyrinth des besiegten Raqqa kommen ihm Erinnerungen an Wintertage. Die Hitze der Wüste versengt Ziegelsteine und Beton und treibt Kinder in den Schatten von Hinterhöfen, wo sie zerlumpt und verängstigt spielen. Viele der Schulen wurden wegen mangelnder islamischer Rigorosität geschlossen, wodurch eine Art Ferien-im-Gefangenenlager-Atmosphäre entsteht. Wenn er sich nicht in einer unterirdischen Deckung befindet, ist Kabir angewiesen, Süßigkeiten und Kleingeld zu verteilen, um junge Freiwillige anzulocken und sie in die Ausbildungscamps zu treiben. Er hat auch Videos aus diesen Camps bearbeitet; eine herzerwärmende Szene, in der Kinder Schafe exekutieren, ist ihm besonders unvergesslich.

Der Ausbildungsstand der IS-Truppen ist nur einer von vielen wunden Punkten, von denen Kabir sich wünschte, er wäre nicht darauf gestoßen. Da ist zuallererst der fatale Mangel an Profis, wo es um die Infrastruktur des internationalen Dschihad geht. Unter denen, die Tod und Verderben über die Ungläubigen in Zielorten wie London, Paris, New York und Berlin bringen möchten, gibt es viel zu viele, deren Enthusiasmus größer ist als die Präzision der Ausführung: Bombenbauer, deren Kreationen vorzeitig detonieren und zu sinnlosem Märtyrertum führen; Verschwörer, die keine zeitlichen Absprachen treffen und zu früh und unvorbereitet auftauchen; Improvisationskünstler, die Sprengstofffallen basteln und sich lediglich die eigenen Hände wegsprengen; Autofahrer, die sich in den Städten nicht auskennen, welche sie terrorisieren sollen. Hinzu kommt, dass qualifizierte Ausbilder und erfahrene Praktiker zunehmend von feindlichen Nationen (also von allen) ins Auge gefasst und getötet werden, wobei vor allem jene ins Visier geraten, die schon lange beim Islamischen Staat sind und wissen, was sie tun.

Kabir hat im Zusammenhang mit einer Videobotschaft, für die er verantwortlich war, auch besondere Unannehmlichkeiten erfahren. Zu Monatsbeginn hat Kalif Ibrahim aus Mossul, dem Schauplatz ihrer ruhmreichsten Eroberung, eine Rede gehalten, in der er ein weltweites Kalifat ankündigte, das die gesamte Menschheit umfassen solle, die einesteils aus Gläubigen und andernteils aus Unterjochten bestehe. Jeder gottesfürchtige muslimische Mann, dem unterstellt wird, dass er zur ersten Kategorie gehören möchte, werde somit zum sofortigen und permanenten Kampf gegen die aus der zweiten aufgefordert.

Zusammen mit Muhammed dem Deutschen, zwei übellaunigen Pakistanis und Google Translate hat Kabir bei Transkription, Übersetzung, Neuformatierung und weltweiter Verbreitung von Kalif Ibrahims flammendem Aufruf mitgeholfen. Unglücklicherweise war es ihm ebenfalls zugefallen, einige der weniger begeisterten regionalen Reaktionen darauf weiterzuleiten, und seine Vorgesetzten nehmen dergleichen nicht gut auf. Die Army of Islam, eine bedeutungslose rivalisierende Gruppe, besaß die Frechheit, Ibrahim «Wahnideen» zu unterstellen, während andere sunnitische Rebellen wenig dienliche Kommentare abgegeben haben über Größenwahn, Selbstbetrug und Spaltung der Muslime. Kabir konnte dazu unmöglich einen Kommentar abgeben – zumindest wenn er nicht wollte, dass man ihm lebendigen Leibes die Zunge aus dem Rachen riss –, aber die weltweite Einheit eines islamischen Kalifats schien nicht besonders näher gerückt zu sein.

Auf dem Bildschirm verfolgt er gerade, wie ein anderer maßgeblicher sunnitischer Kleriker diesen Ibrahim einen übers Ziel hinausschießenden Idioten, einen selbsternannten Kalifen und dieses Titels nicht würdig nennt. Dabei handelt es sich um einen von Dutzenden Beiträgen aus Katar, die sich Kabir vornehmen muss und die immer besonders blumige Kommentare beinhalten. Also ist es am besten, diesen erst dann zu verbreiten, wenn er sicher sein kann, dass sich die Führungsriege in einer stabilen Gemütsverfassung befindet. Mit der Zunge sondiert er den Zustand seines Backenzahns. Er beginnt zu eitern.

# KAPITEL 11

• • •

Es stellt sich heraus, dass Odis Urteil über das Essen zutreffend war. Azi hatte bestenfalls das deutsche Äquivalent seiner Gartenhütte erwartet – und schlechtestenfalls, dass man ihm die Augen verband und ihn vorsorglich erst einmal verprügelte. Stattdessen bekam er einen fünfminütigen, ausgesucht kameradschaftlichen Spaziergang geboten und anschließend die Schlüssel zu einem kleinen Apartment drei Straßen vom Café entfernt.

Sie steigen ins oberste Stockwerk eines schicken, zur Straße hin auf einem Säulengang ruhenden Gebäudes. Alles in der Wohnung ist neu, jede Oberfläche mit klaren Linien und hellgrau getönt. Der Kühlschrank ist nach kontinentalem Geschmack bestückt: Aufschnitt, Eier, Salat, Käse, eine Tafel feiner Milchschokolade mit einer Kuh. Es gibt einen frischen Laib Brot, Butter und gemahlenen Kaffee. Sogar im Vergleich zu seiner Speisekarte der vergangenen Woche hat er so etwas nicht erwartet.

«Das scheint eine ziemlich luxuriöse Bude für ausgedehnte Verhöre in zentraler Lage zu sein.»

«Okay, Azi, wir können den Scheiß jetzt lassen. Du arbeitest von nun an für uns, womit ich mich und Anna und unsere Leute im Backoffice meine. Ich weiß, dass du nicht freiwillig hier bist, aber ich erwarte von dir Professionalität. Du darfst sogar Spaß haben. Auf dem Tisch liegt dein neuer Laptop, und darauf gibt es Dateien, die dir zum gegebenen Zeitpunkt die meisten Einzelheiten erklären werden. In einer guten Stunde wirst du losziehen und Munira abholen, was dir Zeit lässt, um dich zu duschen, umzuziehen und was zu essen. Danach halten wir eine erste Lagebesprechung. In dieser Reihenfolge. Irgendwelche unaufschiebbaren Fragen?»

Azi macht den Mund auf, macht ihn wieder zu und sucht sich aus den vielen Fragen, die er stellen könnte, die naheliegendsten aus.

«Was ist das für eine Wohnung? Und für wen genau arbeitest du?»

«Für unsere Geschichte ist das meine Wohnung. Und du bist mein Gast. Recht komfortabel, oder? Du hast einen netten Ausblick auf den Französischen Dom. Auch wenn der niemals ein Dom war.»

«Und du bist –?»

«Ich bin dein wunderbarer Kumpel Odi, der dir in der Stunde der Not beisteht. Was Munira angeht, so bin ich wohlhabend, diskret und loyal. Was dich angeht, so gehöre ich zu einer Einsatzgruppe, die sich für die Schnittstelle zwischen Technologie und Terrorismus interessiert. Wir sind klein und arbeiten unabhängig, und wir kennen uns in unserem Metier aus. Schau dich um, mein Freund. Es war wirklich ernst gemeint, als ich gesagt habe, du sollst dich entspannen. Kein Mensch außer uns weiß, dass du hier bist.»

Azi nickt. «Und?»

«Nichts und. Wir haben zwar beträchtliche Mittel, aber wir haben es mit noch beträchtlicheren Herausforderungen zu tun. Du solltest dich geschmeichelt fühlen, bei unserer kleinen Organisation mitzumachen. Sie hat einen sehr guten Ruf.»

«Oh, ich fühle mich echt geehrt. Ich sollte euch also wie nennen?»

«Es gibt keinen Grund, uns einen Namen zu geben. Bitte, nimm dir einen Augenblick Zeit und konzentriere dich. Folgendes ist für dich wichtig: Es ist meine Wohnung und unsere Freundschaft. Ich stelle dir und Munira dieses Apartment zur

Verfügung. Ihr könnt von hier aus arbeiten, und wir werden euch sehr genau im Auge behalten. Du musst unbedingt dafür sorgen, dass sich Munira beruhigt; du musst sie ins Vertrauen ziehen. Deine Exploits bei Defiance-Mitgliedern werden euch auch noch von Nutzen sein.»

Azi blickt sich um. Nach den letzten vierundzwanzig Stunden ist der Komfort der Wohnung beinahe narkotisierend. Er möchte das alles für wirklich wahr halten. Warmes Wasser, Essen, Getränke; Ruhe und Stille; ein Schreibtisch mit Aussicht und Ethernetanschluss. Doch am meisten drängt es Azi, den seidig glänzenden neuen Laptop zu berühren, der ungeöffnet auf der Tischplatte liegt. Er möchte ihn hochfahren und die blockierten Leitungen seines Gehirns reaktivieren. Das Ganze ist eine Falle. Das Ganze ist eine Chance. Das Ganze ist auf schmerzhafte Weise abwegig, weil er von allen Informationen abgeschnitten ist, die diesem Szenario einen Sinn geben könnten.

«Odi, ich geh mal unter die Dusche. Dann ess ich was und trinke eine Menge Kaffee. Und erst danach werde ich den Versuch unternehmen, das alles hier zu kapieren. Okay?»

«Aber selbstverständlich, mein Freund. Solange du dich an unsere Zeitvorgaben hältst, kannst du dich hier wie zu Hause fühlen. In der Kommode im Schlafzimmer gibt es frische Wäsche. In deiner Größe.»

«Jetzt wird's richtig unheimlich.»

«Wir wollen, dass du zufrieden bist.»

Zehn Minuten später kommt Azi aus der Dusche, versucht, sich zwischen der zerknitterten Sportbekleidung in seinem Rucksack und dem feinen Tuch in der unheimlichen Kommode zu entscheiden, und denkt dabei über Magie und Zauberei nach.

Beide spielten in den jugendlichen Phantasien von Azi und seinem Freund Ad eine große Rolle, weil sie das Einzige waren, womit jeder von ihnen (ein paar) Mädchen beeindrucken konnte – zumindest so lange, bis Ad den Bogen an den Stellen überspannte, an denen die verschwundenen Münzen wieder auftauchten –, und weil sie eine ähnliche Kunstfertigkeit erforderten wie das Hacken. Magie war, was die Leute sahen, wenn man deren Wahrnehmungshypothesen kaperte und jenen kleinen Teil des Gehirns überbrückte, der über rationale Erklärungen nachgrübelte. Arthur C. Clarke lag völlig falsch. Hochentwickelte Technik ist nicht ununterscheidbar von Magie. Es gibt einfach nur zwei Arten von Menschen: die, die verstehen, wie etwas gemacht wird, und andere, die es nicht tun.

Natürlich gibt es viele wichtige Sachen, die Azi noch nicht weiß. Doch wie und wo kommt er an sie heran? Wie hermetisch ist sein neues Leben abgeriegelt? Fragen surren wie lästige Insekten am Rand seines Gesichtsfeldes umher. Irgendwo, irgendwie werden sie etwas übersehen haben, gibt es ein Versäumnis, eine Lücke, wo noch Wunder geschehen können. Das einzige Problem ist, dass die anderen viele Monate Vorsprung vor ihm haben, dazu umfassende Mittel und Möglichkeiten, eine gründliche Kenntnis seiner Vergangenheit und die totale Kontrolle über sein körperliches und finanzielles Wohlergehen. Ganz zu schweigen von einem undurchschaubaren und gefährlichen Deutschen, der behauptet, sein bester Kumpel zu sein.

Wie aufs Stichwort steht Odi in der Tür und betrachtet übertrieben lässig Azis Verwirrung. «Der Kaffee ist gleich fertig, und du kannst dir was zu essen nehmen. Wir haben fünfundvierzig Minuten, um das durchzugehen, was auf dem Laptop ist, und um über ein paar Sachen zu sprechen. Dann wirst du deine Freundin abholen. Danach werden wir alle zu Abend essen.»

Azi nickt, zieht seine alten Klamotten an und begibt sich ins Wohnzimmer. Odi hat inzwischen an einem makellosen Glastisch Platz genommen, der geöffnete Laptop wird von zwei Tassen mit schwarzem Kaffee eingerahmt. Odi fordert Azi mit einer Geste auf, sich neben ihn zu setzen, und dreht den Bildschirm so, dass sie beide lesen können.

«Das Wichtigste zuerst. Du hast das NADIR-Handy immer bei dir. Keine anderen Geräte verlassen diese Wohnung oder kommen herein. Ich kümmere mich um die Maschine, die Munira bei sich hat. Wir haben Zugriff auf satelliten- und mikrowellengestützte Netzwerke von Militärqualität, also spiel gar nicht erst mit dem Gedanken, uns verarschen zu wollen. Und jetzt schau dir das an.»

Odi zieht den Cursor über einen minimierten Browser und klickt ihn an. Eine Auswahl geöffneter Websites erscheint auf dem Schirm. Zu Azis Erstaunen sind sie alle Varianten des Gleichen: der Defiance-Foren, die von Jim, Azis Alter Ego, frequentiert werden. Jim ist eingeloggt und offenbar während der letzten vierundzwanzig Stunden äußerst aktiv gewesen, was nur eines bedeuten kann: Jemand anders hält gerade die Fäden von Azis Marionette in der Hand. Und macht dabei einen ausgezeichneten Job.

«Das ist ja meine ... das ist die Fake-Identität, die ich die ganze Zeit benutze. Ihr habt euch als Jim eingeloggt?»

Odi nickt. «Ja, so ist es. Munira weiß, wie man Zugang zu Gomorrha bekommt. Da sind wir uns sicher, auch wenn sich die Information nur in ihrem Kopf befindet. Warum sonst sollten die Dschihadisten so scharf darauf sein, sie umzubringen? Sie kennt den Zugang, aber Gomorrha wird niemals jemanden wie sie einlassen. Sie gewähren nur einem sehr speziellen Personenkreis Zugang. Verifizierten Agenten totalitärer Regime, kapitalkräftigen und diskreten kriminellen Wirtschaftsunternehmen, Parteien einer bestimmten politischen Richtung. Kannst du dir denken, wohin die Reise geht?»

Azi glaubt, es zu wissen, möchte aber, dass Odi es ausspricht. Er zuckt mit den Achseln. Odi ist unbeeindruckt.

«Den Dummkopf zu spielen passt nicht zu dir. Jim wird uns in Gomorrha reinbringen. Munira wird dir die Details nennen, Defiance wird Jim die nötige Legitimität besorgen, und dann ist Jim unser Zugang. Solange Munira Vertrauen zu dir hat, geht alles gut.»

So formuliert klingt es wunderbar einfach – was nach Azis Ansicht bedeutet, dass fast alles davon in Wirklichkeit schrecklich kompliziert ist. «Und dann?», fragt er.

«Nichts dann. Außer uns weiß nur Munira von dir. Vielleicht möchtest du lieber wieder zurück nach Hause? Sie wird unseren Schutz brauchen, aber du wirst ein freier Mann sein. Allerdings einer unter genauester Beobachtung.»

Azi nippt an seinem Kaffee, entschlossen, seinen Schock bei dem Gedanken an eine Rückkehr nach Hause nicht zu zeigen, geschweige denn, dass dies überhaupt eine Option sein könnte. Schon wieder gibt es etwas, bei dem er es sich nicht leisten kann, daran glauben zu wollen. Mit geschürzten Lippen tippt Odi noch ein paarmal auf die Maustaste und markiert Textblöcke.

«Das hier sind die letzten Messages, die ich geschickt habe, in denen Jim seine Hilfe für eine wichtige Online-Kampagne anbietet. Jim ist ein beeindruckendes Konstrukt, Azi, und er ist einer unserer besten Agenten, genau wie du. Heutzutage ist Online-Anonymität doch bloß was für Amateure. Waffenhandel, Terrorismus, illegale Geschäfte – das funktioniert alles nur, wenn man per Du ist.» Er unterbricht sich und sieht wehmütig drein. «Es ist wirklich jammerschade. Im Gegensatz zu den Russen und Chinesen haben wir keine Armeen von einsatzbereiten Fake-Mitbürgern. Du wirst Munira überzeugen müssen, dass ein Einbruch bei Gomorrha die einzige Möglichkeit für sie ist herauszufinden, wer hinter ihr her ist, der einzige Weg, so was wie Beweise zu finden, ein paar Trumpfkarten für Verhandlungen.»

«Warum ist Munira nicht schon längst zu den zuständigen Behörden gegangen?», fragt Azi. «Warum läuft sie davon und kontaktiert mich, anstatt gleich zu Typen wie euch zu gehen –»

Odi hebt warnend den Finger. «Ist ja ganz reizend, dass du diese Fragen nicht selbst beantworten kannst. Warum wohl könnte die Cousine zweier Terroristen nicht den Wunsch verspüren, sich mit vagen Hinweisen auf einen geplanten Anschlag bei den Behörden zu melden, wenn sie sich diese Informationen durch einen Datendiebstahl bei einem führenden Vertreter des Islamischen Staats besorgt hat? Warum könnte sie Angst haben und verzweifelt und misstrauisch sein gegenüber jedem, ein paar wenige Hackerkollegen ausgenommen?» Er wirft Azi einen besorgten, unfreundlichen Blick zu. «Bevor wir uns eingemischt haben, war der famose AZ durchaus willens, Sigma ihrem Schicksal zu überlassen. Vertrauen hat schließlich seine Grenzen, nicht wahr? Deshalb spielen wir ja unsere Spielchen. Deshalb wirst du tun, was ich dir sage.»

Azi verspürt eine Beklemmung in der Brust. Er möchte nicht daran erinnert werden, dass er drauf und dran war, einen Rückzieher zu machen, oder dass alle seine Vorsichtsmaßnahmen ihn nicht geschützt haben. Andererseits hat Odi weitaus mehr preisgegeben, als Munira ihm bislang erzählt hat: dass sie von einem führenden Vertreter des Islamischen Staats

Informationen gestohlen hat und dass sie wahrscheinlich weiß, wie der Zugang zu Gomorrha funktioniert. Azi nimmt seinen ganzen Mut zusammen, um herauszufinden, wie viel er noch aus Odi herausholen kann.

«Munira ist ja nicht dumm, oder? Sie wird das Ganze für eine kranke Idee halten.»

«Du traust mir nicht?»

«Warum sollte ich dir trauen? Angst vor dir hab ich, ja. Dir vertrauen – da ist es noch weit hin. Wie habt ihr mich überhaupt gefunden?»

«Ich habe dir erklärt, was ablaufen wird. Wir haben jetzt keine Zeit für Diskussionen.»

«Schon klar. Aber ich sehe auch Probleme. Es gibt ein paar Sachen, die ich wissen muss.»

Odi steht auf, und das Lächeln in seinem Gesicht gefriert. «Dein Job ist es nicht, Probleme zu sehen. Du weißt nicht genug, um irgendetwas zu verstehen. Dein Job ist es, aufmerksam zuzuhören und deine Rolle zu spielen.»

Da er nicht weiß, was er sonst tun könnte, und unsicher ist, was er sagen möchte, steht auch Azi auf. «Na, komm schon, du kannst mir doch irgendwas sagen, oder? Ich meine –»

Odi schiebt kaum merklich das Kinn vor und mustert Azi von oben bis unten. Dann versetzt er ihm mit dem Handballen einen Stoß gegen das Brustbein.

Azi taumelt rückwärts und stürzt zu Boden. Er hat das Gefühl, als würde jemand auf seinem Brustkorb stehen und ihm die Luft aus den Lungen stampfen. Er krallt sich in den Teppich, presst sein Gesicht in den dicken Flor, und sein Körper zuckt vor nutzlos ausgeschüttetem Adrenalin. Der Teppich riecht nach Chemie, als wäre erst vor kurzem ein hartnäckiger Fleck entfernt worden. Odis Artikulation wird noch deutlicher, noch schneidender.

«Du hast deine Fragen gestellt. Das war die Antwort. Du tust gefälligst, was ich dir sage, sonst bist du im Arsch. Du liest deine Anweisungen und spielst deine Rolle, sonst bist du im Arsch. Wenn ich dir sage, mach das oder mach das, dann machst du es. Sonst bist du im Arsch. Steh auf.»

«K-kann nicht. Kann nicht.» Azi spuckt und stottert. Nach jahrelangem Online-Leben hat er fast vergessen, wie schmerzhaft Konsequenzen in der wirklichen Welt sein können.

«Los, komm hoch. Einatmen durch die Nase, ausatmen durch den Mund.»

Odi zerrt Azi ohne jede Anstrengung auf die Füße, als hätte er gerade etwas Lästiges, jedoch Notwendiges erledigt.

«Mach dir keine unnötigen Gedanken, Azi. Es ist sehr wichtig, dass du weißt, ich meine es ernst. Das ist alles. Trink einen Schluck Kaffee, damit du wieder einen klaren Kopf bekommst. Iss was. Danach bringst du Munira her.»

# KAPITEL 12

• • •

Munira stand am Checkpoint Charlie und sah ganz und gar nicht aus wie eine Frau, zu der Azi hingehen und ihr beiläufig einen Kuss auf die Wange drücken könnte. Doch genau das wäre beinahe passiert; allerdings wurde aus dem Kuss nur ein linkisches Händeschütteln. Nichtsdestotrotz hatte sie auf ihn gewartet, er war pünktlich, und sie machten sich zusammen auf den Weg.

Seitdem ist es um Azi zusehends schlechter bestellt. Nicht bloß, weil er eine Prellung hat und eine sinnlose Wut verspürt; und nicht bloß, weil er das, was er zuletzt herausgefunden hat, erst noch zeitaufwendig verarbeiten muss; sondern auch, weil ihm als taktische Vorgabe für den heutigen Abend unmissverständlich aufgetragen wurde, das Vertrauensverhältnis zu Munira intimer werden zu lassen. Nicht gerade sein Spezialgebiet.

Azi betrachtet das eckige Geschirr und die Gläser, mit denen Odi den Tisch gedeckt hat, und überlässt es Munira, eine verdruckste Unterhaltung in Gang zu setzen.

«Also, Odi, ihr beide habt euch auf der Uni kennengelernt?»

«Genau. In der Studentenvereinigung, 1998. Obwohl keiner von uns beiden Mitglied war.»

«Wie bitte?»

«Wir waren immer im Informatikraum. Wir haben meistens bis spät in die Nacht gearbeitet, bis sie uns rausgeschmissen haben.»

Odi unterdrückt einen Lacher. Jetzt, in Gegenwart von Munira, schlägt er weniger einen geschäftsmäßigen Ton an, sondern kommt ins Plaudern – mit einem Hauch gut betuchter Selbstgefälligkeit. Die Figur, die Odi spielt, ist nach der Universität weitaus erfolgreicher gewesen als Azi und hat keine Hemmungen, damit auch anzugeben. Munira sitzt auf der Kante eines offensichtlich sehr teuren Stuhls, der, wie alles in dem Apartment, noch nie benutzt worden zu sein scheint, und bohrt nach.

«Na klar, was denn sonst. Ihr habt euch gut verstanden?»

«Zum Schluss schon. Am Anfang nicht so.»

«So was braucht seine Zeit.»

«Am Anfang hat er mich eher für einen Arsch gehalten. Was viele tun, wie ich mitgekriegt habe.»

Wieder dieser Lacher. Muniras Begeisterung hält sich in Grenzen.

«Aber ihr seid dann doch noch Freunde geworden?»

«Das kann man so sagen. Azi und ich haben nicht vieles von dem gemacht, was normale Studenten so machen, aber wir hatten beide ein Faible für Computer und billigen Alkohol.»

«Und was machst du jetzt?»

«Ich habe eine Software geschrieben, für die jemand eine Menge Geld bezahlt hat. Und damit habe ich meinerseits eine Menge Dinge erworben.»

Odi macht eine lässige, den ganzen Raum umfassende Handbewegung, und Azi knirscht mit den Zähnen. Odi ist bemerkenswert überzeugend in der Doppelrolle als Gönner und Provokateur: arrogant, etwas schmierig, routiniert im Umgang mit nerviger Gefolgschaft. Azi erkennt, dass Munira versucht, in ihrer Mimik so etwas wie Dankbarkeit zu zeigen, aber es funktioniert nicht so richtig. Bestenfalls schaut sie drein, als hätte sie mit Verdauungsproblemen zu kämpfen.

«Und diese Wohnung hier ist – ?»

«Ein Ort, den ich für spezielle Gäste unterhalte. Sie ist diskret und erfüllt ihren Zweck. Darf ich dir einen Snack anbieten?»

Munira nickt, froh, sich in dieser Frage nicht verstellen zu müssen. Odi hat eine große Schüssel Salat mit Körnern, Käse und Granatapfelkernen auf den Glastisch gestellt, dazu gibt es Schwarzbrot und gekühlten Weißwein. Wer auch immer das Team hinter Odi ist (Azi fühlt sich hin und her gerissen zwischen der ihm angebotenen Erklärung und der Vision von einem kichernden Glatzkopf, der aus dem Innern eines Vulkans die Strippen zieht): Die Leute verstehen eindeutig etwas von ambitionierter Cuisine der Generation Y. Odi nimmt nach Munira sich selbst, bedient dann Azi und redet weiter mit dem Mund voller Brot.

«Azi hat mir ein bisschen was von dir erzählt, Munira. Mehr muss ich nicht wissen und mehr will ich auch nicht wissen, nur diese beiden Sachen: Was braucht ihr und was passiert, wenn ihr es nicht bekommt?»

Munira sieht Azi an. Er ist dran. Ein halbes Glas Wein hat seine Konzentration etwas geschwächt, aber er hat seinen Text einstudiert. Er nimmt, als Mutmacher, einen letzten Schluck und räuspert sich. «Wir müssen so viel wie möglich darüber herausfinden, wer uns aus unserem Alltag herausgerissen hat, was die Betreffenden tun und wie wir sie daran hindern können, dass sie uns finden … und uns Schwierigkeiten machen. So sieht's aus. Schlicht und ergreifend: Wir brauchen Sicherheit, Schutz und Technologie. Sonst müssen wir uns auf üble Konsequenzen gefasst machen.»

Trotz des Weins fühlt sich Azi zittrig, als er geendet hat. Sobald man die Dinge ausspricht, werden sie real, auch wenn sie zuvor gar nicht wahr waren. Sein Zuhause, seine Biographie: Beides hat sich ins Abstrakte verflüchtigt. Es sind Dinge, die es einst tatsächlich gegeben hat. Er fragt sich, wie lange

Munira sich schon so fühlt. Wie viele andere Menschen jetzt genau *so* leben, weil sie vor etwas davonlaufen und die Grenzübergänge zurück zu ihrer Vergangenheit plötzlich geschlossen wurden.

Odi kaut genießerisch auf einem Mundvoll Wein herum und zieht fabelhaft aufreizend die Show eines Lebemanns ab. «Schön. Mir scheint, ihr beiden heimatlosen Briten braucht dringend Ruhe, Erholung und so viel Unterhaltung wie möglich. Du trinkst keinen Alkohol, Munira?»

«Nein danke.»

«Sehr vernünftig. Unser Leib ist der Tempel des Herrn.» Wegen ihrer hochgezogenen Brauen fügt er hinzu: «Ich mache mich nicht über dich lustig. Du scheinst vernünftiger zu sein als unser Azi hier, den ich schon bei zahlreichen Gelegenheiten in ziemlich bedenklichem Zustand erlebt habe. Wie hieß dieses Pub gleich noch mal?»

«The Crown», improvisiert Azi und denkt zurück an die Zeit, als er regelmäßig mit echten Menschen in Kneipen herumhing. Viele waren es nie, aber es gab mal den einen oder anderen. Und nach und nach niemanden mehr. «Ja, The Crown, so hieß das Pub. Ich bin in den Spielautomaten gefallen. Das blöde Ding muss mir ein Bein gestellt haben.» Während er in die Abgründe des vergangenen Jahrzehnts blickt, versucht er eine Miene aufzusetzen, als erinnerte er sich an einen wahnsinnig lustigen Vorfall.

Odi nickt wie einer, der in Erinnerungen schwelgt, schlägt dann aber einen ernsten Ton an. «Tja, ihr beide seid eindeutig in eine sehr ernste Geschichte geraten. Und das ist es, wofür wir auf der Welt sind, ihr und ich. Menschenleben sind in Gefahr, und die Freiheit steht auf dem Spiel – dafür gehen Leute auf die Straße, verstecken sich in Schränken von Botschaften oder hacken das Pentagon. Die Welt geht zum Teufel, und alles wird irgendwo aufgezeichnet. Wenn nicht wir für Wahrheit und Gerechtigkeit kämpfen, wer dann? Kommt schon, ich meine es ernst: Lasst uns auf eure Sicherheit und euren Erfolg anstoßen.»

Als sie anstoßen, streift Azi mit der Hand seinen Brustkorb und spürt wieder den Schmerz.

Sollte es hier Freiheit zu gewinnen geben, dann nicht unter Odis Aufsicht.

Zwei Stunden später sitzen Munira und Azi noch immer nebeneinander am Glastisch, Laptop und Essensreste vor sich. Odi hat die Wohnung fünf Minuten zuvor verlassen, scheinbar betrunken, obwohl er nach Azis Beobachtung von dem Alkohol, den er sich selbst einschenkte, gar nicht so viel konsumiert hat. Azi bleibt es nun überlassen, Munira seinen sogenannten Plan in aller Ruhe darzulegen. Was bedeutet, er muss sie mit Jim bekanntmachen.

Azi holt weit aus, gibt einen Überblick über eigene Streiche, lässt ein paar Andeutungen über einen Zugang zu Gomorrha fallen und schildert Jims Biographie. Der Wein hilft ihm dabei. Muniras Augen weiten sich. Die ersten fünf Minuten hört sie mit unbewegter Miene einfach nur zu. Dann ruft sie begeistert aus:

«Azi, du gerissener Catfish. Schwimmst einfach so in einem Teich voller Nazis herum! Das ist echt der Hammer. Totale Dominanz über die Faschisten! Wie lange spielst du das Spiel schon?»

Er versucht – nicht gänzlich erfolglos – bescheiden dreinzublicken. «Ein Jahr, so ungefähr. Vielleicht anderthalb.»

«Wow. Wow! Und woran arbeitet Jim aktuell? Ich habe das Gefühl, dass du noch eine hübsche Überraschung für mich hast.»

Dieses Mal versucht es Azi gar nicht erst mit Bescheidenheit. Muniras Lob lässt ihn strahlen, und so skizziert er den wesentlichen Aspekt ihrer einmaligen Chance und die Strategie hinter Odis Plänen, die er, wie er sich selbst schmeichelt, etwas modifiziert habe, weil er beim Täuschen und Überlisten über die größere Raffinesse verfüge.

Nach Azis Ansicht lassen sich die digitalen Aktivitäten von Defiance in drei Kategorien einordnen: Mobilisierung der eigenen Basis, Schmieden nützlicher Verbindungen mit gleichgesinnten Gruppen und eigene Vorbereitung auf die politische Machtergreifung. Alldem liegt eine simple These zugrunde: Eine große Zahl aufrechter Bürger fühlt sich von allen Seiten bedroht – vom Islam, von eigennützigen Eliten, von Arbeitslosigkeit und Outsourcing, vom Verlust von Gewissheiten, von denen sie vergessen haben, dass sie sich ihrer nie sicher waren. Defiance glaubt, dass ein fremdenfeindlicher Ultranationalismus die lang erwartete Erhörung ihrer Gebete darstellt.

Ganz so formuliert es die Partei zwar nicht, aber das braucht sie auch nicht. Angesichts der Tatsache, dass die Mehrheit ihrer Anhängerschaft, die sie aufstacheln will, aus zornigen weißen Männern besteht, ist deren verletzten Stolz zu kitzeln ungefähr so kompliziert, wie eine Scheibe Brot zu toasten. Man braucht nur eine Geschichte von jemandem in Umlauf zu bringen, der nicht so ist wie sie (nicht weiß, nicht einheimisch, weiblich), der etwas bekommt, auf das ihrer Ansicht nach sie selbst einen Anspruch hätten (Arbeitsplatz, Eigenheim, Mitgefühl), und dann abzuwarten. Für die ältere Generation macht man das mit Texten und Bildern. Für die Jüngeren mit Videos, Memes und Gehässigkeiten.

Jim hat kürzlich seine Bereitschaft angeboten, aus der jüngsten Brandrede des deutschen Parteiführers – der soeben eine Woche lang Auftritte bei diversen TV-Sendern absolviert hat – eine Rundmail für ein aufgeschlossenes Publikum in Großbritannien und Amerika zu machen. Zwar wird die europaweite Kampagne von einem Parteikader geführt, doch wird Jim inzwischen als ausländischer Aktivposten mit tadellosem Engagement für die Sache gesehen. Das alles hat Munira, die sich jetzt selbst durch die geöffneten Tabs klickt, schwer begeistert.

«Das gefällt mir sehr gut, was du in diesem GIF mit den Hakenkreuzen gemacht hast! Sehr zeitgemäß.» Azi ist sich ihrer Nähe intensiv bewusst und deutet auf den Schirm.

«Das sind keine Hakenkreuze. Es gibt einen wichtigen Unterschied, besonders in Deutschland. Das da sind patriotische Kreuze, irgendwas Germanisches. Denk dran, diese Leute nennen sich selbst nie Neonazis. Das N-Wort wird in der Öffentlichkeit nicht einmal geflüstert. Sie benutzen lediglich die ältesten Symbole eines rassisch reinen Christentums.»

Sie nickt und überfliegt die Glanzpunkte von Tommis Rede. «Azi, das ist unglaublich. Mir war schon klar, dass du gut bist, aber das hier ist eine Klasse für sich. Aber weißt du, was für mich das Erschreckendste ist?»

«Äh, die Tatsache, dass du von mordlustigen Islamisten verfolgt wirst und gleichzeitig Neonazis ärgern und die Torhüter eines megasicheren Marktplatzes im Darknet austricksen sollst?»

«Davon abgesehen.»

«Davon abgesehen, nein, da fällt mir nichts ein.»

«Die Tatsache, dass der größte Teil der Rede von diesem Kerl ...»

«Tommi.»

«... dass der größte Teil der Rede von diesem Tommi irgendwie vernünftig klingt. Widerstand gegen eine totalitäre Religion. Stolz auf die eigene Heimat. Rückkehr zum gesunden Menschenverstand in der Politik. Er ist ein witziger Typ, eine Art sympathisches Großmaul. Es wäre viel besser, wenn sie alle rassistische Idioten wären. Aber das sind sie nicht.»

Azi holt tief Luft. Das ist endlich ein Thema, über das er ehrlich sprechen kann.

«Manchmal, daheim in England, werde ich gefragt, woher ich komme. Und wenn ich sage, ich bin aus Croydon, dann sagen sie –»

«‹Ja, aber woher genau? Ich bin schon mal dort gewesen.› Und was sagst du ihnen dann?»

«Aus East Croydon. Und dann sage ich, sie sollen mich am Arsch lecken und sich verpissen.»

«Nein, sagst du nicht.»

«In Gedanken, jedes Mal. In Worten nicht so oft.»

«Weil sie dir sonst den Schädel einschlagen.»

«Als Azi bin ich auf Tauchstation. Als AZ bin ich anders. Das Problem ist: Die machen keinen Unterschied zwischen off- und online. Keiner ist heutzutage jemals allein, egal, auf welchen Irrsinn man abfährt. Es gibt immer jemanden, der bloß einen Klick entfernt und sofort dabei ist. Es gibt immer jemanden, der das alles für sich schon abgehakt hat, einen Schritt weiter ist und die Bombe gebaut hat. Ich hasse diese Leute, Munira. Ich hasse, was sie sind, ich hasse, was sie tun. Aber am meisten hasse ich, was sie vorgeben zu sein – wie sie der Welt einreden wollen, dass sie recht haben.»

Sie legen beide eine Pause ein, aber keine lange. Weil Azi noch etwas Spektakuläres in petto hat.

Wie kann Jim die Führung von Defiance schnellstmöglich beeindrucken und begeistern? Diese Frage ist entscheidend, denn jede seiner Aktivitäten wäre nutzlos, solange er nicht den Segen der Parteispitze für eine Kontaktaufnahme mit

Gomorrha erhält. Odis Team hat zu diesem Zweck etwas wahrlich Beeindruckendes abgeliefert: ein Video, angeblich über Jims schon bestehende Darknet-Kontakte erworben, in dem ein Vorgeschmack auf die Schätze geboten wird, die in exponentiell größerem Umfang via Gomorrha verfügbar seien. Das Video ist eine brillante Arbeit und zeigt ungefähr Folgendes:

Präsident Obama sitzt hinter seinem Schreibtisch im Oval Office, blickt direkt in die Kamera und erklärt in staatsmännisch getragenem Ton, die Vereinigten Staaten seien eine Nation, die sich auf die Werte weißer und christlicher Einzigartigkeit gründe, weshalb es die heilige Pflicht aller Patrioten sei, jene davonzujagen, die nicht in dieses Konzept passten, und zwar mit allen zur Verfügung stehenden Mitteln. Die Ansprache dauert circa neunzig Sekunden. Nachdem er geendet hat, blickt er einen Augenblick lang emotionslos in die Kamera, zeigt den Hitlergruß, greift unter die polierte Platte seines Schreibtisches, der aus den Überresten des britischen Polarschiffes *HMS Resolute* gefertigt wurde, und holt eine Schrotflinte hervor, deren Lauf er sich in den Mund steckt. Dann schießt er sich das Gehirn aus dem Schädel.

Das Video führt vor, was derzeit technologisch machbar ist, und demonstriert die algorithmische Manipulierbarkeit von HD-Videoaufnahmen. Und es ist extrem gut gemacht. Die dafür verwendete Software hat eine bestimmte Auswahl an bereits existierenden Aufnahmen bearbeitet und dann ein total überzeugendes und fehlerloses virtuelles Geschöpf kreiert, eines, das in der Lage ist, alles zu tun und zu sagen, was seine Schöpfer wollen.

Azi hat davon gehört, dass eine derartige Technologie in Entwicklung ist, aber dass bereits ein solches Leistungsniveau erreicht wurde, war ihm neu. Odis Leute haben eindeutig genug fertiges Material unter Verschluss, um Köder auswerfen zu können – versehen mit einem versteckten zusätzlichen Programmpackage, ein paar in Untertiteln eingebetteten Zeilen einer Malware, die permanenten Zugang zum Computerspeicher gewähren, falls sich jemand das Video außerhalb eines gesicherten Systems anschauen sollte. Angesichts der Wirkung dieses Inhalts ist das mehr als nur wahrscheinlich. Azi hat selbst einmal die Hälfte der Rechner einer elitären Hackergruppe infiziert, indem er eine grobkörnige Bildstrecke von der Bin-Laden-Razzia als Mock-up erstellt und über eine vorgetäuschte benutzerfreundliche E-Mail-Adresse verschickt hat. Die goldene Regel fürs Phishing lautet: So gut wie jeder ist für professionell gemachte Lockangebote empfänglich.

Munira starrt den Bildschirm an, dann Azi, dann wieder den Schirm. «Das ist unfassbar, Azi. Einfach un-fass-bar.»

Er versucht es noch einmal mit der Bescheidenheitsnummer. «Ich habe das schon eine Zeitlang herumliegen. Eine zielgruppenorientierte Arbeit. Um Neonazis anzulocken … Teil meines alten Plans. Ich hatte das Video eigens anfertigen lassen, um sie zu ködern. Und in den Untertiteln ist noch ein kleines Extra versteckt, für alle, die doof genug sind und einfach auf ‹Play› klicken.»

«Wie nett von dir. Sehr nutzerfreundlich. Der Plan ist also, dass Jim unser Zugang wird, und dann …»

Ihr Satz hängt unvollendet in der Luft. Dies ist der entscheidende Moment. Bei aller Offenheit hat Munira Azi nur sehr wenig gesagt, was sie über Gomorrha tatsächlich weiß und was nicht – und über die, die hinter ihr her sind. Odi und Anna haben jedoch absolut klargemacht, dass Munira ihre einzige Hoffnung ist, einen Zugang zu erhalten, und dass Muniras Vertrauen zu ihrem Retter AZ/Azi die beste Möglichkeit darstellt, ihr Wissen anzuzapfen. Azi versucht, Ruhe und Gelassenheit auszustrahlen.

«Jim macht die E-Mail-Kampagne, legt sie der Defiance-Führung vor, prahlt mit seinen Darknet-Kontakten, macht ein paar coole Hightechdinger für sie und erwähnt anschließend Gomorrha. Und die denken dann: Warum probieren wir's nicht mal aus, schauen mal, ob sie liefern können? Und da kommst du ins Spiel, weil die Leute hinter Gomorrha würden auch in einer Million Jahren nicht dich, mich oder irgendeinen x-Beliebigen auch nur in ihre Nähe kommen lassen. Aber ein bekannter weißer Rassist mit der weltweit erfolgreichsten Neonazi-Bewegung im Hintergrund ... der gilt als sauber und vertrauenswürdig. Vielleicht darf er bei Gomorrha sogar eigene Warez verkaufen.»

Munira legt eine Pause ein. «Und du bist sicher, dass das funktioniert?»

«Natürlich nicht. Was ich aber sicher weiß, ist, dass das Video wie maßgeschneidert für die Nazis ist: ein schwarzer Präsident, der sich wegen der Überlegenheit der weißen Rasse das Hirn wegpustet. Und es ist eine Reklame für jemanden mit sehr speziellen Dienstleistungen. Da müsstest du schon ein völlig verblödeter machtgeiler Faschist sein, um so was nicht haben zu wollen.»

Munira lächelt und lässt ihre Unterarme vor sich auf den Tisch fallen. «Darf ich dich was fragen?» Ihr Tonfall ist weich, unsicher. «Ich meine, ich weiß ja, wie das klingt – aber du und Odi, da kam vorhin was ganz Merkwürdiges rüber. Wart ihr zwei irgendwann mal ein Paar? So zusammen, du weißt schon ... So was in der Richtung?»

Azi fährt auf seinem Sitz zurück. «Wie bitte? O Gott, nein. Jesus. Wir waren gut befreundet, aber er ist nicht mein Typ. Außerdem ist er ein Mann, und ich steh nicht auf so was. Ich meine, da wäre ja nichts Falsches dabei. Es ist halt einfach nicht mein Ding ... Wie kommst du auf die Idee?»

«Ich weiß es nicht. Obwohl er uns diesen Riesengefallen tut, scheinst du so ... Ich habe überlegt, ob ihr beide eine gemeinsame Vergangenheit habt.»

Azi schnaubt. «Nein. Es liegt einfach nur an mir und meiner nicht vorhandenen Sozialkompetenz. Ich schaff's ja kaum, mich normal mit dem Postboten zu unterhalten. Was heute sowieso keiner mehr macht. Ich glaube, ich habe ein schlechtes Gewissen, dass ich Odi vor alldem hier ziemlich vernachlässigt habe. Ich habe mich lange Zeit eingeschlossen.»

«Das habe ich bemerkt. Ich denke, du solltest öfter mal raus, doch dafür ist das jetzt wohl nicht der richtige Zeitpunkt. Es sei denn, du hättest vielleicht Lust, tanzen zu gehen oder einen draufzumachen?»

«Du machst Witze, oder? Ich meine, falls wir ... aber du machst Witze. Oder? Ich meine, dass ist nicht gerade das ... Ja, du machst Witze. Was denn sonst.»

Munira wirft Azi einen kurzen Blick zu. «Ich bin darin auch nicht gut, so mit Beziehungen. Besonders mit Männern. Wahrscheinlich habe ich ein Vertrauensproblem. In meiner Familie gab es eine Menge traditioneller Vorstellungen, eine Menge Erwartungen. Viele konnte ich nicht erfüllen. Weißt du, was ich meine?»

«Äh – ich glaube schon. Ich bin nur mit meiner Mutter aufgewachsen. Wir waren ziemlich isoliert. Sie hat radikal alle Brücken hinter sich abgebrochen. Also hab ich mein eigenes Ding gemacht. Ich hatte einen Freund, ich hatte ein Modem.»

Sie schmunzelt. Munira hat etwas Hartes an sich, das in solchen Moment aufblitzt. Beide beugen sich vor, und Azi kann die Wärme ihres Körpers spüren – und in seinem Körper etwas, das dazu passt. In mancherlei Hinsicht ist sie die physisch attraktivste Frau, mit der er sich jemals länger als fünf Minuten unterhalten hat. Wann war das letzte Mal, dass er so dicht an eine Frau herankam, die er mochte oder gar liebte?

Entsetzt begreift er, dass das seine Mutter gewesen sein muss, sowohl im Leben als auch im Tod, als er sich zu Semesterbeginn mit einer Umarmung von ihr verabschiedete, als er ihre Leiche in einem fensterlosen Raum bei der Identifizierung umarmte. Keine sichtbaren Verletzungen, aber alles Leben gewichen. Es ergab keinen Sinn. Und tut es auch heute noch nicht. Zu Hause hat er immer wieder einmal mit ihr geredet, hat die mit ihren Sachen vollgestopften Zimmer gefragt, was sie dachten. Das Sofa hat sich als guter Zuhörer erwiesen.

Azi starrt vor sich hin und blinzelt.

«Azi? Bist du weggetreten? Konzentrier dich. Ich muss mehr über dich wissen. Ich denke, ich verdiene ein paar Einzelheiten. Stehst du auf einen bestimmten Typ Frau? Gibt's eine Liste von Verflossenen?»

Er wird rot. «Kein Typ und auch keine großartige Liste. Mir haben immer die mit Stil gefallen. Das ist es dann schon. Stil müssen sie haben.»

«Stil. Und Schick? Noch andere Wörter mit sch-?»

«Schon.»

«Spaßig?»

«Stopp. Mir fällt nichts mehr ein. Schlafen, schweigen – die Wörter mag ich auch.»

«Kommt nicht in die Tüte! Ich habe gesehen, was du gesehen hast. Wir brauchen jetzt Kaffee und Schokolade. Altmodische Aufputschmittel. Der Deutsche ist weg, und die Nacht ist noch jung. Wir werden tun, was wir zu tun haben. Wir werden arbeiten.»

Wieder schmunzelt sie. Könnte sein – könnte doch echt sein, dass alles gut ausgeht.

Sie beugt sich vor und küsst ihn auf die eine Wange, dann

auf die andere, dann flüchtig und impulsiv dazwischen. Verblüfft fährt sich Azi mit der Fingerspitze über die Wärme, die ihre Lippen hinterlassen haben. Er hat soeben zwei Dinge begriffen: Seine Probleme haben gerade erst angefangen, und bald wird der Zeitpunkt kommen, an dem er Munira nicht länger belügen kann.

# KAPITEL 13

• • •

Nach unruhigem Schlaf und verblassten Träumen wacht Azi am nächsten Morgen frühzeitig auf. In der Wohnung ist es still. Laptop und leere Kaffeetassen stehen dort auf dem Tisch, wo er und Munira sie hinterlassen haben, bevor sie sich erschöpft in ihre jeweiligen Zimmer zurückzogen. Licht fällt durch makellos saubere Fenster herein. Alles ist so schrecklich normal, und er möchte so wenig wie möglich damit zu schaffen haben. Er zieht seine Laufsachen an, kritzelt eine kurze Nachricht – *bin joggen, bin vorsichtig, bald zurück* – und geht durch die diskret gesicherten Türen hinunter. Er muss raus aus dieser Wohnung. Er muss sein Bewusstsein zurücksetzen und die Gefühle abschütteln, die der gestrige Abend bei ihm ausgelöst hat.

Bald tragen ihn seine Beine zu einem wie eine Nadel hoch in den Himmel stechenden schlanken Turm gut eineinhalb Kilometer östlich des Apartments. Ohne Hilfe durch Google Maps oder Informationen von Wikipedia fühlt es sich wie eine entdeckerische Großtat an, durch eine fremde Stadt zu laufen. Haben die Leute vor hundert Jahren so etwas jeden Tag gemacht? Hat er selbst jemals so gelebt?

Azi hat noch keinen richtigen Zugang zu Berlin gefunden. Die Stadt ist wohlhabend, die Gehsteige sind voller Menschen, die durch die zunehmende Hitze schlendern, aber sie fühlt sich irgendwie lockerer als London an – etwas weniger Geschiebe und viel mehr öffentlicher Raum, der nicht zweckbestimmt, sondern einfach nur da ist. Dieser hohe, schlanke Turm beispielsweise; weit und breit ist nichts Ähnliches zu sehen, keine weiteren hohen Gebäude, kein zweites Bauwerk einer Retroraumfahrtarchitektur. Nur eine scheinbar endlose Reihe von behördlich anmutenden Kolonnaden, von Museen und Kirchen mit unbebauten Parzellen dazwischen.

Das Fehlen eines jederzeit verfügbaren Internetzugangs ist einerseits lästig, schafft aber für ihn auch eine willkommene Ablenkung und Gelegenheit für Spekulationen. Vielleicht ist der Turm ein Relikt des Kalten Krieges, errichtet, um die Überlegenheit des Westens – oder des Ostens – auszustellen. Vielleicht war das ein Fernseh- oder Funkturm, der kapitalistische oder kommunistische Propaganda verbreitete. Oder vielleicht stammt er aus neuerer Zeit, ist ein Symbol der Wiedervereinigung, das für nichts weiter steht als für die Begeisterung, zusammen einen richtig hohen Turm zu bauen. Und er ist wirklich groß geraten. Er wäre enttäuscht, wenn er keine Aussichtsplattform hätte.

Vermutlich wird Azi permanent überwacht mittels des monofunktionalen Handys, das in seiner Tasche lauert, ganz zu schweigen von einem Schatten, der ihm folgt, und irgendwelcher Staatstechnologie, auf die Odi Zugriff hat. Der hat ihm einen großzügigen Vorrat an Euros hinterlassen und scheint Azis Ausflüge entspannt zu sehen, was diesen mehr bedrückt, als hätte man ihm befohlen, an Ort und Stelle zu bleiben. Das britische GCHQ und die amerikanische NSA haben schon seit langem die Möglichkeit, wirklich jedes Telefon, Tablet oder jeden Computer an wirklich jedem Ort in ein heimliches Überwachungsgerät zu verwandeln, und sobald man das mit künstlicher Intelligenz und Gesichtserkennung verknüpft, ist so gut wie Schluss mit Privatheit in der Öffentlichkeit. Wen interessiert schon Massenüberwachung, wenn sich jeder Bürger des einundzwanzigsten Jahrhunderts schon selbst sein privates Daten-Panopticon gekauft hat?

Wenn Azi die Hoffnung nicht aufgeben möchte, die Kontrolle über seine Situation übernehmen zu können, muss er, informationstechnisch gesprochen, etwas zum Spielen in die Finger kriegen. Aber wie kommt er an ein eigenes Gerät? An etwas Kleines, Netzunabhängiges, das sich leicht so deaktivieren lässt, dass man es weder anpingen noch orten, noch infiltrieren kann; das Internetzugang hat, aber so beschaffen ist, dass es eine zwanglose, doch peinlich genaue Durchsuchung seiner Person und seiner Habe übersteht.

Er joggt nun schon eine Viertelstunde lang und spürt, wie ihm seine Endorphine zu ein wenig Klarheit verhelfen, zu einem Wohlgefühl, das ihm eine biochemische Kraftmaschine liefert, die das tut, was die Evolution ihr aufgegeben hat. Über einer hübschen Backsteinkirche ragt der schlanke Turm auf, dessen konische Konstruktion auf Zweidrittelhöhe durch eine Kugel unterbrochen wird. Er sieht aus wie eine vergangene Zukunftsvision. Ein ausgelassener Schwarm sommerlicher Leiber zieht vorbei. Menschenmassen sind etwas Gutes, sie sind anonym und opportun. Er schaut sich um, genießt das Hin- und Hergewoge auf dem Gehsteig und begibt sich dann in das vollste Lokal, das er finden kann – ins Balzac Coffee an der Ecke eines monolithischen modernen Blocks.

Im Innern, auf coffeeshoptypischen Sofas und Sesseln, machen die zumeist jungen Leute das, was junge Leute die meiste Zeit machen: Sie sonnen sich hingebungsvoll im gegenseitigen Ignorieren der anderen. Azi hat etwas übrig für diese gesellige Einsamkeit. An einem normalen Tag würde er an einem Ort wie diesem stillvergnügt Stunden damit zubringen, andere Leute nicht dabei zu beobachten, wie sie ihn nicht beobachten. Allerdings ist am heutigen Tag nichts normal, und vor lauter Überkompensation beginnt er eine Unterhaltung mit dem pinkhaarigen Mann hinterm Tresen.

«Einen Iced Coffee zum Hiertrinken, bitte», sagt er und

danach, während der Barista die Bestellung laut weitergibt und sich ihm wieder zuwendet, um sein Geld in Empfang zu nehmen: «Kannst du mir sagen, was das für ein Turm ist?»

«Der Fernsehturm. Er ist berühmt», sagt der Barista fröhlich, als würde ihm diese Frage nicht mehrmals täglich gestellt. «Du kannst rauffahren, es gibt eine schöne Aussicht und ein Drehrestaurant.»

«Bist du schon oben gewesen?»

«Ich bin Berliner, also nein.» Er lächelt, gibt Azi den Kaffee und sein Wechselgeld. «Hier, lass dir's schmecken.»

Daran könnte ich mich gewöhnen, denkt Azi, nippt an seinem Getränk und scannt den Raum. Das letzte Mal, als ihn jemand in einem Coffeeshop in Croydon angelächelt hat, geschah das, um ihn abzulenken, während dessen Kumpel sein Handy klaute. Apropos Handy: Azi blickt in die Runde, und tatsächlich gibt es mehrere Gäste, deren Handys identisch mit seinem NADIR-Modell sind. Das ist seine Chance. Ein bisschen Fingerfertigkeit, ein bisschen Glück, und vielleicht kann er einen von denen mit einem einfachen Taschenspielertrick reinlegen.

Eine junge Mutter hat solch ein Handy. Das Baby auf ihrem Schoß bearbeitet hingebungsvoll Mamas Gesicht mit einem Plüscheinhorn, während diese versucht, ihren Saft zu trinken. Sie sieht erschöpft aus. Ihr Handy liegt neben einer halb leeren Packung Feuchttücher vor ihr auf dem Tisch. Azi grinst entschuldigend, macht eine Geste zum Wi-Fi-Passwortschild ihres Tisches, nimmt es an sich und winkt dem Baby zu. Das reagiert mit einem Blick reinster Gehässigkeit und bricht in Geschrei aus. Rasch stellt er das Schild so zurück, dass es vor dem Telefon der Mutter steht, schiebt das Handy zur Tischkante und in seine Tasche und begibt sich zielstrebig zum Ausgang.

Er ist fast dort, als eine Frau, die allein auf einem Sofa sitzt, seine Aufmerksamkeit erregt. Sie winkt ihm mit warmem Wiedererkennungslächeln zu. Sie streckt den Arm in die Luft, wie jemand, der einem unsichtbaren Taxi signalisiert, und ruft mit lauter Stimme:

«Azi, hier drüben! Komm und setz dich zu mir!»

Über den Trümmerhaufen seines schönen Plans hinweg schaut Azi ein zweites und ein drittes Mal hinüber. Es ist die Frau von seiner Hütte. Anna. Ihre Frisur ist anders, ihre Kleidung nicht so schick, aber sie ist es ganz eindeutig. Während ein grässlich schwerer Klumpen in seiner Brust immer größer wird, bahnt er sich seinen Weg durchs Café.

«Azi. Was machst du denn hier? Das Handy, bitte, und zwar zackig.» Sie streckt eine Hand aus, und Azi gibt ihr das gestohlene Telefon.

«Sehr brav. Du wartest hier.»

Er beobachtet sie, wie sie sich lässig um die Tische und zum Ständer mit Würfelzucker und Servietten schlängelt. Sie stößt seitlich gegen den Tisch der nichts ahnenden jungen Mutter, legt diskret das Handy zurück und lächelt das schreiende Baby an. Dann nimmt sie sich eine Handvoll Servietten und ist ein paar Augenblicke später wieder bei Azi.

«Wenn ich du wäre, würde ich einen solchen Blödsinn nicht noch mal machen. Du bist dafür nicht gerissen genug, und mir macht es keinen Spaß, dich bloßzustellen. Zumindest dann nicht, wenn du es mir so leicht machst.» Sie steht auf. «Spazieren wir zum Fernsehturm?»

«Habe ich eine Wahl?», murmelt Azi und nimmt seinen Kaffee mit. Kondenswasser perlt an der Außenseite herab, und das Getränk sieht deutlich weniger ansprechend als auf dem Foto über dem Tresen aus. Er folgt Anna in den sonnigen Vormittag hinaus, und sie ziehen los. Wegen des Anpfiffs und der

Tatsache, dass er Shorts anhat, kommt er sich wie ein Achtjähriger vor. Anna macht ihrerseits einen recht vergnügten Eindruck.

«Von der Klauerei abgesehen, bin ich zufrieden mit dem Anfang, den du gemacht hast. Du und Munira, ihr kommt sehr gut miteinander aus. Es ist richtig anrührend – und entspricht total unserem Best-Case-Szenario.» Sie wirft ihm einen Blick zu, eine Braue hochgezogen.

«Ich möchte mit dir Klartext reden, Azi. Ausgehend von der Annahme, dass du irgendwann über die Art und Weise deiner Ankunft hinwegkommen wirst – was du schnell tun solltest –, haben wir unsere Versprechen eingelöst. Ich habe überhaupt nichts dagegen, wenn du eventuelle Bedenken oder Anliegen äußerst, solange du dich bemühst, dich durch etwas Produktiveres hervorzutun als Bagatelldiebstähle. Du weißt ein bisschen was darüber, womit wir es zu tun haben, und es ist nachvollziehbar, dass du mehr wissen möchtest.» Sie legt eine Pause ein, wie um ihre Umgebung zu bewundern. «Also. Hier bin ich.»

Azi schielt in die Sonne und schattet mit einer Hand seine Augen ab. «Ich finde Odi ein wenig ... anstrengend. Von Diskussionen hält er nicht viel.»

«Das stimmt allerdings. Was für eine schöne Stadt, nicht wahr? Er ist hier in der Nähe aufgewachsen. Sein Name ist selbstverständlich nicht Odi, aber er ist Deutscher, Ostdeutscher. Odi wurde in Verhältnisse hineingeboren, die deine Generation bestenfalls aus Büchern kennt, und er ist extrem gut, wenn es darum geht, das zu tun, was getan werden muss.»

Azi schluckt. Da ist doch noch etwas anderes, denkt er, etwas zwischen Anna und Odi, das über das rein Dienstliche hinausgeht.

«Ich möchte wissen, wie ihr mich gefunden habt.»

Anna geht weiter und zwingt Azi, hinter ihr herzutrappeln.

«Wir beide machen einen Deal. Du bringst uns in Gomorrha rein, du und Munira verschafft Jim Zugang, und ich werde in Betracht ziehen, dir diese Information zu geben. Sie sind nicht hinter dir her, falls du dir deswegen Sorgen machst. Die haben keine Ahnung, dass du hier bist oder dass du überhaupt existierst. Für uns bist du bloß ein Glücksfall. Und um dir zu beweisen, was wir für gute Gastgeber sind ...»

Sie sind fast am Sockel des Fernsehturms angelangt, der aus einem Flachbau herausragt, der den Eindruck eines heruntergekommenen Einkaufszentrums der achtziger Jahre macht. Anna schwenkt einen DIN-A4-Ausdruck mit der Überschrift *Ticket ohne Wartezeit*.

«... werde ich dir den besten Blick über die Stadt zeigen. Danach wirst du direkt zurück zur Wohnung joggen. Dort finden in deiner Abwesenheit gerade interessante Gespräche statt.»

# KAPITEL 14

• • •

Bei seiner Rückkehr weiß Azi nicht mehr, was er von alldem halten soll. Anna war charmant, klug und kein bisschen furchteinflößend. Die Aussicht vom Turm war wunderbar: der sich dahinschlängelnde Fluss; die grün gesprenkelte Stadt; graue Wohntürme, die mit roten Ziegeldächern und Kuppeln konkurrieren; die weißen Mauern und anthrazitfarbenen Straßen, die sich ohne Masterplan in alle Richtungen ausbreiten.

Was Anna mit «interessanten Gesprächen» gemeint hat, wird klar, kaum dass er die Treppe hinaufgestürmt und schnaufend durch die Tür gewankt ist. Munira sitzt am Wohnzimmertisch, umgeben von Stiften, Zetteln und halb gegessenen Gebäckstücken. Der Laptop vor ihr ist geöffnet und ihr Gesicht vor Aufregung gerötet. Sie winkt Azi gleich zu sich, was diesen unwillkürlich frösteln lässt. Odi fläzt sich auf dem Sofa, trinkt Kaffee, hat einen Arm über die Augen gelegt und spielt den Verkaterten. Er ruft Azi etwas zu, ohne die Augen zu öffnen, womit er bei diesem eine so unwillkürliche wie widerwillige Aufwallung auslöst:

«Ich habe ein paar Berliner Pfannkuchen mitgebracht. Die guten. Große Dinge wurden in deiner Abwesenheit vollbracht, aber mir geht's beschissen.»

Azi antwortet nicht. Er ist zu sehr damit beschäftigt, auf den Bildschirm zu starren. Er sieht das Forum, in dem er und Munira vergangene Nacht das Video eingestellt haben. Der Thread unter ihrem Post umfasst jetzt mehr als zweihundert Kommentare und Reaktionen, Tendenz steigend: englische, deutsche, französische, dazu Sprachfetzen, die polnisch oder tschechisch sein könnten. Defiance-Führungskader und Gäste mit privilegiertem Zugriffsrecht überschlagen sich, um Jim zu gratulieren und sich gegenseitig in einem heiteren und ungezwungenen Festival unsäglicher rassistischer Phantasien zu überbieten. Sollte sich auch nur ein Zehntel von ihnen das Video über einen Standardbrowser angesehen haben, so sind ihre Maschinen durch das in den Untertiteln lauernde Schadprogramm jetzt hoffnungslos infiziert.

Das ist noch nicht alles. Munira wechselt zu einem anderen Tab und holt Jims private Nachrichten auf den Schirm. Es finden sich Glückwünsche zu seinem Rundmail-Entwurf – er habe genau den richtigen Ton getroffen, die Click-Through-Rate dürfte ausgezeichnet sein –, gefolgt von herzlichen Gratulationen zu seinem Video-Sourcing. Danach folgen sowohl begeisterte als auch aggressive Anfragen: was er wisse, was er beschaffen könne, wo er es bekomme und ob es irgendetwas gebe, was man hinsichtlich seiner Vertrauenswürdigkeit wissen müsse, Strafregistereinträge, öffentliche Profile oder Vorgeschichten. Sollte er etwas verbergen, werde das böse Folgen haben. Ansonsten ist er ein Held – und sie würden gern so schnell wie möglich seinen Darknet-Tipps folgen.

Es ist frappierend: ein Erfolg, der ihre kühnsten Erwartungen übertrifft. Erst nachdem er das Gesehene aufgenommen, verarbeitet und sich Munira zugewandt hat, sagt sie: «Wir sind drin, Azi! Grundsätzlich, jedenfalls. Ich habe Odi alles dazu erzählt. Dass wir einen Plan haben.»

Azi ist entsetzt. «Du hast Odi gesagt, du hast einen Plan? Du hast ... *was* gemacht?»

Bevor Munira antworten kann, ertönt eine Stimme vom Sofa. «Sie ist clever, die Kleine. Sie hat mir nicht alles gesagt ...» – Munira nickt Azi aufmunternd zu – «... aber sie hat angedeutet, dass ihr dicht an etwas Großem dran seid. Und dass ihr vielleicht ein bisschen deutschsprachige Hilfe nötig haben könntet beim – wie hast du das formuliert, meine Beste?»

«Beschleunigten Bewerbungsverfahren.» Munira lässt ihrem Kopfnicken einen kurzen, aber beruhigenden Druck auf Azis Arm folgen.

«Ja genau. Ein paar sorgfältig formulierte Stichworte für irgendwelche Neonazis von meinen eigenen fiktiven Mitbürgern. Nicht von der Qualität deiner Kreation, mein Freund, aber ausreichend für das, was ihr braucht, wie mir gesagt wird. Schließlich soll ich nicht mehr wissen, als ich zu wissen brauche. Du wirst einen Kaffee nötig haben. Ich jedenfalls brauche eine Tasse. Komm mit in die Küche.»

Azi verlässt Munira nur ungern und geht langsam um die Ecke in den makellosen Küchenbereich. Der ist eine Sinfonie aus Edelstahl und indirekter Beleuchtung. Odi schaltet einen klobigen Miele-Kaffeevollautomaten ein und bringt sein Gesicht dicht an Azis Ohr. Seine Stimme ist ein kristallklares Flüstern.

«Wir machen überall Fortschritte. Ich werde eine Flut von deutschsprachigen Unterstützungserklärungen für Jim fabrizieren, und zwar so, wie sie die sehr hilfsbereite Munira spezifiziert hat. Ein paar andere Sachen werdet ihr von hier aus abarbeiten. Von denen bringt ihr so viele wie möglich ins Rollen, und dann gehst du mit ihr spazieren und wartest auf neue Anweisungen. Wir sind viel dichter dran, als ich gedacht hätte. Mach dich an sie ran, hol die letzten Schritte des Zugangs zu Gomorrha aus ihr heraus. Sei so charmant, wie du möchtest, aber bleib professionell. Lass deine Gefühle außen vor.»

Azi sagt nichts. Der Kaffeeautomat arbeitet sein Programm ab und spuckt ein starkes Gebräu aus, das Odi in zwei saubere Tassen laufen lässt. Anschließend ruft er ins Wohnzimmer, sein Tonfall ein Singsang von Selbstzufriedenheit: «Ich trink das jetzt, dann ess ich einen letzten Pfannkuchen, und dann geh ich und mach das, worum ihr mich gebeten habt. Es ist ein schöner Tag. Ich weiß ja, wie ich euch erreiche. Viel Spaß, ihr beiden.»

Eine halbe Stunde später und nachdem Azi ihr ausführlich versichert hat, dass es sicher sei, wagen sich Munira und er nach draußen.

Sie verständigen sich darauf, dass es sich um die normalste Sache der Welt handelt, und landen schließlich im nahe gelegenen Deutschen Historischen Museum. Darin finden sich Segmente der Berliner Mauer und Nachstellungen politischen Protests vor und nach dem Mauerbau neben Zeugnissen aus der Zeit des Nationalsozialismus, einschließlich solcher von den «freien und fairen Wahlen», die Hitler 1933 an die Macht brachten. Azi war noch nie zuvor in einem Museum gewesen, das dem Besucher Geschichte so unmittelbar oder so furchteinflößend nahebringt. Und es hat großartig ausgestattete Toiletten.

Nach eilig verzehrten Sandwiches kehren sie dem Fernsehturm den Rücken (Azi weist Munira kenntnisreich auf ihn hin und wird mit einem Augenrollen belohnt) und machen sich auf den Weg zum Brandenburger Tor. Sie passieren es und betreten den Tiergarten, einen Park, der von einer vierspurigen Straße durchschnitten wird und so dicht bewaldet ist, dass es fast schon beklemmend wirkt. Einer stillschweigenden Übereinkunft folgend, schlendern sie in Richtung einer Säule, die in der Ferne aufragt.

Hin und wieder berühren sich ihre Hände. Azi ertappt sich dabei, wie er sich zwanghaft auf diesen Körperkontakt fokussiert und versucht, dessen Intimität zu interpretieren. Sein emotionales Engagement nähert sich rasch dem Punkt, an dem er seine Gefühle nicht mehr in Schach halten kann. Noch immer kann er spüren, wo gestern Abend Muniras Lippen auf die seinen trafen; wo sie vorhin in der Wohnung seinen Arm drückte; wo ihre Finger soeben die seinen berührt haben. Schließlich gelingt es ihm doch, sich zu den Fragen durchzuringen, die wichtig sind.

«Munira.»

«Azi.»

«Wärst du bereit, mir zu erzählen, wie das alles anfing? Wie sie dich gefunden haben, wie du sie gefunden hast?»

Sie macht große Augen. «Ich denke schon. Ich meine … wolltest du deshalb einen Spaziergang machen?»

Azi zuckt mit den Schultern. «Ich kann besser denken, wenn mein Körper mit irgendwas anderem beschäftigt ist. Da werden die Dinge schnell klarer.»

Munira atmet tief durch. «Es war schön, dass wir bis jetzt so getan haben, als wären wir normale Menschen. Aber ich glaube, das sind wir nicht. Es ist dermaßen irre. Ich hätte ja nie irgendetwas herausgefunden, außer dem, was ablief, als mein Cousin rekrutiert wurde. Ein wichtiger Mensch hat ihn abgeholt. Irgendein hohes Tier der Propagandaabteilung des IS – streng geheim, sehr professionell. Er hat bloß den Fehler begangen, einen USB-Stick in einen Laptop zu stecken, den ich verliehen hatte.»

Azi grinst anerkennend. «Ich kann mir vorstellen, du hattest deinen Lap eher etwas unorthodox konfiguriert.»

«Ach was. Ich hatte ja schon fünf Jahre lang von daheim aus gehackt. Er hat alles aufgezeichnet: Tastenanschläge, Kamera, einfach alles. Da waren ein paar ganz üble Sachen von meinem Cousin drauf, von denen du als Verwandte echt nichts wissen willst. Und da steckt dieser Anwerber einen USB-Stick rein. Er hat zwar versucht, seine Spuren zu verwischen, allerdings schlecht, und als mir mein Cousin die Maschine zurückgab, hatte ich viel mehr bekommen als erwartet.»

Azi ermuntert sie sanft zum Weitersprechen. «Das ganze Zeug, was du mir geschickt hast, die Namen, die Details?»

«Und noch mehr. Ein paar Sachen hab ich dir nicht geschickt. Es ist so simpel, und deshalb ist es ja so verrückt. Deswegen habe ich Odi um Hilfe gebeten, weil es das letzte Teil in dem Puzzle ist: Er soll für Jim bürgen, soll Örtlichkeiten nennen, die richtigen Begriffe. Ich wollte dir schon die ganze Zeit alles sagen. Aber ich habe gesehen, wozu sie fähig sind, Azi. Ich habe es gesehen, ich habe gesehen, was ...»

Munira bleibt stehen, fährt sich mit beiden Händen durchs Haar, legt dann ihre Arme um ihn und presst ihr Gesicht an seine Brust, als könne nur er sie davor bewahren, von ihren Emotionen fortgerissen zu werden. Leise spricht sie weiter.

«Es nicht einfach nur ein Marktplatz. Es gibt ein spezielles Darknet mit Individualsoftware. Aber es ist *personenbezogen*. Du bewirbst dich namentlich, sie laden dich ein, und dann gehörst du dazu. Dieser Typ vom IS, diese große Nummer, der war VIP-Mitglied. Allerdings lebt er nicht mehr. Ich habe ihn aufgespürt. Sie haben herausgefunden, wie es passiert ist, und seitdem sind sie hinter mir her, wobei ich noch nicht mal weiß, wer sie sind, aber ...»

Als ihr die Worte im Hals stecken bleiben, legt Azi die Arme um sie, um ihr zu zeigen, dass sie diese Sache gemeinsam durchstehen werden, dass er sie nicht im Stich lässt – in der verzweifelten Hoffnung, dass er ein solches Versprechen auch einhalten kann.

Sie stehen auf dem Gehsteig, Scharen von Fremden gehen links und rechts an ihnen vorbei, Autos verstopfen die breite Straße. Alles ist normal und seltsam, als wäre die ganze Welt in Bewegung, nur sie beide nicht. Das NADIR in Azis Tasche fühlt sich riesengroß an. Er ermahnt sich, dass sie in genau diesem Augenblick abgehört werden. Die einzige Möglichkeit, Munira zu beschützen, ist, weiter in sie zu dringen.

«Alles okay, Munira. Alles okay. Wir kriegen sie. Wir zapfen die an und holen uns, was wir brauchen. Wir werden das Heft in die Hand nehmen. Du hast was von einer Einladung erzählt und dass Odi Beweismaterial liefert. Was bedeutet das? Was muss Jim machen?»

Ihre Stimme flüstert an seiner Brust, nur für seine Ohren. «Du kennst doch diese Geschichten, wenn jemand einen Pakt mit dem Teufel schließt, wenn man dessen Namen dreimal ausspricht und er dann erscheint? So ähnlich ist es. Es gibt einen Usernamen für Nachrichten über den Messenger Signal. Gomorrha. Ganz einfach! Du schickst eine gesicherte Nachricht und bietest die richtigen Nachweise an. Sie schicken dir einen Einmal-Link, nur für dich. Alles komplett individualisiert. Für was auch immer dein Herz begehrt.»

Azi ist erfüllt vom jähen Drang zu beichten, mit der Wahrheit und all den Fragen herauszuplatzen, die in seinem Kopf umherschwirren. Stattdessen nimmt er Zuflucht zu einer ganz anders gelagerten Aufrichtigkeit.

«Ich ... ich erinnere mich, nachdem meine Mutter gestorben war. Da war dieses Labyrinth von Ämtern und Bürokratie und so viel zu erledigen. Eine Menge freundlicher Leute, die ich nicht kannte. Alle waren sie nett zu mir. Die von der Uni waren fest entschlossen, mich nicht fallenzulassen. Und dafür habe ich sie gehasst. Ein junger Kerl wie ich, eine Biographie wie die meine – sie haben sich in ihrer Hilfe überschlagen. Da hast du Geld, wenn du welches brauchst, nimm eine Auszeit, wenn du möchtest, wir besorgen dir Nachhilfe, damit du im Studium wieder mitkommst. Kummer und Dankbarkeit, mehr sollte ich nicht empfinden. Es war, als hätten die mich komplett übernommen ... dabei gibt es nichts Schlimmeres, als von anderen gesteuert zu werden.»

Pause. Er hat versucht, etwas Wahrhaftiges zu sagen. Jetzt, da ihm die Worte herausgerutscht sind, fällt ihm jedoch ein, dass es sehr wohl schlimmere Sachen gibt, als von anderen gesteuert zu werden, und dass Munira vor Leuten davonläuft, die ihr diverse schlimme Sachen antun wollen. Kurz darauf hebt sie ihr Gesicht und spricht, ohne zu flüstern.

«Hat Odi dir geholfen?»

Azi muss den Drang unterdrücken, laut aufzulachen. «Ja, ich habe einen Freund gebraucht. Und der beste Freund, den ich hatte, der einzige andere Freund, den ich hatte, hat mich hängenlassen. Also blieb nur der gute alte Odi übrig.»

Munira drückt ihn fest. Dann nimmt sie seine Hand und geht leichten Schrittes weiter. «Ist okay, Azi. Ich glaube echt, dass alles gut wird. Wir werden diese Geschichte hinter uns bringen. Wir und der gute alte Odi, was für einen Scheiß auch immer er gerade im Schilde führt.»

Eine Minute lang gehen sie schweigend weiter. Wie aufs Stichwort meldet sich Azis Telefon mit einem Update. Er wirft einen Blick darauf und stutzt. Es ist nicht das, was er erwartet hat. Ganz und gar nicht.

*Wir haben ein Problem. Ich schicke euch jemanden, jetzt gleich. Bleib ruhig und gehorche. In weniger als einer Minute.*

Azi geht einige Schritte und dreht sich dann zu Munira um. Irgendetwas will über seine Lippen, ein Satz, eine Warnung, ein Kuss. Was genau, weiß er nicht, weil sich ihnen, noch ehe er handeln kann, jemand in den Weg stellt. Ein lässig gekleideter Mann von ähnlicher Statur wie Odi. Der Mann spricht gerade so laut, dass man ihn versteht.

«Azi. Munira. Euer Wagen wird gleich hier sein.»

Er hat eine warme Stimme mit einem schwach näselnden

amerikanischen Akzent. Bevor sie verarbeiten können, was gerade geschieht, hält ein roter Prius neben ihnen am Bordstein. Sie sind kurz vor einem Kreisverkehr, in dessen Mitte die Säule thront, und die Autos hinter ihnen veranstalten ein munteres Hupkonzert beim Ausweichen. Der Mann spricht weiter.

«Es ist alles okay. Odi hat das arrangiert. Munira, steig ein.»

Mit einer Geste, die einladend gemeint sein könnte, würde sie nicht von einem Druck auf den Rücken begleitet, der Muniras Knie einknicken lässt, bugsiert er sie auf den Beifahrersitz und schließt die Tür. Seit seinem Auftauchen ist weniger als eine halbe Minute vergangen. Azi blinzelt verwundert, will eingreifen, aber zu spät. In einer einzigen fließenden Bewegung gleitet der Mann auf den Rücksitz und macht die Tür zu.

Dann verschwindet der Wagen mit leisem Surren.

Azi geht ein paar Schritte, nimmt das NADIR zur Hand und wartet. Nach quälend langen Minuten erscheint eine zweite Meldung.

*Munira wird an einen sicheren Ort gebracht. Du kehrst zur Wohnung zurück. Wir erklären es später. Bis dahin folge den Anweisungen.*

Die Meldung erlischt, das Display ist leer. Azi hat keinen Plan, keine Ideen, keine Informationen. Er weiß rein gar nichts. Die Wohnung hält er jetzt nicht aus. Also geht er weiter, rennt um den Kreisel herum, verflucht die endlosen Bäume. Abwechselnd geht und läuft er, ohne Richtung und Ziel. Der Park endet bei einer breiten Brücke und mündet in eine verkehrsreiche Prachtstraße. Er geht die Allee immer weiter, bringt Distanz zwischen sich und der Stelle, an der Munira mitgenommen wurde, während Angst und Schuldgefühle und etwas anderes, das er nicht benennen kann, in seinem Hinterkopf hämmern – tote Erinnerungen, die ihn zu überwältigen suchen.

Schließlich neigt sich der lange Sommertag seinem Ende zu. Azi hat Flüsse überquert, Parks durcheilt, breite Straßen und Gebäude passiert, die wie gestapelte Legosteine aus Beton aussahen. Er ist erschöpft, aber noch nicht erschöpft genug.

Dann summt es in seiner Tasche. NADIR erwacht zum Leben, eine Mitteilung erscheint auf dem Display.

*Wenn du sie lebend wiedersehen willst: Erzähl keinem was, komm allein, sofort.*

Eine Adresse wird angegeben. Azi hat Geld dabei, hält ein Taxi an, nennt das Ziel, lehnt sich zurück und atmet tief durch, bis er etwas anderes hören kann als seinen eigenen Puls.

Schon wieder sind seine Optionen outgesourct worden.

# KAPITEL 15

• • •

Fanatiker gibt es beim IS in mancherlei Erscheinungsformen, aber nach Kabirs Erfahrung ist Dr. Tal einzigartig. Da ist zunächst seine Angewohnheit, sich mitten in einer Unterhaltung zu Boden fallen zu lassen und fünfzig Liegestütze zu machen. Darauf folgt unweigerlich die penible Inspektion der sich auf der Rückseite der Oberarme wölbenden Trizepsmuskeln. Klamotten im Schlabberlook und wichtigtuerisches Waffenschwingen, womit sich die meisten Kämpfer vor der Kamera präsentieren, ist nichts für ihn. Nein, Dr. Tal ist ein maskulines Instagramgeschöpf, das sich selbst für den schmeichelhaftesten Blickwinkel auf jede seiner Pose konditioniert hat und sich, sei es bei Anzügen oder OP-Kitteln, in der jeweils am engsten anliegenden Slim-Fit-Bekleidung zur Schau stellt, je nachdem, wie es die Situation erfordert. Sein Charme ist – wenn er geruht, ihn spielen zu lassen – ebenso potent wie die Moschusnote seines Rasierwassers.

Sie sind sich vor einer Woche begegnet, als Kabir den Fehler beging, einem der herrenlosen Hunde aus einer verwahrlosten und immer kleiner werdenden Meute armer Kreaturen etwas Gutes zu tun. Kabir ließ vor einem besonders schwermütigen dreibeinigen Labrador einen Brocken Fleisch fallen, beugte sich hinunter, um ihn in die Nähe der hechelnden Hundezunge zu platzieren, und als er sich wieder aufrichtete, sah er Dr. Tal, der von der anderen Straßenseite zu ihm hinübergestikulierte.

Sie kamen ins Gespräch. Dr. Tal ist Brite, intelligent, und darf sich dank seines medizinischen Fachgebiets (Traumachirurgie) und eines unerschütterlichen Selbstbewusstseins eindeutig großer Bewegungsfreiheit erfreuen. Dr. Tal liebt auch Tiere, beziehungsweise er hat, im Gegensatz zu seiner Einstellung gegenüber Menschen, ein Erbarmen mit ihnen. Aus Menschen macht er sich nicht viel, aber das Leid von Tieren kann er nicht mit ansehen. Es ist eines von genau zwei Dingen, die ihm, von seiner eigenen Großartigkeit abgesehen, nicht gleichgültig sind; das andere ist der unglaubliche Dilettantismus bei der medizinischen Versorgung in Raqqa.

Seit er mit seiner Spitzenqualifikation, seiner Verachtung für gewöhnliche Sterbliche und seinen überaus symmetrischen Wangenknochen zum IS gekommen ist, befindet sich Dr. Tal in einem mehr oder weniger permanenten Zustand zorniger Erregung darüber, dass der Islamische Staat seine Talente nur unzulänglich zu würdigen weiß. Gegen Ende ihrer Unterhaltung war klargeworden, dass er Kabir als seinen neuesten Freund ansah, als Verbündeten und vielseitig einsetzbares Faktotum.

Allerdings wurde von da an Kabirs Lage immer misslicher. Weil Dr. Tal buchstäblich nicht imstande ist, ein Nein als Antwort gelten zu lassen – es hat sogar den Anschein, als könnte er akustisch gar nicht wahrnehmen, dass das Wort ausgesprochen wird –, hat man ihm jetzt Muhammed den Deutschen vorgestellt, und so hat er beschlossen, dass Muhammed und Kabir als eine Art Ehrengarde für seine Ambitionen fungieren sollen.

Offiziell gehören beide noch immer ihrer Propagandaeinheit an, und Kabir ist offiziell weiterhin zum Innendienst abkommandiert, aber es kostete Dr. Tal gerade einmal fünf Minuten charismatischer Nachdrücklichkeit, sie für die erhabene Aufgabe abordnen zu lassen, jede seiner fotogenen Großtaten aufzuzeichnen. Darunter fallen sowohl lebensrettende chirurgische Eingriffe als auch lebensbeendende Meisterkurse für methodisches Foltern, beides mit der gleichen faszinierten Entrücktheit durchgeführt, als spielte er ein vertracktes Musikstück aus dem Gedächtnis.

Glücklicherweise wird nichts von alldem noch länger von Bedeutung sein, sollte der Plan von Muhammed dem Deutschen aufgehen. Kabir und Muhammed – die sich gut genug auf Englisch verständigen können und sich bereits ausgiebig in bedeutungsschweren Betrachtungen über die ruchlose, verwerfliche und unvorstellbare Verkommenheit von Deserteuren ausgetauscht haben – sind zu der Erkenntnis gelangt, dass sie beide es vorziehen würden, sich sobald wie irgend möglich über die türkische Grenze aus dem Staub zu machen. Die Anwerbung von Muhammeds imaginärer Schwester zu diesem Zweck entwickelt sich gut; fingierte Facebook-Botschaften kursieren erfolgreich in der Befehlskette nach oben. Es hat sich mittlerweile herausgestellt, dass die Schwester – von der Realität unbeschwert – ein Diplom in Chemietechnik hat, vier Sprachen spricht und die westliche Dekadenz mit abgrundtiefer Hingabe hasst.

Wie Kabir und Muhammed gleichfalls herausgefunden haben, dürfte es allerdings unwahrscheinlich sein, dass selbst die liberalsten Politiker des Westens Kämpfer des IS mit offenen Armen empfangen werden, es sei denn, sie brächten ein Geschenk mit. Geheime Informationen wären die Türöffner: die Namen hoher Funktionäre, Geodaten von Ausbildungslagern und städtischen Hauptquartieren, kriegswichtige Komponenten in Infrastruktur und Verwaltung. Das alles könnten sie dem Rohmaterial der Propagandaarbeiten entnehmen, das auf ihren Arbeitstischen landet. Kabir hat jedoch noch etwas Spezielleres im Sinn: eine Liste aller Anwerber, Schleuser und Mittelsmänner, die entscheidend für den Transport von Personen zur und über die Grenze sind, dazu noch die lukrativen Schieberrouten, über die jener Teil der IS-Einnahmen beschafft wird, der nicht aus Öl, Zwangsabgaben oder Antiquitäten stammt.

Wenn sie es richtig anstellen, dürfte man für so etwas wohl eine gewisse Dankbarkeit des Westens erwarten, vielleicht sogar Geld. Kabirs Zugang zu Computersystemen würde es möglich machen. Er muss nur sehr, sehr vorsichtig zu Werke gehen und Dr. Tals Zumutungen zu seinem und Muhammeds Vorteil nutzen.

Die Tatsache, dass die Rekrutierung von Dr. Tal für den Islamischen Staat einen riesigen Prestigegewinn bedeutet, macht das Unterfangen zu einer heiklen Angelegenheit. Zunächst einmal hat sich dadurch Kabirs und Muhammeds öffentliche Wahrnehmbarkeit erhöht. Und dabei hat sich Kabir noch gar nicht mit der Tatsache auseinandergesetzt, dass Dr. Tal sie beide mit Freuden in Stücke schneiden und streunenden Katzen zum Fraß vorwerfen würde, sollte er hinsichtlich ihrer Absichten Verdacht schöpfen. Und was noch schlimmer ist: Er und Muhammed verwenden jetzt viel Zeit darauf, als Konkurrenten um die Gunst ihres Herrn zu buhlen.

Heute Vormittag haben sie ihm, nachdem Muhammed Dr. Tals Einkäufe besorgt und Kabir dessen Villa aufgeräumt hatte, den Rohschnitt ihres jüngsten Meisterwerks vorgeführt: ein Video, in dem Dr. Tal ein bei einem Luftangriff verletztes sechsjähriges Mädchen operiert. Da Kabir gerade in Ungnade gefallen ist, wird Muhammed zum einzigen Adressaten des Urteilsspruchs.

«Bruder, ich bewundere, was du bewerkstelligt hast. Die erste und die letzte Sequenz funktionieren, die mittlere kann rausgeschnitten werden. Es ist ein hübsches Kind. Ich gehe davon aus, dass wir Bilder haben, wie sie wieder nach Hause kommt und ihre Familie umarmt. Ach so, eine Blutvergiftung? Was für eine Vergeudung. Aber wir haben trotzdem genug Material. *Jazakallah khair*, Bruder.»

Kabir beißt still die Zähne zusammen und entspannt die Kiefer wieder etwas weniger still, weil sich sein eitriger Zahn schmerzlich meldet. Dr. Tal hat ihn noch nicht eines Blickes gewürdigt, seit er den Raum betreten hat, und Kabir glaubt, den Grund zu kennen. Muhammeds Kontakt zu seiner fiktiven Schwester hat vor kurzem die Aufmerksamkeit des Arztes auf sich gezogen, und aufgrund ihres Profilfotos und ihrer Bildungsabschlüsse hat Dr. Tal entschieden, sie könnte die einzige potenzielle Rekrutin beim gesamten IS sein, die seinen hohen Ansprüchen gerecht wird. Kabirs Liebenswürdigkeit gegenüber Hunden ist Schnee von gestern.

Positiv ist, dass der eisige Wahnsinn von Dr. Tals Protektion Hoffnungen weckt, sobald man ihn zu imaginären Schwestern in Beziehung setzt. In Anbetracht seines Durchsetzungsvermögens und seines unstillbaren Verlangens, dieses Traumbild einer weiblichen Fanatikerin kennenzulernen, dürfte es nicht schwer sein, Erlaubnis und Transportmittel für eine Fahrt an die türkische Grenze zu bekommen. Kabir und Muhammed haben die Sache unter hitzigem Geflüster im Schutz von Toilettenbesuchen besprochen – so gut wie die einzige Gelegenheit, wo sie sich ungestört wähnen dürfen – und entschieden, dass dies eine Chance sei, die sie ergreifen müssten.

Kabir schlurft aus Dr. Tals maßlos großem Wohnzimmer und überdenkt noch einmal ihre Perspektiven. Er steht bereits kurz davor, potenziell interessantes Datenmaterial in die Finger zu bekommen (oder zumindest solches, das so aussieht, als sollte er es nicht in die Finger bekommen); die Amerikaner scheinen geneigt, ihr Versprechen wahrzumachen und Tod vom Himmel regnen zu lassen, und Dr. Tal hat eindeutig Frühlingsgefühle bei der Aussicht auf eine Eroberung von Weltklasseformat. Alle Vorzeichen sind günstig. Oder um präziser zu sein: Alle Vorzeichen sind fürchterlich, sollten sie beide hierbleiben.

Kurz bevor er bei der Tür ist, erreicht ihn Dr. Tals Stimme, verstärkt durch die Resonanz des Bodens und der Kacheln von den erlesenen Mosaiken an den Wänden.

«Bruder Kabir, du hast mein Red Bull vergessen. Und das Hundefutter.»

Ein Versäumnis, das selbstverständlich nach Ahndung schreit.

# KAPITEL 16

•••

Das Taxi setzt Azi in einer stillen, dunklen Straße ab. Das Display blendet ihn, als er das Telefon aus der Tasche holt und eine neue Nachricht liest. *Geh durchs Tor. Folge der Zufahrt.* Es gibt nur ein schmiedeeisernes Tor vor einem verfallenen Grundstück. Mit dem Gefühl, seinem Körper Anweisungen aus großer Ferne zu erteilen, schlüpft er hindurch.

Nachdem sich seine Augen an die Dunkelheit gewöhnt haben, macht Azi die Backsteinmauern von zwei Wohngebäuden aus und dahinter ein großes, möglicherweise industrielles Lagergebäude, gleichfalls aus Backsteinen gemauert. Verwilderte Büsche und Unkraut wuchern überall, ausgenommen auf den Überresten einer Zufahrt. Azi geht den rissigen Betonweg entlang. In seinem Kopf herrscht ein Chaos aus Erinnerungsfraktalen: Munira, ihr Körper an seinen gedrückt, endlose Baumreihen, das plötzlich auftauchende Auto, Muniras jähe Abwesenheit. Die kühle Luft fühlt sich gut auf seiner Haut an.

Vor sich erkennt er die Umrisse einer verrammelten großen Öffnung und daneben eine angelehnte zerbeulte Metalltür. Azi checkt sein Handy, ob es neue Anweisungen gibt. Vom eigenen Atem und den Schritten abgesehen, hat er kein Geräusch gehört, seit er aus dem Taxi gestiegen ist. Orientierungslos in dieser Dunkelheit hält er sein Handy hoch und betritt im schwachen Licht des Displays das Lagerhaus.

Der Korridor ist so eigenartig, dass sich die Empfindung, es könnte sich um ein Traumgebilde handeln, sofort verflüchtigt. Wände, Boden und Decke bestehen aus perfekt geglättetem Beton und verschwinden im Nirgendwo. Der Flur ist so nackt und unberührt, wie der Außenbereich heruntergekommen ist, und Azi kommt es vor, als stünde er selbst still, während das Gebäude an ihm vorbeigleitet. Von fern hört er eine gedämpfte Detonation, gefolgt von Echos und einem leisen Scharren.

Azi erstarrt. Irgendwo in seiner Nähe wird eine schwere Tür aufgerissen und zugeworfen. Ein grellweißer Lichtschein blendet ihn und erlischt, dann wird er mit dem Gesicht gegen die Betonwand gedrückt, die Handgelenke werden ihm auf den Rücken gedreht. Das Handy scheppert zu Boden. Eine Stimme spricht in sein Ohr.

«Was zum Teufel machst du hier?»

Azi braucht ein paar Sekunden, um sie Odi zuzuordnen. Beziehungsweise der Person, die er bis jetzt Odi genannt hat, die sich aber eindeutig verändert hat. Odis Atem geht unregelmäßig, und seine Hände zittern, während sie Azis Handgelenke übereinanderpressen. Es riecht penetrant nach heißem Metall.

«Ihr habt mir doch befohlen herzukommen!», schreit Azi gegen die Mauer, die kalt und feucht gegen sein Gesicht scheuert. Er spürt, wie seine Nackenmuskeln protestieren.

Odi lockert seinen Griff. «Dreh dich um, langsam.» Gedämpfte Geräusche kommen näher und tragen nicht zu Azis Beruhigung bei. Odis Stimme ist ein grimmiges Flüstern. «Warum bist du hier? Wer hat dir diese Adresse gegeben?»

Azi ist zugleich verängstigt und wütend. «Alter, da war eine Message auf der App, auf *deiner* App. Ich soll hierherkommen, allein, wenn ich sie jemals lebend wiedersehen möchte. Nachdem *ihr* sie mitgenommen hattet! Ich dachte –» Er bricht ab. Was hat er denn gedacht? Dass jemand ein Spiel spielt oder dass etwas fürchterlich schiefgegangen ist? Oder beides? Mühsam unterdrückt er die Panik, die ihm die Kehle zuschnüren will.

«Wir haben diese Nachricht nicht verschickt. Wir werden gerade angegriffen. Du musst hier weg, sofort, und schnellstens in die Wohnung. Dort wartest du, bis ich persönlich komme.»

Azi registriert, dass Odi Angst hat. Der metallische Geruch kommt von ihm, überlagert den Körperschweiß. Knurrend lässt Odi ihn los, taumelt zurück und drückt gegen eine Mauer, bis eine scheinbar massive Betonplatte nachgibt. Bevor er hindurchtritt, sieht er Azi an.

«Ich bin nicht dein Feind, Azi. *Wir* sind nicht deine Feinde. Geh jetzt.»

Dann ist er verschwunden und Azi steht im Finstern.

Er sollte wegrennen. Doch er kann nicht. Was auch immer hier vor sich geht, hat etwas mit ihr zu tun – und mit Ereignissen, auf die niemand gefasst war.

Azi reißt sich zusammen und konzentriert sich. Er trägt seinen Rucksack, normale Kleidung und Laufschuhe. Er dankt Gott für die Vorliebe für unauffällige schwarze und graue Sweatshirts, zieht seine Kapuze über den Kopf und wischt sich mit dem Ärmel den Schweiß von der Oberlippe. Das ist er, der Moment der Entscheidung. Zwar ist er bloß ein Typ aus East Croydon, bloß ein weiterer Geist in der Maschine. Doch er erkennt eine Chance, wenn sie sich ihm bietet, und was es bedeutet, wenn man ein Versprechen gegeben hat. Er kann nicht zurück ins Apartment und sich dort verstecken.

Bevor er es sich anders überlegen kann – und erstaunt über seine eigene Entschlossenheit –, geht er zu der Tür, durch die Odi verschwand.

*«All your base are belong to us»*, murmelt er und drückt kräftig gegen das Mauersegment.

So cool, wie er gehofft hat, kommt er sich jedoch nicht vor.

Sobald die Tür einen Spaltbreit offen ist, zwingt sich Azi innezuhalten und zu lauschen. Selbstverständlich stellen unbewaffnete und untrainierte Zivilisten in der absehbaren Zeit keine Herausforderung für Jack Bauer dar, aber Azi hat so oft *Metal Gear Solid* und *Splinter Cell* gespielt, dass er um die Effizienz der Stealth-Taktik weiß: Verdecktes Vorgehen ist besser als Konfrontation.

Die Geräusche, die er vorhin gehört hat, bleiben gedämpft – Detonationen und Knallerei, und weder Odi noch aggressive Fremde kommen herangestürmt, um sich ihm entgegenzustellen. Er wartet noch einige Minuten, befiehlt seinem Körper maximale Reaktionsbereitschaft, öffnet dann die Tür weiter und schlüpft hindurch.

Sie führt in einen sehr großen Raum mit nacktem Betonfußboden und Leuchtstoffröhren an der Decke. Er ist fast leer bis auf ein paar Büromöbel auf einer Seite. Rund um die Schreibtische wirft ein sehr teures Durcheinander von Computerequipment gezackte Schatten. Die Gerätschaften wurden anscheinend einfach auf den Boden geschleudert. Am entgegengesetzten Ende gibt es noch eine Tür, die der ähnelt, durch die er späht. Was immer auch gerade geschieht, geschieht dahinter.

Azi sprintet über den hallenden Fußboden. Strom- und Verbindungskabel verlaufen durch massive Kabelschächte im Beton. Bei dem Equipment handelt es sich um auf das Wesentliche reduzierte Hardware ohne Schnickschnack. Ein paar kleine Serverracks und Workstations, Laptops, Tablets, zertrümmerte Sockel identischer Monitore; physische Firewalls und Fehlerstromschutzschalter; verstreute Kisten mit portierbaren Penetrationsgeräten von USB-Keyloggern bis Wi-Fi-Pineapples.

Azi kauert sich hinter einen umgekippten Schreibtisch und

beginnt, die kleineren Objekte zu sichten. Was er braucht, ist so etwas wie das, was er in diesem Café stehlen wollte und das Anna ihm wieder abgenommen hat: ein Handy, ein Tablet, irgendein Gerät, in das er eindringen kann. Der Schreibtisch ist das gleiche IKEA-Modell, das auch daheim in seiner Hütte steht, und es fühlt sich auf groteske Weise vertraut an, hier neben dem Ding auf dem Boden zu hocken und Hardware und Kabel zu sichten. Zumindest fühlt es sich bis zu dem Zeitpunkt vertraut an, zu dem zwei schwarz gekleidete Gestalten durch die Tür am anderen Ende stürmen und auf ihn schießen.

Da Azi noch nie zuvor beschossen wurde, ist sein erster Reflex davonzulaufen. Doch er unterdrückt diese Dummheit, zieht den Kopf ein und macht sich hinter der Tischplatte so klein wie möglich. Er ist umgeben von Technologie im Wert von Tausenden von Dollar, mit der man staatliche Institutionen und Behörden über Tausende von Kilometern hinweg infiltrieren könnte; aber der einzige Gegenstand von einigem Nutzen für ihn ist eine 140 mal 65 Zentimeter große furnierte MALM-Sperrholzplatte – und möglicherweise der verbogene Fuß eines FLINTAN-Bürostuhls, wenn er ihn mit ausreichender Wucht schleudern kann. Mit anderen Worten: Sobald sie ihn ernsthaft ins Visier nehmen, ist er tot.

Die Sekunden dehnen sich, als Azi sieht, wie eine Kugel nahe bei seinem linken Bein vom Beton abprallt. Dann klatscht eine andere heftig in den Tisch neben ihm und verwandelt ein faustgroßes Stück in Sägemehl. Er versucht, sich zusammenzunehmen, aber da gibt es nicht viel zu nehmen. In Hals und Ohren pulsiert sein Blut, und alles, was er außer den Schüssen hören kann, sind die vermutlich letzten Schläge seines Herzens. Grausame Ironie des Schicksals, dass billige Büromöbel seine letzte Ruhestätte bilden werden.

Dann erspäht er etwas unter dem umherliegenden technischen Zeug: mehrere kleine silbrige Würfel, die, wenn er Glück hat, die militärischen Cousins eines elektronischen Geräts zur Auflösung von Menschenmassen sind, das er gut kennt. Es trägt den Namen The Mosquito und kann durchdringende hochfrequente Schalldrücke erzeugen. Wenn man ausreichend Ultraschallinterferenzen dazumischt, kann der Erfolg durchschlagend sein.

Azi tastet herum und sucht sich ein paar zusammen, stellt sie mit den rückseitigen Schaltern auf unterschiedliche Frequenzen ein, aktiviert sie, schleudert sie quer durch den Raum und steckt sich die Finger in die Ohren.

Selbst aus einiger Entfernung und durch zugehaltene Ohren hindurch ist das Ergebnis noch bemerkenswert: ein Brennen tief im Gehirn, als würde ihm jemand langsam die Schädelplatten abziehen. Das Schießen hört auf. Azi kämpft gegen eine Übelkeit an und rappelt sich mühsam in die Hocke. Der Schalldruckpegel wird etwa dreißig Sekunden lang aufrechterhalten, und auch wenn er sich nicht sicher ist, ob er, sobald er aufhört, überhaupt in der Lage sein wird loszurennen, kann er zumindest beim Versuch sterben.

Gerade als er starten will, fallen Schüsse von anderer Klangfarbe und aus einer anderen Richtung. Anschließend herrscht Stille. Azi erstarrt. Eine halbe Minute verstreicht, dann taucht am Ende seines Tisches ein blutverkrustetes Gesicht auf. Azi glotzt. Das Gesicht glotzt zurück. Dann spricht es.

«Verdammte Scheiße!»

Es ist Odi, anscheinend sowohl verwundet als auch unglaublich angepisst. Er lässt sich gegen den Schreibtisch fallen und gestikuliert zur Tür am anderen Ende. Auf dem Boden liegen die beiden Männer, von denen sie vorhin noch beschossen wurden. Azi kommt taumelnd auf die Beine und stellt fest, dass dieselben nicht sonderlich gut funktionieren, während er den Blick auf die toten Körper gerichtet hält. Ein bitterer Gallegeschmack macht sich in seinem Mund breit. Er kämpft kurz dagegen an, aber übergibt sich dann doch. Es ist fast eine Erleichterung. Erst als er fertig ist und seine Kapuze zurückschiebt, bemerkt er, wie stark Odi blutet.

«Odi! Scheiße, Alter. Ich hole Hilfe. Der Weg dort drüben ist jetzt sicher, oder?» Er spuckt die Reste seines Erbrochenen aus und nickt zur Tür am anderen Ende.

Odi ächzt durch zusammengebissene Zähne und versucht, die Blutung mit den Händen zu stoppen. So schnell er kann, rennt Azi quer durch den Raum und durch die Tür. Sie führt in einen Korridor, der mit dem identisch ist, über den er hereinkam, ausgenommen die Kleinigkeit, dass vom verwilderten Außenbereich aus ein großes Loch in die Mauer gesprengt wurde.

Die Notbeleuchtung taucht die Szenerie in rotes Licht. Drei tote Männer in Zivilkleidung liegen mit den Gesichtern nach unten vor ihm im Korridor, mit sauberen Einschusslöchern in den Hinterköpfen. Zwei weitere liegen ausgestreckt in der Nähe. Einer von ihnen ist der Mann im Tiergarten. Munira ist nicht dabei.

Die ganze Szenerie mitsamt den Toten ist so extrem, dass Azi das Gefühl hat, seine Reaktionsfähigkeit sei ihm vorübergehend abhandengekommen. Hat Odi all diese Leute getötet? Haben sie sich gegenseitig umgebracht? Was geht hier vor?

«Azi?», ruft eine ungläubige Stimme hinter ihm.

Es ist Anna in martialischer Einsatzmontur, die mit professioneller Lässigkeit eine Waffe in der Hand hält. Sie geht auf ihn zu, ihre Miene eine die Darmperistaltik anregende Parodie eines Lächelns.

«Wie bist du hergekommen und warum?» Der Lauf ihrer Waffe zeigt, wie Azi bemerkt, zwischen seine Augen.

«Nicht schießen! Nachdem eure Leute Munira mitgenommen hatten, kriegte ich eine Nachricht, dass ich herkommen soll. Ich bin hier zufällig reingeraten. Odi ist verwundet, dort hinten. Er braucht Hilfe.»

«Ist schon unterwegs. Gott, was für eine Scheiße.»

Anna geht hinüber zu den Leichen, besieht sich eine nach der anderen genau, ohne dabei ihre Waffe zu senken. «Das war ein Überfall», sagt sie, «der nicht einmal im Traum hätte passieren dürfen. Und ich vermute, dass es etwas mit dir zu tun hat.»

«Sie sind wegen Munira gekommen?», fragt er und kennt bereits die Antwort.

«Sie haben sie mitgenommen, das ist was anderes. Sie haben auch eine Menge von unserem Equipment mitgenommen. Es ist das komplette Chaos, und das Letzte, was ich jetzt gebrauchen kann, ist ein Typ, der das letzte Jahrzehnt in einer Hütte gelebt hat und mir jetzt hinterherrennt. Du kommst später dran.» Sie geht auf die Tür zu, durch die Azi eingetreten war, und hält ihn mit der Waffe weiter in Schach.

Azi folgt ihr dichtauf.

«Warte ...» Er zögert, erbittet von ihr mit einer Geste die Erlaubnis, seinen Rucksack abnehmen zu dürfen, und bringt dann eines der kleinsten und merkwürdigsten Hardwarestücke zum Vorschein, die er aufgesammelt hat. Das Ding ist ein wenig größer als ein normaler USB-Stick, kann aber – und da ist er sich ziemlich sicher – eine ganze Menge mehr. Zunächst einmal ist es anscheinend mit GPS, Mikrofon, Kamera und Netzwerkfunktionen ausgestattet plus weiß der Himmel, was sich sonst noch in seiner Firmware versteckt hält. Außerdem ist es ein Fabrikat, das überhaupt nicht zu all den anderen Teilen an diesem Ort passt. «Ich hab das gefunden.»

«Was ist das?»

«Ja eben. Nichts von euch, oder? Aber es war bei diesem geschrotteten Computerzeugs. Was meiner Meinung nach bedeutet, dass es aktiv war, bevor das hier losging. Was meiner Meinung nach bedeutet, dass ihr sogar noch mehr Probleme habt, als ihr dachtet.»

Annas Augen weiten sich. Sie schnappt sich das Ding. «Und du hast es rein zufällig gefunden, ja?»

«Auf allen vieren durch Computerscheiß zu kriechen ist eine meiner Spezialitäten.»

Angespannt betrachtet sie abwechselnd ihn und das Gerät. Dann trifft sie eine Entscheidung.

«Nichts von alldem, was du jetzt hörst, stammt von mir. Kapiert? Ich sage dir nicht, dass du selbst zusehen sollst, wie du aus diesem Gebäude wieder rauskommst, und dass du gottverdammt noch mal alles dransetzen wirst, um von hier wegzukommen und unterzutauchen. Ich sage dir nicht, dass wir infiltriert wurden und dass einige meiner besten Leute tot sind und dass dies die scheißgrößte Katastrophe eines Nachrichtendienstes ist, seit jemand der Meinung war, Saddam Hussein hätte ein Giftgasarsenal. Das alles sage ich nicht, und du wirst auch keinen Kontakt über unseren gemeinsamen Freund halten.» Sie macht eine Pause.

«Ich werde dir allerdings und nur so zum Spaß ins Gesicht schießen, wenn du in zehn Sekunden noch immer hier bist. Haben wir uns verstanden, Azi Bello?»

Er ist schon so gut wie weg.

# KAPITEL 17

• • •

Die besten Fluchtpläne müssen nach Azis Einschätzung ziemlich viel gemeinsam haben mit den besten Hackerangriffen, weil es in beiden Fällen darum geht, Unerwartetes schnell zu tun. Vollgepumpt mit Adrenalin joggt er über den Asphalt und bringt eine Querstraße nach der andern zwischen sich und das Lagerhaus, winkt dann ein Taxi herbei und zieht Bilanz.

Ihm und Munira läuft die Zeit davon. Was er hat, ist Wechselwäsche, sein Pass, ein Haufen leicht zurückverfolgbare Elektronik, mehrere hundert Euro in bar und keine Ahnung von dem, was gerade geschah. Aber er hat auch seine Freiheit und den Auftrag, den größtmöglichen Abstand zwischen sich und das Lagerhaus des Schreckens zu bringen.

Das Wichtigste zuerst: die äußere Erscheinung. Azi lässt sich zu einer Drogerie bringen und besorgt sich Rasierzeug, Deo und Pflaster. Dann stolpert er zurück zum Auto.

Als Nächstes ist ein Hähnchengrill an der Reihe, so ungemütlich und müffelig, dass Azi sich fast daheim wähnt. Die Neonreklame verheißt Geschmacksrichtungen, zu denen kein Salat passt. Azi bezahlt das Taxi, vertilgt eine ganze Box Chickenwings, baut damit seinen posttraumatischen Tremor ab, trinkt anschließend mehrere billige Energydrinks und versucht, keine fremden Leute anzuschreien oder vollzuheulen.

Das Zittern seiner Hände lässt schließlich nach. Er zwängt sich hinter einen winzigen Tisch bei der Toilette und holt seinen wichtigsten elektronischen Helfer aus dem Versteck: ein Android-Wegwerfhandy, das mit ein wenig Nachhilfe ein offenes Wi-Fi-Netzwerk findet. Mitternacht nach mitteleuropäischer Zeit ist schon vorbei, was bedeutet, es ist Nachmittag an der amerikanischen Westküste, was seiner Einschätzung nach auch bedeutet, dass es eine reelle Chance gibt, eine Reaktion seiner Freundin Milhon zu erhalten, wenn er sie kontaktiert.

Milhon kommt ihm deswegen in den Sinn, weil er sich ziemlich sicher ist, dass sie in Kalifornien lebt, und weil sie die einzige Person auf der ganzen Welt ist, von der er glaubt, dass sie ihm dabei helfen kann und wird, das zu beschaffen, was er innerhalb der nächsten zwei Stunden braucht: Geld, Geld und nochmals Geld.

Insbesondere auch deshalb, weil sie in der Vergangenheit bei mehreren ihrer gemeinsamen Exploits detailliert unter Beweis gestellt hat, dass sie Expertin für den Bereich der Pseudozufallszahlen (PRNs unter Fachleuten) ist, jener Zeichenfolgen, die in der Welt der Automaten als nicht berechenbar gelten. Einen PRN-Generator der Premiumklasse zu manipulieren ist eine komplizierte Kunst. Milhon war darin eine der Besten, bis zu dem Tag, an dem sie herausfand, dass das angebliche Forschungsinstitut, bei dem sie angestellt war, von der russischen Mafia dafür bezahlt wurde, gestohlene Glücksspielautomaten rückzuentwickeln und nachzukonstruieren.

Als Idealistin und zugleich Hackerin von beträchtlicher Kompetenz hat sie sich seit jeher bedeckt gehalten, ausgenommen sporadische Infiltrationen gemeinsam mit AZ. Im Augenblick ist Azi hinter der gleichen Sache her wie Milhons ehemalige Arbeitgeber: hinter einer App, die vorherberechnen kann, wann ein beliebiger Glücksspielautomat vom richtigen Typ kurz davor steht, seinen Jackpot auszuwerfen. Und genau das ist es, was Milhon ihrer eigenen Aussage nach entwickelt hat.

Alles, was eine solche App braucht, ist, dass man das

System mit genügend Informationen füttert, damit es den aktuellen Status des PRN-Generators des Automaten beurteilen kann. Dann beginnt man, im genau richtigen Augenblick zu spielen, und schwupps – schon hat man garantiert einen Gewinn. Eine Edge-App wäre genau das, was Azi jetzt braucht. Der einzige schwierige Teil ist, dass man der Gnade des Zufalls ausgeliefert ist: Die Ausschüttungen kommen dann, wenn sie kommen, oder eben nicht, und es gibt keine Möglichkeit, daran etwas zu ändern.

Azi ist sich sicher, dass Milhon eine Kopie behalten hat, hauptsächlich deswegen, weil kein vernünftiger Mensch eine derart smarte Software löschen würde. Die Frage ist, ob ein vernünftiger Mensch sie unter gewissen Umständen weitergeben würde. Er fährt sich ein letztes Mal mit der Zunge über die Lippen, loggt sich in einen seiner sicheren Accounts ein und jagt seine brathähnchensaftbefleckten Fingerkuppen über das Wegwerfhandy.

*Milhon! Hier ist AZ. Hilfe, Notfall, kein Scheiß, kann jetzt nix erklären. Riesending.*

Zum Glück muss er bloß fünf Minuten auf Antwort warten.

*Schieß los.*

Jetzt gilt's. Azi zwingt sich zur Ruhe und denkt an den Moment zurück, als ihn Sigmas erster Appell erreichte. Das war eine Ewigkeit her, da bestand seine Welt noch aus einer Hütte und einem Bildschirm. Er hatte sich geweigert, sich mit ihr zu treffen, und sie anschließend in eine Falle bugsiert. Er betet, dass er damit für sein Karma keinen Präzedenzfall geschaffen hat, und tippt weiter.

*Download deiner Casino-App, aktuellste Version für Android. Eilt.*

Ob Milhon die Panik hinter seinen Wörtern erkennen kann? Ob irgendetwas von dem, das er mit der Person jenseits des

Bildschirms verbindet, der Wirklichkeit entspricht? Es dauert noch einmal fünf Minuten, bis die Antwort eintrifft.

*Dann schuldest du mir was. Und noch mehr. Und noch was obendrauf.*

*Mach ich. Es geht um Leben und Tod, kein Witz. Will einen Freund retten.*

Und dann stellt sie die Frage, die er gefürchtet hatte.

*Gibst du mir was dafür?*

Azi windet sich innerlich. Er könnte lügen oder leere Versprechungen machen. Oder schlimmer: Er könnte sie mit der Wahrheit konfrontieren. Aber gewisse Informationen sollte man nicht teilen. Die App wird ihm eine Chance geben, wenn er schnell macht. Wenn er Glück hat.

*Bin aufgeflogen. Die ganze Tech weg. Aber wenn ich's schaffe: was immer du willst.*

Eine letzte, quälend lange Pause.

*Abgemacht. Nur weil du es bist, AZ. Nur für dich. Bis demnächst.*

Azi stößt fast die Faust in die Luft vor Freude und knallt mit beiden Knien gegen die Unterseite des Tisches.

AZ ist zurück.

Mit Chickenwings im Magen und Milhons App auf seinem Android, packt Azi seine Sachen und schließt sich in der Toilette des Grills ein. Er rasiert sich und klebt alle Fingerkuppen mit einem Stück Pflaster ab, um keine Fingerabdrücke zu hinterlassen. Am Ende der Aktion schaut er beinahe ansehnlich aus – zumindest nach seinem eigenen aktuellen Maßstab –, und seine Spur sollte nicht mehr so leicht zu verfolgen sein.

So rasch es ihm auf so beengtem Raum möglich ist, zieht er sich bis auf die Unterwäsche aus und fährt mit zwei der handlichen Geräte, die er in der Lagerhalle aufgelesen hat, behutsam über seinen Körper. Nach fünf Minuten hat er je einen winzigen Minitracker auf seinen Unterarmen entdeckt; Odi muss sie ihm heimlich unter die Ärmel geschoben haben, vermutlich als er ihm beim ersten Zugriff die Handgelenke verdreht hatte. Es sind selbsthaftende Silikonscheibchen von so kunstvoller Ausführung, dass man sie fast nicht von Sommersprossen unterscheiden kann. Mit etwas Glück trägt auch Munira welche.

Zum Schluss wechselt Azi in die einigermaßen saubere Kleidung aus seinem Rucksack, zählt sein Bargeld nach, hält draußen auf der Straße ein Taxi an und lässt sich zum nächstgelegenen Spielcasino fahren.

Die Spielbank am Potsdamer Platz ist so zeitgemäß, dass sie sich mehr für Azis Bargeld und seinen Pass als für seine äußere Erscheinung interessiert. Am Eingang steht die Statue eines Bären mit einem Spielautomaten anstelle des Magens, die Pfoten in einer Mischung aus Triumph und Begrüßung erhoben. Die ausgedehnten Räumlichkeiten im Innern sind sauber und gedämpft beleuchtet. Die Menge aus jungen Touristen und Stammgästen verteilt sich jetzt, nach zwei Uhr morgens, über vier Etagen, gestaffelt nach aufsteigendem Spielrisiko: Spielautomaten unten, Poker, Blackjack und Roulette oben. Die Stammgäste sind leicht zu identifizieren: Sie haben alle einen glasigen Blick und hängende Schultern auf ihrer Jagd nach dem nächsten Dopaminkick.

Azi schlendert an den Automaten entlang und ist sich bewusst, dass er wie ein harmloser Tourist aussehen muss, wenn er nicht die Aufmerksamkeit der Security erregen möchte. Die riesige Neonfigur einer Blondine mit Cowboyhut und -stiefeln räkelt sich über eine ganze Wand; die Decke ist ein Gewölbe aus gebürstetem Stahl, und die Klimaanlage funktioniert ausgezeichnet. Zu Azis Erleichterung ist eine junge Amerikanerin in seiner Nähe gerade dabei, ihre erfolgreiche Kombination und die Gewinnausschüttung mit dem Smartphone zu filmen, was bedeutet, dass es auf dieser Etage kein Verbot für Mobilgeräte gibt. Er nimmt sein Android, öffnet Milhons App und schlendert weiter auf der Suche nach dem richtigen Automatentyp.

Insgesamt gibt es hier mehr als dreihundert Slotmachines, die meisten nagelneu. Azi verzweifelt schon fast auf seiner Suche nach einem Modell mit berechenbarem PRN-Generator, als er bei einer Gerätegruppe unter dem Kopf der riesigen Blondine anlangt. Neben ihr steht ein aggressiv phallischer Neonkaktus, und zwischen diesem und ihrem Torso gibt es eine Gruppe von acht Automaten eines Typs, der auf Milhons Liste steht: WinBig. An vier von ihnen wird gerade gespielt; die Gesichter der Zocker glühen im grellen Neonlicht. Azi versucht, das Bild eines möglichst dusseligen Touristen abzugeben, während er sich anschickt, den Status jedes der aktiven Automaten zu ermitteln.

Schon bald erkennt er, dass es eine langwierige Angelegenheit werden könnte. Das Problem ist, dass richtig große Gewinne nicht sehr oft ausgeschüttet werden. Außerdem bedarf es vorausgehender Beobachtungen, um die App für jeden einzelnen Automaten zu kalibrieren. Was wiederum darauf hinausläuft, dass seine Chancen, einen sicheren Gewinner vor der Sperrstunde um fünf Uhr zu finden, nicht so gut wie erhofft sind. Während des gesamten Vorgangs muss er außerdem einen Großteil der Zeit dafür aufwenden, einerseits harmlos zu erscheinen, andererseits aber genügend viel Geld zu verlieren, um als potenziell gewinnträchtig zu gelten, während er gleichzeitig auf seinem Android herumfummelt. *Los schon*, murmelt Azi vor sich hin. *Du hast dich den größten Teil deines erwachsenen Lebens auf so was vorbereitet.*

Um drei Uhr ist er nervös. Es gibt noch sechs geeignete

Automaten auf der anderen Seite dieser Etage, und Azi ist es gelungen, zusätzlich zu den ursprünglichen acht den Status von vier von ihnen zu bestimmen. Bei keinem steht eine ausreichend große Ausschüttung unmittelbar bevor. Die Security kommt häufig vorbei, und angesichts des Inhalts seines Rucksacks legt er keinen Wert darauf, abgetastet und durchsucht zu werden.

Um weitere Verdachtsmomente zu zerstreuen, geht er eine Etage nach oben in die Bar – Spiegel, Glas, kräftiges Rot und reflektierendes Metall, eine sterile Version von Fin-de-Siècle-Dekadenz – und bestellt einen Espresso, in den er massenhaft braunen Zucker rührt. Als er damit fertig ist, ein Tütchen nach dem anderen aufzureißen, ist das, was er trinkt, ein Häufchen Zucker mit Kaffeegeschmack, was ihn jedoch nicht kümmert. Seine Erschöpfung führt an den Rändern seines Gesichtsfelds zu wackeligen Unschärfen.

Dann sieht er ihn: einen WinBig-Automaten gleich beim Zugang zu dieser Etage. Der Spieler davor macht den Eindruck eines verärgerten Geschäftsmannes. Azi gießt sich ein Glas Eiswasser aus dem Krug auf dem Tresen ein und schiebt sich so weit an den Mann heran, dass er die Kombinationen in sein Android eingeben kann. Ein Walzendreh, zwei, drei, vier, fünf, sechs – Milhons App vervollständigt ihre Kalibrierung, und Azi fällt vor Schreck beinahe vom Hocker. Der größte Jackpot soll nach zehn Spins kommen. Zwanzigtausend Euro.

Er hält inne, in seinem Kopf überschlägt sich alles. Wird der Geschäftsmann noch zehn Spins durchhalten? Es sieht so aus, als würde er weitermachen, und er wirft feindselige Blicke in Azis Richtung. Was nun? Azi gleitet vom Hocker und begibt sich Richtung Ausgang. Als er am Automaten vorbeikommt, stolpert er und schüttet nicht sonderlich zufällig dem Mann den gesamten Inhalt des Eiswasserglases über den ansehnlichen Bauch.

Wie erwartet, fällt dessen Reaktion heftig aus. Er stottert vor Entrüstung, flucht und schleudert Azi üble Verwünschungen ins Gesicht. Azi spielt den entsetzten notorischen Tölpel, holt eine Serviette und beginnt, die Wangen und die ruinierte Schrittpartie des Mannes abzutupfen, was dazu führt, dass seine Gelenke von zwei behaarten Händen gepackt werden. Azi schaut bestürzt drein, fällt rückwärts zu Boden und ruft um Hilfe. Der Mann drückt ihn vollends nieder, brüllt ein paarmal und verpasst ihm noch einen bösartigen Tritt in die Rippen, bevor die Security eintrifft: zwei massige Männer, die den Deutschen bändigen und vor die Tür führen.

Azi springt sofort auf die Beine und signalisiert gestenreich, dass es nicht das geringste Problem gebe, dass ihm dergleichen fortwährend widerfahre, dass bei ihm alles in Ordnung sei. Er wartet zwanzig, dreißig Sekunden lang und schlürft die nicht aufgelösten Zuckerreste seines Espressos. Dann macht er es sich in dem gepolsterten Lehnstuhl vor dem Automaten bequem und beginnt zu spielen. Vielleicht hat er ja Glück und Milhon ist so gut, wie sie ihn das ganze letzte Jahr hindurch glauben ließ.

Nach ein paar Minuten verkünden digitale Klingel- und Pfeiftöne auf indiskrete Weise, dass er den Jackpot gewonnen hat. Fünf Minuten danach löst er seinen Gewinn an der nächstgelegenen Kasse ein und nimmt vierhundert hübsch verpackte Fünfzig-Euro-Scheine in Empfang.

Zehn Minuten später ist er auf der Straße und denkt über das Worst-Case-Szenario nach, auf das er sich jetzt einlassen will: Gomorrha zu seiner Exitstrategie machen.

# KAPITEL 18

•••

In Anbetracht des vor wenigen Stunden entfesselten Gemetzels würde es Azi normalerweise als eine der dümmsten Ideen aller Zeiten erscheinen, sich auch nur in die Nähe von Gomorrha zu begeben. Andererseits ist es genau diese Tatsache, weswegen er damit rechnet, dass niemand auf einen solchen Gedanken kommt. Er versucht, seine letzte Unterhaltung mit Munira zu rekonstruieren und sich an ihre Formulierungen zu erinnern, wie man den Darknet-Client bekommt.

*Es gibt einen Usernamen für Nachrichten über den Messenger Signal. Gomorrha. Ganz einfach! Du schickst eine gesicherte Nachricht und bietest die richtigen Nachweise an …*

Kaum dass sich Azi mit dem gestohlenen Wegwerfhandy in den verlangten Signal-Account eingeloggt hat, bittet Jim Denison Gomorrha, ihn als Kontakt hinzuzufügen.

Azi hält in der Dunkelheit den Atem an, betastet behutsam seine geschwollene Oberlippe und den schmerzenden Kiefer, die er beide dem Deutschen zu verdanken hat. Zehn Minuten lang wartet er in einer stillen Seitenstraße in der Nähe des Casinos. Straßenreinigung und Lieferwagen fahren geschäftig durch das erste Licht des Tages. Alles dauert zu lange. Selbst wenn er sein Bargeld einsetzen könnte, selbst wenn seine verzweifelten Hoffnungen in Erfüllung gingen, wäre es möglicherweise bereits zu spät. Hilflos schreitet er auf und ab.

Dann: ein Wunder. Seinem Antrag wird entsprochen.

*Wir bitten um die erforderliche Verifizierung.*

Natürlich: die Nachweise. Wenn er sehr viel Glück hat, dann wird Odi, welche Instruktionen auch immer Munira ihm erteilt hat, alle noch ausstehenden Kästchen in Jims Profil ausgefüllt haben. Azi schickt ein Feuerwerk von Links zu Jims Profilen los, zu den Defiance-Foren, zu allem, was er finden kann. Dann wartet er.

Die Minuten schleppen sich in quälender Langsamkeit dahin, bis endlich eine neue Mitteilung eintrifft.

*Wir bitten um die erforderliche Verifizierung.*

Das Gleiche noch einmal von vorn. Selbstverständlich ist der ganze Vorgang automatisiert. Keine Personen, keine Risiken, keine Fehler. Und Azi ist es nicht gelungen, das Benötigte zu übermitteln. Verzweifelt surft er in allen Zugängen, die er hat, nach Jim. Mit gefühllosen Fingern wischt er, so schnell es geht, über das glatte Handydisplay. Hier ist ihm zu viel Betrieb, um noch länger verweilen zu können, zu viel Alltag. Der nächtliche Schutzmantel für Heimlichkeiten verflüchtigt sich mehr und mehr. Was, wenn es nicht funktioniert?

Dann findet er, was er sucht: eine öffentliche Korrespondenz zwischen einigen hochrangigen Defiance-Vertretern und mehreren neuen Namen, bei der dem Anschein nach abgedroschene Standardfloskeln auf Englisch und Deutsch wiederholt werden. Eine gestelzte Konversation über Jim: ein Code, versteckt in einem für alle zugänglichen Text. Azi prüft noch einmal nach, kopiert den Link, fügt ihn in die E-Mail ein, wartet und betet, dass er die richtigen Formulierungen gefunden hat.

Nach einer Minute erscheint eine neue Nachricht. Er muss sie fünfmal lesen, ehe er glauben kann, was er sieht:

*Willkommen, Jim Denison. Welches OS benutzt du?*

Das ist er, der Zugang. Er atmet erneut tief durch, wirft prüfende Blicke über beide Schultern auf die zunehmend heller werdende Straße und tippt als Antwort ein einziges Wort.

*Android.*

Wenige Minuten später erscheint ein Link. Azi klickt ihn an, lädt das Client-Programm herunter, installiert es und wartet auf eine sichere Verbindung zu den privaten Servern des Darknets. Alles ist individualisiert. Ausschließlich ein namentlich bekannter und verifizierter Nutzer der Client-Software kann Gomorrhas Existenz überhaupt nur entdecken.

Eine sichere Verbindung aufzubauen scheint eine Ewigkeit zu dauern. Azi kneift die Augen zu, wird unruhig, geht auf und ab. Als er das nächste Mal aufs Display blickt, hebt sich ein einziger Satz in schnörkellosen weißen Lettern gegen die Dunkelheit ab.

*Hier ist Gomorrha.*

Er ist drin.

Er wagt kaum zu atmen und tippt leicht aufs Display. Nach einer Pause erscheint eine Menge Kleingedrucktes. Eine Art Nutzungsvereinbarung.

*Ich, Jim Denison, von der Defiance-Partei bestätigt, derzeitiger Aufenthaltsort Berlin und wohnhaft in Thrale Road, South London, verpflichte mich, die Verhaltensregeln dieses Dienstes einzuhalten, das heißt: Überwachung dieses Geräts zu akzeptieren, alle zugesagten Waren und Dienstleistungen zu liefern, Geldbeträge vollständig und im Voraus zu bezahlen, absolute Diskretion zu wahren und all das oben Genannte bei Todesstrafe zu befolgen. Ich unterwerfe mich diesen Bedingungen auf unbegrenzte Dauer.*

Und da gibt es Leute, die sich über Facebook beschweren, denkt Azi und tippt auf «Akzeptieren». Wenigstens hat das Handy nicht auch noch einen Tropfen seines Blutes angefordert. Noch einmal kurz aufs Display getippt, und schon öffnet sich der Marktplatz.

Wie bei fast allen Darknet-Sites, die Azi im Lauf der Jahre immer wieder aufgerufen hat, ist das, was jetzt auf seinem Display erscheint, von verstörender Gewöhnlichkeit. Gomorrha hat große Ähnlichkeit mit einer Tabelle: jede Menge Text und Spalten zum Ansteuern, auf einem Mobilfunkgerät nur umständlich durchzuscrollen. Es ist wie ein altmodisches eBay des Bösen.

Azi beginnt zu browsen. Als Käufer bietet man entweder bei vorhandenen Angeboten mit Laufzeitbegrenzung mit, oder man gibt ein spezielles Kaufgesuch mit Zeitrahmen und Preisvorstellung ein. Als Verkäufer benennt man präzise einen Service und einen Mindestpreis. Die Benutzeroberfläche ist beeindruckend aufgeräumt, und die Existenz eines Android-Clientprogramms ist ein ungewöhnliches Extra; ansonsten zeigt das Interface die jeder Intuition zuwiderlaufende Einfallslosigkeit, wie sie für echte illegale Marktplätze typisch ist.

Es gibt aber auch wesentliche Unterschiede zu den Marktplätzen, die Azi gewohnheitsmäßig über Tor besucht. Zunächst einmal werden keine Drogen gehandelt. Im Allgemeinen sind Drogen die bei weitem populärsten Darknet-Produkte, was zu gleichen Teilen am Nachfrageniveau, den Profitmargen und den einfachen Transportmöglichkeiten liegt. Bei Gomorrha scheint es sich bei den Angeboten entweder um Dienstleistungen, Sicherheitslücken von Softwares oder schwer zu beschaffende Hardware zu handeln. Und die Preise sind astronomisch.

Das Eigentumsrecht an einem Fünfhunderttausend-Rechner-Botnet kostet derzeit drei Millionen Dollar. Einen Gerätesatz von NSA-Mikrowellen-Abhörvorrichtungen der nächsten Generation gibt es für ein paar hunderttausend. Software-Exploits mit Remote-Zugriff für die neueste Predator-Drohnen-Firmware liegen bei zehn Millionen und steigen schnell weiter. So gut wie gar nichts ist tabu, auch nicht die bestens geschützten Daten und Softwares diverser Geheimdienste. Falls auch nur die Hälfte all dessen real existiert, muss die Welt über die Bedeutung des Begriffs Cybersicherheit neu nachdenken.

Was Azi aber noch mehr schockt, ist die Art der Abwicklung von Zahlungen, Reklamationen und Unstimmigkeiten. Eine profunde Paranoia ist der unentbehrliche Bewusstseinszustand für alle Geschäfte im Darknet. Verschlüsselungscodes sind allgegenwärtig, ebenso Kryptowährungen; falsche Identitäten werden plan- und turnusmäßig neu erschaffen oder wieder abgelegt; man geht generell davon aus, dass so gut wie jede Site irgendwann von den Behörden geschlossen wird.

Hier bei Gomorrha findet Azi jedoch Indizien für etwas, das er nur als unaufgeregtes, serviceorientiertes Vertrauen bezeichnen kann. Zahlungen werden in einer Vielzahl von Währungen akzeptiert. Das System kennt Klarnamen. Was er gehofft hatte, doch bislang kaum glauben konnte: Bargeldtransfer über Kuriere und Mittelsmänner wird bereitwillig akzeptiert, und alle Arten von Kontakten zur realen Welt (Zahlungen, Schwarzhandel, Morde) werden problemlos arrangiert. Das Ganze fühlt sich extrem praktisch und vorteilhaft an, ja sogar gesittet und kultiviert und weit weg von jenen Darknet-Foren, in denen neun von zehn Mietmördern entweder FBI-Agenten, Erpresser oder beides sind. Bei Aufträgen werden Vollzug und Verlässlichkeit garantiert, weil die Personen hinter diesem diskretesten aller Marktplätze jeden einzelnen User fest im Blick haben und in der Lage sind, vertragliche Nichterfüllungen auf die kompromissloseste Weise zu ahnden.

Während der zwei Jahrzehnte, in denen Azi durch die Löcher der modernen Welt gelugt hat, war ihm nie etwas begegnet, wo sich das Unvorstellbare so banal angefühlt hätte wie beispielsweise ein käufliches Handbuch für Hacks, Sicherheitslücken und Manipulationen, die zu lokalisieren normalerweise eine Lebenszeit nicht ausreichen würde. Ihm kommt es vor, als lade jemand zu einer Auktion ein, die ausdrücklich den Zweck verfolgt, den Zusammenbruch der Zivilisation zu beschleunigen. Was, wenn er es sich recht überlegt, für seine eigenen Zwecke nicht perfekter sein könnte.

Er öffnet einen Unterabschnitt speziell für eilige Dienstleistungen gegen Barzahlung vor Ort und schildert Jim Denisons dringenden Bedarf.

*Sofortiger Transport ab Berlin gesucht. Fünfzehntausend Euro bar, Abholung in einer Stunde, diskrete zentrale Location. Beförderung einer verplombten Ladung quer durch Europa.*

Triumph und Angst wallen in Azis auf, dazu verspürt er eine wachsende Erschöpfung. Er ist auf der Flucht, er ist auf sich allein gestellt, und er hat keine Ahnung, was zum Teufel als Nächstes geschehen wird.

Zeit, sich auf die Socken zu machen.

# KAPITEL 19

...

Von Zahnärzten hat Dr. Tal keine hohe Meinung. Kabir fand das heraus, als ihn die quälenden Schmerzen seines eitrigen Backenzahns endlich dazu brachten, den Arzt um Hilfe zu bitten. Dentisten, hat Kabir erfahren, sind nur wenig besser als Arzthelferinnen. Und Zahnarzthelferinnen sind noch schlimmer als normale. Irgendwo unterhalb dieser Semihumanoiden in der Stufenleiter der Wesen gibt es noch jene Spezies von Menschen, die erwarten, dass Traumachirurgen von Weltruf einen Blick in ihre stinkenden Münder werfen.

Sie sind unterwegs. Muhammed der Deutsche sitzt am Steuer eines beschlagnahmten Geländewagens, Dr. Tal auf dem Beifahrersitz, und Kabir ist hinten eingeklemmt zwischen Schusswaffen und diversen Sanitätsartikeln. Seit Ausrufung des Kalifats gibt es einen neuen Zustrom von Kämpfern zum IS. So ist beispielsweise der neue Erziehungsminister selbst ein ehemaliger deutscher Schleuser, was bedeutet, dass Muhammeds Schwester auf einer wohlbekannten Route reist. Was wiederum bedeutet, dass er und Muhammed bis zum Hals in der Scheiße stecken könnten, falls zu viele Anwerber oder Angeworbene behaupten würden, nichts von der Existenz der ominösen Schwester zu wissen.

Um alles noch schlimmer zu machen, hat sich Kabir einen USB-Stick in den Enddarm geschoben, behutsam eingepackt in eine Plastikhülle, die zuvor eine von Dr. Tals OP-Masken enthielt. Zumindest im übertragenen Sinn hat er sich damit Dr. Tal in den Arsch geschoben, was ihn ein wenig tröstlich stimmt, während er von einer Seite auf die andere geworfen wird.

Er weiß nicht genau, welche Daten sich auf dem Stick befinden, aber einige müssen gut sein. Er brauchte kaum eine Stunde, um die nötigen Exploits zu googeln und herunterzuladen, wofür er sich einen Administratoren-Account auslieh. Dessen Adresse und Passwort hatte er bei einem seiner Vorgesetzten abgeschaut, der diese den ganzen letzten Monat tagtäglich und langsam mit einem Finger eingetippt hat. Und weil er es für eine effiziente Rückversicherung hält, hat er außerdem eine üppige Auswahl an Malware heruntergeladen und sie vollständig aktiviert. Mit Glück werden sie eine ausländische Cyberattacke dafür verantwortlich machen.

Dr. Tal und Muhammed erwecken schon seit vergangener Woche den Eindruck, dicke Freunde zu sein, was nicht viel heißen will. Nach Kabirs Erfahrungen haben Menschen wie Dr. Tal hier draußen keine Freunde, sondern nur Bekannte, die ihnen mehr oder weniger nützlich sind, und Muhammed ist dem Arzt aktuell sehr viel nützlicher als Kabir. Auf dem Vordersitz schlägt Dr. Tal Muhammed fröhlich auf die Schulter und scherzt über den heutigen Betrieb auf der Schieberroute. Sie haben einige militärische und zivile Geländewagen überholt, aber die Masse der anderen Straßenbenutzer besteht aus einer bunt zusammengewürfelten Kolonne von unabhängigen Spediteuren, die mit den größten Tanklastern, deren sie habhaft werden können, Öl quer durch das Territorium des Islamischen Staats transportieren.

Die Spediteure kaufen in Lizenz das Rohöl direkt an den Ölfeldern. Mit dieser Strategie verlagern die Machthaber des IS die meisten Risiken und Kosten auf Privatunternehmer. Allerdings produzieren sie damit auch berüchtigte Verkehrsstaus. Sobald die Amerikaner mit ihren angedrohten Luftschlägen Ernst machen, wird es hier nach Ansicht Kabirs jede Menge Brände geben.

Während sie eine besonders tückische Bodenwelle durchfahren und dabei gleichzeitig seitlich ausscheren, um eine Kollision mit einem Tanklastwagen zu vermeiden, beobachtet Kabir, wie sich Dr. Tal am Armaturenbrett festklammert und den Griff sofort wieder lockert. Der Mann nötigt ihm Respekt ab. Mit seiner latenten Körperspannung ist er immer kurz vor einem Gewaltausbruch. Kein Wunder, dass er so gut hierherpasst. Dr. Tal ist der vielleicht körperlich und geistig fitteste Mensch, dem Kabir je begegnet ist, weil ihn seine Obsessionen nur noch leistungsfähiger und erfolgreicher machen. Er kennt kein Mitleid und kein Zaudern. In diesem Moment, da Kabir in der staubigen und unerträglich heißen Luft wie ein Sack Reis hin und her plumpst, trifft er eine Entscheidung. Er muss sich angewöhnen, wie Dr. Tal zu denken, wenn er hier lebend herauskommen will.

Aus heiterem Himmel befiehlt Tal anzuhalten. Durch sein Fenster kann Kabir die schlanken weiß-roten Schlote eines Kraftwerks sehen, wie sie in der Hitze flirren. Das Gebäude ist elegant, beinahe wie eine Moschee, und das Licht wird von der glatten Oberfläche eines Wasserbeckens reflektiert, das vermutlich der Kühlung dient. Kabir stellt sich vor, wie Bomben vom Himmel fallen, die Schlote einstürzen, die Druckwellen ihm jeden Knochen im Leib brechen. Er muss weg von hier. Er muss in eine Stadt, in der es Zahnärzte gibt.

Sie fahren an die Seite auf das verkümmerte Gras im Schatten einer einsamen Felsnase. Kabir macht ein paar Schnappschüsse zum höheren Ruhm von Dr. Tals Präsenz in den sozialen Medien und schaut so lange gegen das Licht, wie er es aushält. Der Himmel ist weit, die Erde flach, die Sonne gnadenlos. Muhammed der Deutsche und Dr. Tal trinken große Schlucke aus ihren Wasserflaschen. Kabir wartet, bis er mit einem herablassenden Kopfnicken die Erlaubnis bekommt, das Gleiche zu tun, und überlegt, welches der richtige Zeitpunkt wäre. Er muss sich so viele Fragen beantworten.

Wann kann er die beiden endlich töten?

# KAPITEL 20

• • •

Da er das Unerwartete erwartet hat, stellt Azi jetzt ernüchtert fest, dass es sich – wenn man hinten in einem Lieferwagen versteckt quer durch Europa befördert wird – genau so unangenehm, verwirrend, beängstigend, klaustrophobisch, ohnmächtig, stumpfsinnig und darmverstopfend anfühlt, wie er es sich ausgemalt hat.

Er hockt in einer Holzkiste von bescheidenen Ausmaßen. Seine mit paranoider Präzision spezifizierten Anweisungen an den Spediteur hatten gelautet: Deponieren Sie einen Behälter, groß genug für eine Person, an einem unauffälligen Ort; im Innern sind eine Tagesration Nahrung sowie Wasser zu hinterlassen (und, auf Vorschlag des Dienstleisters während ihres knappen Gesprächs, ein Eimer); dann holen Sie besagte Kiste ab und transportieren sie auf dem Landweg zu einer entlegenen Stelle an der Peripherie von Athen.

Nach Bezahlung der Beförderung bleiben ihm noch fünftausend Euro, die er in eine Plastiktüte gestopft hat. Es ist ihm klar, dass er ein überhöhtes Honorar für einen Transport ohne falsche Dokumente bezahlt, aber es ist ihm jeden einzelnen Cent wert, wenn er dafür die Garantie für eine diskrete Abwicklung erhält.

Azi nimmt Annas Anweisung, sich versteckt zu halten, extrem ernst. Um Tracking vorzubeugen, hat er zuerst sein NADIR-Handy mit einem wohlgezielten Wurf auf die Ladefläche eines Fernlastwagens entsorgt und anschließend auf die Annehmlichkeiten von Berlins Wi-Fi-Netzwerken dadurch verzichtet, dass er den Akku aus jedem Stück gestohlener Hardware entfernt hat, das er bei sich trägt. Jetzt, da er hilflos eingesperrt ist, erscheinen ihm die Vorteile dieser Aktionen weniger klar zu sein. Ist Odi noch am Leben? Hätte Azi in der Nähe von Berlin untertauchen sollen? Die schauerliche Erinnerung an Projektile, die durch Spanplatten fetzen, beseitigt seine Zweifel.

Sich undokumentiert bewegen zu können, so räsoniert er, wird zu einem der kostspieligsten Privilegien des einundzwanzigsten Jahrhunderts werden. Wodurch jene Zwillingsklassen von Menschen entstehen (die sich sporadisch auch überschneiden), welche sich solche Luxusgüter wie Privatsphäre, Stille, saubere Luft und gesunden Schlaf leisten können: die sehr Reichen und die sehr Bösen. Armut mag vielleicht Bedeutungslosigkeit garantieren, doch verschwindet man deswegen nicht mehr vom Radar.

Andererseits gibt es dieser Tage in Griechenland so gut wie keine effektive Überwachung von Personen, was – wie Azi sich einredet – zu den Gründen zählt, warum es absolut sinnvoll ist, sich hierher zu begeben. Das Land wird gerade von einem geopolitischen Erdbeben durchgeschüttelt: Arbeitslosigkeit, Asylsuchende, Immigranten; die Nachwirkungen der Finanzkrise, die neue Katastrophen heraufbeschwören. Griechenland ist das schlecht verriegelte Tor nach Europa hinein beziehungsweise aus Europa heraus. Die Kredite stocken, die Politik tritt auf der Stelle, die Polizei ist bewaffnet und gefährlich unterbezahlt. Selbst die Flüchtlinge wollen nur noch weiter.

Sollte Munira noch am Leben sein – und im Augenblick versucht er, keine anderen Möglichkeiten an sich heranzulassen –, dann wäre die halbwegs funktionierende Subkultur der griechischen Hauptstadt ein idealer Ort, um Informationen zu sammeln, Fragen zu stellen und diskrete Hilfe zu suchen. Außerdem ist es für ihn viel zu spät, um seine Strategie zu ändern; wenn auch nicht dafür, endlose Neubewertungen seiner Optionen und Ängste vorzunehmen.

Was ihm zu schaffen macht, sind die Leichen, die unaufhörlich zu ihm zurückkehren. In schweißtreibender Finsternis eingesperrt, sieht er sich selbst, wie er in der Lagerhalle immer wieder über tote Körper steigt. Manchmal streckt ihn eine Kugel nieder, und er gesellt sich zu ihnen. Manchmal hat eine der Toten Muniras Gesicht.

Vor ihm liegen noch etwa zwanzig Stunden dieser holprigen, qualvollen und ungewissen Fahrt, vorausgesetzt, man zerrt ihn nicht einfach aus seiner Kiste und exekutiert ihn. Und weil er unbedingt Distanz zwischen seinen Gedanken und der aktuellen Realität schaffen will, begibt sich Azi auf eine holperige Reise in die Vergangenheit.

Juli 1998. Nach Abschluss der Schule hatten sich bei Azi und Ad die Rituale ihrer Freundschaft nahezu perfekt eingespielt: Stunden von kameradschaftlichem schweigenden Hacken, von Internetchats und Herumflachsen in diversen Foren; in Multiplayergames wie *Doom II* und *Diablo*; bei Recherchen zu den komplexen Feinheiten von alldem mit so viel schalem Bier, wie sie nur trinken konnten, wobei keiner von ihnen bereit gewesen wäre zuzugeben, dass ihm der Geschmack zuwider war.

Die Rollen, die sie sich zugewiesen hatten, ergänzten sich gegenseitig. Azi gab die Strategie vor, sorgte für akribische Vorbereitung und die zum Eigenschutz nötige Paranoia, während Ad einen großspurigen Ehrgeiz und die Verachtung gegenüber gemeinen Sterblichen beitrug. Sie hatten eine gute Sache laufen, und wie alle guten Sachen, an denen Teenager beteiligt sind, war auch ihre befrachtet mit Prahlerei und Selbstsabotage.

Gestützt auf Azis Recherchen, bestand Ads Lieblingstrick darin, ein untadeliges mittelgroßes Unternehmen anzurufen, das Gespräch mit einigen seriös klingenden Fragen zur IT der Firma zu beginnen und anschließend darum zu bitten, mit dem Rechnerraum verbunden zu werden. Dort pflegte er sich als Administrator des Software-Anbieters ausgeben. *Es tut mir leid, Ihnen mitteilen zu müssen, dass wir gerade alle unsere Kunden anrufen, weil wir einen brisanten Programmfehler festgestellt haben. Die aktuelle Version Ihrer Software ist kompromittiert. Möglicherweise haben Sie bereits Daten verloren. Doch ich kann eine Direktkorrektur von außen vornehmen, wenn Sie mir nur ein paar Details geben …*

Unweigerlich war Azi jedes Mal aufs Neue darüber erstaunt, was man mit der richtigen Kombination aus Angstmache und Hoffnungsschimmer erreichen konnte. Nach wenigen symbolischen Pro-forma-Rückfragen, die Ad mit einer Mischung aus Tech-Jargon und liebenswürdiger Herablassung beantwortete, pflegte ihnen der Systemadministrator am anderen Ende der Leitung Zugang zum Account eines Systemmanagers zu gewähren. Derselbe Sysadmin blieb dann immer dankbar in der Leitung, während Ad und Azi einen Remote Bugfix installierten, der einen Backdoor-Zugriff auf den gesamten Datenbestand ermöglichte. Wenn das Unternehmen nicht überdurchschnittlich versiert in der Überwachung von Netzwerkverkehr war, bemerkte anschließend so lange niemand etwas Irreguläres, bis plötzlich das E-Mail-System begann, Kunden zu sexuellen Handlungen miteinander aufzufordern.

Mit der Zeit arbeitete Azi für Ad vorformulierte Gesprächsfloskeln aus, die dieser in seinen Anrufen unterbringen sollte; er wollte immer effizientere Methoden von *social engineering* ausprobieren, wie man die Techniken zur Manipulierung von Vertrauen und Erwartungen anderer nannte. Azi verwendete immer gern die korrekten Bezeichnungen für die Dinge. Funktionierte die Betrugsmasche nicht, würde es Verdacht erregen, wenn Ad sofort auflegte. Stattdessen sollte er fröhlich versprechen, per Post ein Korrekturprogramm auf CD zu schicken, und erst danach das Gespräch beenden. Funktionierte der Betrug, sollte er noch ein paar Extraminuten in der Leitung bleiben, um Artigkeiten auszutauschen und sich zu erkundigen, ob man sonst noch irgendwie behilflich sein könne.

In den Jahren ihrer Zusammenarbeit hatte sich «Azi, der Lehrling» immer mehr wie «Azi, das Superhirn» gefühlt, doch hatte Ad subtile Wege gefunden, um ihn auf seinen Platz zu verweisen. Manchmal spielte Ad den Dummen, um anschließend seine Karten aufzudecken: Dinge, von denen er wusste, dass Azi nichts darüber gelesen hatte. Manchmal tat Ad so, als wären lästige Details unter seinem Niveau. Und manches Mal, und das waren die besten Momente, gerieten beide ganz außer sich, wenn sie eine neue Methode gefunden hatten.

Die schlimmsten Momente waren die, in denen Ad in die Offensive ging.

«Alter, deine Recherche ist so was von schludrig. Ich zieh hier mein Ding durch und quatsch mir den Mund fusselig, aber blöderweise kommt von dir der falsche Name ihres IT-Anbieters und der falsche Typ als Abteilungsleiter … Sind wir hier bei Hacking für Anfänger?»

Azi hatte auf die harte Tour gelernt, dass es nie eine gute Idee war, sich mit Ad zu streiten. Aber er konnte einfach nicht anders, als sich zu verteidigen.

«Das ist doch nicht meine Schuld, dass die Website nicht aktuell ist! Ich kapier noch nicht mal, warum die überhaupt eine haben. Und dass du dem Kerl sagst, er soll sich ins Knie ficken, geht ja wohl gar nicht.»

Ad setzte jenes Grinsen auf, mit dem er Azi immer so richtig auf die Palme brachte. «Der hat das einfach gebraucht. Eine ...», hier malte Ad unverzeihlicherweise Gänsefüßchen in die Luft, «... ‹wertvolle Lernerfahrung›. Ich dachte schon, er fängt gleich an zu heulen.»

Seufzend unternahm Azi den Versuch, die gemessene Würde seiner gerade mal achtzehn Jahre auszuspielen. «Ernsthaft, Ad, wir können es uns nicht erlauben, die Leute anzupissen. Das ist zu riskant. Was steht denn da auf deinem Sticker?»

Auf Ads Sticker stand FREE KEVIN in schwarzen Blockbuchstaben auf gelbem Grund, und der Sticker klebte auf seinem ganzen Stolz: einem IBM ThinkPad 770 Laptop mit integriertem DVD-ROM-Laufwerk, einem Geschenk seiner Mutter. Azi hätte ununterbrochen zehn Jahre lang bei IKEA arbeiten müssen, um sich ein solches Gerät leisten zu können.

Der Sticker war Teil einer von der amerikanischen Zeitschrift *2600: The Hacker Quarterly* – Ad war einer der wenigen im Vereinigten Königreich, die ihre Mutter dazu überreden konnten, ein Abonnement für den Sohn abzuschließen – organisierten Kampagne zugunsten des amerikanischen Hackers Kevin Mitnick alias «Berüchtigster Hacker der Welt» alias «Die Persönlichkeit, die Ad unbedingt sein wollte und manchmal auch glaubte, schon zu sein».

Nachdem ihn das FBI endlich aufgespürt hatte, wurde Mitnick ohne die Möglichkeit, auf Kaution freizukommen, in Haft genommen, unter Androhung von mehreren hundert Jahren Gefängnis. Was Azi betraf, so diente ihm Mitnick als Beispiel dafür, wie seine und Ads Zukunft aussehen würde, wenn sie nicht vorsichtig wären. Was Ad betraf, so diente ihm Mitnick als Begründung dafür, warum man so viele Websites wie möglich schließen und durch FREE-KEVIN-Spruchbänder ersetzen müsste und warum die nicht technologiebesessene Bevölkerung der ganzen Welt es verdiente, für ihre Ignoranz bestraft zu werden. Ad setzte seine Unschuldsmiene auf und fixierte Azi mit einem durchtriebenen Grinsen.

«Der Sticker weist bloß auf das Gratisgeschenk hin, das du bekommst, wenn du den Laptop kaufst. Ich persönlich bewahre meinen Kevin in einem Schrank unter der Treppe auf.»

«Du hast doch den Laptop gar nicht gekauft. Und hör auf, den Trottel zu spielen. Die Botschaft dieses Stickers ist, dass man gar nicht vorsichtig genug sein kann. Er besagt, dass du keinem trauen kannst und dass sie dich erwischen werden, wenn du die Sache nicht ernst nimmst.»

«Du brauchst eine Brille, Alter. Niemand erwischt uns. Wir sind doch schließlich gut. Einiges von dem Zeug, das ich hier drauf habe, einiges von den Sachen, die du nicht gesehen hast, wird dich umhauen. Hast du den Artikel in *Phrack* zur SQL-Einschleusung gelesen? Ich bin der Konkurrenz weit voraus.»

Azi nickte und versuchte, nicht an einem Anfall von schlechtem Gewissen zu ersticken. Er wusste bereits, was sich auf Ads Laptop befand. Er wusste es, weil er ihn in der Woche davor gehackt hatte, während Ad Bier im Laden an der Ecke holte.

Azi hatte diesen ultimativen Verrat mit einem Programm namens Back Orifice begangen, das von den vortrefflichen Hackern von Cult of the Dead Cow entwickelt worden war und totale Kontrolle jedes beliebigen Windows-Systems ermöglichte. Außerdem hatte er sich mehr oder weniger überzeugend selbst eingeredet, dass er dies nur zu Ads eigenem Schutz tat. Denn schon allein die Tatsache, dass Ad mit Windows arbeitete, war ein Indiz dafür, dass er die Dinge nicht ernst nahm. Schließlich war nicht jeder Systemadministrator ein Idiot. Und nicht jeder Hacker war ein Verbündeter. Du kannst keinem trauen – so lautete die Regel.

«Alles klar bei dir, Alter? Gibt's irgendwas, das du mir sagen möchtest?» Ad klang schrecklich besorgt.

«Nein! Das heißt, ja. Irgendwie schon. Hör zu, Alter, ich möchte doch bloß, dass du vorsichtiger bist. Und ich würde mir auch gern das neue Zeug anschauen, das du hast. SQL-Einschleusung klingt ziemlich cool.»

«Aber du hast es dir doch bereits angeschaut.»

«Wie bitte?»

In Ads Miene lag ein harter Ausdruck, den Azi noch nie zuvor gesehen hatte.

«Ich sagte, du hast es dir bereits angeschaut. Es sei denn, du glaubst, dass mich meine eigene Mutter bespitzelt. Ich meine, sie kann ja ohne meine Hilfe noch nicht mal das Rechtschreibprogramm aufrufen, aber wer weiß – vielleicht ist sie ja undercover? Vielleicht ist sie ja ein noch größerer und hinterlistigerer Lügenarsch als du. Ansonsten liegt die Anzahl der Personen, die Back Orifice auf meinem Computer installieren könnten, im Prinzip bei einer.»

«Jesus. Hör zu.» Eine widerliche Hitze breitete sich in Azis Körper aus. «Hör zu, Alter. Ich hab mir Sorgen gemacht, das war alles. Das musst du mir glauben, diese ganze Mitnick-Geschichte, alle Welt dreht durch wegen der Hacker ... Ich wollte doch nur, dass du weiterhin sicher bist.»

«Frag mich mal, wie ich's rausgefunden habe.»

Azi sah sich panisch in seiner Hütte um. Nichts bot einen Ausweg aus dieser Unterhaltung an. «Wie hast du's rausgefunden?»

«Ich hab einen Remote-Zugang zu deinem PC. Von meiner Desktopkiste aus. Dein PC war ja mal meiner. Erinnerst du dich? Ich hab mir gedacht, ich behalte mal *dich* im Auge, Alter. Hab einige Kleinigkeiten zu deinem Linux-OS hinzugefügt, als du gerade nicht aufgepasst hast. Na, wer von uns beiden hat denn nun eine lahme Kiste? Wie fühlt sich das jetzt an, du eingebildeter Arsch?»

Azi, sonst eher der Zurückhaltende, sonst eher der, der sich unter Kontrolle hat, ging halbherzig auf Ad los und versetzte ihm ein Mittelding zwischen Klaps und Schlag – eine Aktion, bei der er, dank des Mangels an freiem Raum zwischen ihren Klappstühlen, quer über dem Schoß seines Freundes landete und sich dabei den Kopf an der Tischplatte anstieß. Ad betrachtete ihn angewidert.

«Ich habe dich beobachtet, wie du immer großkotziger geworden bist. Hast meine Sachen geklaut und gedacht, du weißt alles. Hast dich selbst zum Boss ernannt. Und ja, ich hab auch mitgekriegt, dass du dir meine Pornos runtergeladen hast. Wie hat sich das eigentlich für dich angefühlt?»

Gedemütigt und knallrot vor Scham kroch Azi auf seinen Sitz zurück.

«Ad! Ich hab mir Sorgen um dich gemacht. Um uns und dass sie uns erwischen. Was du gemacht hast, das war ... Betrug.» Azi klang sogar in seinen eigenen Ohren erbärmlich.

«Ich habe es getan, weil es das ist, was getan werden muss. Hör dir doch mal selbst zu. Betrug? So was wie Betrug gibt es nicht. Alles ist erlaubt. Ich habe dir einen Gefallen getan. Denk drüber nach. Ich bin dein bester Kumpel. Ich bin der Einzige, der sich diesen Scheißdreck von dir anhört, der ihn wegsteckt, der dir immer alles gesagt hat. Wir sind doch keine kleinen Kinder mehr. Wenn in einem Monat der Sommer zu Ende ist – was passiert dann? Ich sag dir, was dann passiert: Du wirst einen Fehler machen, wenn du irgendwas anderes tust, als mit mir nach Amerika zu gehen.»

Darum ging es also. Eine alte Diskussion im neuen Gewand.

«Jesus.» Azi versuchte einen besänftigenden Lacher. «Träum nur weiter. Du hast vielleicht das Geld dazu, aber alles, was ich habe, sind zwei Uni-Zusagen, jede Menge Antragsformulare für finanzielle Beihilfen und eine scheiß Hütte. Ich kann mir kaum ein Ticket für die U-Bahn leisten.»

Ad war unerbittlich.

«Uni? Verschwendung von Zeit und Geld. *Wir* sollten doch *denen* sagen, was zu tun ist! Amerika, das ist das Land der unbegrenzten Möglichkeiten, Alter, und du hast alles, was es braucht, um es dort zu schaffen. Scheiß auf dein Angebot von der – wie heißt die doch gleich wieder? – von dieser Hochschule für antiquierten Schwachsinn. Das Internet und alles, was dazugehört, das wird die Welt erobern. Wir sind die Zukunft. Uns *gehört* die Zukunft. Ich bin dein bester Kumpel, und ich möchte, dass du mit mir mitkommst. Du weißt, dass ich recht habe. Du *schuldest* mir was.»

Azi seufzte.

«Hör zu. Es tut mir leid, dass ich deine Maschine gehackt habe. Es tut mir leid wegen allem, Ad, es tut mir so leid … aber ich bleibe hier.»

Im darauffolgenden Monat flog Ad nach San Francisco, und Azi begann ein Informatikstudium in London.

Zwar blieben sie – online – in Kontakt, aber es war nicht mehr wie früher. Ad schien zu erwarten, dass Azi sich entschuldigte und eines Besseren besann, dass er auf seinem Weg kehrtmachte und zugab, wie falsch er mit allem gelegen hatte. Azi wusste nicht, was er selbst erwartete, aber er war sich ziemlich sicher, dass Ad ein beschissener Freund war.

Azi verfolgte die Exploits seines Freundes online, so gut er konnte, war sich aber bewusst, dass die Schnittmenge zwischen ihren beiden Welten immer kleiner wurde. Ad hatte Talent, Leidenschaft und Phantasie. Aber er hatte auch eine unschöne Verachtung für alles und alle, die er als unter seinem Niveau erachtete – eine Kategorie, in der sich anscheinend auch die Geschäftsleitung eines jeden Start-ups befand, für das er tätig war.

Ad arbeitete brillant, aber unstet. Er gewann ein Stipendium für Stanford und schmiss hin. Er schickte Azi zornige, flehentliche, patzige Nachrichten mitten in der Nacht. Warum zum Teufel er seine Zeit in *Olde England* vergeudete, wenn San Francisco winkte? Warum es die Leute nicht lustig fanden, wenn jedes Bild in ihrem Friendster-Profil auf geheimnisvolle Weise durch anthropomorphe Genitalien ersetzt wurde?

Jetzt, nach einer Zeitspanne von sechzehn Jahren und im pechschwarzen Innern einer Kiste neben einem Eimer mit dem eigenen Urin, kommt Azi das Ganze lächerlich vor: dass die wichtigste Freundschaft seines Lebens so schnell zerfiel. Andererseits ist es ja so, dass es sich mit den meisten Dingen ähnlich verhält. Sie sind da, sie sind ein Teil von dem, der du bist – und dann sind sie weg und kehren nie zurück.

Azi denkt über Munira nach, dann über seine Mutter, dann über die Tatsache, dass er aufhören muss, über Munira und seine Mutter in so enger Nachbarschaft nachzudenken. Nicht zuletzt deswegen, weil er – mehr als an alles andere – daran glauben muss, dass nur eine von beiden nicht mehr am Leben ist.

Schließlich fällt er übergangslos in einen totenähnlichen Schlaf. Den ganzen Tag und die ganze Nacht hindurch rollt der Lieferwagen auf zunehmend schlechter werdenden Straßen und schaukelt die verkrampften Gliedmaßen seines Passagiers hin und her.

Eine Stunde vor Morgengrauen geht der Motor aus, und die Beschaffenheit von Luft und Licht verändert sich. Eine Reihe von Erschütterungen und Schlägen rüttelt ihn wach und schickt sein Bewusstsein zurück in einen Körper, der so steif ist, dass er kaum den Kopf drehen kann. Er hat das Gefühl, dass die Kiste bewegt wird; dann wird sie unsanft abgesetzt, und in einiger Entfernung heult ein Motor auf. Danach herrscht Stille.

# KAPITEL 21

•••

Als Azi endgültig wach ist, besteht die unangenehmste Überraschung für ihn darin, dass sich die schmerzhafte Beschwerlichkeit, vierundzwanzig Stunden in einer Kiste gefangen zu sein, als Bagatelle erweist verglichen mit der noch schmerzhafteren Beschwerlichkeit, besagte Kiste verlassen zu wollen.

Der Versuch, sich zu strecken und seine tauben Nervenenden wieder zu Sinneswahrnehmungen zu animieren, fühlt sich an, als wären seine Arme und Beine in flüssiges Metall getaucht worden. Azi beißt sich in die Wangen, schluckt ungewollte Tränen hinunter, massiert seine brennenden Muskeln und bemüht sich, nicht in Hysterie zu verfallen. Irgendwann ist er dann so weit, dass er gegen die plombierte Seite der Kiste treten kann. Nach fünf Tritten fällt sie mit einem dumpfen Aufschlag heraus.

Er blinzelt. Die Schmerzen ebben ab, aber ein lähmendes Gefühl von Angst lauert schon darauf, an ihre Stelle zu treten. Ist er verraten worden? Ist er in der Nähe des Bestimmungsortes, den er genannt hat? Es ist Nacht, und draußen ist es nicht viel heller als in der Kiste, aber die Enge ist weg, und vor ihm erstreckt sich offenes Gelände, ein freier, unnötig weiter Raum.

Azi schiebt sich um den Urineimer herum und kriecht auf allen vieren hinaus. Die warme, trockene Luft riecht nach Kiefern und Abgasen. In der Ferne zeichnen Autoscheinwerfer gelegentlich Kreissegmente aus Licht. Anscheinend befindet er sich am Fuß eines bewaldeten Abhangs nahe einer Straße. Er hat Durst und Hunger und wird von Heulanfällen geschüttelt, was er aber unter Kontrolle bekommt, indem er den letzten Rest seines Proviants verzehrt (Chips, Käsesandwich, Limo, einen Apfel – alles Sachen, die ihm seine Mutter immer für die Schulausflüge ins Naturkundemuseum in die Lunchbox gepackt hatte).

Sollte das dort Athen sein, hat Azi noch einen langen Fußmarsch vor sich. Er führt einige dem Staat gestohlene elektronische Geräteschaften mit sich, dazu eine zerknautschte Garnitur Wechselwäsche, und Griechisch kann er weder sprechen noch lesen. Auf der Habenseite stehen seine Freiheit und fünftausend Euro in bar, und er hat ein Ziel vor Augen.

Achselzuckend stolpert er in Richtung des hellsten Streifens am unteren Rand des Nachthimmels.

Vier Stunden und achtzehn Kilometer später beginnt Azi, an der Klugheit des Entschlusses zu zweifeln, sich an einem Sommermorgen im Anschluss an eine Einkerkerung auf Wanderschaft durch staubige Großstädte begeben zu wollen.

Gelinde gesagt, fühlt er sich nicht gerade putzmunter. Mit einer Kombination aus Glück und mühsamen Erkundigungen nach dem Weg ist es ihm gelungen, sich fast bis zu seinem angestrebten Zielpunkt zu schleppen. Aber er hat nichts mehr zu essen und zu trinken und hat noch nicht den Mut aufgebracht, seine Vorräte zu erneuern.

Das Ergebnis ist beinahe halluzinogen; eine euphorische Benommenheit, die ihm das Gefühl vermittelt, sein schmerzender Körper sei weit weg, und das immer heller werdende Straßenbild kommt ihm vor wie eine ruckelnde Zeitrafferanimation. Andererseits ist das städtische Areal, das er bei Tagesanbruch betreten hat, selbst halluzinatorisch.

Jede freie Oberfläche und jeder betretbare Zoll des Pflasters ist ein Psychodrama aus Slogans und Graffiti, ein Erregungseintopf aus grimmigen Parolen und privatem Groll. Es gibt

Bilder des Protests, teufelsköpfige und feuerschwingende Männer, gestiefelte Antifaschisten, die Nazis zertreten, Politiker als Cartoontiere und antike Philosophen mit Gasmasken. *Welcome to Athens* grüßt eine kleine leuchtende Kritzelei direkt neben einem kursiven *Fuck the Police*. Und daneben steht in blutroten Schablonenbuchstaben der Name des Bezirks auf Griechisch und Englisch. *ΕΞΑΡΧΕΙΑ. EXARCHIA*. Die letzte Fluchtburg jener, denen die Welt am Arsch vorbeigeht. Azis Zielgebiet.

Von den meisten Reiseführern wird Exarchia als kriminelles Drecksloch voller mehr oder weniger austauschbarer Anarchisten und Junkies beschrieben. Die Einheimischen sehen es als einen internationalen Leuchtturm freidenkerischen Widerstands gegen die Auswüchse des Kapitalismus und die zunehmende faschistische Bedrohung. Das *VICE*-Magazin empfiehlt einen Besuch im Warehouse, einem neuen Lokal, in dem man sich wohlfühlt, wenn man die Bezeichnung «Mixologe» für Barkeeper hasst, sich aber gern volllaufen lässt und dabei mit Typen in Lederjacken Schwachsinn über Karl Marx labert.

Am allerwichtigsten aber ist, dass Exarchia Zuflucht gewährt vor fast allem, womit die technologische Moderne die Leute so wirkungsvoll unter Kontrolle hält: Überwachung, Konsumanreize, kommerzielle Datenauswertung der sozialen Medien. Von Erschöpfung und Hitze benommen, besieht sich Azi die Straßen, registriert den Geruch einer nahen Küche und macht mit hungriger Zielstrebigkeit einen Schritt in Richtung des Aromas.

Leider verschätzt er sich beim Höhenunterschied zwischen Bordstein und Straße, und nachdem er versucht hat, einen mehrere Zentimeter langen Balanceakt ins Leere hinein zu vollführen, stürzt er mit der Stirn voraus auf die Fahrbahn.

Alles wird sehr hell, dann sehr dunkel, dann irgendetwas dazwischen. Mit einem Mal spürt er freundliche beziehungsweise zumindest nicht offen feindselige Hände an Schultern und Hüfte. Dann ist da ein Geruch, den er mit Krankenhaus und Wartezimmern verknüpft. Allmählich dämmert ihm, dass er tatsächlich in einem Wartezimmer sitzt. Man bietet ihm Wasser an, wonach er sich sehr viel besser fühlt.

Der Raum ist klein und überfüllt, aber auch kühl und sauber mit einem hell gefliesten Boden und Tierbildern an den Wänden, vermutlich der Kinder wegen. Ihm gefällt es hier. Man kümmert sich um ihn. Nach einer beträchtlichen Wartezeit, während der die Fliesen und Tiere immer wieder vor seinen Augen verschwimmen, wird er in ein winziges Hinterzimmer geführt, wo eine dunkelhaarige Frau hinter einem Schreibtisch sitzt.

Ihre resolute Kompetenz erinnert ihn an Anna, obwohl ihr Tonfall um etliche Grade wärmer ist, als sie den Mund aufmacht. Die Laute, die dort herauskommen, sind ihm unverständlich. Azi sieht sie ausdruckslos an und murmelt dann ein einziges Wort.

«Englisch?»

Sie nickt und wechselt mühelos die Sprache.

«Sie haben Glück, dass ich in London studiert habe. Ich bin Dr. Eleni. Willkommen. Und Ihr Name und die Nationalität – ?»

Azi hat sich während der Wartezeit grob darauf vorbereitet. «Äh – Ad. Adam. Britisch.»

«Mr. Adam Britisch?»

Er bekommt das Gefühl, dass diese Ärztin ihn amüsant findet. «Nein, Entschuldigung. Ich heiße Adam, und ich bin Brite. Mein Name ist Adam Walker.»

«Und können Sie sich irgendwie ausweisen?»

Zu Azis Erleichterung trug er seinen ungeöffneten Rucksack noch immer auf dem Rücken, als er das Bewusstsein wiedererlangte, aber er hat nicht die Absicht, irgendetwas daraus hervorzuholen. Also schüttelt er den Kopf, woraufhin es eine Weile dauert, bis der Raum aufhört, sich zu drehen.

«Okay. Kein Problem, Adam. Ich werde Sie trotzdem untersuchen. Bitte folgen Sie dem Licht. Mit den Augen, nicht mit dem Kopf! So ist's gut. Sie sprechen kein Griechisch? Macht nichts, niemand spricht griechisch. Ich glaube, Sie haben eine Gehirnerschütterung. Und dann noch diese üble Platzwunde. Sie sind gestürzt?»

Azi versucht, seine Antwort so würdevoll wie möglich zu formulieren. «Vom Gehsteig, ja. Auf die Straße.»

Dr. Eleni bekundet lebhaft nickend ihr Mitgefühl. Sie hat sich Latexhandschuhe übergestreift und fährt mit den Fingern über seinen Schädel, während sie die Untersuchung abschließt. «So was passiert. Bitte versuchen Sie, still zu sitzen, während ich die Wunde säubere.»

Sie rasselt eine Reihe von Fragen herunter über Datum, Uhrzeit, Identität des US-Präsidenten und wie genau Azi es vermasselt hat, von einem Gehsteig auf die Straße zu treten. Er steht es ordentlich durch, was ihm einen Kopfverband und einen heiteren Lehrvortrag zum Thema Arzthonorare einbringt.

«Na bitte, so ist das schon besser. Also, das hier ist meine Ambulanz, und sie ist kostenlos für die, die sie sich nicht leisten können. Aber lieber wäre mir eine europäische Gesundheitskarte, damit ich mit dem Staat abrechnen kann. Sie haben wahrscheinlich nichts dabei, was Ihre Nationalität dokumentiert? Der Staat kann sich mein Honorar zwar auch nicht leisten, aber da mach ich mir weniger Gedanken.»

Azi schätzt, dass sie ein wenig älter ist als er – und ein ganzes Stück erwachsener. Sie hat dichte Locken und unter einem blauen Baumwoll-T-Shirt einen dunklen Teint. Zwar würde sie so viel Ehrlichkeit verdienen, wie er nur aufbringen kann, aber er wird jetzt nicht damit anfangen, schmuddelige Fünfzig-Euro-Scheine aufzurollen.

«Es tut mir sehr leid, aber ich habe wirklich rein gar nichts.»

Ihre Zuwendung wird intensiver. «Sie sind also kein Tourist?»

«Äh – nein. Eigentlich nicht. Ich mach mir nichts aus Sightseeing.»

«Sie sollten sich die Akropolis ansehen. Jeder sollte sich die Akropolis ansehen.»

«Klar. Die natürlich ausgenommen. Selbstverständlich würde ich mir die gern ansehen.»

Mit wohlwollendem Lächeln klappt Dr. Eleni einen Laptop auf und beginnt zu tippen. Parallel dazu, als würden sich beide Tätigkeiten gegenseitig bedingen, startet sie einen gut einstudierten Monolog.

«Allerdings können Sie sie nur ansehen, wenn Sie zwölf Euro bezahlen. Jeder sollte sich die Akropolis ansehen können, aber dieses Land lässt es nicht zu. Es ist ein Verbrechen. Die Straßen hier in der Nachbarschaft waren früher voller Märkte, voller Menschen. Aber man hat ihnen Steuern und Geldstrafen aufgebrummt und sie aus dem Geschäft gedrängt, um sie zu bestrafen. Weil niemand, der echtes Geld hat, in diesem Land für irgendetwas bezahlt! Nur die Armen zahlen. Ich habe kein Problem damit, Geld vom Staat zu nehmen, trotz der ganzen Schwierigkeiten, in denen die Regierung deswegen steckt. Also, was machen Sie hier?»

Azi versucht es mit einer Beinahewahrheit, die er vorbereitet hat.

«Ich arbeite mit Computern. Webdesign. Bisschen Aktivismus. Ich arbeite da an etwas, und jetzt sind ein paar Leute hinter mir her. Ich bin hergekommen, weil –»

Das genügte Dr. Eleni als Stichwort. «Aha! Sie haben im Netz über Exarchia gelesen. Ich verstehe. Ich kenne Leute wie Sie. Computermenschen, die hinter ihren Tischen hocken und die Welt per E-Mail verändern. Bis jemand an die Tür klopft. Und dann wacht ihr in der realen Welt auf. Ist das Ihre Geschichte, ja? Schön, dann werde ich Ihnen was über die realen Dinge erzählen, die Sie brauchen. Nahrung, Wasser, Ruhe. Sie sind dehydriert. Ich vermute, Sie kennen niemanden und sind mittellos?»

«Ja und nein», murmelt Azi und hat zusehends das Gefühl, dass je unbedarfter er sich gibt, desto größer die Wahrscheinlichkeit ist, dass Dr. Eleni für ihn aktiv wird.

«Dachte ich mir schon! Also, ich kann Ihnen eine Chance geben. Wenn Sie sich tatsächlich mit Computern auskennen, können Sie sich vielleicht nützlich machen. Und wenn Sie sich nützlich machen, können Sie eine Bleibe finden. So läuft das hier.» Mit schwungvoller Geste tippt sie ihre letzten Buchstaben ein. «Ich stelle Ihnen einen Kontakt her für eine Unterkunft. Im Park bekommen Sie was zu essen, wenn Sie sagen, dass Eleni Sie geschickt hat. Und Sie kriegen eine Cola, wenn Sie nett bitte sagen.»

Azi lächelt ein Lächeln, von dem er hofft, dass es sein bestes und ganz besonders britisch ist.

«Ich bin immer nett. Ich kann gar nicht anders.»

# KAPITEL 22

• • •

Als der nächste Morgen anbricht, hat es Azi bereits offiziell zum Hausbesetzer gebracht.

Zumindest ist er der neueste Teilnehmer an einem fortdauernden Experiment geworden, dessen Ziel die kollektive Selbstbestimmung gegenüber den herrschenden gesellschaftlichen Strukturen ist, was – wie man ihm sagt – letztlich die Ablehnung aller Formen staatlicher Macht und Bevormundung bedeutet. Das kommt ihm sehr gelegen. Seit Ausbruch der Finanzkrise steht fast ein Drittel des Wohnraums in Athen leer, und einige der Apartments und Läden, die sich nicht in Hipster-Treffs verwandelt haben, sind zu einem von Anarchisten organisierten Sicherheitsnetz für jene an der vordersten Front der Gesellschaft geworden. Wer sich sowohl öffentlicher Überwachung als auch privater Neugierde entziehen möchte, könnte sich keinen besseren Rückzugsort wünschen.

Obwohl «organisiert von Anarchisten» wie ein Widerspruch in sich selbst klingt, hat Azi bisher nur selten einen disziplinierteren Haufen von Menschen getroffen und auch keine Projektleitung, die mit einer solchen Hingabe und so prozessorientiert gearbeitet hätte. Jeder hat ein Mitspracherecht, jeder hat eine Stimme, und alles wird gemeinsam diskutiert, doch gnade Gott demjenigen, der nicht mindestens eine der furchtbar umständlichen FAQ-Kolumnen gelesen hat, die einen Überblick geben über die internationalen Regeln für kollektive Entscheidungsfindung der Anarchist Library. Allein das Kapitel über Ressourcen enthält eine schwindelerregende Auswahl an Flussdiagrammen und benötigt vierzigtausend Wörter, um sich solchen verzwickten Fragen zu widmen wie «Was verursacht nach Meinung von Anarchisten ökologische Probleme?». Nach der zweistündigen Diskussion, die es gestern brauchte, um Azi probeweise in dem Gebäude aufzunehmen, hat er bereits damit begonnen, sich Möglichkeiten auszudenken, wie man die Taxonomie anarchistischen Sprachgebrauchs verbessern könnte.

Beim Aufwachen begutachtet Azi den Schlafsaal, wo er gestern spätabends todmüde umgefallen ist. Durch die geschlossenen Läden der hohen Fenster fallen Lichtstrahlen auf ein Dutzend Matratzen und in Decken gehüllte Körper. Ein paar Möbelstücke und persönliche Besitztümer unterteilen das, was einst ein Wohnzimmer gewesen ist, in Privatbereiche, die großenteils respektiert werden. Ein afghanischer und zwei syrische Flüchtlinge, jeweils um die zwanzig, haben sich neben acht Griechen ausgestreckt, deren Altersspanne von einem Achtzehnjährigen bis zu einem wettergegerbten Sechzigjährigen reicht. Azi ist gestern als Erster eingeschlafen und heute als Erster aufgestanden, aber aus den Familienräumen über ihnen ertönt bereits gellendes Geschrei.

Er ist auf Zehenspitzen mit seinem Rucksack ins Gemeinschaftsbad getippelt und versucht jetzt, sich die verrotteten Fliesen nicht allzu genau zu betrachten, während er die in dem Berliner Hähnchengrill begonnene Umwandlung seiner äußeren Erscheinung zu Ende führt. Als Erstes zieht er die anarchistisch angehauchten Klamotten an, die er gestern Abend an einem Verkaufsstand erworben hat: schwarz, weit und verziert mit griechischen Parolen. Dazu kommt, zweitens, ein gleichermaßen freudloses Paar Stiefel. Als Drittes durchsticht er sich, vor Schmerz zusammenzuckend, mit einer Nadel die Ohren und fädelt je einen silbernen Ohrring durch. Viertens und letztens schneidet er sich die Haare ab.

Im Film ist die Kahlrasur eines Kopfes unweigerlich mit

einer fotogenen Montage verbunden, in der Büschel auffallend sauberen Haares im Takt mit motivierenden Trommelschlägen zu Boden fallen. Im wirklichen Leben – zumindest in dem nur allzu wirklichen Leben, das Azi gegenwärtig führt – stellt sich dieser Vorgang eher wie das Zerschnippeln eines Dornengestrüpps mit einem Buttermesser dar. Azi flucht, schneidet sich in die Finger und zerfurcht seine Kopfhaut, während sein Rasiermesser in einem aufreibend langwierigen Prozess verknotete Haarbüschel wegsichelt.

Positiv gesehen, soll diese umfassende Selbstverstümmelung nur dazu beitragen, seine Anonymität zu steigern. Weniger beglückend fällt das Bild aus, das ihn aus dem zersprungenen Spiegel anblickt und eher einen Hip-Hop-Backgroundtänzer zeigt, der schwere Zeiten durchmacht und womöglich gerade von einem besonders düsteren Videodreh geflüchtet ist. Es ist kein überzeugender Look. Aber er verschafft ihm vielleicht Sicherheit.

Zum Schluss ist er ganz hibbelig, weil er sich unwohl fühlt und hungrig ist, Letzteres dank der Düfte von gegrilltem Gemüse, süßem Chai und starkem Kaffee, die im Treppenhaus aufsteigen. Es fühlt sich beinahe heimelig an. Das alte Mietshaus zerfällt zwar langsam, erfüllt aber seinen Zweck. Graffiti verunstalten sein Äußeres, dazu gibt es zwei große Stoffbanner, auf denen *home* und *welcome* steht. Im Innern hängen Poster, ein paar Bilder und Dienstpläne fürs Saubermachen, Kochen und den freiwilligen Sicherheitsdienst.

Trotz seiner Erschöpfung und äußeren Erscheinung gefällt es Azi hier. Als Teil seines gestrigen Nachweises eigener Nützlichkeit für seine Probezeit hat Azi den Internetzugang der Bewohner um den Faktor zehn verbessert und die Netzwerksicherheit um noch mehr – und er hat sich versuchsweise bereit erklärt, diesen Vormittag im «Veranstaltungsraum» ein

Referat zu halten unter dem Titel «Ähem, hallo, schön, euch alle kennenzulernen, und vielleicht kann ich euch ja ein paar Tech-Tipps geben».

Solange er nicht vergisst, in kurzen Abständen Formulierungen wie «kulturelle Hegemonie» und «Intersektionalität» fallenzulassen, ist alles im grünen Bereich.

Zu Azis Überraschung ist sein Vortrag gut besucht. Es werden mehrere Simultanübersetzungen vorgetragen, und einer der Dolmetscher, ein junger Syrer, der mäßig verständliches Englisch spricht, erklärt rasch, warum so viele da sind.

Azi erfährt, dass für diejenigen, die vor Gewalt fliehen oder mit nur wenigen Mitteln zu überleben versuchen, ein permanenter Internetzugang fast alle anderen Sorgen dominiert. Ihre Informationsgemeinschaft stützt sich auf Updates über ungefährliche Routen, verfügbare Transportmöglichkeiten und bestechliche Beamte und muss sich auseinandersetzen mit Risiko und Verrat, mit Versorgung und Schutz. Schon den Menschen dabei zu helfen, die Akkulaufzeiten ihrer Telefone zu maximieren und die Möglichkeiten zu reduzieren, dass man sie zurückverfolgen kann, rettet unter Umständen Leben. Nahezu alles, was Azi sagt, wird sofort über den digitalen Flurfunk weiterverbreitet. Morgen wird er vielleicht damit beginnen, ein Wiki zusammenzustellen.

Was Azi außerdem erfährt, ist, dass Exarchia derzeit eine ruhige Phase durchläuft, zumindest nach den eigenen historischen Maßstäben des Viertels. Nach Aussagen seiner neuen Freunde – von denen einige, wie er zugeben muss, tatsächlich Lederjacken tragen und Schwachsinn über Karl Marx labern – ist das Leben, in das er hier gestolpert ist, beschaulich bis an die Grenze zur Fadheit. Mehr als ein halbes Jahrhundert lang sei Exarchia eine Brutstätte des Radikalismus gewesen; die heutigen Krawalle könnten aber denen aus vergangenen Zeiten nicht das Wasser reichen. Manchmal könne man lokale Anarchisten sehen, wie sie auf Polizeitrupps in Schutzausrüstung zu- oder vor ihnen wegrennen, je nach dem gefühlten Kräfteverhältnis zwischen beiden Seiten. Doch die meiste Zeit würden sich die Behörden zurückhalten, obwohl es Gerüchte gibt, dass sie absichtlich Drogendealer in diesen Bezirk treiben, um die Immobilienpreise zu drücken. Der Anzahl von Schickimickitouristen nach zu schließen, die auf der Suche nach vom *VICE*-Magazin besungenen Szenelokalen sind, zeigt die Maßnahme keinen Erfolg.

Azi verbringt die nächsten paar Stunden beinahe beschaulich; er inspiziert diverse Mobiltelefone, Tablets und behelfsmäßige Stromanschlüsse, einschließlich einer von einem einfallsreichen Griechen installierten solarbetriebenen Ladestation. Als er schließlich insgesamt klarer im Kopf und gesättigt ist, verabschiedet er sich und macht sich auf zu einer Mauer an der Ecke Tzavella und Mesologgiou Straße, die aufzusuchen man ihm unmissverständlich aufgetragen hat. Dort ist eine auffallend makellose schwarz-weiße Gedenktafel angebracht, dreißig mal sechzig Zentimeter, mit dem Bild eines fünfzehnjährigen Jungen. *Das hätte mir auch passieren können,* denkt Azi, und in seinem Kopf vibriert Muniras Bild.

Azi erfährt beim Frühstück, dass der Junge auf der Gedenktafel ein Schüler namens Alexandros Grigoropoulos war und während einer heftigen Auseinandersetzung mit zwei Polizisten im Dezember 2008 erschossen wurde. Er sei unbewaffnet gewesen. Die Tötung habe landesweit Proteste und Krawalle ausgelöst, doch die größten Zusammenstöße habe es hier gegeben. Sechs Jahre später sind Wut und Trauer noch immer ungemildert präsent. Rings um die Gedenktafel sieht man Stencils und Graffitiparolen auf schmutzigem Kieselputz, in

Ritzen gezwängte Gebinde aus gelben Blumen und sich ablösende Poster. Weitere Blumen verwelken in Körben auf den aufgeheizten Gehsteigplatten.

Azi atmet tief ein und aus, um Kraft zu sammeln, weil er die nächste Stufe seines Plans nicht länger aufschieben kann. Er muss einen sicheren Online-Zugang finden. Er muss anfangen, etwas Gutes zu tun. Und das beinhaltet eine Sache, vor der er sich fürchtet, seit er aus der Kiste gekrochen ist: Stournari-Straße, Big Sur und die Bitte um eine Gefälligkeit.

# KAPITEL 23

• • •

Die Stournari ist etwa achthundert Meter lang und durchschneidet das Straßennetz vom Exarchia-Platz aus nach Westen. Sie ist beiderseits von Bäumen gesäumt und Läden mit heruntergelassenen Rollläden. Die Mauern der Häuser sind bis auf die Höhe mit Parolen übersät, die eine Hand mit einer Sprühdose erreichen kann. Trotz dieses Erscheinungsbildes ist die Straße seit mindestens zwei Jahrzehnten in ganz Griechenland die erste Adresse, wenn man Computertechnik aller Art kaufen will. Fast alle, die Azi kennengelernt hat, nennen sie scherzhaft das griechische Silicon Valley, auch wenn er sich nicht sicher ist, ob sich die Leute dabei über Silicon Valley, Griechenland, lustig machen oder ob die meisten eben nur einen einzigen Ort auf der ganzen Welt mit Computern verbinden. Von der Gedenkstätte für Alexandros Grigoropoulos sind es nur ein paar hundert Meter. Azi legt sie joggend zurück und läuft abwechselnd durch schattige und blendend helle Abschnitte der rasterförmig angelegten Straßen. Dabei übt er die Formulierungen ein, die ihm Türen öffnen sollen, sowohl im wörtlichen als auch im übertragenen Sinn.

In Hackerkreisen war die Stournari Straße schon in Azis Jugendtagen eine Legende, über die in den einschlägigen Magazinen groß berichtet wurde, damals, als Codesharing noch bedeutete, diesen Zeile für Zeile von einem Ausdruck abzuschreiben. Zum Teil sind es genau diese Geschichten, die ihn nach Athen gezogen haben. In jenen Zeiten vor der Erfindung des World Wide Web, als die Bars in Exarchia widerhallten von marxistischen Sprüchen, wie sie Marxisten schon seit mindestens 1917 in Bars von sich geben, konnte man auf der

Stournari-Straße gecrackte Software von IT-versierten Studenten kaufen. Die Szenehacker verteilten ihre Visitenkarten, und dann traf man sich auf einen Kaffee über einem Computerladen, wo sie – als Start in eine normale Berufskarriere – ihr Expertenwissen anboten. In jenen Tagen waren die Hacker alle irgendwie Grey Hats. Die dunkle Seite computerbasierter Kreativität hatte sich noch nicht global ausgebreitet.

Azi hofft inständig, dass sich einiges von diesem Idealismus noch in einer der berühmt-berüchtigten unabhängigen Elektronikboutiquen erhalten hat: in einem Laden namens Kremvax, dessen Besitzer aufgrund seiner Rolle in einer besonders ruchlosen Online-Kampagne als «Mr. Fuck the Government» bekannt ist, oder kurz als «Mr. Government». Azi hat ihn nie persönlich kennengelernt, aber er hat sechs Jahre lang mit dessen Hacker-Alter-Ego korrespondiert und kollaboriert: «Big Sur», so wie der berühmte zerklüftete kalifornische Küstenabschnitt, aber als Nickname ohne den geringsten Bezug zu einem Athener mittleren Alters mit einem verfilzten ergrauenden Bart und einem Faible für Achtzigerjahre-Band-Shirts.

Die Tatsache, dass Azi schon vor langer Zeit Big Surs Spur bis zu diesem speziellen Laden verfolgt hat, wird hoffentlich – zusammen mit seinem Wissen über die gemeinsamen Exploits – dazu dienen, seine Identität zu verifizieren. Auch wenn es andererseits vollkommen nachvollziehbar wäre, wenn Azi stattdessen wegen des Frevels attackiert werden würde, auf der Türschwelle eines Fachkollegen aufzutauchen. Bei Computerfreaks alter Schule weiß man ja nie, besonders wenn deren Reputation unter anderem auf spektakulär rachsüchtigen Sabotageakten beruht.

Von außen sieht der Laden weniger einfach geschlossen als vielmehr gegen eine mögliche militärische Intervention befestigt aus. Zwei Metallblenden überkreuz blockieren das Fenster, die Tür ist ähnlich verbarrikadiert, und im Innern ist kein Licht zu sehen. Azi lässt sich davon nicht abschrecken, drückt dreimal den Klingelknopf und wartet. Schließlich scheppert eine Stimme aus dem Lautsprecher.

«*Jassu?*»

«*Jassu.* Äh – Englisch? Ich glaube, ich bin ein alter Freund von dir. Wir haben uns im Conficker Botnet kennengelernt. Bei *All hands on deck*.»

«*Fije!*» – Geh weg.

Azi zögert. «Dürfte ich bitte reinkommen? AZ – das bin ich. Du bist Big Sur.»

«*Fije!*»

Azi ist schon leicht verzweifelt. Erstens hat er keine Ahnung, ob er überhaupt mit der richtigen Person spricht. Sollte sie es sein, kann sie beschließen, ihn zu ignorieren oder ihm einen gebrauchten PC an den Kopf zu werfen. Doch bedeutet das nicht, dass er das Risiko nicht eingehen sollte.

«Meine Mutter, deine Mutter, kein Mensch weiß sonst was davon. Du hättest es mir nie erzählen sollen. Aber du hast es getan.»

Wie Azi hat auch Mr. Government seine Mutter in jungen Jahren verloren. Azi weiß nicht, wie, warum oder wann es geschah – selbst in den geschwätzigsten Momenten ihrer freundschaftlichen Chat-Verbindung via IRC waren sie nie so indiskret –, doch weiß er, dass dieses Bindeglied gemeinsamen Wissens so gut wie nicht gefakt werden kann. Die Lautstärke der Stimme aus der Gegensprechanlage steigt um mehrere Dutzend Dezibel.

«*Malakas! Gamisou!*» – Arschloch, fick dich.

«Wie bitte?»

«Brauchst du im Ernst eine Übersetzung? Hat dir hier noch

niemand gesagt, du sollst dich verpissen? *Edakrysen o Iesous!* Jesus, Maria und Josef. Komm rein, komm rein. Falls du lügst – ich bin sowieso am Arsch.»

Die Blenden öffnen sich mit einem beinahe menschlichen Keuchen. Dann geht die Tür auf und gibt den Blick auf einen der grandiosesten Bäuche frei, die Azi je gesehen hat: eine riesige Wölbung, von der die Wörter *Bob Seger & the Silver Bullet Band – Against the Wind* auf einem ausgewaschenen schwarzen T-Shirt fast bis zur Unleserlichkeit zerdehnt werden. Mr. Government fixiert Azi, winkt ihn dann herein und schließt die Tür hinter ihnen.

Er ist wirklich ein gewaltiger Mann – vermutlich eins fünfundneunzig groß und nicht viel weniger breit. Tattoos ringeln sich um beide Unterarme. Mr. Government sieht aus wie ein Pirat in einer Kinderzeichnung, falls das Kind den Auftrag gehabt hätte, einen Piraten zu zeichnen, der die gesamte Schiffsbesatzung gefressen hat. Seine Stimme ist ein langgezogenes Donnergrollen.

«Du bist also AZ. Wow, du siehst aus ... ich weiß auch nicht, wonach du aussiehst, mein Freund. Nicht nach was Gutem.»

«Es tut mir leid, es tut mir echt leid. Niemand weiß, dass ich hier bin. Ich brauche einen Gefallen von dir.»

Der vordere Teil des Ladens ist ein fachmännisches Durcheinander, ähnlich wie in einer Eisenwarenhandlung von 1930. Eine schwindelerregende Menge an Komponenten ist an jeder Wand vom Boden bis zur Decke gestapelt und macht das Ganze für einen Außenstehenden undurchschaubar. Ohne die Miene zu verziehen, winkt Mr. Government Azi zu einem Hinterzimmer durch, das den vorderen Ladenbereich direkt minimalistisch erscheinen lässt: Schachteln auf Kisten auf Paketen auf Kabeln, archäologische Schichtungen aus den wenigen Jahrzehnten Computerhistorie.

Azi könnte den ganzen Tag damit verbringen, an einem Ort wie diesem herumzustöbern. Und eigentlich ist das mehr oder weniger sein Plan, auch wenn der bärtige Riese andere Vorstellungen haben sollte. Mr. Government streicht sich gedankenvoll mit einer mächtigen Hand den Bart (die Tattoos stellen Leiterplatten dar, wie Azi erkennt), streckt dann die Arme aus und zerdrückt Azi in einer innigen Umarmung.

«Mein kleiner Freund. Gott allein weiß, wie dreckig es dir gehen muss, dass du einfach hier hereinschneist. Erzähl's mir nicht. Im Ernst, erzähl mir nichts, lass es ein Geheimnis sein zwischen dir und dem Mann da oben. Sobald du anfängst, Andeutungen zu machen, muss ich dich auffressen. Ha!» Ein Gelächter bebt in seismischen Wellen durch Mr. Governments Torso. «Kein Grund, so dreinzugucken – ich lebe den veganen Traum. Das ist ein altes griechisches Ding – seit dem Herrn der Dreiecke. Pythagoras. Was brauchst du?»

Azi schlottert, schluckt und hustet, bevor er seine Stimme wiederfindet. Anscheinend ist sein Gehirn nicht in der Lage, damit aufzuhören, die schieren Ausmaße von Mr. Governments Statur zu verarbeiten. «Equipment, ein paar echt gute Sachen. Einen Platz zum Arbeiten, der mehr als nur diskret ist. Für ein paar Tage. Ich habe Geld, ich kann dafür aufkommen.»

Der massige Schädel nickt. «Heavy wizardry und deep magic. Wer immer die Leute sind, die tun mir jetzt schon leid. Tausend Euro fürs Equipment, und mein lebenslängliches Schweigen gibt's dazu. Es sei denn, es wird ein Film daraus, in welchem Fall ich darauf bestehen müsste, dass ich von Dwayne Johnson gespielt werde. The Rock! Bitte, nimm dir, was du brauchst, und ich zeige dir einen Ort. Ich mag das, was du tust, AZ. Sorry, dass ich da nicht mitmachen kann, aber –»

«Aber das ist hier zu heiß für dich, ich weiß. Ich schulde dir was. Ich werde es nicht vergessen.»

«Mach, dass jemand sich wünscht, nie geboren worden zu sein. Um der alten Zeiten willen.»

Eine halbe Stunde später verlässt Azi den Laden mit einem Code für eine Metalltür, die zu einigen Apartments auf der Rückseite des Ladens führt. Die Tür öffnet sich zu einem gefliesten Treppenhaus, von dessen Treppenabsatz im ersten Stock ein zweiter Code Zugang zu etwas gewährt, das einmal ein Schrank war, aber schon bald Azis fensterloser Tempel für einen Haufen Elektronik sein wird.

Während der nächsten Stunden ist aus seinem fröhlichen Herumprobieren ein Gerät hervorgegangen, das – wenn kombiniert mit ein paar liebevoll auseinander- und wieder zusammengebauten Komponenten aus Berlin – ihn in die Lage versetzen dürfte, alles Mögliche damit anzustellen bis knapp vor die Auslösung eines atomaren Krieges. Wenn er geduldig ist. Eile ist genau das, was er sich nicht erlauben kann, weil alles auf Unsichtbarkeit basiert, was in diesem Fall bedeutet, seinen neuen Linux-Laptop an eine nicht zurückverfolgbare Auswahl von Wegwerftelefonen anzubinden, deren Codes zur Nachrichtenauthentifizierung er mehrmals täglich ändern wird. Für den Fall, dass die lokalen Netzwerke überwacht werden, wird er alle sechs Stunden ein neues Gerät benutzen.

Zusätzlich zum Laptop postiert Azi zwei Monitore auf eine schmale Metallablage, während Hard- und Software-Firewalls seine virtuellen Maschinen wie russische Matrjoschkas umschließen. Solange er den Laptop nicht öffnet und entsperrt, bleibt alles verschlüsselt. Die Außenwand des Raums weist eine große Entlüftungsöffnung aus Metall aus, und er hat zur Kühlung zwei Tischventilatoren mitgebracht. Dennoch muss die Innentemperatur fast dreißig Grad betragen, als Azi mit seiner Arbeit fertig ist und die Maschinen ihre eigene Kühlung hochfahren.

Der Raum ist etwa halb so groß wie seine geliebte Hütte, und den Metallstuhl muss er zusammenklappen, wenn er die Tür öffnen oder schließen will. Noch nie zuvor ist Azi dankbarer für die Freiheit unkomfortabler Räumlichkeiten gewesen.

Zu Azis eigener Überraschung ist das Erste, was er tut, nachdem er Datenschutz- und Sicherheitsmaßnahmen getestet hat, Ad eine Nachricht zu schicken. Das dauert zwar nur einen Augenblick, ist aber dennoch etwas, von dem er geglaubt hat, es niemals zu machen.

Damals, als sie – um 1997 herum und noch von East Croydon aus – Pläne für die Weltherrschaft ausbrüteten, vereinbarten sie einen anonymen Post mit einer sehr speziellen Message auf dem Nachrichtenforum Alt.Folklore.Urban, der bedeuten sollte, dass einer von ihnen beiden in Lebensgefahr ist. Sie nannten es «das Bat-Signal», weil einerseits ein Verweis auf Batman Mitte der neunziger Jahre cool war und weil es andererseits die Idee von etwas umsetzte, das – wie eine Silhouette am digitalen Himmel – problemlos und anonym von überallher einsehbar war. Sie hatten sich auf folgenden Text geeinigt:

*Hey, erinnert sich jemand an diese Episode von* Batman, *die in einer Hütte in Croydon spielt?*

Erstaunlicherweise existiert das Forum noch, und Azi hat es nie geschafft, diese Zeile zu vergessen. Also postet er die Nachricht, seufzt wegen seiner eigenen heillosen Sehnsucht nach den alten Zeiten und wendet sich dann wichtigeren Angelegenheiten zu.

Anna hat ihm aufgetragen, Kontakt über ihren gemeinsamen Freund zu halten, womit sie nur Jim gemeint haben konnte. Zwar möchte Azi nicht damit beginnen, Jims Feeds mit neuer Aktivität zu bestücken, aber gleich nachdem er sich eingeloggt hat, entdeckt er erleichtert, dass entweder Odi oder Anna etwas ausgesprochen Vernünftiges getan haben, nämlich Jim dazu zu bringen, sich selbst eine private Nachricht zu schicken, die einen alphanumerischen Schlüssel für chiffrierte Kommunikation und eine ProtonMail-Adresse enthält.

Mit anderen Worten: Sie können eine gesicherte E-Mail-Korrespondenz beginnen, sobald sie die Schlüssel ausgetauscht haben. Azi richtet sich einen ganz neuen ProtonMail-Account ein und schickt dann eine Nachricht, die zusätzlich zu seinem Schlüssel nur zwei Wörter umfasst.

*Hi, Jim.*

In weniger als einer Stunde kommt eine Antwort zurück, ganz im Stile Jims. *Wer zum teufel ist das kenn ich dich? Wie heißt das pub wo sich mein alter kumpel besoffen hat und in den spielautomaten gefallen ist?*

Ein guter Test. Theoretisch könnte sich ja inzwischen jemand in Jims Identität gehackt haben. Azi antwortet mit dem Namen, den er während des Abendessens in der Berliner Wohnung improvisiert hat.

*The Crown.*

Binnen fünf Minuten kommt die nächste Nachricht.

*Gib uns ein Update zu deinem Status. Wir haben keine Nachricht von dem Mädchen.*

Azi will das Herz aus der Brust springen. Munira ist nicht tot, redet er sich ein. Wäre sie es, hätten sie bestimmt schon ihre Leiche gefunden, weil ihr Tod eine Warnung dargestellt hätte. Was bedeutet, dass wer auch immer sie entführte, noch Verwendung für sie hat. Was bedeutet, dass diese Leute gerade irgendetwas unternehmen, das man nachverfolgen kann. Es gibt Hoffnung.

Azi antwortet mit einer Auswahl seiner Aktionen seit Berlin, gerade so viel, um sie wissenzulassen, dass er die Stadt verlassen hat und im Besitz von Kommunikationstechnologie ist; dass er (soweit er sagen kann) nicht in unmittelbarer Gefahr ist und dass er alles in seiner Macht Stehende tun wird, um zu helfen, aber gleichzeitig die Kontrolle über seine momentane Situation behalten möchte. Für ihn gebe es keine Möglichkeit zurückzukehren, nicht jetzt, da er frei sei. Nicht solange alles, was in Berlin geschah, noch unerklärt sei. Die Antwort benötigt fünf Minuten.

> *Obwohl dieser Kanal sicher ist, übermitteln wir nur begrenzte Informationen, solange wir interne Sicherheitsüberprüfungen durchführen. Die Kompromittierung unserer Location und Systeme ist weiterhin unaufgeklärt. Unsere Autonomie als Organisation wird gerade drastisch beschnitten. Tu, was du kannst, um sie zu finden, aber behalte dabei das große Ganze im Blick – die Namen auf der Liste, die Macht dahinter. Es werden noch sehr viele sterben, wenn wir Gomorrha nicht erledigen können. Schick uns weitere Informationen, sobald du welche hast. Pass auf dich auf.*

Es ist ungefähr das, was er erwartet hat. Die Information über die kompromittierte Autonomie findet er allerdings interessant, weil sie die Anwesenheit noch weiterer bedeutender Akteure im Geheimdienstuniversum nahelegt. Andererseits muss es sich – bei der sich abzeichnenden Dimension des Geschehens – von Anfang an um mehr gehandelt haben als nur um Annas und Odis Hobby.

Gomorrha ist der Schlüssel, und es hat den Anschein, als wüsste niemand, dass Azi über ihn verfügen konnte, außer natürlich den Personen, die hinter Gomorrha stehen. Nun im Besitz von neuem Hackerequipment, hat Azi das in Berlin benutzte Android-Prepaid zerstört. Trotzdem rechnet er damit, dass sich die Zeit, in der er sich gefahrlos in Athen aufhalten kann, eher nach Tagen bemisst. Er muss rasch handeln.

Seine Arbeitshypothese lautet, dass es die Islamisten und deren Agenten waren, die Munira aufgespürt hatten und damit den katastrophalen Fehler wiedergutmachen wollten, der ihr die Flucht mit den Zugangsdaten gestattet hatte. Jedenfalls müssen sie Leute in Europa und riesengroßen Respekt vor denjenigen haben, die hinter Gomorrha stehen. Munira scheint nicht getötet worden zu sein, was bedeutet, ihnen sind Informationen wichtiger als Rache. Für Azi heißt das, einen klaren Kopf zu behalten und sich der Reihe nach durch seine Optionen zu arbeiten.

Er schaut auf seinen Monitor und registriert überrascht das Eintreffen einer weiteren Nachricht von Anna und Odi.

*Das hier interessiert dich vielleicht: Wegen dem haben wir dich gefunden.*

Behutsam prüft er den Anhang, der sich als gecachtes Social-Media-Profil herausstellt, ein Datensatz aus dem Internetarchiv von einer Friends-Reunited-Seite für Azi Bello, die kurzzeitig in den frühen 2000ern existierte. Auf der Seite ist fast nichts. Ein Foto eines Erstsemesterstudenten, ein paar Zeilen über Informatik, ein schlechter Witz, eine Kontakt-E-Mail-Adresse. Fast nichts – aber ausreichend, um einen entsprechend hartnäckigen und mit dem nötigen Instrumentarium ausgestatteten Ermittler zum Garten hinter einem Reihenhaus zu führen, wo derjenige, der das Profil angelegt hatte, noch immer lebte. Was für ein absolut leichtsinniger Fehler.

Das Problem ist nur, dass Azi das Profil noch nie zuvor gesehen hat.

# KAPITEL 24

• • •

Azi liest sich wieder und wieder die Information von Odi und Anna durch, wie sie ihn auf dem Umweg über ein Profil in den sozialen Medien gefunden hätten, das er gar nicht kannte, und welche Implikationen sich daraus ergeben. Das Ganze ist ein perfekt abgekartetes Spiel, aber darüber hinaus eröffnet es unbegrenzte und alarmierende Möglichkeiten.

Versuchen sie, ihn zu testen oder zu manipulieren? Hat ihm jemand eine Falle gestellt? Will ihm jemand eine Warnung schicken? Ist es eine raffinierte Finte? Aus der Sicherheit seiner virtuellen Maschinen heraus und mittels eines Haufen von Proxys prüft er die Seite aus dem Cache, doch findet sich dort kein Schadprogramm. Nur alte, korrekte Informationen, die keiner jemals hätte in die Hand bekommen, geschweige denn in etwas so erstklassig Kompromittierendes übersetzen sollen.

Zunächst einmal muss er den nächsten Schritt tun. Er ist hier, und er ist frei, und Munira braucht ihn. Was zählt, ist die Zukunft, nicht die Vergangenheit. Azi versucht, sich aufs Wesentliche zu konzentrieren. Doch jeder Zugang, den er ausprobiert, scheint zugemauert worden zu sein, und an seinem Steiß kribbelt unaufhörlich ein nervlich bedingtes Frösteln.

In Berlin muss es nach dem Massaker zu einer hervorragend mit Technik und Personal ausgestatteten Vertuschungsaktion gekommen sein. Den Vorfall umgibt ein absolutes informationelles Schweigen, und am Standort der Lagerhalle existieren weder Überwachungskameras noch gibt es Anwohner, deren soziale Netzwerke man nach Informationen hätte durchkämmen können.

Auch die Suche nach aktuellen Hinweisen auf Sigma und

Munira erweist sich als so ergebnislos wie Azis Nachforschungen auf einigen echt widerlichen Foren mit potenziellen Einblicken in Gomorrha. Azi pirscht sich online sogar an Ad heran; sein alter Freund scheint einen untadeligen kalifornischen Lebensstil zu pflegen, obwohl er es ihm auch zutraut, diesen fabriziert zu haben.

Schließlich treiben ihn Niedergeschlagenheit und Erschöpfung zurück zum besetzten Haus, gerade noch rechtzeitig vor dem internen Zapfenstreich. Leise Stimmen in vielen Sprachen schwirren durchs Haus, geben Gott weiß welche Schrecknisse kund. Der Tag ist bis jetzt eine sich intensivierende Abfolge von Enttäuschungen gewesen, und es dauert, bis er einschläft.

Am nächsten Morgen beschließt Azi, weitgehend der gleichen Routine zu folgen wie am Vortag, in der Hoffnung, dieses Mal mehr Glück zu haben. Nahrhaftes in Gestalt von Haferflockenbrei, Koffein in Gestalt von zahnzersetzendem süßem Kaffee, Kameradschaft in Gestalt eines Vortrags über die Kunst der digitalen Diskretion. Als er zur Küche hinuntergeht, erstarrt er jedoch. Jemand ruft lauthals den Namen seines alten Freundes quer durchs Treppenhaus.

«Adam. Adam Walker!»

Azi hat die Überlegung bereits zur Hälfte abgeschlossen, ob er sich aus dem Fenster stürzen soll, als er sich erinnert, wer er angeblich ist. Er *ist* Adam Walker. Und seine Gesprächspartnerin ist die Respekt einflößende Dr. Eleni, halb verborgen hinter zwei riesigen Plastiktüten voller Kleidungsstücke.

«Hallo, Adam Walker! *Kalimera*, guten Morgen, hier bin ich. Machen Sie sich gerade nützlich? Meine Güte, haben Sie sich verändert. Hier, Sie können sich bei mir nützlich machen; das da ist Kleidung für die Kleinen im oberen Stock. Sie tragen die

Tüten, und ich habe ein Auge auf meine kostbarere Last, und wir gehen zusammen rauf.»

Azi heuchelt mehr Verunsicherung, als er empfindet.

«Äh – klar. Was meinen Sie mit Last?»

Dr. Eleni drückt ihm die Tüten in die Arme – die genug gebrauchte Kleidungsstücke enthalten, um eine ganze Babyschar bis ins Erwachsenenalter zu versorgen –, atmet theatralisch aus und macht einen Schritt zur Seite, wodurch ein kleiner rehäugiger Junge zum Vorschein kommt, der sich an ihre Beine klammert. Sie hebt ihn auf den Arm.

«Das ist mein Kind, das kleinere. Sie haben schon mal ein Kind gesehen? Nikasios heißt er, nach dem Vater seines Vaters. Zyprioten. Dieser kleine Mann hilft *mama* bei der Arbeit, weil der große *papakis* vergessen hat, dass *mama* das letzten Monat zweimal die Woche gemacht hat. Ich besuche meine Frauen, die nicht so einfach zu mir in die Praxis kommen können.» Mit ihrem freien Arm macht sie eine ausholende Geste, die Azi schließlich als einen Hinweis auf Schwangerschaft interpretiert. «Der Kleine liegt mir andauernd in den Ohren.»

«Wie das?»

«Schreit, bettelt um Süßigkeiten. Wie Männer das eben so machen. Jetzt gibt er gerade Ruhe, weshalb ich ihn dicht bei mir halte. Sie tragen die Tüten, und das Ganze passiert jetzt flott.» Sie deutet auf das Treppenhaus. «Los schon, da hinauf! *Viasou*, auf geht's!»

Mit der Ruhe ist es bei Nikasios schnell vorbei. Azi bleibt vor der Tür des Familienschlafsaals stehen, während von drinnen ein rasanter griechischer Monolog epischen Ausmaßes ins Treppenhaus dringt. Nachdem sie die Tüten abgeliefert hat, scheint Eleni unbeeindruckt davon zu sein, wie ihr Sprössling die Treppen hinunter und in die übervölkerte Küche saust. Sie nimmt sich eine Schale mit Haferbrei, erteilt dem Küchendienst weise Ratschläge zur Hygiene («kein Fleisch, null, nicht bei dieser Hitze; das ist doch kein Händewaschen; du verpasst deinen Bazillen bloß eine Dusche») und benutzt ihren freien Arm, um ihren Jungen zu einer Bank zu führen.

Azi stellt sich für einen Kaffee in die Schlange und schaut dann zu, wie Eleni sich hinsetzt und Nikasios sich auf den Boden zu ihren Füßen wirft. Azi rückt seinen inzwischen schmuddelig gewordenen Kopfverband zurecht und bemüht sich um einen lockeren Ton.

«Werden Sie sich meinen Vortrag anhören?»

«Einer von uns beiden, vielleicht. Kann aber auch sein, dass wir beide mit *kaka* beschäftigt sind. Wer weiß das schon?»

Der Junge umklammert ihre Beine und plappert freudig vor sich hin. Azi, dessen unmittelbare Erfahrungen mit Kindern überschaubar sind, schätzt das Alter des Kleinen grob auf zwischen einem und vier Jahre. Er schickt ein, wie er hofft, tadelloses Lächeln in Richtung des Kindes, worauf dieses in Schluchzen ausbricht. Ohne den Blick zu senken, hievt Eleni den Kleinen auf ihren Schoß.

«Er mag andere Menschen. Das ist jetzt einfach der Schlaf, der ihn gegen seinen Willen überfällt. Sie kämpfen gegen den Schlaf an. Weil das Leben ja zu einfach wäre, wenn wir das täten, was gut für uns ist! Kommt Ihnen das bekannt vor? Zeit für dein *pipila*, mein kleines Goldstück?»

Sie holt einen Schnuller hervor, den Nikasios beim dritten Versuch akzeptiert und an dem er herumnuckelt, während er zugleich Azi nicht aus den Augen lässt, als könnte sich dieser ungepflegte Fremdling in jemand Interessanten verwandeln. Ausnahmsweise einmal ist Azi um Worte verlegen. Allmählich rollen die Augen des Kleinen nach hinten in ihre Höhlen, ein kurzes Zucken der Lider, und sie schließen sich. Eleni hebt den Blick.

«Sie sind gerade Zeuge eines *thauma* geworden. Eines Wunders! Glauben Sie keine Sekunde lang, dass es immer so abläuft. Vielleicht hat ihn Ihr Gesicht verzaubert. Ihr Aufzug, das sieht ja ekelhaft aus, lassen Sie sich mal anschauen ... Sie wollen eine Rede halten? Dann sollten Sie das jetzt tun. Sein Schlafzyklus beträgt dreißig Minuten.»

Azi nickt. Ein kleines Kind beim Einschlafen zu beobachten hat etwas, das weder eines Kommentars noch einer Begründung bedarf. Er benötigt mehrere Minuten und einen weiteren Schuss Koffein, um die strapaziöse Hyperwachsamkeit aufzubieten, die der Gegenstand seines Vortrags erfordert.

Azis heutiges Thema ist Überwachung und wie man ihr am besten entgeht. Die meisten Demonstranten sind sich schon seit einiger Zeit bewusst, dass die Polizei Gerätschaften mit einer Vielzahl krasser Bezeichnungen benutzt (StingRay, Wolfpack, Gossamer, Swamp Box), welche die Funkmasten imitieren, mit denen sich Mobiltelefone verbinden müssen, um zu funktionieren. Das befähigt die Polizei, die internationale mobile Teilnehmeridentifizierung jedes einzelnen Handybenutzers im Umkreis abzuschöpfen, diese dann mit anderen aufgezeichneten Daten abzugleichen und alles in ihren geheimen Überwachungsdatenkerkern für alle Zeiten zu speichern. Das ist der Grund, warum anonyme Wegwerfhandys eine großartige Idee sind.

Allerdings sind vorgetäuschte Funkmasten heutzutage etwas für Amateure, wenn es um Protestkundgebungen geht. Was Azi Kopfzerbrechen bereitet, sind die Dinge, die man nicht abschalten kann: unser Gesicht, die Art unseres Ganges, die Geschwindigkeit der Tastaturbedienung, der private E-Mail-Account, den man ein einziges Mal vor fünf Jahren von einem angeblich sicheren Ort aus gecheckt hat. Für die meisten Menschen stellen diese Schwachstellen ihre unbekannten Unbekannten dar: die Dinge, von denen wir nicht einmal wissen, dass wir sie nicht wissen. Dagegen kann man etwas tun, aber nur so lange, wie man bereit ist, drastische Maßnahmen zu ergreifen. Deshalb beschäftigt er sich zu Beginn seines Referats mit der Frage: Wie hindert man digitale Maschinen daran, mich als Person mit einem gespeicherten wiedererkennbaren Muster abzugleichen? Weit kommt er nicht.

«Aus welchem Grund sollen wir unsere Gesichter tätowieren?»

Als eine derjenigen mit den besten Englischkenntnissen im Raum hat Eleni die ehrenvolle Aufgabe übernommen, im Auftrag jedes anwesenden sensiblen Individuums skeptische Einwände vorzubringen. Den entsprechenden Ton über dem zusammengesackten kleinen Körper ihres schlummernden Sohnes anzuschlagen, hat sie kein Problem. Azi versucht es mit einer Miene, als wäre er froh über die Gelegenheit, sich erklären zu dürfen.

«Temporäre Tattoos. Wegen der Gesichtswiedererkennung. Die Polizei, der Staat, deren Systeme können eure Gesichter auf Fotos identifizieren, richtig?»

«Deswegen tragen die Leute ja Kapuzen und Masken.»

«Was man aber nicht die ganze Zeit über machen kann. Und sie können die Dinger wieder abnehmen. Solche Strukturveränderungen wie die hier können verhindern, dass eine Maschine euch identifiziert. Ich habe hier mal ein Muster skizziert …» – Azi schwenkt ein Blatt Papier mit einer Zeichnung, die – wie er zugeben würde – nicht gerade eine Werbung für seine künstlerischen Fähigkeiten darstellt … – «und ihr findet online natürlich jede Menge Besseres. Was zählt, ist doch, dass es funktioniert. Jedenfalls meistens. Schaut euch mal mich an. Ihr habt sicher meinen neuen Look schon bemerkt … ganz andere Schuhe und Kleidung als bei meiner Ankunft. Weniger Haare. Wenn man eine Maschine täuschen will, muss man seine Silhouette verändern, die Proportionen, die wiedererkennbaren Muster bei allem, was wir tun.»

Azi fährt sich verlegen mit einer Hand über die Kopfhaut. Worauf es ankommt, sagt er sich, ist, dass er dem Mann nicht mehr allzu ähnlich sieht, der Berlin verlassen hat. Die Tatsache, dass beinahe alle seine Körperteile entweder jucken oder von einer fürchterlichen Steifheit befallen zu sein scheinen, oder auch beides, ist nebensächlich. Bevor er weitersprechen kann, kommt ein weiterer Einwurf aus dem hinteren Teil des Raums.

«Soll sich unsere Bewegung in Zukunft hinter Masken verstecken? Ist das der richtige Weg, um die Rechtmäßigkeit von Unterdrückung zu unterminieren? Wir schämen uns doch nicht! Die Politiker sind korrupt, die Regierung ist korrupt! Um die Massen zu erziehen, kannst du dich nicht hinter einer Maske verstecken. Unsere historischen Ikonen, die die Menschen zum Nachdenken bringen wollten, haben ihre Gesichter nicht versteckt –»

Der Sprecher ist ein junger Mann mit wildem Bart, der etwas trägt, was wie ein Schlafanzug aus Hanf aussieht, und sein Ton legt nahe, dass er sich schon vor langer Zeit der absoluten Richtigkeit seiner Meinung vergewissert hat. Das ist das Problem, denkt Azi, wenn man vor einer Versammlung von Anarchisten spricht, ganz besonders von griechischen Anarchisten: Für sie gibt es keine einzige These, die sie nicht sofort in Frage stellen würden. Doch noch bevor er antworten kann, schneidet Eleni ihm das Wort ab.

«Sei still, Kostas! Wir alle kennen deine Meinung, du hast sie ja oft genug kundgetan. Ich verstecke mein Gesicht nicht, ich bin ja keine Kriminelle. Ich bin Ärztin. Aber ich habe gesehen, was bei uns passiert und wie auf Protest reagiert wird. Vielleicht sollten wir uns von Mr. Walker erklären lassen, wie man Ärger vermeidet und sicher und unverletzt bleibt. Weil die Leute nämlich sonst Holz fressen werden. Das ist ein griechischer Ausdruck –»

Azi verzieht das Gesicht und versucht, zum eigentlichen Thema zurückzukehren.

«Ich habe es verstanden.»

Wie Azi bereits mitbekommen hat, gibt es unter den Athener Anarchisten vielerlei Schattierungen, doch sind sich alle darin einig, dass zur Verteidigung einer Revolution sowohl Stöcke als auch Blumen nötig sind, und selbstverständlich auch Motorradhelme und «geborgte» Polizeiknüppel und Schutzschilde. Festnahmen und Prügel sind allwöchentliche Routine für jene am militanten Rand des Spektrums, wo das Werfen von Steinen auf die Obrigkeit als eine eloquente Art politischer Meinungsäußerung gilt. Was diejenigen betrifft, die anderer Ansicht sind, so besteht das Problem mit selbstverwalteten Vereinigungen darin, dass keiner für alle spricht. Damit ist es schwer, den hehren Anspruch von Gewaltlosigkeit zu wahren, wenn einem die Vertreter der Staatsgewalt mit dem Knüppel ins Gesicht schlagen. Azi rudert zurück und startet einen neuen Versuch.

«Wollen wir Masken nur mal als Idee betrachten, ja? Ob du vermeiden möchtest, identifiziert zu werden, oder einfach nur nicht in Schwierigkeiten geraten willst: In jedem Fall solltest du versuchen, ein individuelles Verhaltensmuster zu verbergen. Doch um das zu schaffen, musst du zunächst verstehen, welche Art von Mustern Maschinen erkennen können. Wie du tippst, ist so ein Muster. Das können sie nachverfolgen. Aber ich kann dir ein Plug-in nennen, das die unterschiedlichen Geschwindigkeiten, mit denen du die Tasten drückst, ausgleicht. Gerätezubehör – als Erstes braucht ihr ein Betriebssystem, das keine Spuren hinterlässt. So was wie Tails wäre für den Anfang ganz gut. Ich stelle euch mal was auf einem Wiki zusammen. Geld – jedes Mal wenn ihr welches in die Hand nehmt, werdet ihr Teil eines Musters –»

«Das brauchst du uns nicht zu erzählen, wir sind schließlich Anarchisten!»

Die Bemerkung, vom Bärtigen ganz hinten gerufen, wird als Witz interpretiert. Während die Übersetzung portionsweise bei den inzwischen etwa dreißig Zuhörern ankommt, folgt Gelächter. Azi versucht, die Stimmung für sich zu nutzen, und macht weiter.

«In Ordnung, aber du brauchst noch immer etwas, um einzukaufen, wenigstens ab und zu, und anonymes Browsen und Kryptogeld garantieren dir keine Sicherheit – es sei denn, du benutzt Mixedware unterschiedlicher Hersteller und weißt, wie du die Netzwerkknoten verbirgst, durch die du Zugang dazu hast. Es ist wirklich sehr viel unkomplizierter, Sachen einfach zu stehlen und zu knacken ...»

Er seufzt und sinnt über eine Parallelwelt nach, in der er die letzten zehn Jahre damit verbracht hat, Material zu stehlen, meckernd zu lachen und *Ferrari*-Software zu kaufen.

«... aber Systeme zusammenzubauen, Fehler zu reparieren, den Leuten Sicherheit zu verschaffen: Das ist happig. Die meiste Zeit über ist es total ätzend. Die Chancen stehen nicht gut, weshalb Angriffe und permanente Anstrengungen die einzigen Möglichkeiten sind, um Sicherheit zu erreichen. Ich komme vom Thema ab, äh – permanente Anstrengungen. Ansonsten kriegen sie euch. Irgendjemand tut es. Was immer ihr euch vorstellt, zu was sie in der Lage sind, trifft es nicht annähernd. Es ist viel schlimmer.»

Eleni runzelt die Stirn, als wollte sie sagen: *Bring du mal einen ganzen Tag als Arzt hinter dich, Kamerad.* Azi riskiert ein Grinsen. Dann ertönt eine neue Stimme von ganz hinten.

«Jemand hat herumgefragt und sich nach einem wie dir erkundigt. Sag uns, wovor *du* davonläufst. Was bringst du hier in unser Haus rein?»

Einen Augenblick lang steht Azi mit offenem Mund da. Er macht ihn wieder zu, stützt sich an einem Tisch ab und schafft es, eine einzige Silbe herauszukrächzen.

«Wer?»

Aber er bekommt keine Antwort. Noch ehe er herausfinden kann, wer gesprochen hat, bevor er überhaupt noch etwas sagen kann, schreit Nikasios aus voller Kehle los, dass es durch den ganzen Raum schallt. Eleni steht auf, um ihren Sohn zu besänftigen; in den mittleren Reihen wird wild durcheinanderdiskutiert, und eine Gruppe von Leuten beschließt, es sei Zeit für einen Tee.

Weil er nicht weiß, was er sonst tun könnte, schlüpft Azi aus dem Raum und hinaus auf die Straße, so schnell er kann.

# KAPITEL 25

• • •

Es gab einmal eine Zeit, erfährt Kabir von dem geschwätzigen Hotelmanager am Abend ihrer Ankunft beim Dinner, da wurden Ausländer, die für den IS kämpfen wollten, auf beiden Seiten der Grenze mit offenen Armen empfangen. Es sei ein gutes Geschäft gewesen. Ungefähr ein Dutzend Rekruten habe sich immer in den Hotels auf der türkischen Seite gesammelt, sich bei hilfsbereiten örtlichen Privatunternehmern mit Waffen und schwarzen Stirnbändern ausstaffiert und es sich dann ein paar Tage lang gutgehen lassen, während die Schleuser ihre Vorbereitungen trafen.

Das deckt sich mehr oder weniger mit den Erfahrungen Kabirs und seines Cousins vom vergangenen November, und er ging davon aus, dass sich daran nicht viel geändert hat. Nach ein paar Tagen des Wartens auf türkischer Seite war spätabends die Nachricht eingetroffen, dass die Schleuser ihre Vorbereitungen abgeschlossen hatten. Es folgte eine Taxifahrt zur Grenze, ein kleiner Spaziergang um ein lästiges Minenfeld herum, anschließend die Annehmlichkeiten eines weiteren Taxis und eines Hotels, bevor sie dann offiziell rekrutiert wurden. Der Ablauf auf der Route war gut eingespielt, jeder nahm sich seinen Anteil oder schwieg taktvoll, und über die gleichen Kanäle konnte eine sichere Passage in die Gegenrichtung arrangiert werden.

Heutzutage ist die Situation eine andere. Zwar treffen noch immer Freiwillige ein, doch hat die türkische Regierung begonnen, ein aktiveres Interesse am Frieden in der Region an den Tag zu legen. Möglicherweise weil die Dynamik der militärischen Operationen dieses Sommers sowohl in fernen Ländern als auch in den Anrainerstaaten für Unruhe sorgen. Kabir ist sich vage bewusst, dass die Gegner des Islamischen Staats zu einer schlagkräftigen Koalition zusammenfinden könnten, sobald das Land aufhört, sich durch einen Bürgerkrieg selbst zu zerfleischen. Jetzt, da die Menschen zu Hunderttausenden vor dem Chaos des Bürgerkriegs und vor der Willkür des IS fliehen, wird es höchste Zeit für ihn, sich den zahllosen Flüchtlingen anzuschließen.

Was er braucht, sind Leute mit guten Beziehungen und einem echten Interesse an den Informationen, die sich in seinem Hinterteil befinden. Deshalb hat er einen Plan entwickelt. Wenn Muhammed und Dr. Tal ohne ihn weiterziehen würden – oder wenn bei ihrem Grenzübertritt etwas schiefgehen und keiner von beiden zurückkehren sollte –, könnte Kabir sein Schicksal selbst in die Hand nehmen. Und vor allem könnte er endlich wieder seinen Darm entleeren ohne diese wahrlich grauenhafte Prozedur des Entfernens und Wiedereinführens, die ihn gleich nach ihrer Ankunft in Anspruch genommen hat und die ihm schon allein den ganzen Verrat als lohnenswert erscheinen lässt.

Nach Beendigung seines Einführungslamentos unterhält der Hotelmanager jetzt Kabir und seine Begleiter mit Lobgesängen auf Muhammeds fiktive Schwester und deren Mut, wobei er gleichzeitig diskret andeutet, dass mit ausreichend Bargeld alles zu machen sei. Dr. Tal hat keinen Zweifel, dass der Islamische Staat angemessen zahlen werde beziehungsweise dass die Hilfestellung bei dieser heiligen Aufgabe einem unausweichlichen Tod vorzuziehen sei, der jene ereile, denen es am rechten Glauben mangele. Wie es sich herausstellt, findet diese Feststellung auch die uneingeschränkte Zustimmung des Hotelmanagers.

Nach einer widerlichen Tasse Kaffee – der Kaffee ist beim

IS grundsätzlich schlecht, aber dieses Hotel hat anscheinend alle Register gezogen, um ein zugleich fades und bitteres Antiaroma zu kreieren – ziehen sie sich in drei nebeneinanderliegende Zimmer zurück, von wo aus sie eine schöne Aussicht auf einen verblassenden Sonnenuntergang über den Dächern haben.

Zwar sind gelegentliche Ruinenlücken in den Häuserreihen und das ferne Motorengeräusch schwerer Fahrzeuge alles, was darauf hindeutet, dass sie sich nicht im Urlaub befinden, doch ist sich Kabir bewusst, dass er sich bei seinen Machenschaften nicht den geringsten Fehler erlauben darf. Sein Verhalten muss folgerichtig und absolut nachvollziehbar erscheinen. Die Grenzstadt Dscharābulus, in der sie sich befinden, ist Teil einer lebenswichtigen Versorgungslinie des Islamischen Staats, und das Gefängnis im Untergeschoss ihres Rekrutierungszentrums ist sogar nach ortsüblichen Maßstäben berüchtigt, weil man statt einer Einkerkerung gleich die Exekution vorzieht. Glücklicherweise sollte er in der Lage sein, mit seinem Smartphone über ein VPN auf dem Wi-Fi-Netzwerk diskrete Online-Recherchen durchzuführen, nachdem er sich zuvor mit Muhammed zu einer angeblich letzten konspirativen Besprechung in ihrer gemeinsamen Toilette getroffen hat. Leider ist Muhammed völlig verängstigt und möchte von Kabir unbedingt eine Bestätigung haben, die dieser nicht bereit ist zu geben.

«Bruder, bist du dir sicher, dass die Informationen gut sind, die du auf dem USB-Stick hast? Dass man uns wohlwollend empfangen wird?»

«*Inschallah*, ja. Aber so weit ist es ja noch nicht. Deine Story, deine Schwester, der Treffpunkt – hältst du das durch, oder wirst du deinem Freund, dem Doktor, was vorjammern?»

«Bruder! Ich möchte zurück zu meiner Familie. Und ich

weiß, dass wir beide tot sind, wenn er Verdacht schöpft. Ich habe gebetet, ich habe versucht, mit mir meinen Frieden zu machen. Aber ich habe Angst. Es ist, als würde er alles sehen. Es ist, als wäre ich in seinen Augen schon tot ...»

Und so weiter. Kabir lässt ihn reden und hört noch nicht einmal mit einem halben Ohr zu, während Muhammed fromme Sprüche murmelt, schwitzt und zittert und von den Menschen spricht, die er liebt. Kabir nimmt Letzteres als Stichwort, um ihm zu versichern, dass sie die Grenze zusammen überqueren, ein Treffen mit seiner angeblichen Schwester auf dem Marktplatz einfädeln, dann in ein Taxi springen und Dr. Tal weit hinter sich lassen werden. Es ist ein Plan, der sogar funktionieren könnte, aber Kabir hat kein Interesse daran, es herauszufinden. Sie betätigen zweimal die Toilettenspülung, lassen die Wasserhähne laufen und verabschieden sich per Handschlag.

Zurück in seinem Zimmer holt Kabir sein bislang verlässliches iPhone hervor. Es scheint nicht zu funktionieren, also schaltet er es mehrmals ein und wieder aus. Noch immer nichts. Er schließt das Ladegerät an, wartet und versucht dann, Safari zu starten. Nichts. Er flucht leise vor sich hin, schwenkt das Handy in der Gegend umher und hofft, dass ein stärkeres Signal das System zum Leben erweckt. Nichts. Kabir flucht erneut, dieses Mal lauter, aber es ist nichts zu machen. Er wird bis zum nächsten Morgen warten müssen.

Er wird eine Verzögerung inszenieren müssen.

# KAPITEL 26

•••

Mit einem Mal ist Azis Zeitplan hinfällig. Er kann nicht ins besetzte Haus zurück. Er kann nicht ausfindig machen, wer herumgefragt hat. Er kann sich nirgendwo blickenlassen oder Fragen stellen. Der einzig sichere Ort, den er kennt, ist der winzige Computerraum, und so verwendet er fast eine Stunde darauf, sich ihm auf einer möglichst umständlichen Route zu nähern, indem er sich in Geschäften herumdrückt, immer wieder einen Blick über die Schulter wirft, versucht, nicht in Panik zu erstarren oder sich vor Verzweiflung auf den Gehsteig zu legen.

*Vielleicht täuschst du dich ja*, flüstert ein Teil von ihm. *Vielleicht ist alles bloß falscher Alarm oder leeres Gerede.* Der Gedanke hat etwas Tröstliches, weswegen er ihn vermeidet und sich stattdessen auf die nächsten vierundzwanzig Stunden konzentriert. Wasser, Chips, Obst und Snacks, bar bezahlt in mehreren kleinen Läden. Ein Eimer. Als ginge es wieder zurück auf die Ladefläche des Lieferwagens, nur mit dem Unterschied, dass dieses Mal er hinter dem Steuer sitzt. Zumindest redet er sich das ein. Er hat eine Maschine und Internetanschluss, er hat seine Freiheit, er hat Hoffnung. Verzweiflung ist keine Option.

Die erste Stunde in dem Raum sitzt er einfach nur da, schwitzt, spielt Szenarien durch und zwingt seinen Geist, Ruhe zu geben, die Welt außen vor zu lassen und sich in die Aufgabe zu vertiefen, die vor ihm liegt. Nach und nach durchdringt ihn eine vertraute Fokussiertheit. Er taucht ein in den Informationsfluss, testet und erforscht die Schwachstellen der Welt hinter dem hellen Fenster seines Monitors.

Es gibt keine Datenspur in Berlin. Azi hat nichts mehr von Odi und Anna gehört und ist froh, dass er weit weg ist von Verrat, internen Erschütterungen und alldem, womit auch immer die beiden zu kämpfen haben. Auch Gomorrha und Sigma umgibt ein Mantel des Schweigens, und er ist sich ziemlich sicher, dass ihm ein Einloggen von Athen aus nichts als Kummer bereiten würde. Allerdings, so fällt ihm ein, hat er noch einen anderen Link zu Munira, etwas, das sie direkt mit den Leuten in Verbindung bringt, die sie entführt haben. Familie.

Azi weiß, dass Muniras Cousin Mohammed Hamid Husam in Bradford geboren wurde und Anfang dieses Jahres als Kämpfer für den Islamischen Staat in Raqqa starb. Es war eines der ersten Dinge, die sie ihm erzählt hat. Aber er wusste es auch deswegen, weil jemand ein Foto von Mohammed Hamid Husams Leiche gemacht hat, und zwar unmittelbar nachdem ihm ein Scharfschütze ein Loch in die Stirn verpasst hatte. Dieses Bild wurde massenhaft online geteilt, mitsamt den in die Bilddatei eingebetteten Metadaten des iPhone 5, mit dem es aufgenommen worden war.

Metadaten sind der beste Freund eines Schnüfflers. Es handelt sich dabei um die Schicht eines Software-Systems mit Informationen *über* Informationen, die automatisch aufgezeichnet werden, während die Datei angelegt wird, und beim Exchangeable Image File-Format, das jedes Mal generiert wird, wenn ein iPhone eine Aufnahme macht, umfassen diese Metadaten Breiten- und Längengrad, Gerätemodell, Betriebssystem sowie Uhrzeit und Tag der Aufnahme. Der Besitzer des Smartphones, das Husams Tod digitalisiert hat, war nie auf die Idee gekommen, diese Funktion abzuschalten, und aus irgendeinem Grund hat ihm der Islamische Staat gestattet, sie beizubehalten. Und so hat Azi jetzt alles vor sich: eine Landkarte im Miniformat.

Wie von Azi umgehend vermutet, war der Besitzer des iPhones Muniras zweiter Cousin, Kabir Asim Kamal, denn einerseits ist ihm bekannt, dass beide Männer zusammen gereist sind, und andererseits lautet eine der ersten Bildunterschriften: *Auf Wiedersehen im Paradies, Cousin.* Zu Azis großer Freude scheint Cousin Kabir mit diesem Smartphone so mitteilungsfreudig wie unbekümmert um dessen Datenschutzeinstellungen zu sein. Und das eröffnet Möglichkeiten.

Azi startet eine Bildsuche mit einem Image Trawler, einem Programm, das automatisch das Internet nach Bilddateien durchsucht, die exakt zu den Metadaten für Kabirs Smartphone, Betriebssystem und Kamerasoftware passen, und zwar innerhalb eines definierten geographischen Bereichs und mit bestimmten Zusatzdaten (Nordsyrien, im Verlauf dieses Jahres). Das Programm sollte in der Lage sein, alle öffentlich zugänglichen Bilder zutage zu fördern, die Kabir aufgenommen hat, dazu – nach entsprechend cleverer Programmierung – viele jener Spuren, die deren heimliche Verbreitung sonst wo hinterlassen hat. Weil es in Nordsyrien nicht viele Personen geben dürfte, die mit einem iPhone 5, ohne Software-Update innerhalb von fast zwei Jahren, Fotos gemacht und geteilt haben, sollte es nach Azis Einschätzung eine hohe Trefferquote geben. Vorausgesetzt, Kabir hat weiterhin dasselbe Handy benutzt. Vorausgesetzt, er liegt inzwischen nicht tot in einem Graben.

Azi versucht, seine Erregung in Schach zu halten, während er nach und nach Dutzende von Fotos sammelt, von denen viele mit den Social-Media-Accounts eines rangniederen Dschihadisten-Promis verbunden sind, eines Arztes, dessen Feed eine bizarre Mischung aus Bin-ich-nicht-toll-Posen und Herrenloser-Hund-Porträts darstellt. Die graphische Darstellung der jüngsten Kamerastandorte im Zeitkontinuum positioniert Kabir und den Arzt in Begleitung mindestens eines weiteren Mannes nahe der Grenze westlich von Aleppo. Die Bildunterschriften und Hashtags sind kaum hilfreich, aber von Bedeutung ist, dass es Azi überhaupt gelungen ist, so viele Files zu finden. Ganz eindeutig haben diese Personen eine Funktion im Propagandaapparat des Islamischen Staats. Ganz eindeutig ist Kabir mehr in dieses Smartphone vernarrt, als ihm guttut.

Nachdem das Trawler-Schleppnetz seine Arbeit beendet hat, prüft Azi das angesammelte Mosaik aus Bildern: die Geschäfte, Gesichter und Verkehrsschilder hinter den Personen, die Tore und Stacheldrahtzäune. Wie viele Luftschläge waren wohl die Konsequenz davon, dass ein idiotischer Dschihadist ein Selfie geteilt hat – komplett mit GPS-Koordinaten und dem Bild einer geheimen militärischen Einrichtung im Hintergrund? Kabir Asim Kamal taucht auf so gut wie keinem Foto persönlich auf, aber eines gibt es von ihm, auf dem er auf Armeslänge in sein eigenes Objektiv blickt, während er gleichzeitig eine Geste in Richtung von etwas macht, bei dem es sich um Sozialbauten handeln könnte. *Neuer Triumph für den großartigen und ruhmreichen Islamischen Staat*, lautet die Bildunterschrift.

Auf dem Bild sehen alle Menschen elend und verängstigt aus, ganz besonders Kabir: ausgemergelt und sonnenverbrannt unter einem flaumigen Bart, die schlaflosen Augen tief im Gesicht eingesunken. Dieser spezielle, freiwillig im Exil lebende Brite erweckt nicht den Anschein, als hätte er jede Menge Spaß. Und sein iPhone scheint direkten Zugang zu den Social-Media-Accounts seines fotogenen Arztkumpels zu haben.

Azi reibt sich die Hände. Der Nachmittag macht sich allmählich davon, und er spürt, wie sich an den Rändern seiner

Konzentration die Angst anschleicht, dieser animalische Drang, die eigenen Spuren zu verwischen und zu fliehen. Er schiebt alles beiseite und schaut angestrengt in Kabirs pixeligen starren Blick, betrachtet sein junges Gesicht, das ins Licht blinzelt. Kabirs neuestes Bild wurde vor zwei Stunden gepostet und nahe bei der Grenzstadt aufgenommen, wo nach Azis Vermutung er und seine Begleiter übernachten werden. Das kommt Azi äußerst gelegen. Wie man in jedem Polizeistaat, der etwas auf sich hält, weiß, sind die frühen Morgenstunden ideal für Interventionen mit großer psychologischer Wirkung, und Azi hat nicht die Absicht zu ruhen, bevor er nicht sein Vorhaben zu Ende gebracht hat.

Er beginnt mit der Auswahl seiner Tools. Zeit für eine Kontaktaufnahme.

# KAPITEL 27

•••

Zwei Stunden nachdem Kabir schließlich eingeschlafen ist, schweißgebadet in verknäuelten billigen Hotellaken, weckt ihn etwas Unerwartetes. Auf dem Sperrbildschirm seines Smartphones trifft eine iMessage ein und meldet sich laut und mehrmals mit einem Alarmsignal, obwohl er überzeugt war, er hätte es stumm geschaltet.

Kabir tastet nach dem Gerät, ist einerseits erleichtert, dass es nicht defekt ist, aber andererseits wütend, weil er aus der Benommenheit seiner letzten Tabletten gerissen wurde. Er drückt die Home-Taste, aber die Nachricht bleibt, wo sie ist. Er reibt sich die Augen, liest sie, liest sie noch einmal, liest sie ein drittes Mal. Nichts von dem, was er unternimmt, scheint eine Auswirkung auf sein Handy oder den Text zu haben, der sein Display ausfüllt.

> Hi Kabir. Ich hoffe, dir gefällt es in Dscharābulus. Ich weiß, wer du bist. Ich weiß, wo du bist. Ich weiß, was du gerade machst. Du musst jetzt genau das tun, was ich dir sage, auf der Stelle. Antworte und sage mir, dass du verstanden hast. Sonst unternimmst du nichts. Wenn du nicht innerhalb einer Stunde antwortest, bist du noch vor Tagesanbruch tot.

Nach den längsten neunundfünfzig Minuten seines Lebens – in denen sein iPhone in einer Nachttischschublade weggeschlossen war und dort wie ein Reptil gelauert hat, während er in seinem Zimmer unter immer schlimmeren Panikattacken auf und ab gegangen ist – schickt Kabir seinem unsichtbaren Peiniger eine Botschaft, die aus nur einem Wort besteht.

*Verstanden.*

Was sonst kann er tun? Wenn die acht Monate eines Lebens in einem autoritären fundamentalistischen Staat Kabir eines gelehrt haben – außer wie man in dschihadistischen Propagandavideos harte Schnitte setzt –, dann ist es, dass alles, was du sagst und tust, irgendwann gegen dich verwendet werden kann. Das bedeutet, man sollte stets so wenig wie möglich sagen. Binnen Minuten poppt auf dem gekaperten Handy eine neue Nachricht auf.

> Gut. Ich werde dir jetzt zeigen, wozu ich fähig bin. Verlass dein Zimmer und geh zum Empfangsbereich deines Hotels. Verhalte dich so, als wäre alles, was abläuft, genau das, was du erwartet hast. Dir wird nichts geschehen, wenn du das befolgst.

Es ist ein Dämon, schießt Kabir durch den Kopf. Ein unsichtbarer Schaitan, der seinem iPhone unbemerkt Böses einflüstert, um ihn zu quälen. Oder ein Hacker, denkt gleichzeitig ein anderer Teil Kabirs, jemand, der entweder für oder gegen das Kalifat arbeitet und der aus undurchschaubaren und abartigen Gründen beschlossen hat, ihn zu drangsalieren. Die Alternativen unterscheiden sich weniger klar voneinander, als ihm lieb ist.

Kabir geht nach unten. Es ist nach Mitternacht, und im Empfangsbereich hält sich nur der Nachtportier auf. Er hebt grüßend die Hand, und Kabir setzt sich auf eine abgewetzte Lederbank beim Eingang. Er versucht auszusehen wie jemand, der nicht mit einer Hand ein von bösen Geistern besessenes iPhone umklammert. Zehn Minuten verstreichen, dann kommen vier bewaffnete Männer ruhig und wortlos von der Straße herein und machen eine Geste zum Nachtportier, der ihnen eine handgeschriebene Notiz übergibt. Noch immer geräuschlos, steigen zwei der Männer in den einzigen Aufzug des Hotels, und die anderen beiden begeben sich zum Treppenaufgang.

Fünf Minuten später hört man von oben gedämpfte Schläge und Schreie. Danach kommen zwei der Bewaffneten die Treppe herunter und schieben ihre an den Handgelenken gefesselten und mit Kapuzen vermummten Opfer vor sich her: Muhammed den Deutschen, vornübergebeugt und durch die Kapuze hindurch blutend, und Dr. Tal, augenscheinlich unversehrt. Sie gehen so geräuschlos, wie sie gekommen sind. Der Nachtportier gestikuliert noch einmal zu Kabir, wie um sich für die Störung zu entschuldigen. Bald danach erscheint eine neue Nachricht auf Kabirs Display.

> Ich hoffe, dir hat die Demonstration gefallen. Diese Männer waren Verräter. Aber das wusstest du bereits. Du hast sie ja selbst angezeigt – du, der die Aufmerksamkeit auf die Geheimnisse gelenkt hat, die sie online geteilt und wie sie Kontakt zu euren Feinden aufgenommen haben. Du bist ein Held. Antworte, dass du verstanden hast, dann geh zurück auf dein Zimmer und warte auf meine Anweisungen.

Kabir gibt wieder das Wort ein und nimmt den Aufzug zu seinem Zimmer. Die zwei Türen nebenan sind zertrümmert. Je ein Bewaffneter ist in den Räumen und zerlegt systematisch das Inventar. Kabirs Zimmer ist unangetastet, doch durch die dünnen Wände kann er unentwegt Splitter- und Reißgeräusche hören. Sein iPhone ist schmierig vom Schweiß, aber er lässt es nicht los. Weil ihm nichts anderes einfällt, setzt er sich auf die Bettkante und starrt auf das Display, bis nach einer halben Stunde eine neue Nachricht erscheint.

Was ich mit denen gemacht habe, kann ich auch mit dir machen. Du stehst unter Verdacht. Je nachdem, was die anderen aussagen, kannst du vielleicht schon morgen festgenommen werden. Wenn du willst, dass ich dir helfe, musst du alles tun, was ich dir sage. Du musst alles haargenau so ausführen, wie ich es vorgebe, ohne Fragen zu stellen. Antworte, dass du verstanden hast.

Kabir antwortet. Weitere fünf Minuten verstreichen.

Gut. Wir müssen reden. In den nächsten zehn Minuten rufe ich dich an. Antworte mir ehrlich. Ich merke, wenn du lügst. Wenn du lügst, schicke ich diese Männer auf dein Zimmer. Dann werden sie dich nicht so sanft anfassen wie deine Freunde. Antworte mit deinem vollen Namen, deinem Geburtsdatum, deiner Heimatadresse in England, deinen Eltern und Geschwistern.

Diese Schachtel von einem Zimmer, die noch immer von splitterndem Holz und zerreißendem Gewebe von nebenan widerhallt, ist eine private Hölle. Das ist das gebührende Ende seiner Reise. Kabir macht eine Flasche Wasser aus der Minibar auf, trinkt, mahlt so lange mit den Kiefern, bis der Schmerz seines eiternden Zahns jede andere Empfindung unterdrückt und die Welt nicht größer ist als ein paar revoltierende Nerven. Dann tut er genau das, was man ihm gerade aufgetragen hat.

Das von seiner Hand umklammerte iPhone vibriert. Ein Anruf von einer unbekannten Nummer. Kabir wartet, bis das Display nicht mehr hell leuchtet, nimmt wieder einen Schluck Wasser und meldet sich.

# KAPITEL 28

• • •

Für Azi war es nicht schwierig, die Kontrolle über Kabir Asim Kamals Telefon zu übernehmen, sobald er die Daten zusammengeführt hatte. Es ist immer wieder das gleiche Muster: Es sind jene Fehler, die wir immer wieder unabsichtlich machen. Kabir hat für mehrere Social-Media-Accounts Beiträge gepostet, zwar nie unter seinem eigenen Namen, aber immer mit derselben E-Mail-Adresse, unter der er vor zwei Jahren in einer Craigslist-Anzeige seine Dienste als AV-Support-Techniker für Musiker angeboten hatte. Azi brauchte nicht einmal eine halbe Stunde, um eine Phishing-Attacke zusammenzuschustern: eine E-Mail, die Kabir darüber informierte, dass irgendjemand versucht habe, seine Konten zu infiltrieren, und dass er jetzt seine Identität bestätigen und sein Passwort ändern müsse, indem er den Link anklicke.

Der Link führte zu einer perfekt nachgebildeten Website, aber für Azi war es gar nicht nötig, dass Kabir seine Details eingab. In dem Augenblick, in dem Kabir den Link anklickte, wurde ein nicht sehr umfangreiches Paket mit einer Schadsoftware aktiviert, die speziell für die Infiltrierung eines iPhone 5 programmiert war, dessen Besitzer es nicht aktualisiert hielt. Lächerlich einfach. Die Malware hatte sogar ein praktisches Drop-down-Menü mit Erpressungssoftware verschiedener Preiskategorien und einem lustigen Brick-it-Button fürs dauerhafte «Schrotten» des kompromittierten Geräts.

Als Erstes hat Azi das iPhone in ein voll funktionstüchtiges Audio- und Video-Überwachungsinstrument bei gleichzeitig unveränderter Leistung verwandelt. Solange es aufgeladen war, konnte er alles in Reichweite des Mikrofons mithören. Und wie alle Smartphonesüchtigen bewahrte auch Kabir seines nie außer Sichtweite auf.

Azis Vermutung bezüglich des Reiseziels der Gruppe erwies sich als richtig. Er begann mit der Überwachung, kurz nachdem die Männer in einem Hotel nahe der Grenze eingecheckt hatten, und ermittelte rasch bis auf ein paar Meter genau ihren Aufenthaltsort. Dann schob er in seinem Kopf alle Rache- und Gerechtigkeitsphantasien beiseite und lehnte sich auf seinem winzigen Stuhl zurück, um die Unterhaltung der drei mitzuverfolgen.

Sie sprachen zumeist Englisch, was hilfreich war; sogar der Hotelmanager beherrschte die Sprache einigermaßen fließend. Azi brauchte nicht lange, um seinen endgültigen Angriffsplan festzulegen. Die Männer waren offenbar hergekommen, um sich jenseits der Grenze mit einer Person zu treffen, die als Muhammeds Schwester bezeichnet wurde. Wenn sie geeignete Schleuser finden konnten, war die Aktion für den nächsten Tag anberaumt, was bedeutete, dass Azi noch in dieser Nacht zuschlagen musste. Isolieren, Angst machen, unter Druck setzen – das war die Reihenfolge.

Zunächst bestückte Azi den überregional beachteten Feed von Dr. Tal mit einem zurückdatierten und noch nicht publizierten Tagesprotokoll von Beschimpfungen des Islamischen Staats, um es so aussehen zu lassen, als stünde der Arzt kurz davor, sich als desillusionierter Deserteur öffentlich in Szene zu setzen. *Ich kam für den Heiligen Krieg, aber alles, was ich vorgefunden habe, sind Heilige Idioten #ScheißAufsKalifat*, lautete eine von Azis Lieblingszeilen, vor allem weil sie ihm erlaubte, eine Aufnahme mit einem anzüglich grinsenden Dr. Tal und seinem Kumpel Muhammed, die beide vor einem Kraftwerk posierten, umzuwidmen. *Mo und ich sind draußen, und nichts und niemand kann uns aufhalten #CatchMeIfYouCan*, klang auch ganz nett.

Azi schickte danach noch eine Reihe dringender und entsetzter E-Mails und Texte über Kabirs gekaperte Accounts an die hochrangigsten IS-Kontakte, die er sich aus dessen Adressbuch holen konnte, wobei er sich des schleimigen Stils bediente, wie er in allen offiziellen Mitteilungen des Islamischen Staats favorisiert wird.

> *Hochverehrte Kommandeure, ich schreibe Ihnen, um Sie über den Versuch einer unmittelbar bevorstehenden Fahnenflucht zu informieren, einem Verrat am Heiligen Islamischen Staat durch Männer, denen ich vertraut habe, bei denen ich aber jetzt erkennen muss, dass sie im Herzen nur Böses haben. Ich füge Einzelheiten bisher unveröffentlichter Medientexte und SMS bei, die Sie selbst verifizieren können. Bitte handeln Sie schnell. Im Anhang finden Sie die Angaben zu ihren Zimmern, und ich sende Ihnen meine untertänigsten Gebete für Ihre Weisheit und Ihren Richterspruch.*

Und so weiter und so fort. Hat man erst einmal um die tausend ihrer alten E-Mails nach authentischen Details und einem überzeugenden Stil durchsucht, ist es besonders einfach, wie einer von ihnen zu klingen. Möglicherweise könnten auch Algorithmen und künstliche Intelligenz eine passable Nachahmung einer Textvorlage zustande bringen, doch hat Azi immer der persönlichen Note den Vorzug gegeben.

Nachdem all dies vollbracht war, legte er das iPhone lahm, traf seine Vorbereitungen und setzte den letzten Mosaikstein. Als angeblicher Kabir Asam Kamal nahm er Verbindung mit den inzwischen alarmierten örtlichen Behörden auf und einigte sich mit ihnen auf ein Vorgehen, demzufolge Kabir zu einem bestimmten Zeitpunkt an der Rezeption erscheinen würde, während seine verräterischen Begleiter verhaftet wurden. Azi weihte auch das Hotelmanagement ein, um sicherzugehen, und schickte dann Kabir eine SMS mit den ersten Instruktionen.

Es wirkte wie ein Zauber. Alles, was jetzt, zur Geisterstunde, noch zu tun bleibt, ist ein netter Anruf bei einem Dschihadisten, der so verschreckt und verstört ist, dass er kaum sprechen kann.

«Kabir. Kabir Asim Kamal.»

«Ja ...»

«Kabir Asim Kamal. Bestätige deinen Namen.» Azis Stimme ist kalt vor Wut. «Oder dieses Gespräch ist zu Ende, und du wirst sterben.»

«Hier ist ... ich bin es selbst.»

«Du arbeitest jetzt für mich. Du tust genau, was ich dir sage.»

Kabirs Stimme zittert durch das Hintergrundrauschen des Telefons. «Ja, Sir.»

«Ich werde dir einige Fragen stellen. Antworte mir ehrlich. Hast du einen Cousin?»

«Er ... ich hatte einen, aber er starb. Er wurde getötet.»

«Hast du weitere Cousins?»

«Daheim, zwei.»

«Zehn und fünfzehn. Weiß ich. Ich stelle dich nur auf die Probe. Wann bist du zum IS aufgebrochen?»

Zuerst eine Pause, dann mit hoher, panischer Stimme: «Ich weiß es nicht, bitte, ich kann mich nicht mehr erinnern ... Letztes Jahr, nach dem Guy-Fawkes-Feuerwerk, im November ... mit meinem Cousin.»

«Wie war sein voller Name? Wann ist er gestorben?»

«Im Januar ... Mitte Januar. Hamid, Mohammed Hamid Husam. Ich war dabei. Bitte.»

«Gut. Du hast noch eine Cousine.»

«Nein. Nein, nur die beiden Cousins, ich schwör's.»

«Lügner. Ich weiß immer, wann du lügst.» Azi spricht jetzt schneller und verschärft das Verhör, während er auf die einzige Frage zusteuert, die ihm wichtig ist.

«Nein! Ich schwör's.»

«Munira Khan. Die einzige Tochter des Bruders deines Vaters. Sie ist deine Cousine.»

«Ich verstehe nicht. Bitte –»

«Sie ist deine Cousine.»

«Sie ist es. Ich meine, sie war es. Denke ich. Bitte –»

Da stimmt etwas nicht, denkt Azi, verleiht aber seiner Stimme einen ausdruckslosen, unversöhnlichen Ton. «Erklär's mir.»

«Sie ... da war ein Mädchen, ein kleines Mädchen. Sie waren sehr arm.»

«Weiter.»

«Sie ist gestorben.»

Da stimmt etwas ganz und gar nicht. Azis Antwort ist noch nicht einmal ein Flüstern.

«Unmöglich.»

«Sie ist gestorben, ich schwör's. Bevor sie ein Jahr alt wurde.» Kabirs Stimme bebt so vor Angst, dass Azi ihn kaum noch verstehen kann. Doch in seinen Worten steckt keine Falschheit – nur der verzweifelte Wunsch, gefällig zu sein.

«Du irrst dich. Du lügst.»

«Nein. Bitte, nein. Das war ihr Name. Sie ist tot.»

Azi verkrampft sich, bekommt nervöse Zuckungen und reibt sich mit der freien Hand die Stirn. Das ist doch unmöglich. Was hat das zu bedeuten? Er denkt zurück an Sigmas Nachrichten, an ihr Zusammentreffen. Was es heißt, eine Biographie zu stehlen, Schritt für Schritt, beginnend mit einem toten Kind. Ein einziger Satz fügt sich in seinem Kopf zusammen und dreht sich in Endlosschleife. *Es gibt keine Munira Khan. Es gibt keine Munira Khan.* Schweigend und angewidert registriert er, dass sein Verband blutdurchtränkt ist. Er muss die Kontrolle behalten. Aber er hat zu kämpfen, um seine Stimme wiederzuerlangen.

«Ich glaube dir.»

Kabir explodiert förmlich vor Dankbarkeit. «Danke! Im Namen Gottes, des Allerbarmherzigsten, des Aller...»

«Es reicht.» Azi spürt, dass er sich mehr als alles andere wünscht, dem Menschen am anderen Ende der Leitung Schmerzen zuzufügen. Ihm so entsetzliche Schmerzen zuzufügen, wie sie gerade ihm zugefügt wurden. «Du hast mir die Wahrheit gesagt. Das bedeutet, du kannst mir eventuell nützlich sein.»

«Ja. Selbstverständlich, jederzeit. Wer sind Sie? Was verlangen Sie?»

«Ich verlange Informationen. Ich bin kein Freund des Islamischen Staats.»

Als hätte er sein ganzes Leben darauf gewartet, diesen Satz zu hören, sprudelt es aus Kabir heraus. «Auch ich bin kein Freund von denen! Das ist ja mein Plan gewesen, Informationen außer Landes zu bringen. Ich hasse die, ich möchte dem Westen helfen. Ich bin überhaupt bloß zu denen gegangen, weil ich an ihre Geheimnisse rankommen wollte, um sie rauszuschmuggeln. Ich habe geheimes Material! Ich kann es schicken! Meinen Cousin, den habe ich gehasst. Ich habe Geheimmaterial direkt bei mir! Ich verspreche Ihnen, dass ich immer gegen die –»

Azi kann sich das nicht länger anhören. *Es gibt keine Munira Khan.* Brüsk schneidet er Kabir das Wort ab.

«Solange du mir nützlich bist, lass ich dich am Leben. Du erhältst Instruktionen von mir. Du wirst sie befolgen. Das ist alles. Verlass dein Zimmer nicht, rühr dich erst von der Stelle, wenn ich es dir sage.»

«Ja, selbstverständlich. Danke, Bruder. Danke!»

«Ich melde mich wieder.»

Azi spuckt die letzten Wörter förmlich aus, beendet den Anruf und schlägt mit seinem Handy auf den Metalltisch. Schmerz schießt seinen Arm hinauf, der Aufschlag echot durch den winzigen Raum, aber die Einflüsterungen, die sich nicht unterdrücken lassen, haben ihn bereits taub werden lassen.

*Es gibt keine Munira Khan.*

*Sie ist seit zwanzig Jahren tot.*

*Du hast dein Herz an eine Leiche verloren.*

# KAPITEL 29

•••

Azi verlässt den winzigen Raum und geht hinaus in die rasch zurückweichende Nacht, ohne recht zu wissen, wohin. Im Sommer wird es hier schnell Tag. Zuerst zeigt sich am Himmel ein zaghaftes Grau, auf das unterschiedliche Blautöne folgen, als würde die Finsternis abtauen. In tiefen Zügen inhaliert er die Luft der Stadt und rennt eine Straße nach der anderen entlang, bevor er sich schließlich mit dem Rücken gegen eine Mauer lehnt und auf den Gehsteig gleiten lässt.

Muniras Cousin, ein Feigling, der alles sagen würde, um seine Haut zu retten, hat die Grundmauern seiner Welt erschüttert.

Das gestorbene Baby, die Heimatadresse, die Daten, denen er aufgrund von Kabirs Details nachgespürt hat – alles zusammengenommen ist das zu viel, um gelogen oder Zufall zu sein. Die Person, die er kennenlernte, die Frau, deren Leben er zu retten glaubte, war eine Fiktion, eine Stück für Stück zusammengesetzte Konstruktion, um ihn zu täuschen. Und er hat jedes Wort geglaubt.

Der Gehsteig fühlt sich kalt an durch seine dünne Kleidung, die Steinplatten haben Sprünge in alle Richtungen. Er fährt mit den Fingern einen Riss entlang, bemerkt, dass seine Hand blutig ist, und erinnert sich an den Grund. Der schmuddelige Verband hängt ihm lose vom Kopf, aber da ist kein Schmerz. Nur Leere und der Gestank des Straßendrecks und seiner ungewaschenen Haut. Alle seine Hoffnungen sind Lügen.

Haben Anna, Odi und Munira gemeinsam ein Komplott geschmiedet? In Anbetracht der Ereignisse in Berlin – der Toten, der Zerstörung, ihrer entsetzten Mienen – ist er sich sicher, dass sie es nicht taten. Also muss Munira eine Falle gewesen sein, in die sie geraten sind. Was ihn zu einem ahnungslosen Köder macht. Warum nur hat er nichts bemerkt?

Azi legt den Kopf auf die Knie und kennt bereits die Antwort. Dringlichkeit und Einschränkung haben ihre Wirkung getan. Indem man Dringlichkeit erzeugt und andere Optionen ausschließt, eröffnet man einen Ausweg und schafft einen situativen Kontext, innerhalb dessen das Opfer nur die Wahl hat, das zu tun, was der andere will, auch wenn es glaubt, es träfe eine freie Entscheidung. Sogar seine Emotionen sind fremdbestimmt gewesen: romantische Gefühle, gerade gut genug für einen Narren.

Zweiundsiebzig Stunden sind vergangen, seit Azi am Rand dieser Stadt und an einem Eimer mit seinem eigenen Urin vorbei aus einer Kiste gekrochen ist. Jetzt ist es höchste Zeit, Athen zu verlassen. Wer auch immer Munira war – wer auch immer sie ist: Sie muss wissen, dass er in Berlin nicht starb. Sie könnte wissen, dass er hier ist, so wie andere auch. Sie könnte den Peilsender besorgt haben, den er in der Lagerhalle gefunden hat. Sie könnte Azis Cache-Profile erstellt, ihn in eine Falle gelockt und von Beginn an als ihren Herzschmerzkandidaten auserkoren haben. Er hat zu vielen Leuten vertraut. Er hat zu viele Leute in Gefahr gebracht. Er hat versagt.

Er zwingt sich, seinen Verstand auf Touren zu bringen, steht unsicher auf und streift durch die noch dunklen Straßen, ohne darüber nachzudenken, wohin er geht. Bewegung verschafft schon per se Erleichterung. *Warum rennst du nicht einfach los*, flüstert eine Stimme in seinem Kopf. *Lass deine Füße so lange Kilometer fressen, bis nur noch Felder um dich herum sind. Lass alles stehen und liegen. Werde ein Niemand. Versteck dich vor der Welt.* Sein Körper sehnt sich nach Weite und Raum. Doch als realistische Option taugt all das nichts.

Dann kommt plötzlich eine Antwort auf seine Grübeleien, gepaart mit einer Art Erkenntnis, als hätte sie schon die ganze Zeit darauf gewartet, dass er sie annimmt. Er kehrt um, stößt leise Verwünschungen gegen die Frau aus, die ihn verraten hat, stürmt zur Stournari-Straße, durch die Metalltür, das hallende Treppenhaus hinauf und in den fensterlosen Raum, von wo aus er eine Nachricht an eine sichere E-Mail-Adresse schicken kann, wo man noch immer auf seine Antwort wartet.

> *Ich habe dringende Informationen für euch. Ich bin in Athen und kann euch heute Mittag (Ortszeit) treffen. Ihr müsst mir vertrauen. Treffpunkt*

Azi unterbricht die Eingabe. Er bittet um Vertrauen, aber kann er selbst noch jemandem vertrauen? Nicht ohne weiteres. Was er jedoch weiß, ist, dass das, was zu tun er im Begriff steht, besser ist als jene Leere, die Kabirs Worte aufgetan haben, besser als die Stadt, die sich ewig weit dahinzieht und nichts als Flucht und Angst zu bieten hat.

Er hat Erkenntnisse, er hat ein Druckmittel, er hat etwas von Wert. Inmitten dieses Gewirrs von Falschheiten und untauglichen Optionen hat er etwas, das sie ganz dringend brauchen: eine Wahrheit über Munira.

Wo und wie kann er sich mit ihnen treffen? Was er jetzt braucht, ist das Gegenteil von alldem, weswegen er hierherkam: Er braucht jetzt Öffentlichkeit, Überwachung, Sicherheitspersonal. Die Geborgenheit inmitten von tausend handyschwingenden Fremden. Einen Ort, an dem es keine Überraschungen geben kann, an dem alles grell im Licht des Tages glitzert.

*… auf der Akropolis, auf den vorderen Stufen des Parthenon. Sprecht mich von weitem mit meinem Namen an. Eine Person, unbewaffnet. Antwortet auf diese Mail zur Bestätigung. Ich werde dort sein. Bringt ein paar Snacks mit.*

Azi Bello wird sämtliche Lügengebäude, die seine Feinde errichtet haben, so zum Einsturz bringen, dass ihnen die Trümmer um die Ohren fliegen.

# KAPITEL 30

• • •

«Zwanzig Euro. Zwanzig Euro!»

Eleni ist offensichtlich von ihrem eigenen Entsetzen begeistert. Sie scheint außerdem, wie Azi argwöhnt, geneigt zu sein, zu einer längeren Erläuterung anzuheben, weshalb er versucht, sie mit einem Kopfnicken davon abzuhalten.

«So sieht es wohl aus. Aber ich bezahle.»

«Darum geht es nicht. Zwanzig Euro! Diese Halsabschneider. Das ist ja noch mehr, als ich dachte.» Sie mustert Azi von Kopf bis Fuß, noch nachdrücklicher als sonst. «Sie können sich vierzig Euro leisten? Na prima. Obwohl Sie damit einen Verrat begehen, weil Sie bei uns kostenlos gegessen und übernachtet haben. Trotzdem ist Ihr Verbrechen nichts im Vergleich zur Verlogenheit dieses Staates.»

«Tja, die ist unerreicht.»

Azi und Eleni kosten die Freuden des Schlangestehens in glühender Hitze und bei spärlichem Schatten aus, ohne die ein Betreten der Akropolis an einem schönen Sommertag nicht möglich ist. Die Qualität von Azis Späßchen mag zwar unter Par liegen, doch hat er für sich entschieden, dass vorgetäuschte Unbeschwertheit die bessere Methode ist, als Eleni auf Händen und Knien zu bitten, ihn allein zu lassen, wenn ihr ihr Leben lieb ist. Sie ist keine, die sich gern etwas sagen lässt.

Azis Probleme begannen, als er in großer Eile beim besetzten Haus vorbeischaute, um seine Sachen zu holen. Eleni war gerade wieder für eine Frühvisite bei ihren weniger mobilen Patientinnen vor Ort. Da sich Nikasios in der Obhut seines Vaters befand, hängte sie sich in dem Moment an Azi, als dieser erwähnte, er wolle die Akropolis besichtigen.

Er versuchte, Ausflüchte zu machen, sie abzuwimmeln und sie ganz allgemein auf andere Gedanken zu bringen, ohne eine Szene heraufzubeschwören – vergeblich. Daher schiebt er die Erinnerung an den schlafenden Nikasios in ihren Armen beiseite und versucht, so dreinzuschauen und zu klingen, wie es heutzutage als normal zu gelten scheint.

«Also, Eleni, können Sie mir ein bisschen was über die Geschichte von alldem hier erzählen?»

«Nein.»

«Wie bitte?»

«Ich bin doch nicht Ihr Google. Schauen Sie selbst nach. Sie haben mich doch nicht hierhergebracht, um über Geschichte zu reden.»

Azi versucht, bei seinem Charme noch etwas zuzulegen.

«Nein, aber ... Sie haben selbst gesagt, ich solle das hier mal besichtigen. Und da habe ich mir gedacht, ich schulde Ihnen was.»

«Ich bin mitgekommen, weil ich mir Sorgen mache.»

Er lächelt ein bezauberndes Lächeln. «Das ist sehr nett. Vielen Dank.»

«Sie verstehen nicht. Ich bin mitgekommen, weil ich mir Sorgen mache, dass Sie nicht derjenige sind, der Sie vorgeben zu sein. Gestern sind Sie sehr schnell davongelaufen, und heute sind Sie sogar noch schneller unterwegs. Vielleicht ist es dumm von mir, Anteil zu nehmen, aber ich fühle mich verantwortlich. Spionieren Sie die Leute aus, die nach Ihnen suchen, Mister Adam Walker?»

«Jesus. Nein. Nein! Ich schwör's.»

Azis Entsetzen ist echt. Eleni richtet sich zur vollen Größe ihrer eins fünfundsechzig auf und sieht ihm direkt in die Augen.

«Also, für wen spionieren Sie *dann*?»

«Für niemanden. Niemanden. Ehrlich.»

«Unlängst hat man versucht, mich rumzukriegen. Auf die freundliche Tour. Wegen meiner Arbeit, wegen meines Status. Polizisten in Zivil. Sie wollten, dass ich ein Auge auf gewisse Dinge habe. Im Interesse der öffentlichen Sicherheit. Sie fürchten sich vor Gewaltausbrüchen, vor Terroristen, vor dem Volk. Bald werden wir ganz andere Herrschaften an der Macht haben.»

Azi hat noch nicht jegliche Hoffnung aufgegeben, sich einschmeicheln zu können. «Frauen auch?»

«Zumeist Männer. Wir sind hier immer noch in Griechenland. Ich habe denen gesagt, dass sie von mir keine Informationen erhalten, dass ich weiterhin tun werde, was ich tue, und alle Menschen mit Respekt behandle, sie verarzte, ihnen ein wenig Hoffnung gebe. So wie ich das bei Ihnen gemacht habe. Doch ich glaube, Sie haben nicht verdient, was man Ihnen gegeben hat.»

Sie stehen jetzt an der Spitze der Schlange und kurz vor der Taschenkontrolle. Es ist ein herrlicher Tag, der schönste seit Azis Ankunft. Der hellblaue Himmel vibriert vor Licht, die Landschaft wird von scharf konturierten Schatten parzelliert. Azi vergleicht die erlesene Ansammlung von Gesteinstrümmern auf dem Hang vor ihnen mit den Straßen drunten, wie sie auf ihrem Weg zum Horizont miteinander wetteifern, und fragt sich, ob die letzten zweitausend Jahre tatsächlich einen nennenswerten Fortschritt gebracht haben. Wenigstens ist man im Bauwesen davon abgekommen, alle Arbeiten von Sklaven verrichten zu lassen. Er versucht es jetzt mit der Masche gekränkter Sühnebereitschaft und sieht Eleni in die Augen.

«Es tut mir leid. Ich bin nicht ganz offen gewesen. Aber ich stehe auf derselben Seite wie diejenigen, die ich in Exarchia kennengelernt habe. Ich mag dieses Haus. Das, was ich über Privatsphäre und Freiheit sage, meine ich auch. Aber ich muss meine Geheimnisse für mich behalten.»

«Na schön. Sagen wir mal, ich glaube Ihnen. Aber das ist nicht das Problem. Als Spion sind Sie nicht sehr gut, oder?»

«Was reden Sie da? Ich bin kein Spion.»

Eleni bedient sich jetzt dessen, was sie wohl für ein Flüstern hält. «Na klar. Sehen Sie den Mann hinter uns in der Schlange, den mit dem Hut? Schauen Sie nicht hin! Wie wahrscheinlich ist es Ihrer Ansicht nach, dass er ein Cochlea-Implantat trägt?» Azi guckt verwirrt.

«Ein was?»

«Als Ärztin fällt einem so was auf. Es ist ein ins Ohr implantiertes Gerät, das Gehörlosen oder Schwerhörigen ermöglicht, wieder zu hören. Jeder kann taub sein, selbstverständlich. Aber ich glaube nicht, dass er es ist.» Pause. Doch dann verleitet Azis verdutzte Miene Eleni dazu, mit ihren Ausführungen fortzufahren. «Die taubste Person ist allerdings die, die gar nicht hören will! Und das sind übrigens Sie, denn wir reden schon die ganze Zeit über einen störrischen Esel. Ich glaube, dass dieser Mann einen Ohrhörer trägt. Ich glaube, dass er uns folgt, obwohl ich mich täuschen kann.»

Azi reicht es jetzt. «Okay. Okay. Sie sollten gehen, Eleni. Jetzt sofort, sicherheitshalber.»

«Das sollte ich, ja. Aber ich denke, ich bleibe hier. Ich hätte gern ein paar Antworten. Und Sie haben einen guten Platz für ein Treffen gewählt. Wir haben die Sicherheitskontrolle passiert, und ich glaube, an diesem Ort wird niemand etwas unternehmen wollen.»

«Großartig.» Erneut gibt Azi den Versuch auf, Eleni seinen Willen aufzuzwingen. Dann hat er eine Idee. «Hey, können Taube mit Implantaten hören? Könnten wir nicht ein lautes

Geräusch produzieren und schauen, ob er reagiert – so wie man einem Blinden einen Ball zuwirft, um ihn zu testen?»

«Das Implantat ermöglicht es ihnen zu hören. Das ist ja der Sinn von Implantaten.»

«Oh.»

«Und was sind das für Idioten, die Blinde mit Bällen bewerfen? Sie haben zu viele Filme gesehen.»

Inmitten eines Meeres aus Hüten, Shorts, Selfies und Sandalen trotten Azi und Eleni über glühend heiße Steine durch die säulenförmigen Überreste einer Zivilisation, die – laut Eleni – *im Wesentlichen faschistisch war, aber einige gute Ideen hatte.* Der Mann mit dem Hut ist immer mal wieder in einiger Entfernung sichtbar, verschwindet aber nach etwa fünf Minuten inmitten des Gewühls. Selbst die Masse von Touristen kann die Geometrie dieses Ortes nicht beeinträchtigen, seine Dominanz der Landschaft, sein Beharren darauf, weniger Teil der Stadt als vielmehr Anverwandter von Himmel und Bergen zu sein. Weil Azi nichts einfällt, was er sonst sagen könnte, beschließt er, das zum Besten zu geben, was er als Einziges über die Geometrie dieser Architektur weiß und interessant findet.

«Die sind eigentlich nicht richtig gerade, diese Säulen. Man hat sie bewusst mit einer leichten Neigung aufgestellt und mit unterschiedlich großen Zwischenräumen.»

«Und jetzt möchten Sie, dass ich Sie frage, warum sie das gemacht haben?»

«Ich werde es Ihnen sagen, ob Sie fragen oder nicht. Sie haben es gemacht, weil vollkommen gerade und in vollkommen gleichmäßigen Abständen platzierte Säulen nicht gerade oder gleichmäßig aussehen. Wenn die Menschen sie betrachten, werden sie durch die Perspektive verzerrt. Die alten Athener wussten, dass man etwas bauen muss, was nicht vollkommen ist, um den Anschein von Vollkommenheit zu kreieren.»

«Ich gebe zu, dass das eine interessante Tatsache ist. Weswegen wir Griechen das schon in der Grundschule lernen. Aber danke, dass Sie mir meine Kultur erklärt haben.»

Danach sagt Azi nicht mehr viel, obwohl er nicht umhinkann, sich mit zunehmender Verwunderung umzublicken. Zusammen mit mehreren hundert anderen sind sie an der Vorderseite des Parthenon angelangt. Die Sonne steht senkrecht über ihnen, und der Schlapphut, den er für zwei Euro von einem Straßenhändler gekauft und sich heute früh über den kahlen Schädel gezogen hat, scheint nicht viel von der Hitze abzuhalten. Drei breite zersprungene Stufen führen zu acht Säulen und den Überresten einer gewaltigen Fassade. Aus der Nähe erscheint alles übergroß, wie für Riesen gebaut. Das schwindelerregende Licht, die Hitze und die Menschenmassen bewirken in Azis Kopf eine Art Datenverdichtung. Er ringt um Atem, bleibt stehen, lauscht und wendet sich an Eleni.

«Können Sie das hören?»

Beide halten sie einen Augenblick inne. Ganz eindeutig ruft eine Stimme seinen Namen, von der entgegengesetzten Seite der Stufen. «Eleni. Ich habe mit jemandem ein Zeichen ausgemacht, und ich denke, ich habe es gerade gehört. Ich werde mich jetzt mit jemandem treffen, dort drüben. Bleiben Sie hier.»

«Dieses Mal, und nur dieses eine Mal, werde ich Ihnen gehorchen. Aber ich werde alles im Auge behalten.»

Azi schlängelt sich durch die Touristen in Richtung der zwanglos lauten Stimme, als wäre es dem Mann gleichgültig, ob derjenige, nach dem er sucht, auf sein Rufen antwortet oder nicht. Es ist der Mann mit dem Hut, der geduldig an einem mannshohen Steinblock lehnt, direkt am Rand des öffentlichen Zugangs. Er entdeckt Azi und winkt.

«Azi.»

«Und Sie sind?»

«Odi und Anna lassen sich entschuldigen. Ich soll Sie grüßen. Zeit zu gehen.» Azi hält inne und registriert, dass der Mann jetzt viel dichter bei ihm steht als noch vor fünf Sekunden.

«Okay. Äh – haben Sie vielleicht etwas mitgebracht, das Sie mir geben möchten, bevor wir uns ins Getümmel stürzen?»

Der Mann scheint amüsiert zu sein. «Selbstverständlich. Snacks. Mögen Sie Baklava?»

«Ich hasse es. Trotzdem danke.»

Azi verlagert sein Gewicht und tritt einen Schritt zurück, aber selbst dann spürt er einen Arm an seinem Ellbogen und einen leichten, kalten Druck an der Seite. *Komisch*, denkt er, *ich kann mich nicht erinnern, etwas zu trinken in die Tasche gesteckt zu haben.* Dennoch scheint eine warme Flüssigkeit in seine Kleidung zu fließen. Er schaut hinunter. Dort, wo der Mann ihn berührt hat, ist Blut, nass und heiß und dickflüssig im lose herabhängenden Stoff seines Shirts. Einen Augenblick lang spürt er nichts. Dann schlägt der Schmerz zu – ein entsetzlicher lähmender Schmerz, der ihn bewegungsunfähig macht und ihm die Beine wegzieht. Der Mann geht wieder zu ihm hin, mit der besorgten, unbeweglichen Miene von Betroffenheit wegen eines Bekannten, der mit der Hitze zu kämpfen hat.

Irgendwo hinter sich hört Azi eine Frau schreien. Ihre Verwünschungen gellen über den Platz. Die Menge gerät in Bewegung, bis schließlich Panik ausbricht. Azi kennt zwar das griechische Wort für «Terrorist» nicht, aber er ist ziemlich sicher, dass es in einer Kakophonie von Sprachen weitergegeben wird, während die Touristen in immer größerer Zahl überstürzt von diesem Hügel fliehen.

Der Mann neben Azi zögert, kurz nur, aber ausreichend, sodass Azi ein paar Schritte auf die kreischende Frau zutaumeln kann. Es ist Eleni, wie er jetzt erkennt. Sie schaut zu ihm hin, deutet mit dem Finger, das Gesicht in einer Miene erstarrt, die nicht Panik, sondern Entschlossenheit ausdrückt. Der Mann schlängelt sich um eine Mutter herum, die zwei Kinder festhält, und steht jetzt wieder neben Azi. Dem fällt es immer schwerer, sich zu bewegen, doch wäre er ohnehin zu langsam, selbst wenn sein Leben nicht aus der Wunde in seiner Seite sickern würde.

Bedauerlicherweise sind ihm keine lichten letzten Sekunden vergönnt; stattdessen nimmt er die ihm noch verbleibende Zeit immer unzusammenhängender und in Ruckelbildern wahr, als wäre sie ein schlecht gepufferter Videoclip. Hinter dem Mann ist ein Tourist mit wilden Dreadlocks aufgetaucht. Er hält etwas in Händen, das Azi nur unscharf sehen kann, das aber wie ein Brocken von den Parthenonstufen aussieht. Der Tourist hebt ihn hoch über seinen prächtigen Haarschopf und schmettert ihn nach unten. Der Stein trifft den Mann am Hinterkopf. Er fällt auf Azi, sein Körper zuckt ein paarmal und erschlafft. Über sich hört er zwei ruhige Stimmen inmitten des Chaos.

«Ich habe geschrien. Das war das Einzige, was mir eingefallen ist, um diesen Idioten vom Sterben abzuhalten.» Eleni streckt dem Touristen die Hand hin. «Ich bin Eleni.»

«Ich musste selbst improvisieren. Schön, Sie kennenzulernen, Eleni. Mein Name ist Odi.»

Alles wird schwarz. Endgültig.

# KAPITEL 31

• • •

Nach fast zwei Tagen Funkstille ist Kabir am Ende. Die ersten vierundzwanzig Stunden hat er durchgehalten und danach ein Dutzend SMS von seinem gekaperten iPhone abgeschickt, um irgendeine Antwort von dem Dämon am anderen Ende zu erzwingen, von diesem alles sehenden Wesen, das in seiner Vorstellung zu einer Mischung aus Mensch, Computer und Hackerklischees geworden ist. Kabirs erste Mitteilungen waren noch kurz gewesen, doch seine letzte bestand aus einem ganzen Textblock von Bitten und Versprechen. Seine Hände schwitzten und seine Finger waren glitschig, während er tippte und neu tippte und versuchte, die Zauberwörter zu finden, die ihm eine Reaktion bescheren würden. Es kam keine.

Da ihm untersagt worden war, sein Zimmer zu verlassen, ist Kabir heute Morgen eilends nach unten gerannt, bemüht, keinen Blick auf die verwüsteten Nachbarzimmer zu werfen. Beim nächstgelegenen Markt holte er sich noch ein paar Flaschen Wasser und Lebensmittel, überlegte kurz, ob er nicht schnell über die Grenze spurten sollte, und ging wieder zurück zum Hotel. Sein Verhalten ist verdächtig, aber das kümmert ihn jetzt nicht. Als Einziges zählt, dass sein Smartphone immer aufgeladen und empfangsbereit ist. Mit Sicherheit werden alle seine Bewegungen und Aktionen aufgezeichnet, weshalb er E-Mails weder liest noch beantwortet, noch sich bei sozialen Netzwerken einloggt. Das Ganze ist eine Prüfung oder eine Bestrafung oder ein Spiel. Er ist nicht nur verrückt vor Angst, sondern auch vor Langeweile. Jede neue Minute ist länger als die vergangene.

Schließlich hält er es nicht mehr aus. Er vermeidet den

Hotellift, der ihm zu klaustrophobisch ist, poltert die Treppe hinab und findet in dem kleinen Büro hinter der Rezeption den Hotelmanager vor, dessen Geschwätzigkeit inzwischen zur Trübsal verkommen ist. Mitternächtliche Verhaftungen sind nicht gut fürs Geschäft. Kabir versucht, autoritär aufzutreten, und befiehlt dem Mann, seinen Computer in einem Admin-Account eingeloggt zu lassen und sich umgehend zu verdünnisieren.

Nachdem er die Tür geschlossen und verriegelt hat, atmet er tief durch und begibt sich in die winzige, ans Büro angrenzende private Toilette für eine Routinehandlung, die er seit Raqqa öfter durchexerziert hat, als er sich erinnern möchte – der Defäkation seines USB-Sticks. Diesen aus der eigenen Scheiße herauszuholen ist ekelhaft, aber nicht das Schlimmste. Das Schlimmste ist jene mit Sorgfalt auszuführende Prozedur, mit der das Teil jedes Mal wieder eingepackt, der Plastikbeutel verschlossen, gleitfähig gemacht und erneut eingeführt werden muss. Heute gibt es wenigstens eine neue Ablauffolge. Kabir fischt den Stick heraus, packt ihn aus und inspiziert ihn, wäscht und trocknet seine Hände gewissenhaft und steckt ihn dann in den uralten Windows-PC auf dem Schreibtisch des Managers. Während der Rechner den Stick öffnet, entwirft Kabir eine Nachricht an den Dämon in seinem Telefon.

---

*Ich maile einige Dateien an meinen eigenen Account, die besten, die ich finden kann! Ich weiß, Sie können auf sie zugreifen. Ich habe sie verschlüsselt: Kabir 123456. Bitte, ich flehe Sie an, melden Sie sich. Ich mache alles, was Sie befehlen. Noch mehr Files, Namen, alles, was Sie wollen. Bitte, bitte.*

Kabir beruhigt seine zitternden Hände, atmet langsam, wählt aus den am schwersten zu beschaffenden Dateien seiner digitalen Grabungen zwanzig Megabyte aus, kopiert sie in einen neuen Ordner und loggt sich bei seinem Webmaildienst ein. Innerhalb von zehn Minuten hat er die E-Mail an seinen eigenen Account geschickt. Innerhalb weiterer fünf Minuten hat er den Computer des Managers in seinen früheren Zustand zurückversetzt. Es ist vollbracht. Kabir beobachtet sein Telefon, wartet, gibt sich einem winzig kleinen Gefühl von Hoffnung hin. Er glaubt, etwas sehr Cleveres getan zu haben. Und es fühlt sich so gut an, etwas getan zu haben, wenn auch nur deshalb, weil überhaupt etwas zu tun besser ist, als zu warten.

Dann gibt es einen Tumult. Draußen in der Lobby sind Männer, die den Manager anbrüllen, ihm so schnell Fragen stellen, dass Kabir sie nicht verstehen kann. Kabir zieht sich in die Toilette zurück, und in den dreißig Sekunden, die er zur Verfügung hat, steckt er sein Mobiltelefon in denselben Beutel wie den USB-Stick, verschließt ihn fest und schiebt das Päckchen in den Siphon der Toilettenschüssel. Er schafft das gerade noch, bevor zwei schwarz gekleidete Männer ins Büro eindringen. Hinter ihnen kann er die Gestalt von Dr. Tal ausmachen.

«Das ist er», sagt Dr. Tal ruhig.

Bevor Kabir irgendetwas abstreiten kann, versetzt ihm einer beiden einen Faustschlag aufs Nasenbein, der seinen Kopf nach hinten reißt. Ein zweiter Schlag landet in seiner Magengrube und zwingt ihn, sich vornübergebeugt zusammenzukrümmen und in die Knie zu gehen, bevor der andere Mann ihn mit Tritten traktiert. Sein Körper ist ein einziger Schmerz.

«Aufhören. Bitte.»

Das ist wieder die Stimme von Dr. Tal, und Kabir schafft es

irgendwie, den Kopf zu heben, als der Arzt auf ihn zukommt. Jetzt darf er doch bestimmt noch irgendetwas sagen. *Alles war ein schrecklicher Fehler. Wir sind alle Opfer.* Jetzt gibt es bestimmt noch Hoffnung.

Dr. Tal nickt, und die beiden Männer treten respektvoll zurück, lassen ihm den Vortritt. Mit einer Bewegung von sparsamer Grazie bringt Dr. Tal ein Paar OP-Handschuhe zum Vorschein, streift sie über und kniet sich neben Kabir auf den Boden. Er klingt besorgt.

«Wie geht es deinem Zahn?»

«Dr. Tal, ich kann alles erkl...»

«Du solltest mich einen Blick darauf werfen lassen.»

Dr. Tal nimmt Kabirs Kinnlade in eine Hand und zieht sie behutsam nach unten. Der Kautschuk seines Handschuhs ist warm und trocken. Er bringt Erinnerungen aus Kindheitstagen zurück: an eine weiße Zahnarztpraxis, an Kabirs Mutter draußen im Wartezimmer. Am Ende jeder Behandlung spülte Kabir immer den Mund aus und spuckte eine hellrote Flüssigkeit in eine winzige Schale. Jedes Mal hatte er versprochen, ein tapferer Junge zu sein. Jetzt beginnt er zu weinen.

«Da ist er ja.» Die ruhige Kraft von Dr. Tals Händen ist weitaus schlimmer, als getreten zu werden. Gemächlich und sorgfältig kontrollieren seine Fingerspitzen sorgfältig einen Zahn nach dem anderen. «Der zweite Backenzahn oben rechts, Nummer sieben. Sieht übel aus.»

Kabir schmeckt das Salz seiner eigenen Tränen, die aus beiden Augen in seinen geöffneten Mund rollen. Die Hand in dem Handschuh geht methodisch und zügig zu Werk.

«Ich werde dir sagen, warum ich Zahnärzte hasse. Die sind nichts weiter als ... Facharbeiter. Ich dagegen habe eine Berufung. Verstehst du das?»

Kabir nickt.

«Gut. Mir ist es wichtig, dass du das verstehst.» Die Hand zieht sich aus dem Mund zurück, schließt die Kiefer, ruht sacht auf seiner Wange. «Ich habe die beiden hier überredet, dich nicht zu verhören. Du hältst das vielleicht für eine Liebenswürdigkeit ...»

Ohne seinen Redefluss zu unterbrechen, schlägt Dr. Tal mit seiner freien Faust auf Kabirs Kiefergelenk, genau auf die Stelle, wo der faule Zahn eitert. Kabir wird vor Schmerz fast ohnmächtig und wirft den Kopf nach hinten, um einem zweiten Schlag auszuweichen. Dr. Tal scheint es nicht zu bemerken.

«... aber ich will einfach nicht, dass du weiter am Leben bleibst.»

Ohne den Blick abzuwenden, wischt Dr. Tal Kabirs Arme zur Seite und teilt weitere Schläge aus, dieses Mal mit beiden Fäusten. Knochen splittern. Blut und Tränen mischen sich mit Zahnfragmenten. Kabir röchelt in Todesqualen, ringt verzweifelt um Worte. Es kommen keine.

Nach einiger Zeit hält Dr. Tal inne, um sein Werk zu begutachten. Maxilare, mandibulare, zygomatische und orbitale Frakturen. Eine gebrochene Nase, aus beiden Augen läuft Flüssigkeit. Er nickt, kniet sich dann rittlings über Kabir und beginnt, ihn zu erdrosseln, indem er sei ganzes Körpergewicht in den vergeblich strampelnden Körper stemmt. Er behält diese Position bei, bis er zufrieden feststellt, dass kein Leben mehr in ihm ist. Das dauert zwar mehrere Minuten, aber der Arzt hat keine Eile.

Als er es geschafft hat, steht er auf, streift sich die Handschuhe ab und wirft sie neben die Leiche.

«Durchsucht ihn und den Raum. Dann knüpft ihn auf. Der hier hat sich ein Publikum verdient.»

Die Männer machen sich an die Arbeit. Dr. Tal nimmt sein Smartphone zur Hand und fängt an zu fotografieren.

# KAPITEL 32

•••

Die junge Frau trinkt teuren Whisky auf Kosten eines anderen Gastes, genießt das Brennen in der Kehle und beobachtet, wie sich die Hotelbar mit Geschäftsleuten füllt. Einige von ihnen wirken abenteuerlustig, manche einsam, andere von ihren Laptops, Smartphones und Tablets sterilisiert.

Sie ist in Räumlichkeiten wie diesen groß geworden: in dezent parfümierten und klinisch sauberen Gehegen von Hotelfoyers, diplomatischen Residenzen, bei Botschaftsempfängen und in geschlossenen Gesellschaften in Restaurants. Sie konnte hautnah miterleben, wie draußen, vor dreifach verglasten Fenstern, arme Menschen in feuchtschwüler Luft bei dem Versuch lebten und starben, an der glatt polierten Außenhaut des Kapitalismus einen Halt zu finden. Sie aber lebte im Bauch der schönen Bestie, ging mit Söhnen von Premierministern und Diktatoren zur Schule; mit Erbinnen von Großkonzernen und jeder Menge rangniederer Royals. Es hatte Spaß gemacht. Doch dann entdeckte sie etwas in sich, das nicht dazu passte, und schon wurde ihr Leben viel interessanter.

Ihre Auftraggeber haben ein Motto: So etwas wie «Das ist das Problem anderer Leute» gibt es nicht. Professionalität bedeutet Dominanz gegenüber allem und jedem. Wenn du mehr Probleme schaffst, als du löst, wird jemand anderer den Schauplatz betreten und das Problem lösen, zu dem du selbst geworden bist. Mittels einer schallgedämpften Pistole gegen den Hinterkopf oder des Fernschusses eines Scharfschützen oder schnell wirkender Gifte oder einer fachmännisch angesetzten Messerklinge. Oder durch das richtige Wort im richtigen Ton am richtigen Ort.

Es wäre eine Ironie des Schicksals, wenn ihre Karriere durch Worte beendet werden würde, weil Lügengeschichten ihre bevorzugte Waffe sind. Es ist verblüffend, was ein abgedroschenes Narrativ bewirken kann. Es ist verblüffend, wie ein Name und ein mit ihm verbundener Anspruch Menschen dazu bringt, etwas zu glauben. Oder wie umfassend sich Menschen selbst etwas vormachen in dem Bemühen, den unglücklichen Ausgang eines Geschehens zu vermeiden. Sie stellen Zusammenhänge her wie Fünfjährige.

Dennoch ist bei der Geschichte um Azi Bello etwas schiefgelaufen. Zuerst hätte er in Berlin sterben sollen. Dann hätte er in Athen sterben sollen. Und jetzt ist er damit beschäftigt, in einem schwer bewachten Krankenhauszimmer nicht zu sterben, dafür aber mit den besten und klügsten Köpfen der Geheimdienstzunft Aufzeichnungen auszuwerten. Das will zunächst nicht viel heißen, könnte aber ausreichen, um die Dinge unangenehm werden zu lassen. Jammerschade. Wäre sie nicht zu dem Schluss gekommen, unerfülltes Verlangen sei genau sein Ding, hätte er sich vielleicht als gut im Bett herausgestellt. Schade auch um die Farce mit dem braven muslimischen Mädchen.

Glücklicherweise sind Azi und seine Aufpasser einander ähnlicher, als sie selbst wissen, weil sie alle darauf versessen sind, die Zukunft vor der Vergangenheit zu retten und einen Generalangriff auf die Schreckgespenster von gestern zu starten. Auf Terroristen, Extremisten, Superschurken, auf die Eiferer mit dem höchsten Wiedererkennungswert bei Wählern. Zusätzlich möchte Azi – wie alle Jungs mit einem großen Gehirn und einer toten Mutter – das Mädchen retten und sich als Held beweisen, was ihn so durchschaubar macht wie einen schlechten Roman.

Was sie zu tun hat, ist klar. Zeit, dass die couragierte kleine

Munira Khan wieder auf der Bildfläche erscheint, verzweifelt und verführerisch, und ihre ehemaligen Beschützer dorthin dirigiert, wo sie wahre Scheußlichkeiten kennenlernen werden. Ein paar SMS und Mails, und schon werden sie wieder ihren Phantomen nachjagen. Und sie braucht nur dafür zu sorgen, dass das Ganze zwei Tage lang anhält.

Das Whiskyglas ist leer, und der Mann, der den Drink spendiert hat, fragt, ob sie noch einen möchte. Sie möchte. Es hilft, die Zeit zu vertreiben und die jüngste Vergangenheit abzuhaken. Welche Informationen auch immer Azi glaubt, gefunden zu haben, welche neuen Erkenntnisse auch immer er in seiner athenischen Eskapade ausgegraben haben mag: Schon bald wird nichts mehr davon eine Rolle spielen.

Sie wünscht sich fast, sie könnte dabei zusehen.

# KAPITEL 33

• • •

Azi weiß nicht, wie oft und wie lange er in den Grenzregionen seines Bewusstseins immer wieder ab- und aufgetaucht ist. Nun scheint er sich auf dem Rückweg in die Realität zu befinden und dabei Schicht um Schicht von Träumen und Wahnvorstellungen abzustreifen. Er ertappt sich bei dem Gedanken: *Eigentlich ist es schade*, während er eine warm ausgeleuchtete weiße Zimmerdecke dabei studiert, wie sie sich in Klarheit und Eindeutigkeit auflöst. Nicht zu wissen, was zum Teufel um einen herum vorgeht, hatte etwas Großartiges an sich. Als er aufwacht, ist ihm bewusst, dass die Welt von nun an Wachheit von ihm erwartet.

Er überlegt kurz, ob er sich wieder in Elenis Praxis befindet. Dann erkennt er, dass er auf dem Rücken liegt und der Schlaf ihm eine aufgequollene und belegte Zunge beschert hat. Er versucht vergeblich, sich umzublicken, und gerät kurz in Panik, ehe er die Kissen wahrnimmt, die um seinen Kopf herum aufgehäuft sind. *Eigentlich müsste ich Schmerzen haben*, denkt er. Als Einziges kann er eine bleierne Wärme spüren. *Ich bin auf Droge, die haben mir was Gutes gegeben.* Er erinnert sich, wie er im Alter von neun einmal vom Fahrrad gestürzt ist und sich den Arm gebrochen hat. Mit der anfänglichen Panik und den schlimmen Schmerzen sind sie im Krankenhaus schnell fertiggeworden, und danach haben sie ihn in seiner Benommenheit in einen Raum wie diesen geschoben. *Ob meine Mama hier ist?* Dann fällt ihm ein, dass sie tot ist, dass da – tief in seiner Biographie vergraben – etwas zerbrochen ist und er sich beim Aufwachen immer mal wieder daran erinnern muss.

«Azi. Ich werde jetzt die Kissen wegnehmen und dich aufsetzen.»

Es ist Anna in einem unerwartet teilnahmsvollen Ton. Er bringt als Antwort ein Ächzen heraus.

«Äh –»

Das Kopfteil unter Azis Schultern fährt mit gequältem Quietschen nach oben. Das Zimmer ist hell, aber fensterlos; die klotzigen Apparaturen entlang der einen Wand sind auf jeden Fall zu futuristisch für ein staatliches Krankenhaus. Anna hebt mit einer Fernsteuerung am Ende eines dicken grauen Kabels sein Bett an. Nachdem sie ihn zu ihrer Zufriedenheit im richtigen Winkel positioniert und ein letztes Kissen durch Schläge ihrem Willen unterworfen hat, lehnt sie sich auf einem hölzernen Stuhl zurück und spricht weiter.

«Ich habe nicht viel Zeit. Kannst du mich verstehen? Kannst du sprechen?»

Azi versucht, eine Antwort zu formulieren. Seine Lippen fühlen sich ausgedörrt an, seine Zunge liegt ihm fremd und riesig im Mund. Mühsam bringt er beide dazu, dass sie funktionieren.

«Gerade so.»

«Du bist seit zwei Tagen hier, was in unserer Welt sehr lange ist. Ich glaube, du hast mir jetzt einiges zu erzählen.»

Vielleicht liegt es an der Bettruhe oder an den Tabletten oder an den anscheinend regelmäßig auftretenden Nahtoderlebnissen der letzten Zeit, dass er zu einer ungewohnten gedanklichen Klarheit erwacht ist. In seinem Kopf warten die Wörter aneinandergereiht darauf, ausgesprochen zu werden. Er bittet Anna durch Gesten, ihm den Becher Wasser vom Nachttisch zu reichen. Er trinkt in großen Schlucken, wartet, bis sich Annas Gesicht dauerhaft in seinem Blickfeld stabilisiert und beginnt dann zu sprechen.

«Also … ich habe Muniras Cousin in Syrien aufgespürt. Den, der nicht gestorben ist. Ich habe ihm so lange die Hölle heißgemacht, bis ich mir sicher war, dass er die Wahrheit sagen würde. Dann habe ich ihn ausgefragt. Er hat nie von Munira gehört. Das heißt, er hatte eine Cousine namens Munira, aber die ist schon als Baby gestorben.»

«Weiter.» Annas Gesicht ist eine Maske.

«Ich habe seine Aussagen gegengeprüft, und … es war alles inszeniert. Munira Khan ist eine Fake-Identität, das steht für mich fest. Sie hat eine fremde Biographie angenommen, so wie ich das mit Jim gemacht habe. Die Frau, der ihr gefolgt seid, die Person, die ihr nach Berlin gebracht habt – sie hat alles geplant. Ich hab's auf meinem Laptop in einem Raum in Exarchia. Ich kann es euch zeigen. Oh scheiße!» Plötzlich fällt ihm Kabir ein.

«Oh scheiße?» Annas Miene ist noch immer ausdruckslos, aber sie beugt sich jetzt vor und sieht ihn prüfend an. Azi weiß, dass er vermutlich abgehört und beobachtet und beschützt und höchstwahrscheinlich für ein außerordentliches Auslieferungsverfahren präpariert wird. Doch nichts davon bereitet ihm Kopfzerbrechen, zumindest nicht jetzt.

«Ich habe mich nie wieder bei Kabir in Syrien gemeldet. Bei Muniras Cousin, dem, der nicht getötet wurde. Er ist wahrscheinlich mittlerweile tot oder sitzt verrückt vor Angst in einem Hotelzimmer oder beichtet seine Sünden unter Folter.»

Erneut sieht Anna ihn prüfend an, lehnt sich dann wieder zurück und verschränkt die Arme.

«Wie auch immer, er kann warten. Sprich weiter. Überzeuge mich.»

Azi trinkt wieder einen großen Schluck Wasser.

«Die Social-Media-Seite aus dem Cache, die ihr mir geschickt habt, stammt nicht von mir. Und weil ich sie nie zuvor gesehen habe, bedeutet das, irgendjemand wollte, dass ihr mich findet. Der oder die mussten aber sicherstellen, dass ihr sucht, also haben sie meinen Namen genannt und sich als verzweifelte Hacker auf der Flucht ausgegeben. Hinter so was steckt eine Menge an Aufwand und Planung. Die müssen unbedingt und ganz dringend etwas von euch gewollt haben. Also haben sie sich mit einem unwiderstehlichen Anreiz präsentiert ...»

Azi bricht ab und trinkt. Die Gedanken in seinem Kopf rasen, um ihren Vorsprung vor seinen Worten zu halten.

«... und euch die Chance auf Zugang zum gefährlichsten Darknet der Welt gegeben, das Ganze so zurechtgemacht, als wäre es eure eigene brillante Idee.»

Anna bleibt reglos. «Was wollten sie?»

An diesem Punkt verlässt ihn zusehends die Klarheit seiner Gedanken. Aber er sieht keinen Grund, mit irgendetwas zurückzuhalten.

«Meine Vermutung ist, sie wollten in eure Operation eindringen. Sie haben euch dazu gebracht, sie mitzunehmen. Als ihr euch in Berlin Munira gegriffen habt, warum habt ihr das getan?» Anna sagt nichts. «Aufgrund einer Alarmmeldung, schätze ich. *Feinde im Umfeld*. Also seid ihr losgestürmt und habt sie genau dorthin befördert, wo sie hinwollte. Und sie hat dann ihre Leute hingeführt, den Ort verwanzt und eure Technik zerlegt, während ihr euch von den Explosionen habt ablenken lassen. Sie hat alles herausgefunden, was ihr wusstet, und ist dann verschwunden. Und hat euch kompromittiert, diskreditiert und in dem verzweifelten Versuch zurückgelassen –»

«Das reicht für den Moment, Azi.»

Ganz kurz glaubt Azi, Anna werde ihn gleich verprügeln. Dann begreift er, dass ihr Gesichtsausdruck nicht Zorn signalisiert. Es ist eher Beschämung. Sie wendet den Blick ab, fasst sich wieder und spricht weiter, als wäre nichts geschehen.

«Das, wovon du sprichst, ist das Ergebnis einer jahrelangen Geheimdienstoperation, in deren Rahmen wir dich ausfindig gemacht, deinen Status ausgenutzt und dich als Agenten eingesetzt haben. Es gibt Dinge, die einfach keinen Sinn ergeben. Da sind zunächst einmal die Identitäten der Terroristen, die Informationen, die Munira ganz am Anfang geschickt hat. Gomorrha würde nie sich selbst oder seine Kunden auf diese Weise bloßstellen. Jedes einzelne Detail dieser Informationen ist echt. Die Dschihadisten, die jetzt die europäischen Identitäten haben, werden im Augenblick von einer kleinen Armee von Leuten überwacht. Jeder Tag, den wir abwarten, birgt ein Risiko.»

Azi kann dazu nichts sagen. Aber er wird das, was er weiß, nicht hintanstellen.

«Sieh dir die Fakten an. Munira Khan ist eine Fake-Identität, und noch dazu eine gute. Sie ist der Grund dafür, dass ihr mich gefunden habt, was mich ... auch bloß zu einem von mehreren Mosaiksteinen der Geschichte macht. Wie denkst du, hat mich der Typ auf der Akropolis gefunden? Er wusste alles, was ihr wusstet, alles, was in meiner Nachricht stand. Ihr seid gehackt worden.» Er unterbricht sich und platzt dann mit einem Gelächter heraus, das eher bitter als fröhlich klingt. «Sie haben euch geowned.»

Unwillkürlich verspürt Azi eine leichte Genugtuung, als er Anna mit dieser Aussage konfrontiert. Anna fällt nicht auf den Köder herein.

«Wir sind gehackt worden, das stimmt. Aber das hätte passiert sein können, als sie Munira mitnahmen. Die Verwüstung, die Morde – vielleicht waren das nur Ablenkungsmanöver. Sie musste nicht notwendigerweise daran beteiligt gewesen sein.»

Obwohl noch von der Narkose benebelt, beginnt Azi allmählich, die Geduld zu verlieren.

«Wie konnten die wissen, wo sie war? Kapierst du es denn nicht: Die hätten doch rein gar nichts wissen können, wenn Munira nicht die Möglichkeit gehabt hätte, Nachrichten rauszuschicken, ihren Aufenthaltsort durchzugeben, alles live an ihre Hintermänner zu übermitteln. Sie hat uns sauber vorgeführt, und zwar allesamt! Und dann ...»

Das Einzige, was Azi ihnen noch nicht berichtet hat, ist, wie ihm gerade einfällt, dass er in Berlin Zugang zu Gomorrha hatte. Doch bevor er weitersprechen kann, trifft Anna eine Entscheidung.

«Eigentlich wollte ich es dir noch nicht sagen, Azi, aber sie hat sich bei uns gemeldet. Munira.»

Die Information verjagt alles andere aus seinem Kopf. Dieses Bett, dieses helle Zimmer, das ganze abgekartete Spiel – er hält es nicht aus, dass ihre Lügen ihn bis hierher verfolgen. Oder dass er vielleicht falschliegt.

«Was hat sie gesagt? Ach, weißt du, es ist mir egal. Sie ist eine Lügnerin, sie ist ein Fake. Sie arbeitet für die anderen, und das Ganze ist ein Beschiss.» Er hat die Fäuste geballt, die Nägel drücken sich in die Handflächen. Sie sind ihm geschnitten worden, fällt ihm auf. Man hat ihn gewaschen, gesäubert, zurechtgemacht und weggepackt an einen Ort, wo er keine Probleme mehr verursachen kann. Verzweifelt sieht er Anna an.

«Bitte. Bitte, glaub mir doch. Was ich dir sage, ist das Einzige, was einen Sinn ergibt. Ich habe einen Computer in Athen. Mit einem Zugangscode. Du kannst dir selbst anschauen, was ich rausgebracht habe.»

Anna sieht ihn lange an. Er kann ihrem Blick nicht standhalten, die Erschöpfung drückt ihn nieder. Er sieht sich im

Zimmer um und betrachtet dann seinen zusammengesackten Körper. Sein Arm hängt an einer Tropfinfusion. Neben der Tür sitzt ein massiger Mann mit dem Rücken zu ihm, dessen breiter Nacken in einem dunklen Sakko verschwindet. Schließlich beugt sich Anna zu ihm vor und senkt ihre Stimme.

«Ich glaube dir vielleicht, Azi. Aber andere werden es nicht tun. Und das bedeutet, dass wir ein Problem haben.»

Sie lehnt sich wieder zurück und erteilt dem massigen Mann einen Befehl. Er steht auf und kommt zu ihnen. Anna holt Stift und Notizblock aus ihrer Jackentasche und fordert Azi auf, die genauen Zugangsdaten für seine Maschine in Athen aufzuschreiben. Dann übergibt sie diese an den Mann und entlässt ihn.

Azi sinkt zurück ins Bett und blinzelt. Falls er nicht phantasiert, hat Anna ihm soeben ihre Version eines beruhigenden Lächelns geschenkt. Zwar ist es ein eher grenzwertiges, einschüchterndes gewesen, doch hat es eine Solidarität suggeriert, die er dringend benötigt. Da er nicht weiß, was er sonst sagen oder tun soll, beginnt er, seinen Körper zu untersuchen. Brustkorb und Seite sind ein einziges enganliegendes Korsett aus Pflastern und Binden. Er streicht mit beiden Händen darüber und über seine vom Verband befreite Stirn.

«Hat es mich, du weißt schon, schwer erwischt? Komme ich wieder in Ordnung?»

Sie nickt. «Erstaunlicherweise ja. Man hat dir einen Stich mit einer nichtmetallischen Klinge versetzt. Ein zweiter hätte deine Schlagader durchtrennt, aber der erste sollte dich nur außer Gefecht setzen. Deine Arztfreundin und Odi haben dir das Leben gerettet.»

Azi schnellt wieder hoch.

«Scheiße. Ist Eleni okay? Wo ist sie?»

«Es gibt eine Menge Sachen, über die du nichts zu wissen

brauchst, Azi, und das ist eine davon. Ihr geht es gut. Genau wie du nimmt sie gerade eine kleine Auszeit von ihrem Alltag, und im Augenblick unterschreibt sie ein paar Verschwiegenheitsvereinbarungen. Im Unterschied zu dir wird sie bald wieder zu Hause sein.»

Anna blickt auf ihre Uhr und steht auf.

«Es wäre gut für dich, wenn du daran denken würdest, dass keiner von uns Herr seines Schicksals ist, jedenfalls nicht mehr. Wir werden in Kürze von hier verschwinden.»

Sie schenkt ihm ein dünnes Lächeln und verlässt das Zimmer.

Azi verlagert sein Gewicht und bemerkt zum ersten Mal, dass er nicht nur gewaschen, rasiert und einigermaßen anständig hergerichtet worden ist, sondern dass es plötzlich an seinem linken Arm – an einer Stelle, wo er seiner Erinnerung nach keine Verletzungen hatte – einen neuen Verband gibt. Ein kleiner, harter Knoten unter der Binde lässt den Grund vermuten: ein subkutaner Tracker mit – der Größe nach zu urteilen – extrem ausgefeilten Spezifikationen.

Irgendjemand ist sehr bedacht darauf sicherzustellen, dass Azi sich nicht wieder in Luft auflöst.

# KAPITEL 34

•••

Eine Stunde später fahren sie los, eskortiert von dem massigen Mann im Anzug und einem zweiten, der sein Zwillingsbruder sein könnte. Die elastischen Bandagen um Azis Taille ermöglichen ihm zwar einen einigermaßen unbeschwerten Gang, rufen bei ihm aber keine Vorfreude für jenen Fall hervor, dass er wieder einmal davonrennen muss.

Welcher Art die medizinische Einrichtung auch immer sein mag, die sie gerade verlassen, es handelt sich jedenfalls nicht um eine allgemein zugängliche. Sie eilen durch ein verwinkeltes Gewirr von hellen Korridoren und steigen dann in einen zerbeulten Minivan, der sich schaukelnd in den dichten Verkehr einfädelt. Sie fahren schnell durch zunehmend heruntergekommene Randbezirke, bis sie bei einem zwischen Apartments eingekeilten Laden mit Glasfront ankommen.

Dieser ist, wie Azi befindet, ausreichend schäbig, um so etwas wie einen eigenständigen Charakter zu entfalten, welcher allerdings keinerlei Ähnlichkeit mit dem Luxus der Berliner Wohnung oder der riesigen Leere der Lagerhalle hat. Hinter einem völlig austauschbaren Rezeptionstresen treten sie in ein Büro, das auf beinahe anstößige Art ebenso standardisiert ist: billiges Mobiliar, Teppichfliesen, Neonbeleuchtung. Die muffige Luft legt nahe, dass es kaum benutzt wird. Ein Rückzugsraum für den Notfall.

Azi sieht sich nach verräterischen Indizien für superkrasses Hightech um, doch alles, was er sieht, ist ein in die Jahre gekommener Fotokopierer und eine Filterkaffeemaschine. Die megageheime Abteilung eines Nachrichtendienstes, der etwas auf sich hält, würde sich doch wohl kaum einer solchen

Bude bedienen, oder? Er überlegt, ob er einen diesbezüglichen Kommentar von sich geben soll, als Anna seine Gedanken mit einem stechenden Blick stört, den sie anscheinend speziell für ihn reserviert hat.

Von der Ruhe und der Geschwindigkeit abgesehen, mit der alles abläuft, fühlt sich das Ganze beinahe banal an. Ihre beiden Begleiter beziehen Posten direkt vor der Tür, und Anna fordert Azi mit einer Geste auf, ihr gegenüber an einem abgestoßenen Holztisch Platz zu nehmen, der – ausnahmsweise – nicht von IKEA ist. Aus ihrer Jackentasche holt sie ein Samsung Smartphone hervor, entsperrt es und legt es auf den Tisch. Azi ist unsicher, was das zu bedeuten hat, und beschließt folglich, sich nicht beeindrucken zu lassen.

«Nettes Handy. Ist Odi da? Er hat mir ja schließlich das Leben gerettet … wieder einmal. Ich würde mich gern bei ihm bedanken.»

Anna blickt gequält drein. «Er ist unabkömmlich und wird woanders aufgehalten. So wie wir bald vielleicht alle. Schau mal auf das Telefon, Azi. Schau mal, wer sich eingeloggt hat.»

Azi nimmt es in die Hand. Das Set-up ähnelt dem seines NADIR, aber es hat mehr Funktionen: eine Auswahl an sicheren Apps einschließlich eines individualisierten Webbrowsers. Nach einem Klick schaut ihn Jims Gesicht aus den Tiefen des Defiance-Forums an. Das Samsung ist eines der Geräte, die Odi und Anna schon seit einiger Zeit benutzen, um Jim einsatzbereit zu halten. Azi ist sich nicht im Klaren, was das bedeutet.

«Ihr habt euch als Jim eingeloggt. Warum?»

Anna wedelt mit einem Finger. «Ich möchte, dass du dir seine neuesten privaten Nachrichten anschaust.»

Azi tut, wie ihm geheißen. Eine neue Nachricht war vor zehn Stunden eingetroffen, während er noch bewusstlos gewesen ist: eine Zeile von einem anonymen neuen Forumsmitglied, direkt an Jim geschickt.

*hilfe bitte bin lebend rausgekommen verstecke mich im dunkeln hilfe kommt bitte nähe instanbul glaub ich*

Azi bleibt die Sprache im Hals stecken.

«Und ihr meint, das ist von ihr?»

Anna nickt. «Die Peilsender, die wir ihr untergeschoben haben, wurden außerhalb von Berlin weggeworfen. Aber es ist uns gelungen, die IP-Adresse, von der aus diese Nachricht gepostet wurde, zur türkischen Grenze zurückzuverfolgen. Das soll ganz offensichtlich *sie* sein. Und wir sollen offensichtlich glauben, dass sie eine neue Möglichkeit gefunden hat, um uns zu kontaktieren. Dass sie im Dunkeln auf einer gestohlenen oder geliehenen Maschine herumtippt. So was in der Art. In einem heroischen und verzweifelten Versuch.»

Ihr Tonfall trieft vor Verachtung. Azi hat noch immer Probleme mit dem Sprechen.

«Warum?»

«Weil wir wie nützliche Idioten hinter ihr herjagen sollen.» Sie steht abrupt auf und schreitet auf und ab. Azi fühlt sich an ein gefangenes Tier erinnert, das irgendwelchen Schatten nachjagt. Würde Munira den Raum betreten, würde ihr ein einziger Blick aus Annas Augen das Gesicht versengen. Sie spricht währenddessen weiter. «Es ist sehr wichtig, dass Munira glaubt, dass wir genau das tun, dass wir Idioten sind. Aber ... die meisten Dinge sind inzwischen außerhalb unserer Kontrolle. Unsere Kollegen in ganz Europa, und auch die Amerikaner, sind dabei zu entscheiden, wie sie mit dir weiter verfahren wollen. Und mit mir. Sie haben mit allem Nachdruck deutlich gemacht, dass alles, was du angefasst hast, dass alles, was wir getan haben, verdächtig ist.»

Während Azi sie beobachtet, denkt er an das klaffende

Loch in der Lagerhalle, an die auf dem Boden ausgestreckten Leichen, an die von der Notbeleuchtung in einen blutroten Schein getauchte Szenerie. Anna hat eine Menge mehr verloren als er. Er atmet rasch durch und zwingt sich zur Konzentration.

«Ihre Nachricht ... das ist eine gute Sache. In gewisser Hinsicht. Das war nicht Teil ihres Plans, Berlin hätte das Ende sein sollen. Also versucht sie jetzt, den Misserfolg zu überspielen und uns weiter zu verwirren. Sie kann nicht wissen, was ich herausgefunden habe, was bedeutet, dass sie angreifbar ist.»

Anna unterbricht ihr Auf- und Abgehen. «Ich mag die Art, wie du denkst, Azi. Aber begeh nicht den Fehler, dich auf sie zu konzentrieren. Das, was dahintersteckt, ist das Wichtige. Gomorrha, die Verbindungen zum IS. Erinnere dich: Alles, was sie zu erreichen hoffte, hat funktioniert. Sie räumt jetzt auf, löst noch ein paar offene Probleme.»

Kurz sehen sie einander an; zwischen ihnen herrscht so etwas wie gegenseitiger Respekt. Dann klopft einer der Anzugmänner an die Tür, betritt den Raum und übergibt Anna eine dunkle Plastiktüte. Sie reicht sie an Azi weiter. Sie enthält den Computer aus seinem Versteck in Exarchia, herbeigeschafft in überirdischer Geschwindigkeit. Er biegt seine Finger durch, legt den Rechner auf den Tisch und wendet sich Anna zu.

«Okay. Kommen wir zur Sache. Es gibt ein paar Dinge, die ich dir auf diesem Gerät zeigen muss: Mitteilungen, meine Recherchen, einen Mann in Syrien, der vielleicht doch noch nicht tot ist. Warte einfach ab, ich verspreche –»

Plötzlich gibt es Aufregung an der Tür. Die beiden Anzugmänner ziehen simultan Waffen unter ihren maßgeschneiderten Sakkos hervor, nehmen Blickkontakt mit Anna auf, bevor sie nachschauen gehen. Noch ehe Azi einmal verwundert mit den Augen gezwinkert und den Kopf gedreht hat, ist auch in

Annas Hand eine Schusswaffe aufgetaucht. Mit einer Geste bedeutet sie ihm, vom Tisch aufzustehen und zur Rückseite des Raums zu gehen. Sie steckt eine Hand in die Tasche, drückt einen verborgenen Gegenstand, und ein Teil der Wand hinter ihnen gleitet auf und enthüllt etwas, das wie ein Betonschrank aussieht.

«Wusst ich's doch!» Er mustert den Kasten wohlwollend. Ziemlich krass. «Ich wusste, dass dieser Raum gut bestückt ist!»

«Azi», zischt sie. «Wenn es irgendwas Wichtiges gibt, das du vergessen hast, mir zu sagen, dann ist es jetzt höchste Zeit.»

Er überlegt.

«Es ist vollkommen ausgeschlossen, dass – was immer das Ganze soll – es irgendetwas mit mir zu tun hat. Ich meine … ich hatte mir Zugang zu Gomorrha in Berlin verschafft, wirklich nur ganz kurz, um nach Athen zu gelangen. Aber ich habe alles beseitigt, meine Spuren verwischt und bin nie wieder auch nur in die Nähe von Gomorrha gekommen …»

Azi zieht sich in den Betonraum zurück, während er dies sagt, und versucht, eine Reaktion zu zeigen, die adäquat zu der Abfolge entsetzter Mienen ist, die sich auf Annas Gesicht widerspiegeln. Ehe er noch etwas sagen kann, öffnet sich erneut die Bürotür, und der nur marginal kleinere der beiden Männer erscheint schweratmend, in der Hand ein Mobiltelefon.

«Ein Anruf, Ma'am. Ein Kerl von der Straße brachte eine Nachricht an die Rezeption. Wir halten ihn zwar noch fest, aber er sieht wie ein Niemand aus. Er wurde anonym bezahlt, um eine Nachricht zu überbringen. Er sagte, es sei dringend. Ich gab ihm die Nummer von meinem Wegwerfhandy, und jetzt ist eine männliche Person am anderen Ende. Er will Azi sprechen.»

Annas Gesicht ist ein eskalierender Mix aus Erstaunen und Verärgerung. Sie spricht schnell, ohne auch nur eine Sekunde den Blick von Azi zu wenden.

«Lautsprecher ein, sofort. Verfolgt ihn zurück. Ich will alles über den Boten wissen und darüber, wie uns jemand hier finden konnte. Dieser Computer dort kommt sofort in den Kühlschrank. Ich will Antworten haben. Und ganz besonders will ich, Azi –»

«Äh – ja?

«Ich will, dass du genau das tust, was ich dir sage, und mir außerdem jede wichtige Scheißinformation bis zu dieser Minute gibst. Hast du mich verstanden? Wer immer das auch ist: Du sagst ihm nichts. Sprich einfach immer weiter.»

«Wird gemacht. Jawohl, Ma'am.»

So viel zum Thema gegenseitiger Respekt.

# KAPITEL 35

•••

Die Stimme am anderen Ende der Leitung knistert und knackt, ist schwach und wird eindeutig über mehrere Server weitergeleitet. Aber sie ist auch unverwechselbar.

«Bin ich auf Lautsprecher geschaltet?»

«Ja.»

«Spreche ich mit Azi?»

«Ja.»

«Bist das wirklich du, Alter? Weißt du, wer hier spricht?»

«Äh.»

Azi hält inne. Natürlich kann das nur ein einziger Mensch sein. Natürlich ist es völlig unmöglich, dass dieser Mensch ihn hier und jetzt anrufen kann.

«Ad?»

«Genau der. Wie geht's denn immer so, alter Wichser?»

«Äh ... nicht schlecht.»

«Ich vermute, du kannst jetzt gerade nicht sprechen. Aber ich wette, sie möchten trotzdem gern wissen, wie ich dich gefunden habe ... Stottere einmal für Ja, zweimal für Nein. Nee, ich verarsch dich bloß ein bisschen. Du bist überall in den Nachrichten. Bei den Mainstream-Medien, Verschwörungsspinnern, sozialen Netzwerken, wo auch immer. Du bist Dauerthema. Ohne dass dich jemand kennt. Bloß ein kleiner Mord auf der Akropolis, irgendein Verrückter zertrümmert den Kopf eines Mannes mit einem antiken Relikt. Terrorismus, Angst befällt das Land, bla, bla, bla. Aber ich habe dich gesehen. Und nach dem Bat-Signal habe ich zwei und zwei zusammengezählt. Dabei ist herausgekommen, dass es Zeit ist, deinen Arsch zu retten ... Du bist ja so still, Azi.»

Mit ihrer freien Hand hat Anna zwischendurch dem Mann, der den Laptop hergebracht hatte, durch Gesten bedeutet, ihr Papier und Stift zu bringen. In Blockschrift kritzelt sie: WER IST DAS? WAS IST DAS BAT-SIGNAL? IST ER EINE BEDROHUNG? Azi zeigt auf die letzte Frage und schüttelt nachdrücklich den Kopf. Dann holt er tief Luft und beginnt zu sprechen.

«Tja, also, ist ja doch schon eine Weile her, seit wir beide in East Croydon aufgewachsen sind und uns diese Geschichte mit dem geheimen Bat-Signal ausgedacht haben, das einer von uns beiden im Notfall losschicken kann ... allerdings ist es völlig ausgeschlossen, dass ich dir hätte sagen können, wo ich bin, weil ich es nach meiner Ankunft in Athen losgeschickt habe, und das ist dann ja auch schon der ganze Kontakt, den wir hatten, seit du – äh – nach Kalifornien gezogen bist und angefangen hast mit denen von – wie heißt das gleich wieder – von diesem Institut –»

«Azi, Alter. Vergiss nicht zu atmen. Du kippst sonst aus den Latschen. Du kannst mich zwar nicht sehen, aber ich mach gerade winke, winke zu den Leuten im Zimmer.» Er hebt die Stimme. «Hi, Leute! Jawohl, ich bin ein alter Freund, der sich in der Stunde der Not um Azi kümmert.»

Einen Augenblick lang kommt sich Azi wie ein Opfer von Ads gehackten Telefonanrufen vor fünfzehn Jahren vor, wie ein ahnungsloser Freiwilliger für die Zaubertricks von jemand anderem. Doch dann verrutscht etwas in seinem Innern. Er ist kein Teenager mehr, und sein ältester Freund ist in eine Sache hineingestolpert, die er unmöglich überblicken kann. Er hebt seine Stimme.

«Ad, du hast vermutlich keine Ahnung von dem, was hier abgeht. Wie hast du mich gefunden?»

Ad klingt verblüfft.

«Ich hatte deine Nachricht erhalten – übrigens hübsch

gemacht, und danach war Funkstille, und dann ging das Ding in Athen los. Beinahe hätte ich dich in deinem neuen Look gar nicht erkannt, aber irgendjemand hat ein Video auf Facebook eingestellt, auf dem man zehn Sekunden lang sieht, wie du blutest. Ich habe zuerst die Krankenhäuser in Athen gecheckt, dann private Kliniken und Ambulanzen und Einrichtungen, die nicht im Telefonbuch stehen, hab ein paar Leute dafür bezahlt, dass sie Türen beobachten, und die Aufnahmen der Straßenkameras analysiert. Zum Schluss hatte ich, fürs große Finale, jede Menge Leute auf der Straße, um möglichst viele Optionen zu haben. Nichts ist zu gut für einen alten Kumpel. Simsalabim!»

Auf Annas Zettel steht *WAS MEINT ER DAMIT?*, aber Azi weiß, wovon Ad spricht. Wenn es um den Knalleffekt eines spektakulären Zaubertricks geht, ist es gut, mehrere Optionen zu haben. Der Zauberer bringt Ihre Spielkarte aus einem versiegelten Umschlag zum Vorschein, den er zuvor jemandem aus dem Publikum gegeben hat. Was er nicht sagt, ist, dass es noch einen weiteren Umschlag in seiner eigenen Jackentasche gibt und noch einen unter dem Sitz des Zuschauers versteckt und noch einen, um ihn heimlich in Ihre Jackentasche zu schmuggeln, und zusätzlich hat er einen weiteren in petto, der von der Decke fällt, und so weiter. In jedem Umschlag steckt eine andere Spielkarte; folglich hat der Zauberer so viele Chancen auf die richtige Karte, wie er bei seinen Vorbereitungen einbauen kann. Es ist ein Zahlenspiel.

Also musste Ad anonym Dutzende von Leuten dafür bezahlt haben, dass sie sich vor Privatkliniken und Ambulanzen in ganz Athen auf die Lauer legten und Ausschau nach der Ankunft eines Fahrzeugs hielten, das Azi befördern könnte. Und dann musste er noch viele andere dafür bezahlt haben, dass sie dort Erkundigungen einzogen, wo diese Transporte endeten. Es musste ihn ein kleines Vermögen gekostet haben; andererseits hatte Ad bislang anscheinend nie ein Problem damit, Geld in die Hände zu bekommen. Das alles ist wie ein böser Traum, denkt Azi, und überlegt ganz kurz, ob er sich nicht zwicken sollte.

Anna flucht leise vor sich hin und sagt dann über die Freisprecheinrichtung:

«Sie können jetzt mit mir reden. Ich kümmere mich gerade um Azi. Es geht ihm gut.»

Ad klingt jetzt weniger selbstsicher.

«Hören Sie. Azi hat Ihnen gesagt, wer ich bin. Ich kann zwar selbst nicht glauben, dass ich all das gerade mache, aber er braucht mich, und ich schulde ihm was. Irgendwie ist bei Ihnen die Kacke am Dampfen, stimmt's? Sie denken wahrscheinlich, Sie dürfen mir nicht alles sagen, aber jetzt werde ich Ihnen etwas sagen, das Ihre Meinung ändern wird. Bist du noch da, Alter? Es geht um dieses Mädchen.»

«Wir hören.»

«Also – bis vor etwa einem Jahr habe ich bei dieser Firma gearbeitet, dem *Existential Institute*, und dann passierte das Übliche: Sie beschlossen, dass Sie meine Arbeitskraft dort nicht länger benötigen. Unüberbrückbare Differenzen. Doch während ich da noch beschäftigt war, habe ich dieses Mädchen kennengelernt, und sie war unglaublich. Ich meine, ich bin bei der Frau richtig aufgetaut. Hab der Sachen erzählt, die ich noch nie jemandem erzählt habe. So richtig gefühligen Blödsinn. Und ein paarmal hab ich deinen Namen erwähnt, Azi. Hab ihr ein paar Dinge erzählt.»

Azi kann nicht mehr an sich halten und unterbricht ihn.

«Jesus, Ad! Was hast du ihr bloß gesagt? Wie hat sie ausgesehen ... Warte mal, wart ihr zwei, du weißt schon, irgendwie zusammen?»

«Ob ich mit der was hatte? Nein, wir waren nicht *so* zusammen. Wir haben uns nie IRL getroffen. Es gibt da diese App für Leute, die digital in der Bay Area arbeiten, Geek Elite, sodass man keine Zeit mit Normalos verplempert. Wir haben uns dort kennengelernt, haben gechattet, haben öfter gechattet. Dann übers Telefon ... du weißt doch, wie so was läuft. Sie war unglaublich. Und sie war sauber – gemeinsame Freunde, kannte sich in der Szene aus. Doch dann hat sie gesagt, ihr sei irgendwas dazwischengekommen und sie müsse sich verabschieden. Ich hätte nie Verdacht geschöpft, aber sie hat einen Fehler gemacht. Ich bin drauf gestoßen, als ich – äh – einem Kollegen nachspioniert habe, der dieselbe App benutzt hat. Da gab es von einem Mädchen mit anderem Namen eine Textzeile, die mir aber bekannt vorkam. Ich kriegte da so ein Gefühl, also habe ich die Zeile überprüft – und bingo. Eine spitzenmäßige Phishing-Expedition. Sie hat das Unternehmen nach Computerfreaks abgecheckt, die Kontakte mit britischen Hackern pflegen. Und sie hat mehrere Identitäten und immer wieder Standardformulierungen benutzt, dazu Social Engineering und noch einiges mehr. Hat mich ungefähr zweihundert Scheißstunden gekostet, bis ich alle SMS und Mails durchhatte und Bescheid wusste. Zum Schluss musste ich das Ganze automatisieren und ein semantisches Suchprogramm –»

Anna schneidet ihm das Wort ab. «Wir können uns eine Vorstellung machen. Was wir wissen müssen, ist, *warum* wir jetzt diese Unterhaltung führen.»

«Die Geschichte geht so: Notruf von Azi. Irrer Anschlag in Athen. Vorsätzliche Falschinformation der Öffentlichkeit über das wirkliche Geschehen. Und außerdem habe ich mir die letzten anderthalb Jahre den Kopf zerbrochen, warum sich jemand so sehr dafür interessiert hat, was ich in East Croydon getrieben habe. Antwort: Es geht ausschließlich um all das, was zum Teufel auch immer gerade bei euch passiert. Worüber ihr mich echt aufklären solltet. Und übrigens –»

*«Was?»*

«Ich erwarte dafür eine Bezahlung. Ich kann euch meine Kontodaten rüberschicken. Und es gibt noch ein paar Sachen, die ich weiß. Sagt euch der Name Rachel irgendwas?»

Sowohl Azi als auch Anna verneinen. Am anderen Ende der Leitung tritt eine Pause ein.

«Tja, dann vermute ich ... sie hat offensichtlich einen ganzen Haufen von Scheißpseudonymen benutzt, nicht wahr? Wie auch immer. Ich hätte da was anzubieten.»

Azi rollt die Augen.

Über eine sichere und mörderisch schnelle Internetverbindung hat Azi inzwischen herausgefunden, dass Kabirs Telefon nicht mehr online ist; dass es eine von Kabirs letzten Aktionen war, ihm Zugang zu zwanzig MB Daten unterschiedlicher Art vom Islamischen Staat zu geben und dass Ad den Chat mit ihnen anhand einer zunehmend nervtötenden Serie sicherer Textnachrichten weiterführen möchte.

> Du willst mir tatsächlich rein gar nichts sagen, Alter? Obwohl ich so viel Arbeit reingesteckt habe? Deine Genossen sind doch bestimmt bereit, ein wenig Dankbarkeit zu zeigen. Ich meine, es ist ja nicht so, als hätte ich anderen erzählt, was ich mir zusammengereimt habe. Obwohl ich es könnte.

Anna scheint nicht im Geringsten erbaut zu sein über so gut wie alles, was sich in der vergangenen halben Stunde ereignete, aber sie hat wenigstens Azi weiter zugehört.

«Droht uns dein Freund etwa? Wäre er fähig, mit dem, was er zu wissen glaubt, an die Öffentlichkeit zu gehen?»

Sie hatte in einem Raum außerhalb von Azis Hörweite lange über eine gesicherte Leitung telefoniert und sitzt jetzt wieder am Tisch. Azi sichtet auf seinem Laptop die Files, die Kabir geschickt hat, scrollt eine Bildschirmseite mit Daten nach der anderen durch, während er zugleich versucht herauszufinden, was in aller Welt Ads Flirterei auf dem Datingportal zu bedeuten hat. Er antwortet vorsichtig, weil er nicht weiß, ob er die Person, zu der Ad vielleicht geworden ist, gut genug kennt.

«Ja, also, irgendwie ist er schon ein blöder Arsch, aber einer von der gutartigen Sorte. Meistens jedenfalls. Er ist einfach eigensinnig, verstehst du? Ich denke, er fühlt sich schuldig. Wir waren sehr lange gute Freunde. Dann ist er nach Kalifornien abgehauen. Ehrlich gesagt hätte ich nie geglaubt, dass er sich an das Bat-Signal erinnert.»

«Ist ja rührend. Aber was ich wissen muss, ist: Wie ernst sollte ich ihn nehmen?»

«Ich würde normalerweise nichts von dem, was Ad sagt, ernst nehmen. Aber diese Dating-App und die Beziehungen da – das ist alles schon ziemlich komisch. Schau dir diese Files an, die Kabir geschickt hat, kurz bevor was auch immer mit ihm passiert ist. Sie sind nicht geordnet, aber das hier ist interessant: Sachen über Schleuser, Routen, Gesprächsprotokolle. Es gibt einige Überschneidungen mit der Gomorrha-Operation. Das muss ein Riesenaufwand gewesen sein, all diese Todesfälle zu faken und dann die Dschihadisten nach Europa zu schicken. Kommt dir hier irgendetwas seltsam vor?»

Anna wedelt ungeduldig mit der Hand. «Sag's mir einfach.»

«Die IP-Adressen. Eine Menge von dem Zeug ist Darknet-Material, aber die Exit-Nodes sind nicht alle maskiert. Das ist eine Schlamperei, die sie hätten abstellen sollen. Kann sein, dass sie mit einer älteren Version des Gomorrha-Client gearbeitet haben. Wie auch immer: Die Standorte ergeben keinen Sinn. Es gibt Knoten im Nahen Osten, in Syrien. Aber dann gibt es wieder haufenweise welche auf der anderen Seite des Globus. In Kalifornien.»

Azi deutet auf einen Browser-Tab, wo er die nicht maskierten Knoten auf einer Landkarte markiert hat. Syrien und Kalifornien stechen hervor wie Zwillingskonstellationen, mit einigen wenigen verstreuten Punkten dazwischen. Anna sieht ihn scharf an.

«Was bedeutet das, Azi?»

«Ich weiß es nicht. Dazu bräuchte ich mehr Daten, mehr Zeit. Aber ich glaube, Ad muss das fehlende Bindeglied sein. Zwischen mir, Munira und überhaupt allem.»

«Oder er ist einfach ein wichtigtuerischer Schwachkopf.»

Azi hält inne und versucht, rational zu denken.

«Das glaube ich nicht. Ihr habt mich gefunden aufgrund einer gecachten Seite in den sozialen Medien, die jemand mit veralteten, aber korrekten Informationen erstellt hat. Wie ist dieser Jemand da rangekommen? Die einzige Möglichkeit ist die über Ad. Ich denke schon die ganze Zeit darüber nach, und ich schätze, er ist die einzige in Frage kommende Quelle. Aber die Seite selbst hätte er nie erstellt. Also hat jemand die Informationen bei ihm abgephisht. Jemand, der so gut ist, um ihn ins Visier zu nehmen und zu täuschen – was nicht so leicht ist, wie du vielleicht denken magst. Jemand wie Munira.»

Anna schaut nachdenklich drein.

«Würdest du sagen, dass dein Freund der akribische Typ ist? Oder neigt er eher zu übergroßem Selbstvertrauen?»

«Akribisch ist er definitiv nicht. Obsessiv und genial, ja.»

«Das hab ich mir gedacht. Ich habe kurz mit einigen amerikanischen Freunden gesprochen – mit jenen, die noch bereit sind, mir zuzuhören. Er wird jetzt gleich eine böse Überraschung erleben.» Sie zieht eine Braue hoch.

«Wovon sprichst du?»

«Das wirst du sehen. Er verschleiert seinen Aufenthaltsort nicht so gut, wie er es sich einbildet.»

Azi wartet und überlegt wehmütig, wann er zum letzten Mal eine anständige Tasse Kaffee getrunken hat – und ob er überhaupt jemals wieder etwas trinken wird, das ausreichend viel Koffein enthält, um das sich in seinem Kopf zusammenbrauende Chaos aufzulösen. Die Anzugmänner erscheinen und verschwinden wieder. Dann kommt eine neue Nachricht von Ad.

> Bei mir ist jetzt ein Mann, der mich beobachtet, während ich das tippe, und ein zweiter auf dem Rücksitz des Autos, in das man mich gerade gebracht hat, und noch zwei, die ich draußen sehen kann. Sie sagen, alles ist okay, solange ich dir eine Nachricht sende und dir schreibe, wie unbedingt behilflich ich sein möchte. Was auch stimmt, selbstverständlich.

Azi macht Anstalten, etwas zu sagen, aber Anna bedeutet ihm mit einer Geste, still zu sein. Einige Minuten verstreichen, dann trifft eine letzte Nachricht ein.

*Hey, Alter, in was zum Teufel hast du mich reingeritten?*

Anna wirft Azi einen nachdenklichen Blick zu.

«Warst du schon mal in Kalifornien?»

# KAPITEL 36

•••

Sie scrollt durch das Briefing auf ihrem Bildschirm, überfliegt den Inhalt, zwingt sich, langsam zu atmen und ihren Puls zu stabilisieren. Die Stimme ihres Mitstreiters krächzt aus den Lautsprechern des Laptops. Er klingt schlecht gelaunt, sondiert, ob sie Schwächen zeigt, testet ihre Entschlossenheit.

«Bist du noch da, Amira? Hast du dir meinen Vorschlag überlegt?»

Man könnte Mitleid mit ihm haben, denkt sie, wie er davon besessen ist, ein Spiel zu gewinnen, das sie überhaupt nicht spielen will. Dass er ihren echten Namen benutzt, ist ein Zeichen von Verzweiflung seinerseits, eine letzte Provokation. Es bedeutet, dass er keine Karten mehr hat, die er ausspielen könnte. Sie trinkt bedächtig einen Schluck Tee, ehe sie antwortet.

«Das ist wirklich sehr nett von dir, Michael. Aber ich möchte deine Hilfe nicht annehmen und brauche sie auch nicht. Wie du weißt, bilde ich mir was darauf ein, das, was ich verbockt habe, auch selbst wieder in Ordnung zu bringen. Außerdem wäre es für dich ein langer Weg von Dresden bis hierher.»

Vom andern Ende der Leitung kommt ein Geräusch, das wie ein entrüstetes Stottern klingt. Er muss tatsächlich geglaubt haben, dass sie seinen Aufenthaltsort nicht kennen würde, dass sie zu diesem Informationslevel keinen Zugang hätte. Noch so ein Idiot, genau wie dieser Möchtegernattentäter in Athen, wie diese amerikanischen Agenten, die mit ihren Waffen und ihrer Ausrüstung und ihren ins Leere laufenden Ambitionen durch die Gegend rennen. Sie ist froh, dass Odis Eingreifen am Parthenon mit einem Toten endete, auch wenn das zu Unannehmlichkeiten geführt hat. Der Tod ist die eleganteste Riposte auf einen Fehlschlag. Amira gestattet ihrer Stimme einen Hauch von Betroffenheit.

«Michael? Du bist ja so still. Sei versichert, dass ich weiß, wo ich dich finde, sollte ich Hilfe brauchen. In der Zwischenzeit hast du jede Menge zu tun. Ich schicke dir nach diesem Anruf das deutsche File. Ich erwarte, dass du es aufmerksam durchgehst.»

«Selbstverständlich.»

Er versucht, gelassen zu klingen, aber diese Gabe ist ihm nicht vergönnt. Nach einem weiteren Schluck Tee beendet sie das Gespräch und widmet ihre ganze Aufmerksamkeit dem File.

Ganz oben steht ein Name, gefolgt von einer Kurzbiographie: Tommi Christian, Gründer und Führer des deutschen Ablegers der Defiance-Partei, 1969 in Görlitz direkt an der polnischen Grenze geboren. Tommi Christian, der als zukünftiger Führer von Europas bevölkerungsreichster und wohlhabendster Nation gehandelt wird. Der sich auf einer breiten und hervorragend organisierten Welle des Hasses bis an die Spitze tragen lässt.

1969 lagen die Dinge ganz anders. Tommi wurde in das Miasma Ostdeutschlands hineingeboren und trottete durch eine Vergangenheit, die abzuräumen die DDR-Regierung zu arm war: gepflasterte Straßen und verwahrloste Kirchen, gotische und barocke Fassaden. Die Grenze, die Görlitz in zwei Teile teilte, wurde entlang der Neiße gezogen, 1945, am Ende des von den Russen so genannten Großen Vaterländischen Kriegs. Dessen Altlasten bestimmten Tommis Kindheit und Jugend. Teilung, Armut, Schuld, Demütigung. Eine zerstückelte Stadt im Exil von der eigenen Historie.

Dann erlebte er eine neue Vereinigung. Nicht von Görlitz,

sondern von ganz Deutschland. Er erlebte die Erneuerung von Macht und Stolz, eine auf Hollywoodhochglanz aufpolierte Geschichte, Wohlstand und Reisefreiheit eines sich neu erhebenden Europas. Eine Zeitlang wagte er zu hoffen. Doch er erlebte auch, wie diese Versprechungen verraten wurden; wie die Bedürfnisse der einfachen Leute von ihren Führern ignoriert, wie ihre Werte und Lebensweisen preisgegeben wurden, wie die Politik eine neue Invasion von Immigranten und fremden Ideologien in seinem Land willkommen hieß.

Tommi erlebte mit, wie der Osten seine Freiheit gewann und verspielte. Also gründete er seine eigene Bewegung. Eine Botschaft der Hoffnung für die wahren Deutschen. Ein mit unbekümmertem Charme abgegebenes Versprechen, die Kontrolle wieder selbst zu übernehmen. Diese Leichtigkeit des Herangehens an Probleme gehörte zu seinen größten Vorzügen: seine zugängliche Art, das medienfreundliche Grinsen, die amüsierte Verachtung für die in Berlin und Brüssel, die ihn immer wieder unterschätzten.

Wie Amira weiß, stellt sich Tommi gerade in Positur, um mit der Aura des Siegesgewissen an seinen Geburtsort zurückzukehren, sich im Herzen der Altstadt auf den Untermarkt zu stellen und zu einer großen Schar von Medienvertretern und Anhängern zu sprechen. Sie werden sich auf dem Pflaster des Platzes drängeln, um das zu hören, was er an Witzigem und Ernstgemeintem zu sagen hat – um seiner Apotheose beizuwohnen. Der alte Osten, und nicht Berlin, wird die Triebkraft für die Wiedergeburt der Nation sein. Zehntausend Aktivisten werden seine Worte teilen, und noch während er spricht, werden sie Medieninhalte für eine weitere Million von Followern produzieren und den Scheiterhaufen für die etablierte Politik anfachen.

Und wenn alles in diesem File erfolgreich in die Tat umgesetzt ist, werden sie an einem Schauspiel teilnehmen, von dem niemand etwas ahnt: der Show, zu der Gomorrha die Welt als Zuschauer einlädt. Ein Massaker, wenn auch nicht an Unschuldigen. Eine Kristallnacht, eine Nacht der langen Messer.

Sie nimmt einen letzten Schluck, betrachtet die Blätter auf dem Boden ihrer Tasse, genießt den bitteren Gerbstoff des Teesatzes. Auf Munira Khans erste Nachricht ist eine Antwort eingegangen, ein bedingungsloses Hilfeversprechen für eine Drachentöterexpedition in den Unterschlupf der Bestie. Mit Bedacht überlegt sie sich den nächsten Schritt für die Falle, die sie stellen will.

Amira bringt das, was sie verbockt hat, auch immer selbst wieder in Ordnung. Streng genommen braucht Azi Bello nicht zu sterben. Doch die Gelegenheit ist zu verlockend, um sie nicht zu nutzen.

# KAPITEL 37

• • •

Aus Gründen, die, wie Azi überzeugt ist, sich ihm irgendwann – wenn auch in ferner Zukunft – erschließen werden, sitzt er gerade in einem großen und beeindruckend unbequemen Sessel im Wohnzimmer eines weitläufigen Apartments im ersten Stock eines scheinbar verlassenen Gebäudes irgendwo in der Bay Area von San Francisco.

Es ist entweder im spanischen oder mexikanischen Stil eingerichtet, oder vielleicht auch in einem gedankenlosen Mix aus beiden: gemusterte Bodenfliesen, weiß getünchter Rauputz an den Wänden, wuchtige Möbel aus dunklem Holz mit Metallornamenten. Ad sitzt ihm gegenüber in einem kleineren, aber vermutlich ebenfalls unbequemen Sessel und hibbelt geistesabwesend mit den Beinen, während er mit dem Finger auf einem Tablet herumfährt. Bislang haben sie noch kein Wort miteinander gesprochen.

Azi ist seit vier Stunden in Kalifornien. Begleitet von einem nahezu einsilbigen Odi, ist er von Athen über London per Linienflug geflogen, was – wie Anna ihm versicherte – einen außerordentlichen und eher unverdienten Ausdruck von Zuvorkommenheit seitens ihrer amerikanischen Gastgeber darstelle. Während der Reisezeit von insgesamt zwanzig Stunden gelang es Azi, sich fünf Filme anzusehen, zwei Thriller vom Flughafenkiosk zu lesen, drei Mahlzeiten von winzigen Tabletts zu essen, zahllose winzige Dosen Gingerale zu trinken und sich generell in einer Verweigerungshaltung zu aalen. Sein Wiedereintritt in die Realität vollzog sich mittels eines bulligen schwarzen SUV voll schweigsamer Anzugmänner am Ende der Ankunftshalle. Er und Odi wurden zu diesem Apartment befördert. Ad war bereits da. Odi begab sich wortlos in die Küche. Erklärungen hat es bis jetzt keine gegeben.

Azi sitzt bereits seit drei oder vier Minuten Ad gegenüber, bis dieser endlich den Blick hebt und den Mund aufmacht. Sein Ton liegt irgendwo zwischen Impertinenz und Hysterie.

«Ich schätze mal, die kaufen diese Häuser bei Versteigerungen. Bankrotte Hotels oder Apartmentkomplexe. Billig und völlig geschmacklos. Die sie dann als Discount-Verliese nutzen.»

Azi versucht ein Lächeln, aber sein Gesicht hat die dafür zuständige Miene nicht parat. Ad redet weiter.

«Ich habe mich hier häuslich eingerichtet, so gut es geht. In Anbetracht dessen, dass ich ein Gefangener bin. Totale Überwachung, IT-Sperre. Mit dem Ding hier kann ich noch nicht mal den scheiß iPlayer benutzen.» Ad wedelt mit dem Tablet und schmeißt es dann geräuschvoll auf einen gefliesten Beistelltisch. «Und selbstverständlich stehen draußen auch ein paar Typen, sehr diskret. Nicht dass mir von irgendjemandem irgendetwas gesagt worden wäre, außer dass ich Scheiße gebaut hätte. Aber du, du warst doch der Mann, der nie in Schwierigkeiten geraten ist, der bloß in einer Hütte leben wollte – und jetzt guck dich an! Guck dich doch mal an!»

Ad bricht ab, was Azi veranlasst, sich die eigene Erscheinung vor Augen zu halten. Der Schädel rasiert, die Ohren noch immer gepierct, der Körper sauber, aber böse zugerichtet. Dunkle, lose fallende Kleidungsstücke bauschen sich über seinem Verband. Azi sieht aus, wie er sich fühlt: härter und zugleich zerbrechlicher als die Person, die man aus ihrem alten Leben gerissen hat.

Während das Schweigen zwischen ihnen immer bedrückender wird, betrachtet Azi seinen Freund genauer. Am schockierendsten ist vielleicht die Tatsache, dass Ad unverschämt gut ausschaut. Der Teenager, der sich Ende der neunziger Jahre nach Kalifornien verabschiedet hatte, war ein wandelndes Gewurstel aus Knien und Ellbogen in schlecht sitzenden Klamotten. Vor ihm sitzt jetzt ein Triumph amerikanischer Zahnmedizin, kombiniert mit proteinreicher Ernährung und persönlichem Fitnesstrainer, mit kunstvoll ungestylter Frisur und einer Kombi aus Skinny Jeans plus T-Shirt, die wahrscheinlich mehr gekostet hat als alle Kleidungsstücke, die Azi besitzt.

Azi sammelt sich, bevor er spricht.

«Schön, dich zu sehen, Ad. Wirklich. Gut siehst du aus.»

Ad scheint über diese Äußerung eines echten Gefühls in Azis Ton verblüfft zu sein.

«Ich find's auch schön, dich wiederzusehen, Alter. Zwar hast du mir mein ganzes Leben versaut und siehst scheiße aus, aber trotzdem ... schön, dich zu sehen.»

Azi bringt ein Grinsen zustande. «Na ja. Letzte Woche wäre ich fast zweimal gestorben. Man hat mich abgestochen und so Sachen.»

Er steht auf, zieht sein Shirt hoch und zeigt den großflächigen Verband, der ihn zusammenhält, dazu die – wie er jetzt bemerkt – sich entwickelnde Landschaft aus Kratzern und Blutergüssen, die sich schwarz und gelb auf seiner Haut abzeichnen. Ad pfeift anerkennend.

«Scheiße, was haben sie denn mit dir gemacht? Was für Ärger haben wir uns da bloß eingehandelt?»

Er klingt noch immer wie der alte Ad, denkt Azi, wie der Unruhestifter, der es nicht mag, wenn der von ihm produzierte Ärger plötzlich an seine Tür klopft.

«Gewaltigen. Ich weiß gar nicht, wo ich anfangen soll, aber ich versuch mal, nichts auszulassen. Um es gleich vorweg zu sagen: Die Tatsache, dass sie mich mit dir sprechen lassen, bedeutet, dass niemand vorhat, dich in nächster Zeit freizulassen.»

Ad bringt ein Nicken zustande.

«Scheiß drauf, Alter. Ich hab schon die ganze Zeit drauf gewartet, dass mal was Interessantes passiert.»

Als Odi aus der Küche zurückkehrt, hat Azi ihm das Wesentliche erzählt – Anna, Odi, Munira, Berlin, Athen, Kabir, Gomorrha – und sich dabei immer wieder unterbrochen, damit Ad ungläubig fluchen, aufstehen, sich wieder setzen und über das Universum und dessen beschissenen Sinn für Humor schimpfen konnte.

Odi trägt eine große Schüssel mit Pasta herein, dazu drei Teller, drei Löffel und Gabeln, stellt alles auf den großen Kaffeetisch in der Mitte des Raums, der gleichfalls ein herausragendes Beispiel für ein abgrundtief hässliches Dekor ist. Metall und Porzellan klirren auf Fliesen. Odi fordert sie mit einer Geste auf, sich zu bedienen, und spricht dann in annähernd dem gleichen liebenswürdigen Ton, den Azi zuletzt in der Berliner Wohnung gehört hat.

«Esst. Entspannt euch. Ich hol gleich noch Wasser. Bisschen Musik gefällig?»

Noch ehe sie antworten können, hat Odi sein Smartphone in eine Docking Station gesteckt. Daft Punk hallt blechern von den Wänden wider. Odi setzt sich und schaufelt sich mehrere Löffel Pasta in den Mund, bevor er fortfährt.

«*Gentlemen*, greift zu. Zwar werden wir beobachtet und abgehört, aber wenn wir alle es schaffen, entspannt auszusehen, dann werden die Musik und das Essen dafür sorgen, dass sie uns nicht belauschen oder von den Lippen ablesen können. Bitte, haut rein.»

Ad wirft Odi einen unverhüllt feindseligen Blick zu.

«Azi hat mir alles über dich erzählt, *Odi.* Da du uns jetzt genau da hast, wo du uns haben wolltest: Wie wär's mit einer Erklärung für diese ganze Kidnappings-, Freiheitsberaubungs- und Spy-Game-Kacke?»

Odi sieht Ad an und bricht dann in Gelächter aus. Abgesehen von damals in Berlin, wo Odi beinahe verblutet wäre, ist dies eines der authentischsten Dinge, die Azi je von ihm erlebt hat. Odi beruhigt sich wieder, nimmt einen enormen Mundvoll Pasta und wendet sich an Ad.

«*Genau da, wo ich euch haben will!* Ich wünschte, es wäre so. Ich bin kein Wärter, der euch gefangen hält. Wir sind alle hier eingesperrt. In einer Stunde werden ich und Azi zu einer Anhörung fortgebracht. Danach bringen sie uns wieder zurück. Und dann werden wir sehen, was sie mit uns machen wollen. Sie sind ... verdammt sauer auf uns. Aus den verschiedensten Gründen.»

Ad starrt Odi an, dann Azi, dann auf die Nudeln, die von seiner Gabelspitze herabhängen, und ist augenscheinlich von allen dreien aus der Fassung gebracht. Azi nimmt die Unterhaltung auf.

«Und wer genau sind *sie*, Odi?»

Dieser legt seine Heiterkeit ab und seufzt. «Hauptsächlich National Security Agency. Leute, die gern mehr wissen möchten als alle anderen. Bloß ist es halt so, dass wir das ganze letzte Jahr über Sachen ausgegraben haben, von denen die noch nicht einmal gehört hatten. Und jetzt hat es sich herausgestellt, dass wir selbst infiltriert wurden. Dass wir eine wichtige Agentin verloren und zugleich einem anderen erlaubt haben, sich selbständig zu machen. Die eine ist Munira, und der andere bist du, Azi. Was nicht eine, sondern zwei umfassende Säuberungsaktionen notwendig machte, die offiziell mit vom IS stammenden Beweisen begründet wurden, wonach die Fäden in Amerika gezogen werden. Ganz zu schweigen davon, dass wir zugelassen haben, dir Zugang zum gefährlichsten Darknet-Marktplatz der Welt zu verschaffen. Habe ich was vergessen?»

Azi kann nicht anders, als um Ads willen besonders dick aufzutragen. «Vielleicht die Horden von Terroristen auf freiem Fuß in Europa mit exzellent gefälschten Identitäten?» Odi schüttelt den Kopf.

«Die sind das geringste unserer Probleme. Die nationalen Geheimdienste in Europa haben sie alle unter Kontrolle, obwohl es stimmt, dass die Amerikaner unsere Methode überhaupt nicht mögen. Sie bestehen sehr beharrlich auf einem Eingreifen.»

Odi wendet sich Ad zu, der begonnen hat, sich im Raum umzublicken, als wäre er bei «Versteckte Kamera».

«Wir haben unsere Unschuld verloren, meine Freunde», sagt Odi. «Aber wir haben zwei Vorteile. Erstens glauben die Amerikaner, sie hätten die totale Kontrolle, und es ist immer gefährlich anzunehmen, man wüsste alles. Zweitens gibt es eine Verbindung zwischen dir» – er zeigt auf Ad, der zusammenzuckt – «und Gomorrha. Wenn wir die herausdestillieren können, halte ich es für möglich, ihre Erwartungen zu übertreffen. Ich habe da ein paar Mittel zur Verfügung.»

Einen Augenblick lang brummelt nur Daft Punks trauriger «Robot Rock» aus der Docking Station. Dann knallt Ad seine Pasta auf den Tisch, kämpft sich von seinem Sitz hoch und fängt an, auf und ab zu gehen. Seine Stimme ist ein aufgebrachtes Halbflüstern.

«Na schön. Ich muss mal was Grundsätzliches loswerden. Ich hab da so ein Ding, wenn es um Gefahr für Leib und Leben und hochgradig unspezifische Risiken im Dienst einer Sache geht, über die ich nichts weiß. Und dann ist da noch dieses ganze Gerede von wegen *ich habe da ein paar Mittel zur Verfügung*, was für mich genau so klingt wie das, was ein todessüchtiger Deutscher zu seinem Kameraden sagt, bevor ihnen tragischerweise eine Detonation die Köpfe abreißt. Wie oft, hast du gesagt, haben sie versucht, dich umzubringen, Azi? Ich hänge sehr an meinem Kopf und überhaupt an der Idee, nicht tot zu sein.»

Azi macht besänftigende Gesten mit beiden Händen. «Ich verstehe dich, Ad. Ich habe das Gleiche durchgemacht. Ich weiß, dass nichts von alldem einen Sinn ergibt –»

«Nein. Tust du nicht. Um ganz offen zu sein, Alter: Ich habe dich fast eins Komma fünf Jahrzehnte lang nicht gesehen. Ich weiß einen Dreck über diese Leute. Ich wurde gekidnappt und bedroht, und Geld hab ich auch keins gekriegt. Warum in drei Teufels Namen sollte ich also hier sitzen und mir diesen Mist anhören?»

Ad zittert und bebt, baut sich drohend vor dem Tisch auf. Das Seltsame dabei ist für Azi, wie vertraut es sich für ihn anfühlt, wie eine jener Tiraden aus den späten neunziger Jahren in einer Hütte in Croydon.

Damals, als sie noch Teenager waren, konnte Azi nie damit umgehen. Gleichgültig, worüber sie sich stritten: Er konnte nie eine solche Gefühlsintensität wie Ad aufbringen. Dieses Mal stimmt ihn dessen Zorn jedoch traurig. Es gäbe so vieles, was Azi ihm sagen könnte, aber alles, was es zu sagen gäbe, wäre ohne jegliche Bedeutung, weil es für sie beide keinen triftigen Grund gibt, hier zu sein und das zu tun, was sie tun, abgesehen von dem einen, der wirklich zählt: der Tatsache, dass die Umstände ihnen ihre Entscheidungsfreiheit gestohlen haben.

Alles, was Ad vorbringt, ist vollkommen nachvollziehbar

und vollkommen irrelevant. Sein früheres Leben ist vorbei, genau wie das von Azi in dem Moment zu Ende war, in dem Anna seine Hütte betrat. Was einzig zählt, ist, wie weit sie sich mit den Folgen arrangieren können.

Odi hat Ads Monolog mit Kopfnicken begleitet und ist anscheinend in einem ähnlich verständnisvollen Gemütszustand wie Azi.

«Du hast absolut recht, Adam. Vielleicht können wir weiter darüber sprechen, wenn Azi und ich von unserem Meeting zurück sind. Bis dahin iss bitte zu Ende und ruh dich ein wenig aus. Es ist schon spät.»

Ad lässt sich nicht besänftigen. «Behandle mich nicht wie ein kleines Kind. Ich will an die frische Luft. Ich will weg von hier.»

«Hier kann man nicht einfach so spazieren gehen.» Odis Ton ist verbindlich. «Kein Mensch geht hier spazieren. Fällt dir das überhaupt noch auf? Du scheinst es inzwischen normal zu finden, aber das ist so eine Sache, wo ich denke –»

«Du spinnst doch. Ihr spinnt beide. Weißt du, wie viel Arbeit ich investiert habe, um dich zu finden, Azi? Wie viel Geld, wie viele Gefälligkeiten? Du bist der einzige Mensch auf der Welt, für den ich so was mache. Jahrelang hatte ich darauf gewartet, dass dieser Fall eintritt. Und als was stellt er sich nun heraus – als eine Falle? Du bist der Einzige, dem ich vertraut habe. Und jetzt schau dir an, was du getan hast, du blöder *Wichser*. Schau dir an, was du getan hast.»

Ad schlägt die Hände vors Gesicht; der Zorn, den er im Leib hat, richtet sich nach innen. Er geht zur Tür des Apartments, bleibt stehen, kehrt um und stampft über den gefliesten Boden des Wohnzimmers, auf dem seine Schritte nachhallen, ausgenommen dort, wo sie auf einen scheußlich gemusterten Teppichläufer treffen.

«Ich halte es hier nicht aus. Ich kann kein Wort mehr hören. Ich gehe auf mein Zimmer.»

Odi seufzt, als Ad geht, und wirft dann Azi einen verschwörerischen Blick zu.

«Die Menschen passen sich auf unterschiedliche Art an die Umstände an. Würde es helfen, wenn ich ihm eine knalle?»

Azi überlegt kurz. «Meiner Erfahrung nach: eher nicht.»

# KAPITEL 38

•••

Eine Stunde später werden Odi und Azi aus dem Gebäude und in die kalifornische Nacht eskortiert. Die Luft ist trocken und voller Verkehrslärm. Sie halten sich gerade mal so lange im Freien auf, dass Azi die unwirkliche Größenordnung von Gebäuden und Straßen erkennen kann, die ihm vorkommt, als träumte er sich gerade in eine überdimensionierte Welt hinein. Mit knapper Geste signalisiert Odi, dass es besser sei, weiterhin zu schweigen.

Das Auto, in das sie steigen, ist ein identisches Modell zu dem, das sie am Flughafen abgeholt hat, und auch das Interieur stimmt überein: ein pechschwarzer Kombi mit Ledersitzen und Klimaanlage, größer als alles, wofür Azi früher das Wort «Auto» benutzt hat. Der Wagen mutet wie ein übertrieben ausgestattetes Londoner Taxi an. Er und Odi sitzen Seite an Seite; den Raum zwischen ihnen füllt eine Armauflage aus, die wiederum mit einem halben Dutzend winziger Wasserflaschen gefüllt ist. Zwei unauffällig gekleidete Männer sitzen vorn, in jeder Hinsicht fünfzig Prozent größer als das Paar, von dem sie in Athen beaufsichtigt wurden. Niemand hat gesagt, wohin sie fahren, was sie dort machen oder welche Regeln in dieser Welt nahtloser Übergänge gelten. Weshalb Azi beschließt, sich zurückzulehnen und alles in sich aufzunehmen.

Mühelos beschleunigt der kraftvolle Motor das Fahrzeug. Jenseits des gewölbten und getönten Rückfensters präsentiert sich die Landschaft als Halluzination von Scheinwerfern, die sich sechsspurige Highways entlangschlängeln. Sie müssen ungefähr die Hälfte einer Seite der Bucht von San Francisco zurückgelegt haben, aber nichts ist so, wie es sich Azi daheim in Croydon vorgestellt hat; die Dimensionen sind zu groß, die Fahrbahnen ein unübersichtliches Spinnennetz. Aus dem Nirgendwo taucht ein riesengroßer gelber Mond auf und gießt seinen Widerschein in Form einer Säule über die Wasseroberfläche. Sie reihen sich in eine lange Kette von Autoscheinwerfern ein, die über eine niedrige, scheinbar endlose Brücke brausen, welche sich über die Bucht erstreckt. Man sieht keine Sterne, aber von den Ufern zwinkern ihnen paarweise rote Lichter zu.

Und weil man das in Amerika so macht, parkt der Wagen schließlich in einer Betonhöhle unter einer Betonfestung, die wie eine Insel aus den sie umgebenden Schnellstraßen ragt – ein Leuchtturm der Hässlichkeit inmitten des Verkehrs. Wahrscheinlich ist die Luft draußen noch warm, aber alles, was Azi spürt, ist eine recycelte Kühle, während sie durch eine Aufzugstür aus Panzerstahl gehen, nach oben fahren und dann scheinbar endlose, mit beiger Teppichware ausgelegte Korridore entlanggehen.

Odi und Azi marschieren hinter ihren Begleitern mit den Anzügen her. Noch immer spricht niemand, während sie mehrfach automatisierte Sicherheitsbereiche passieren: nahezu unsichtbare Keypads und versenkte Kameras, feindlichen Augen entzogen. Das hier ist eine Art platonisches Travelodge-Hotel, fährt es Azi durch den Kopf, ein Gebäude, das innen und außen jeglicher Individualität beraubt wurde, dessen Sinn und Zweck ausschließlich im Reich der Daten angesiedelt ist. Seit ihrer Ankunft ist ihnen nicht ein einziges menschliches Wesen begegnet, und Azi begreift, dass das wahrscheinlich auch so bleiben wird.

Nach weiteren Kontrollen werden sie in einen langgestreckten Besprechungsraum geleitet, wo sie am Ende eines sehr großen Holztisches herumstehen, auf dem in der Mitte eine farblose metallische Kugel auf einem spinnenähnlichen Gestell ruht. Azi versucht, die Vorstellung von einem bösen Magier zu verdrängen, der über der glänzenden Oberfläche der Kugel Beschwörungen murmelt. Indessen stellt sich Odi dicht neben ihn und spricht zum ersten Mal, seit sie das Apartment verlassen haben.

«Wir werden gleich zugeschaltet. Kein Wort, erst wenn ich dir ein Zeichen gebe. Lass mich die Fragen beantworten.»

Aus der Kugel kommt ein Knacken und Summen. Ihre Begleiter fordern sie mit einer Geste auf, Platz zu nehmen, und dann beginnt eine maschinell verfremdete Stimme, irritierenderweise zwischen männlich und weiblich moduliert, von überallher im Raum zu sprechen.

«Odi. So nennen wir Sie doch heute, stimmt's?»

Odi nickt, ansonsten zeigt sein Körper keine Regung. Die Stimme hallt lauter.

«Nicken Sie nicht. Hier wird laut und deutlich gesprochen, verdammt noch mal. Haben Sie das verstanden?»

Odi spricht sehr deutlich. «Ich habe es verstanden.»

«Na also, geht doch. Wir sind nämlich die Einzigen, die was auf die Reihe kriegen. Die dafür sorgen, dass die Welt nicht in die Luft fliegt. Wir haben Sie unterstützt, wir haben Ihre Chefin unterstützt. Und Sie haben uns verarscht.»

Odis Stimme wird noch deutlicher. «Sie haben sich meine Analyse angesehen?»

Der Raum scheint den Atem anzuhalten. Azis einzige Überlegung zu dem, was gerade abläuft, ist, ob er und Odi nicht in der Falle im Innern eines lebenden Gebäudes sitzen, dessen Gehirn riesig und unmenschlich ist, dessen Sinnesorgane überall und nirgends sind. Und das Gebäude ist wirklich und wahrhaftig stinksauer. Seine Stimme kommt kratzend und krächzend aus den Wänden.

«Von dem, was Sie gefunden haben, können wir rein gar nichts gebrauchen. Von dem, was Sie geschrieben haben, können wir kein einziges Wort glauben. Und wissen Sie, warum? Weil ihr arrogante Hurensöhne seid, die meinen, alles zu wissen. Europa ist ein einziger Scheißhaufen. Wir werden Sie so lange aus dem Verkehr ziehen, bis es vorbei ist. Dies hier ist Ihre Chance, Einfluss auf das zu nehmen, was danach geschieht. So, Azi Bello. Erzählen Sie uns etwas über Gomorrha.»

Azi öffnet den Mund, doch bevor er etwas sagen kann, schneidet Odi ihm das Wort ab.

«Es wäre besser, wenn Azi später berichten würde. Er kennt die Gesamtsituation nicht.»

Odi scheint sich inzwischen eine Ruhe von nicht nachvollziehbarer Tiefe zugelegt zu haben, was man von den beiden Männern, die sie in den Raum geführt haben, nicht behaupten kann. Azi ahnt, dass sie unter ihren dunklen Anzügen zu schwitzen beginnen und die Muskeln anspannen. Für sie entwickeln sich die Dinge nicht erwartungsgemäß.

«Sie lassen ihn gefälligst für sich selbst sprechen.»

«Nein.»

Eine ungläubige Pause tritt ein. «Haben Sie irgendeine Vorstellung davon, wie viele Menschen mir gegenüber nein sagen dürfen?»

Odi bleibt ungerührt. «Dass ich in der Lage bin, Ihnen etwas abzuschlagen, gehört zu meinem Job. Meine direkte Vorgesetzte –»

«Sie können mich mal am Arsch lecken. Und Ihre Chefin gleich mit. Ihr seid jetzt in meinem Haus. Die europäischen Zielpersonen haben sich in Bewegung gesetzt. Wir machen mit denen jetzt kurzen Prozess. Ihr habt monatelang gründlich danebengelegen, was uns mehr als zehn Millionen Dollar und ein halbes Dutzend Menschenleben gekostet hat. Und jetzt wollen Sie von mir einen neuen Blankoscheck? Halten Sie mich für einen Idioten?»

«Das Mädchen ist nicht, wer sie behauptet zu sein. Ihre Nachrichten sind ein Ablenkungsmanöver. Worauf es ankommt, ist die kalifornische Connection.»

Als die Stimme antwortet, hat sie sich abgekühlt, als wären Zorn und Wut wie unbrauchbare Tools ausgemustert worden.

«Sie waren schon immer ein unbelehrbarer Sturkopf. Ich sehe keinen Sinn darin, dieses Meeting in die Länge zu ziehen. Noch während wir hier sprechen, gebe ich meine Anweisungen. Eine ordentliche Ermittlung und gute Leute – anstelle von Hypothesen und Hackern. Ich habe in der Vergangenheit Ihre Daseinsberechtigung verteidigt. Ich kann damit umgehen, wenn Sie mir das dadurch vergelten, dass Sie mich wie einen Idioten aussehen lassen. Aber ich bin nicht bereit zu akzeptieren, dass Sie mir das mit Blut vergelten.»

Jetzt ist Odi derjenige, der unterbricht. «Ich würde gern noch einmal zurückkommen auf –»

«Genug. Meine Leute haben alles durchgearbeitet, was Sie geschickt haben. Es ist unsere feste Überzeugung, dass Sie nicht nur unbesonnen, sondern auch außer Kontrolle geraten sind. Ihr autonomer Sonderstatus, dessen Sie sich erfreuen, wird beendet werden. Ebenso Ihre Protektion dieses Mannes und seines Freundes.»

Und damit werden sie zurück in die Nacht geleitet.

# KAPITEL 39

•••

Aus Prinzip findet sie, jedes Mal wenn der Etagendienst in ihre Suite kommt, an mindestens einer Sache etwas auszusetzen. An diesem Morgen hat sie behauptet, das Wasser sei nicht heiß genug gewesen, um ihren Tee ziehen zu lassen, woraufhin ein neues, schwer mit einem Zinnservice beladenes Tablett herbeigeschafft werden musste. Gestern war das falsche Dressing zu ihrem Salat gereicht worden. Heute Abend gedenkt sie, zur Abwechslung ein unsauberes Besteckteil sowie die nicht makellos weiße Bettwäsche gebührend zu monieren. Schließlich erwartet doch kein Mensch, dass eine Expertin für Spionage und Infiltration sich über eine banale Serviette aufregt.

Nachdem der mit weißer Jacke angetane Page zum zweiten Mal gegangen ist und eine brühheiße Teekanne samt schriftlicher Entschuldigung seines Vorgesetzten hinterlassen hat, entnimmt sie einem Geheimfach in ihrem Gepäck ein Wegwerftelefon. Dieses ist ausschließlich für Kontakte ganz spezieller Art reserviert: für solche mit der Führungsspitze des Geheimdienstes des Islamischen Staats.

Was diese Fanatiker betrifft, so erbringt sie für sie Dienstleistungen der Extraklasse über das ultrasichere Gomorrha-Darknet, für die jene bereits Dollar im zweistelligen Millionenbereich bezahlt haben. Dieser Service beinhaltet die Umgehung aller konventionellen Sicherheitsmaßnahmen bei Reisen und für Identitäten jeglicher Art sowie die Platzierung loyaler Agenten des IS in ganz Europa, parallel zu einem gleichermaßen sicheren Beschaffungsnetzwerk für Bedarfsartikel des Terrorismusgewerbes.

Was sie selbst betrifft, so besteht die spezielle Version des

Gomorrha-Darknet-Clients, die diese User installiert haben, aus einem Paket mit Spyware, das ihr uneingeschränkten Zugang zu deren Systemen gewährt und es ihr ermöglicht, private Auktionen auf diesem Marktplatz zu jedem beliebigen Zeitpunkt zu unterwandern und zu manipulieren. Das bedeutet, dass sie in der Lage gewesen ist, die Spielfiguren auf ihrem Brett mit großer Präzision zu platzieren und fünfzig von deren Aufenthaltsorten zu verraten – Orte, die sich, selbstredend, unter permanenter Überwachung befinden, seit sie sie verraten hat –, während sie zugleich ein paar Dutzend andere, die sie für ihre Pläne braucht, gut verborgen hält. Alles, was sie jetzt tun muss, ist die Lunte legen und in sicherer Entfernung abwarten.

Sie wählt die angegebene Nummer, wartet, bis sich der Idiot am anderen Ende meldet – er lässt es immer mindestens fünfzehn Sekunden lang läuten, vermutlich um den Anschein eines Vielbeschäftigten zu erwecken –, und hört sich dann an, wie sie von einer barschen Männerstimme zurechtgewiesen wird.

«Du bist spät dran.»

«Ich bitte um Entschuldigung, Sir. Es soll nicht wieder vorkommen», haucht Amira kleinlaut. «Meine Auftraggeber sind gerade sehr in Anspruch genommen.»

Im Umgang mit der Führungsriege des Islamischen Staats hat sie sich die Rolle der verängstigten Untergebenen zugelegt und hin und wieder einen männlichen «Vorgesetzten» mit einbezogen, um die Illusion glaubhafter zu machen. In deren Augen ist sie eine harmlose Dienstleisterin, während sie ihrerseits die Dschihadisten in ihrer leicht zu durchschauenden Aufgeblasenheit studieren kann. Der Mann am Telefon ist einer ihrer Favoriten; ein Fanatiker mittleren Ranges, der es sich genauso wenig vorzustellen vermag, von einer Frau ausgetrickst zu werden, wie er sich vorstellen kann, dass sich sein Telefon in ein gigantisches Spider-Programm verwandelt.

«Ist alles vorbereitet?», fragt er.

«Jawohl, gütiger Herr. Die Ausrüstung, der erforderliche Zugang, der Abgleich mit allen Sicherheitssystemen und Listen, alles. Man wird Ihre Männer einfach durchwinken.»

«Sollte es nicht so sein, wird unser Missvergnügen dich über den ganzen Erdball verfolgen. Ich beneide diese Männer, die schon bald im *dschanna* ankommen, die den *kufar* diesen Schlag versetzen werden. Es gibt keine größere Tat.»

Amira bietet ihren ganzen Enthusiasmus auf. «Es ist das Allerhöchste!»

Die Islamisten praktizieren tatsächlich, was sie predigen. Dieser Mann mit seinen Waffen und seinen Gefolgsleuten und seiner eroberten Stadt würde nicht zögern, für seinen Glauben zu sterben. Er beneidet die Märtyrer wirklich. Was natürlich genau der Grund dafür ist, dass er so nützlich ist. Nach einer Pause fährt er fort.

«Eine Komplikation hat es gegeben.»

«Oh. Tut mir leid, das zu hören.»

«Eine Kleinigkeit. Nur ein Verräter mit beschränktem Zugang zu unseren Netzwerken. Er ist jetzt tot.»

Dieses Mal fällt es ihr leicht, erfreut zu klingen. «Ich freue mich, das zu hören, Sir.»

Jetzt, da es um einen Mord geht, wird der Mann am anderen Ende der Leitung eindeutig redselig. «Dadurch strahlt der Glaubenseifer eines unserer besten Männer umso heller. Er hat den Verräter mit seinen bloßen Händen getötet, ein großartiger Akt der Gerechtigkeit und Tapferkeit. Wir glauben nicht, dass es größere Einbrüche in unsere Systeme gegeben hat.»

«Gibt es irgendetwas, was wir tun können? Möchten Sie, dass ich meine Vorgesetzten darüber informiere, Sir?»

Ein selbstzufriedenes Glucksen ist zu hören. «Ich möchte, dass sie wissen, dass die Leiche dieses Verräters zur Schau gestellt wird. An verschiedenen Orten. Ich möchte, dass sie wissen, dass man uns nicht betrügen kann und dass dies das Schicksal ist, das jeden erwartet, der es auch nur versucht. Wir werden von göttlicher Gnade geleitet.»

*Göttliche Gnade, dass ich nicht lache*, denkt sie. Einige Netzwerke des Islamischen Staats weisen so viele Sicherheitslücken auf, dass es ein Wunder wäre, wenn sie nicht von der NSA betrieben werden würden.

«Ich werde Ihre Botschaft weitergeben, Sir. Friede sei mit Ihnen.»

Er gewährt ihr nicht die Gunst einer förmlichen Verabschiedung, vielleicht weil er glaubt, dass auch sie eine *kufar* ist, der es gut bekäme, wenn ein wackerer Islamist, oder fünf von ihnen, sie abwechselnd vergewaltigen und ihr eine demütigere Gesinnung beibringen würden.

Die Einstellung des IS zur Geschlechterpolitik lässt für Amira die Herrschaft über Leben und Tod, die sie ausübt, umso befriedigender erscheinen. Die IS-Führer glauben wahrhaftig, dass sie selbst es gewesen seien, die jenen Plan entwickelt hätten, den sie ihnen mittels diskreter Manipulation von Mitteilungen und Nachrichten untergeschoben hatte, via maßgeschneiderter Angebote und Chancen bezüglich Gomorrha und mit Hilfe der altbewährten Vorgaukelung einer kleinen Armee nichtexistenter Informanten. Und die Vorliebe der europäischen Geheimdienste für Überwachung statt Aktion hatte die Gelegenheit nur noch goldener werden lassen. Sie legt das Telefon in den Koffer zurück, streckt die Hand nach ihrem Tee aus und bemerkt zu spät, dass die Zinnkanne zu heiß zum Anfassen ist, selbst durch die in mehreren Lagen um den Griff gewickelten Servietten hindurch. Das wird später der nächste Beschwerdegrund sein. Auch wenn das hier das Four Seasons ist: Sie hat sehr wohl noch Mittel und Wege bei der Hand, um auf subtile Art anstrengend, herablassend und ganz allgemein so unausstehlich zu sein, dass sie sogar in diesem Luxushotel Probleme haben dürften, damit umzugehen.

Worum es ihr geht, ist, dass sie wegen ihres aktuellen Rollenspiels in all den von ihr beabsichtigten Facetten ihres Verhaltens in Erinnerung bleibt und nicht wegen der Dinge, die nicht bemerkt werden sollen. Man kann nie vorsichtig genug sein. Wobei ihr einfällt, dass sie die Sache mit dem Verräter nachprüfen sollte, der jetzt in dekorativer Stückelung Raqqa verziert. Ganz zu schweigen von den Anschluss-Mails an Azi und die *Organisation*. Deren Antworten sind bislang alles andere als zufriedenstellend ausgefallen.

# KAPITEL 40

• • •

Es ist acht Uhr morgens, und sie sitzen in denselben Sesseln wie am Vorabend. Im Einklang mit einer altehrwürdigen britischen Gepflogenheit hat Azi seinem Freund wortlos ein frühmorgendliches Friedensangebot in Form eines heißen Getränks präsentiert. In gleichwertigem Einklang mit altehrwürdigen Traditionen hat Ad das Angebot verschnupft und wortlos akzeptiert. Dann hat er sich wieder über sein Tablet gebeugt und Azi über seinen Kopf hinweg zur Luft sprechen lassen.

«Das Meeting letzte Nacht war eine Katastrophe.»

Eine solche Eröffnung ist noch nicht einmal eines Blickes würdig. Doch hat Azi von der Sorte noch reichlich auf Lager.

«Bloß dass ich glaube, Odi wollte, dass es eine Katastrophe wird. Und jetzt sind wir alle hier eingesperrt und warten vermutlich darauf, dass wir in eine weniger komfortable Zwangsunterkunft überstellt werden. Odi steht mit unseren Gastgebern in Kontakt, aber ich glaube, sehr beliebt ist er nicht. Also ...»

Azi pausiert und lässt die Silben verführerisch in der Luft baumeln. Ad wischt bockig auf seinem Bildschirm herum, hält den Blick gesenkt und weigert sich anzubeißen.

«... habe ich mir gedacht, wir könnten über das Institut reden, bei dem du gearbeitet hast. Dort, wo du auf diesen Datingschwindel reingefallen bist. Erinnerst du dich? Der Schwindel, hinter den du erst gekommen bist, nachdem du genug Einzelheiten preisgegeben hattest, um die halbe Welt zu meiner Hütte zu dirigieren.»

Jetzt hebt Ad den Blick. In dem durchs getönte Glas gefilterte Tageslicht sieht er hager aus, mit tiefen Schatten um die Augen. Nach einer kurzen Pause tippt er mehrmals mit nur einem Finger auf dem Tablet herum und wirft dann das Ding in hohem Bogen über den Kaffeetisch und Azi auf den Schoß.

«Hier bitte, Alter. Bedien dich nach Herzenslust.»

Azi sieht, dass Ad die Website des Instituts geöffnet hat. Vor einem meeresblauen Hintergrund erscheint neben einem Textblock der Kopf eines Mannes mit kahl schimmerndem Schädel. Darüber steht in mageren Lettern quer über die Breite des Bildschirms *The Existential Institute*, darunter der Wahlspruch: *saving the human future.*

Der Textblock enthält die von dem kahlköpfigen Mann geschriebene Firmenphilosophie und beginnt mit den Worten: «Ich wache jeden Tag auf und mache mir Sorgen über die Zukunft der Menschheit.» *Me too*, denkt Azi, obgleich er sich über die seinige aus anderen Gründen sorgt. Er schenkt Ad ein gewinnendes Lächeln.

«Die Website ist schön.»

Ad knurrt. «Weiß ich. Ich hab ja dran mitgebaut.»

Die aktuelle Erfolgsbilanz von Azis Charme fällt zwar bescheiden aus, doch bedeutet das nicht, dass er entsprechende Versuche aufgibt. «Sie ist umwerfend, Ad. Echt. Was war dein Beitrag?»

«Back-end, natürlich.»

Bei nochmaliger Überlegung ist die Zeit fürs Charmieren möglicherweise doch vorbei. «Zum Teufel noch mal, Ad. Werd erwachsen. Ja, alles ist scheiße, und mir tut es auch leid. Ich wünschte echt, wirklich und wahrhaftig, wir wären nicht hier. Aber jetzt sind wir hier, und wir haben nicht viel Zeit.» Er legt eine Pause ein. «Erzähl mir was über das Institut. Bitte.»

Ad nimmt einen großen Schluck Kaffee, dann wirft er Azi einen Blick gequälten Selbstmitleids zu. «Normalerweise bin ich um diese Zeit schon halb mit meiner Bikram-Yoga-Stunde durch. Verdammt, mein Leben ist doch total am Arsch, oder? Ich meine, ich hab früher schon mal Mist gebaut, aber das hier ... ich weiß ja noch nicht mal, was das alles soll.» Er starrt Azi an, der ausdruckslos zurückstarrt. Ad wendet den Blick ab. «Okay. Na schön. Du hast gewonnen. Was willst du wissen?»

Azi deutet auf die Website. «Der Glatzkopf mit den Wangenknochen, das ist Erasmus, stimmt's?»

«Klar. Du hast doch seine TED-Talks selbst gesehen. Erasmus *ist* das Institut.»

«Und – bist du ihm begegnet? Wie war er?»

Ad lehnt sich zurück. Ob er es zugibt oder nicht: Es gibt nur weniges, was ihm mehr Freude bereitet, als Azi über ein Sachgebiet zu belehren, über das er mehr, viel mehr weiß.

«Du begegnest ihm nicht einfach, so läuft das nicht. Im Gegensatz zu manchem Trottel, der dort arbeitet, blickt er wirklich durch. Er ist ein zertifiziertes Genie. Er hat Milliarden an Spenden eingetrieben. Und er glaubt jedes Wort, das er sagt. Er will die Welt vor existenziellen Bedrohungen retten, vor den Sachen, die uns alle auslöschen könnten. Umweltkollaps. Meteoriteneinschlag. Atomkrieg. Globale Seuchen. Mein persönlicher Favorit: bösartige künstliche Intelligenz. Alter, das war ein Traumjob.»

«Warum bist du dann gegangen?»

«Na, komm schon, Azi, du kennst mich doch. Die waren geheimnistuerisch wie Sau, und ich mag das nicht. Ich hab rumgeschnüffelt, hab ein paar Sachen gemacht. Nicht dass sie mich erwischt hätten. Sie konnten mir nichts nachweisen, also haben sie mich aus medizinischen Gründen entlassen.»

Azi zeigt sich überrascht. «Aus medizinischen Gründen? Die haben dich rausgeworfen, weil du krank warst? Das können sie doch nicht machen.»

Ad hebt die Schultern. «Natürlich war das Quatsch. Ich bin jetzt drüber hinweg, aber ... ich fand es richtig zu gehen. Wie auch immer, ein paar von denen sind echt schräge Typen. Alle sind sie besessen von der *Mission*, und da wird's gruselig. *Nur allerletzte Fragen verdienen unsere Aufmerksamkeit*, das ist die Theorie.»

Azi schaut ihn von der Seite an. «Denkst du auch so, Ad?»

«Um Himmels willen, nein. Es war irgendwie so ... Man hat intern eine Art Spiel gespielt, bei dem sie sich *Szenarien* ausgedacht haben. Gedankenexperimente über die Zukunft der Menschheit. Ein Typ war ganz besessen von etwas, das er ‹Fertilitätsattacke› nannte: eine Möglichkeit, dafür zu sorgen, dass die Menschen weniger Kinder haben. Kein Bullshit-Nudge, sondern tatsächliche praktische Maßnahmen, um die globale Fruchtbarkeit zu reduzieren. Chemikalien ins Trinkwasser, Ver- und Bestrahlung, zielgerichtete Krankheiten. Weil er ausgerechnet hat, dass das, was die Welt mehr als alles andere braucht, massiv weniger Menschen sind.»

«Weil er ein Soziopath war.»

«Eindeutig. Aber manche von denen hielten das für eine *gute Sache*. Die haben allen Ernstes geglaubt, dass man als Soziopath möglicherweise die Dinge viel klarer sieht – weil, wenn du physisch unfähig bist, Rücksicht auf die Regeln oder Gefühle anderer Menschen zu nehmen, du dich besser auf das konzentrieren kannst, was langfristig betrachtet wirklich relevant ist.» Ads Augen flackern bei diesen Erinnerungen. «Also stell dir mal vor, der Typ macht es tatsächlich: wirft eine schmutzige Bombe ab, setzt Chemikalien in der Umwelt frei, sterilisiert eine Million Leute. Den würde man doch einen Kriminellen nennen, einen Terroristen. Richtig?»

Azi fühlt sich unbehaglich wegen der Tendenz einer solchen Argumentation. «Richtig.»

«Andererseits: Was würden die Leute in hundert, zweihundert, dreihundert Jahren sagen? Was würden die Geschichtsbücher sagen, falls sich herausstellt, dass es ihm gelungen ist, das Bevölkerungswachstum zu stoppen und damit den Planeten zu retten? Dann ist er vielleicht ein Held.»

Azi hat plötzlich das Gefühl, in einen dieser Reddit-Threads geraten zu sein, wo sehr wütende Menschen über Bücher diskutieren, die sie nie gelesen haben. «So funktioniert das nicht, Ad. Das Argument, dass du lange nach deinem Tod einen Preis kriegst, ist nichts weiter als ein Vorwand, um die Parole auszugeben, dass du machen kannst, was du willst. Weil dein Zweck alle Mittel heiligt. Das sind Wahnvorstellungen.»

Ad zuckt mit den Achseln. «Wie auch immer, das Datenmaterial legt nahe, dass er nur Scheiße im Hirn hatte. Er hat gekündigt, um in Blockchains zu investieren. Aber der Punkt ist doch: Was ist, wenn du tatsächlich etwas weißt, das sonst niemand weiß, oder wenn du etwas erkennen kannst, das zu akzeptieren sonst so gut wie keiner bereit ist? In dem Institut gibt es Leute, die nur das große Ganze sehen können. All den Alltagskram, über den wir uns Sorgen machen, halten sie für irrelevant. Was auf lange Sicht auf sowieso fast alles zutrifft.»

«Bitte, Ad, sag mir, dass du das nicht glaubst. Fang nicht an, mir weiszumachen, dass extreme Maßnahmen nötig seien, und dann vorzuschlagen, dass wir ein paar Millionen Menschen sterilisieren.»

«Alter, ich bin richtig ausgeflippt. Zuerst hab ich gedacht, die machen Witze. Dann hab ich gedacht, die wollen mich schockieren. Und dann hab ich begriffen, dass die hier draußen eine ganz andere Denke haben – und zu den Besten der Besten gehören. Sie hacken die Realität und enträtseln die Welt.» Ad sieht nachdenklich drein. «Guck mal, womit du es gerade zu tun hast. Europa und Terrorismus und Nazis und der ganze

Darknet-Mist. Für mich klingt das ein bisschen wie ein neues *Szenario*. Ein Experiment, aber mit der Realität. Falls jemand vom Institut daran beteiligt ist, dann hat der eine Perspektive, aus der alles einen Sinn ergibt. Einen absolut logischen Sinn.»

Azi weiß, was Ad meint. «Es ist halt bloß so, dass wenn du irgendeiner Logik nur weit genug folgst, sie dich an einen seltsamen Ort führt.»

«Jetzt hast du's kapiert! Und dieser Ort heißt Kalifornien.»

Einen Augenblick lang ist es, als wären sie einfach alte Freunde, die Versäumtes nachholen; als hätte sich Azi endlich entschlossen, Urlaub an der Westküste zu machen und die Luft von San Francisco zu schnuppern. Dann schlägt eine Tür zu, und Odi marschiert herein, strotzend vor Enthusiasmus. Von seiner Schulter baumelt ein kleiner schwarzer Rucksack. Mit starrem Grinsen und nur einem winzigen Hauch von Ironie sieht er von Azi zu Ad.

«*Gentlemen*, guten Morgen. Ich bin so froh zu sehen, dass es mit euch aufwärtsgeht. Kommt bitte mit. Wir machen eine kleine Spazierfahrt.»

Ihr Gefährt stellt sich als Uber-Taxi heraus, dessen Fahrer – Yacine, laut der App auf Odis Display – zur Begrüßung eine Pantomime großer Begeisterung aufführt. Odi winkt den beiden Wächtern vor dem Gebäude demonstrativ zu und signalisiert dann Azi und Ad, sich zu dem verbeulten blauen Van zu begeben. Die beiden quetschen sich in den Fond. Noch immer lächelnd gesellt sich Odi zu ihnen, schiebt die Tür zu und legt den Gurt an.

Das Licht des frühen Tages wird allmählich gleißend. Sowohl Ad als auch Odi tragen Sonnenbrillen, wie Azi verspätet bemerkt, wobei ihm einfällt, dass sein einziges Exemplar in einer Nachttischschublade in Croydon liegt. Die Hitze und die klare kalifornische Luft haben etwas an und in sich, wovor man sich zwingend schützen muss und dessen schleichende Intensität sogar Glas durchdringt und Kopfschmerzen verheißt. Jenseits des Asphalts und des Wassers liegt eine faltige Geländebarriere aus grünen Hügeln, welche aber nur reine Dekoration und eigens zu dem Zweck designt ist, dass man mit aktiviertem Tempomat daran vorbeifahren kann.

Minutenlang sagt niemand etwas. Dann drückt Yacine diverse Tasten auf seinem Armaturenbrett, greift in den Fußraum vor dem Beifahrersitz und bringt einen Rucksack zum Vorschein, der mit Odis identisch ist, und wirft ihn nach hinten. Odi unterbricht das Schweigen mit einem Flüstern.

«Können wir?»

Yacine nickt lebhaft. «Ja, Boss.»

«Okay», murmelt Odi, mehr zu sich als zu den anderen. «Dann packen wir's an.»

Noch ehe sie etwas sagen können, greift sich Odi den neuen Rucksack, zieht den Reißverschluss auf und holt ein 2012er MacBook heraus, das mit einer tadellos szenegerechten Mischung aus Stickern beklebt ist. Er inspiziert es voller Zufriedenheit, platziert es auf seinen Knien, greift wieder in den Rucksack und bringt ein bedrohlich aussehendes Messer zum Vorschein. Dieses wird ebenfalls inspiziert, dann zurück in die Scheide gesteckt und in eine Hosentasche geschoben. Ungefähr zu diesem Zeitpunkt findet Ad seine Sprache wieder.

«Was für ein Scheiß geht hier eigentlich ab?»

Odi atmet geräuschvoll aus. «Ich habe erwähnt, dass ich ein paar Mittel zur Verfügung hätte. Tja, und hier sind sie: ein alter Freund mit einer großen Gefälligkeit.» Auf dem Fahrersitz macht Yacine eine bescheidene Geste, wobei Azi, da er jetzt genauer hinschaut, nicht umhinkann zu bemerken, dass die

Arme ihres Fahrers in etwa den Umfang seiner Oberschenkel haben und wohldefiniert unter einem gelben Polohemd hervorschauen. *Na super, noch so ein unfassbar gefährliches menschliches Wesen in meinem Leben.* Odi fährt fort. «Die Amerikaner können uns nicht hören, was sie riesig wurmen wird. Sie wissen, dass wir etwas vorhaben, und sie werden sehen wollen, was wir tun, besonders nach meinem Auftritt von gestern Abend. Deshalb haben sie uns zunächst einmal auch losfahren lassen. Einstweilen warten sie ab.»

Ads Miene lässt den Verdacht aufkommen, dass er ernsthaft in Betracht zieht, ob er sich nicht aus dem Fahrzeug und auf den Freeway werfen soll. Azis anfänglicher Schockzustand hat sich gelegt, und er spürt langsam, dass sich das Ganze darum dreht, gemäß den Spielregeln mit der Gegenseite gleichzuziehen, und dass Odi sein geheimnisvolles Getue nur zu gern genießt.

«Okay, Odi. Du hast deinen Spaß gehabt. Es ist jetzt an der Zeit, mal was zu erklären.»

Odi gluckst. «Schau an, du bist erwachsen geworden. Ja, ich schulde euch eine Erklärung. Vorläufig fahren wir einfach nur herum. Ich habe weniger einen Plan als vielmehr die Überzeugung, dass sich das Zeitfenster für eine Chance schnell schließt. Adam, schau dir doch mal genau an, was auf diesem Computer ist. Bitte.»

Ad sieht Azi an, dann Odi und dann aus dem Fenster auf die vorbeiziehende Landschaft. Anschließend nimmt er den Laptop und öffnet ihn. Odi fährt vorsichtig mit einem Finger bis zur Mitte des Bildschirms.

«Dies, mein Freund, sind IP-Adressen für Darknet-Nodes. Azi hat sie aus einem zugespielten File vom IS zusammengestellt. Man kann erkennen, dass sie zu Maschinen in Kalifornien gehören, aber es ist unmöglich, sie geographisch genau zu lokalisieren. Für uns jedenfalls. Ich habe die leise Ahnung, dass du mit ihnen mehr anfangen kannst.»

Ad studiert den Bildschirm und lässt reihum die Knöchel seiner Finger knacken. Azi hatte bereits vergessen, wie sehr er diese Angewohnheit verabscheut, aber er weiß auch, dass sie Konzentration signalisiert, weshalb er zähneknirschend abwartet. Es dauert mehrere Minuten, bis Ad etwas sagt.

«Hab nicht die geringste Ahnung. Sorry.»

Odi spitzt den Mund, legt eine Hand auf die Tasche, in die er das Messer geschoben hat. «Das ist eine Enttäuschung. Bist du sicher?»

Ad nickt mürrisch, aber Azi denkt bereits laut. «Ist das Ding online, Odi? Okay. Vergesst die IP-Adressen. Wir müssen herausfinden, was das Existential Institute und alles andere miteinander verbindet. Wir wissen, dass jemand dich aufs Korn genommen hat, Ad, und andere Angestellte auch, und dass es darum ging, einen Briten mit meinem Profil zu finden. Warum?» Azi hält inne, aber keiner der beiden anderen hat eine Antwort zu bieten. Also spekuliert er weiter.

«Was sie meiner Ansicht nach brauchten, war Kontrolle. Eine Nullfehlertoleranz. Totale Überwachung der Angestellten, auf die sie es abgesehen hatten, plus die Details über einen perfekten Naivling in Großbritannien. Wer auch immer die Operation geleitet hat, wusste haargenau, was man brauchte, damit sie erfolgreich verläuft. Was bedeutet, wir haben es mit jemandem zu tun, der abnorm clever ist, der auf brillante Art weit vorausdenken kann und nebenbei eine psychopathische Gleichgültigkeit gegenüber menschlichem Leben hat.»

«Das musst du weiter eingrenzen», murmelt Ad. «Das beschreibt nämlich das halbe Silicon Valley.»

Azi ist angesäuert. «Ad, bitte. Was ich meine, ist, dass wir eine Möglichkeit finden müssen, uns die Sache genauer anzusehen, und zwar jetzt. Und das bedeutet, wir müssen einen Blick ins Innere des Instituts werfen. Weil ich jeden Betrag wette, dass es da eine Verbindung gibt. Ad, ich kenne dich. Du kannst da doch was drehen, stimmt's? Wenn du dich anstrengst, kannst du uns da reinbringen.»

Auf dem Fahrersitz nimmt Yacine Blickkontakt mit Odi auf, ehe er den Freeway verlässt und wieder zurück in die Richtung fährt, aus der sie gekommen sind. Ad seufzt.

«Ihr Typen bringt mich noch ins Grab.» Er atmet tief durch. «Eine Sache gibt es. Sie ist so was wie ein riesiger, nicht rückgängig zu machender Hack, ein Karrierekiller, für den sie mich lebenslänglich einbuchten werden. Aber wisst ihr was? Vielleicht ist das ja alles schon passiert. Vielleicht ist das ja jetzt Ende Gelände.»

Trotz allem klingt eine Andeutung von Stolz aus seiner Stimme.

«Ich hab euch bereits erzählt, wie geheimnistuerisch die sind. Mich hat das tierisch genervt. Sie hatten ein Protokoll für die Installation neuer Maschinen, und das war *perfekt*. Sie bauten ein neues Terminal zusammen, mit Teilen direkt vom Hersteller. Sie nahmen einen nagelneuen und auf Kundenvorgabe zugeschnittenen USB-Stick. Den händigten sie einem zuverlässigen Angestellten aus, der damit an einen geheimen Ort ging. Dort lag, hinter verschlossenen Türen, ihre Cleanzone: totales Air Gap, keine Vernetzungen, keine Schwachstellen. Das war der Ort, wo das Betriebssystem residierte.»

Er legt eine Kunstpause ein.

«Jeder Computer in der Cleanzone wurde an Ort und Stelle montiert und eingerichtet, jede einzelne Programmzeile vor und nach der Kompilierung eingehend geprüft. Jedes Teil hatte einen kryptographischen Schlüssel. Und selbstredend hatten sie eine hochprofessionelle Sicherheitszone mit Metalldetektoren, Fahrzeugsperren und laserbasiertem Einbruchsalarm. Der zuverlässige Angestellte steckte seinen USB in einen Cleanzone-Computer, lud eine Basisversion des Betriebssystems herunter, verließ den Raum und installierte sie auf dem neuen Computer. Perfekt. Allerdings ...»

Ad ist jetzt unverblümt entzückt über seine eigene Cleverness.

«... habe ich sie gehackt.»

In der Gewissheit, dass erzählerische Gepflogenheiten nichts weniger verlangen, wirft Azi ein ehrfurchtsvolles Fragewort ein. «Wie?»

«Freut mich ganz doll, dass du fragst. Es war erst ein hartes Stück Arbeit, dann war es leicht, und am Ende wurde es fast albern. Zuerst der schwierige Teil. Ich habe mir einen individualisierten USB-Stick gegriffen und eine Schwachstelle in die Controllerchips eingebaut, die die Firmware steuern. Dann wurde es leicht: Ich habe die Route eruiert, die der zuverlässige Angestellte geht. Und dann albern: Ich hab ihn versehentlich angerempelt, er hat seinen Stick fallen lassen, und ich habe ihn mit meinem vertauscht. Ein Taschenspielertrick. Und er hat funktioniert.»

«Du bist ein Genie!», sagt Azi und meint es ausnahmsweise. «Genau das richtige Maß an Dummheit, um einen Haufen von Intelligenzbolzen auszutricksen. Also, warte mal ... Das ist doch exakt, was wir brauchen. Es bedeutet, du ownst sie, Ad, du kannst die totale Kontrolle über ihr Core-OS, über alles ausüben. Warum hast du uns das nicht schon früher gesagt?»

Ad senkt den Blick. «Weil es für mich bloß ein Machbarkeitsbeweis war. In dem Moment, in dem ich ihn umsetze, in dem ich auch nur daran denke, die Schwachstelle zu aktivieren, da läuten hundert verschiedene Alarmglocken bei mir. Ich kriege die totale Kontrolle über ihre Systeme. Und dann finden sie es raus, schalten alles ab, bringen mich zur Strecke und verklagen mich auf eine Milliarde Dollar.»

Er hält inne und lässt rhythmisch seine Knöchel knacken.

«Aber jetzt ist mir das einfach scheißegal. Also, los geht's.»

# KAPITEL 41

•••

«Die gute Nachricht zuerst», sagt Ad und leckt sich die Lippen mit einer Nervosität, die nahelegt, dass er sich gedanklich bereits mit der schlechten Nachricht befasst. «Wenn ich mir das Routing so ansehe, dann denke ich, dass die IP-Adressen, die Azi zusammengestellt hat, mit hoher Wahrscheinlichkeit aus dem Existential Institute stammen.»

Azi versucht, das zu verarbeiten und auch die Tatsache, dass er jetzt in einer Welt lebt, in der es sich um eine gute Nachricht handelt, wenn ein mit enormen Finanzmitteln ausgestattetes kalifornisches Institut offenbar seinen eigenen globalen Bestellservice für Gräuel aller Art anbietet.

«Und jetzt die schlechte Nachricht», fährt Ad fort. «Ich habe es nur geschafft, periphere Netzwerke zu korrumpieren. Wenn ihr weitere Einzelheiten haben wollt, müssen wir uns Zugang zu ihren Systemen von *drinnen* verschaffen. Von ganz tief drinnen.»

Azi bemüht sich sehr, nicht entsetzt dreinzuschauen. «Aha ... Und wie viel Zeit haben wir dafür? Bevor sie – äh – bemerken, was du gerade gemacht hast, und alles abschalten und angerannt kommen?»

Ad schließt die Augen. «Ich würde sagen ... zwischen einer und zwei Stunden. Eher nur eine.»

«Aha.» Dieses Mal entscheidet Azi, dass es gerechtfertigt ist, entsetzt dreinzuschauen, und dass, mit Glück, vielleicht eines der anderen Mitglieder ihres kleinen Aufgebots den Wink versteht und mit einem umwerfend raffinierten Plan aufwartet. Odi und Yacine befinden sich allerdings gerade inmitten einer geflüsterten Unterhaltung. Dabei wird heftig gestikuliert, und dann greift Yacine nach hinten und packt Odi am Arm. Azi gefällt überhaupt nicht, was er da sieht.

«He, Leute! Ich hoffe, das wird jetzt nicht so ein Lasst-uns-mit-Glanz-und-Gloria-untergehen-Spektakel. Wir sind noch nicht am Ende.»

Odi wendet sich ihm zu. «Selbstverständlich nicht, mein Freund. Wir haben gerade diskutiert, wo wir am besten frühstücken können.»

Darauf weiß Azi nichts zu sagen. Einige Minuten später kreuzt der Van schlingernd mehrere Fahrspuren und rollt auf einen riesigen Parkplatz. «Zu dem Diner dort», murmelt Odi zur Erklärung und bedeutet Azi mit einer Geste, den Laptop zurück in den Ersatzrucksack zu stecken und den Reißverschluss zuzuziehen.

Das Wort «Diner» beschwört in Azis Kopf das wunderliche Bild von einem abbruchreifen, aber betriebsamen Gebäude voll einheimischer *Salz der Erde*-Gäste. Doch das, wo Odi sie hindirigiert, ist ein gepflegt unorigineller klimatisierter Kasten am Rand eines sehr großen Parkplatzes, umgeben von anderen schachtelförmigen Läden.

Yacine parkt vor dem Diner und gibt zu verstehen, dass er im Wagen bleiben will. Mit aufreizender Lässigkeit hängt sich Odi den Rucksack über eine Schulter und winkt ihnen, ihm nach drinnen zu folgen.

Sie treten ein, setzen sich so weit wie möglich vom Fenster weg und beobachten Odi, der Kaffee und Pancakes für alle bestellt. Ad sieht aus, als würde er gleich vom Sitz rutschen. Azi reißt sich zusammen, hat aber bereits beschlossen, dass sich Odi mindestens eine Ohrfeige verdient hat, sollte er binnen der nächsten zwei Minuten nicht damit aufhören, sich so gottverdammt geheimnisvoll zu geben. Endlich hievt Odi seinen Rucksack auf den Tisch und beginnt zu sprechen.

«Wir haben ungefähr eine Stunde, Adam?»

Ad schreckt hoch und bestätigt es.

«Dann müssen wir jetzt die Köpfe zusammenstecken. Ich habe etwas in meinem Rucksack, das uns und unsere Daten weiterhin schützen wird, zumindest innerhalb dieses Gebäudes. Adam, du darfst dir wieder den Laptop nehmen ... gut. Bist du schon mal in diesem Diner gewesen?»

Ad schreckt wieder hoch und verneint.

«Hab ich mir gedacht. Das Institut ist zwar gegenüber, aber ich bezweifle, dass einer der Angestellten jemals ein Lokal wie das hier betreten würde.»

Dies bedarf keiner Bestätigung durch Ad. Gemäß jenem Teil der Instituts-Website, der dem Wohlergehen der Mitarbeiter gewidmet ist, bieten die großzügigen Cateringeinrichtungen vor Ort täglich drei Mahlzeiten an, vorwiegend auf veganer, glutenfreier, paleohybrider Basis mit niedrigem glykämischen Index, darauf ausgerichtet, die Gesundheit der Mitarbeiter bis knapp vor die physische Auszehrung zu optimieren. Kein Angestellter würde sich dabei erwischen lassen, wie er eine Scheibe knusprigen Bacon in ein winziges Schälchen mit hochwertigem Glukose-Fruktose-Maissirup tunkt, wie es Azi gerade unter Ads angewidertem Blick tut.

«Okay.» Odis Verhalten gleicht dem eines Mannes, der ein wichtiges Meeting leitet, das aber für einen wie ihn letztlich doch nur Routine ist. «Ich habe uns hierhergebracht, ich habe uns Equipment beschafft, ich habe weitere nützliche Sachen in dem Rucksack. Noch weiß ich nicht, wie wir ins Institut reinkommen, geschweige denn Administratorzugriff bekommen. Aber ich bin zuversichtlich, dass wir dieses Problem gemeinsam lösen können, und zwar innerhalb von, sagen wir, zehn Minuten.»

Azi beißt inbrünstig in den Speck. Vielleicht ist es der jähe

Zuckerschub, aber er spürt jetzt immer klarer den Teufelskerl in sich – als ginge es um eine Art von Problemlösung, mit der er es tagtäglich zu tun hat. «Okay. Scheiß drauf. Ich hab schon schrägere Sachen in der letzten Woche gemacht. Ad, gibt's irgendeine Chance, dass du dich da reinschleichen kannst?»

Ad betrachtet seinen unberührten Stapel Pancakes mit kläglicher Miene und schüttelt den Kopf. «Vergiss es, Alter. Die kennen mich, die behalten alles genau im Auge. In ein paar Systeme komme ich von hier aus rein», er tippt liebevoll auf den Laptop, «aber darunter ist nichts, was bewirken könnte, dass sie mich vergessen. Odi, wie steht's mit dir?»

Odi schüttelt den Kopf. «Ich muss anderswo eine sehr wichtige Rolle spielen. Die Amerikaner beobachten jede unserer Bewegungen und führen uns an einer Leine, die gerade so lang ist, dass wir uns daran aufhängen können. Sie wissen, dass etwas verkehrt läuft, dass wir nicht in der Lage sein sollten, ihre Schnüffelei zu blocken. Aber sie werden weiter abwarten, weil sie glauben, sie hätten alle Eventualitäten durchgespielt. Ich freu mich schon darauf, ihnen das Gegenteil zu beweisen.»

«Dann bleibe wohl nur ich übrig», fährt Azi fort. «Aber warum sollten die mich überhaupt auch nur durchs Tor spazieren lassen? Das werden sie nicht tun, nicht in einer Million Jahren. Obwohl» – er schluckt – «Ad, es muss doch irgendjemanden geben, den das Existential Institute willkommen heißen würde, wenn er einfach so mal vorbeischaut und um ein Gespräch mit jemandem aus der Institutsleitung bittet?»

Nun, da Azi als der Mann vor Ort feststeht und Ad als derjenige hinter der Tastatur, scheint Letzterer das Ganze ein wenig erfreulicher zu finden. «Gar keine so schlechte Idee, Alter. Sekunde … da. Schau dir das mal an.»

Ad holt eine Website auf den Schirm, neben der die Site des Instituts bescheiden aussieht. Vor einem schwarzen Hintergrund pulsieren zwei rote Wörter wie ein Herzschlag. *Total Knowledge*. Totale Erkenntnis. Ad klickt, und es erscheint ein Slogan mit der Firmenphilosophie in derselben Sehstörungen hervorrufenden Schriftart: *Allumfassendes Begreifen der Bedingungen des Menschseins mittels Daten und angewandter künstlicher Intelligenz.*

Ad grinst wissend. «Diese Arschlöcher sind seit drei Jahren der größte Übernahmekandidat des Instituts. Das ist eine britische Firma, die mit ein paar hundert Millionen bewertet wird und damit angibt, Technologien für selbstlernende Systeme entwickelt zu haben. Sie behaupten, mit Hilfe von KI Yottabytes unstrukturierter Daten sinnvoll zusammenführen zu können. Ich halte das für Quatsch, aber Erasmus fährt völlig auf die ab.»

Azi dämmert etwas. «Und ich soll mich als einer von denen ausgeben?»

«Ja, Alter. Dafür brauche ich zwar noch einen exakt getimten Kurzzeithack, aber mit dem Zugang, den ich hier habe, sollte ich in der Lage sein, Traffic aus dem Innern des Instituts zu einer Gruppe von Dummy-Websites und Suchergebnisseiten umzuleiten. Du könntest beispielsweise der gerade neu ernannte Chief Technology Officer von Total Knowledge sein.»

«Das könnte hinhauen!» Azi fängt an, den Dreh dieses gemeinschaftlich ausgeheckten Plans zu erfassen. «Wir könnten sagen, ich sei gerade in der Gegend, ein Meeting wurde abgesagt, und ich möchte über unsere beiderseitigen Interessen plaudern. Dringend und diskret. Dann werden sie doch wohl einen von der Institutsleitung schicken, oder?»

Ad tippt so schnell, dass man nur noch einen Wirbel von Fingern sieht. «Die werden sich ein Bein ausreißen und wahrscheinlich gleichzeitig versuchen, dich einer Gehirnwäsche zu unterziehen. Das ist wie Scientology für Hightech-Nerds.

Sie glauben echt, sie wüssten am besten Bescheid über die ultimativen Herausforderungen, vor denen die Menschheit steht. Wobei der Unterschied der ist, dass sie recht damit haben könnten.»

«Okay, okay. Für die Rolle seh ich nicht sehr glaubwürdig aus, aber ich schätze, du hast dir da schon was überlegt, Odi?»

Odi lächelt sein strahlendstes Lächeln. «Ich hatte mehrere Überlegungen angestellt. Angemessene Kleidung war eine davon. Aber die anderen wirst du, wie ich fürchte, nicht mögen.» Er tippt auf die Tasche, in der sein Messer schlummert. «Das Wichtigste können wir jetzt gleich erledigen.»

Während Ad weiter in die Tastatur hämmert, um die Nutzdaten seiner Malware zur Verschickung ins Innere des Instituts klarzumachen, folgt Azi in gebührender Entfernung Odi zu einem Toilettenraum, der sowohl behindertengerecht eingerichtet ist als auch einen Wickeltisch aus Plastik aufweist.

«Ich will dich nicht anlügen, Azi.» Odi klappt den Plastiktisch von der Wand und gibt Azi das Zeichen, seinen linken Unterarm quer auf die Platte zu legen. «Das wird jetzt sehr schmerzhaft. Aber ich mache es schnell und, wenn du dich nicht bewegst, auch akkurat. Hierhin.»

Aus dem Rucksack holt Odi ein Sortiment von Fläschchen, Mullbinden und zwei Lederriemen. An diesem Punkt begreift Azi, was Odi vorhat.

«Ach du Scheiße! Du willst den Tracker entfernen. Du willst mir den Arm aufschneiden.» Odi nickt. «Du machst es wirklich. Ich glaub's ja nicht. Es gibt doch bestimmt eine andere Möglichkeit, Odi. Bitte.»

Als Antwort zieht Odi einen Riemen fest um Azis Oberarm, sprüht etwas aus zwei der Fläschchen sowohl auf die Messerklinge als auch auf Azis Haut und deutet dann auf den zweiten

Riemen. «Da beißt du drauf», erklärt er. «Ich habe ein örtliches Betäubungsmittel und was zur Desinfektion aufgesprüht. Sobald ich reinschneide, wird es weh tun. Aber du packst das. Setz dich, bitte.»

Azi setzt sich unbeholfen auf den Klodeckel und streckt den Arm aus. Odi wäscht sich die Hände und lässt den Trockner laufen, während er das Messer ergreift. «Beiß fest drauf», warnt er. «Und versuch, an irgendwas anderes zu denken.»

Bevor Azi protestieren kann, hält Odi ihm den Riemen hin. Azi nimmt ihn zwischen die Zähne. Welche Wahl hat er schon? Odi macht sich mit unerbittlicher Sorgfalt ans Werk und entfernt den Verband von der Stelle, an der der Tracker implantiert wurde. Die Haut unter der Binde ist ein einziger Bluterguss mit einem dunkelvioletten kleinen Schlitz in der Mitte. Odi lächelt Azi zu, packt dessen Arm und setzt das Messer an. Noch ehe Azi richtig erfasst, was als Nächstes geschehen wird, fährt die Klinge in seinen Körper.

Zuerst verspürt er keinen Schmerz, nur ein Ziehen, gefolgt von einem Druck, dann intensive Kälte. Azi wendet den Blick ab, seine Zähne dringen tief ins Leder, seine Augen starren auf das, was er als den Reinigungsplan für diese Toilette identifiziert, ein laminiertes Blatt Papier mit einem Kästchen für jede Stunde des Tages. Die Reihen der ordentlich mit Filzstift eingetragenen Häkchen lassen vermuten, dass, wer auch immer hier für Sauberkeit zuständig ist, diese Arbeit mit großem Stolz verrichtet.

Dann schlägt der Schmerz zu. Sein Ursprung liegt direkt neben dem Knochen, ein brutales Schaben, das fast augenblicklich unerträglich ist. Er hört ein schreckliches Stöhnen, welches, wie er erkennt, aus seinem eigenen Mund kommt und nicht unterdrückt werden kann. Er wirft den Kopf von einer Seite auf die andere und würgt an dem bitteren Leder.

Der Schmerz ist schlimmer, viel schlimmer als der vom Parthenon, und er spürt, wie ihm langsam die Kontrolle entgleitet. Sein Arm zittert und wehrt sich gegen Odis Griff. Tränen schießen ihm in die Augen, seine Füße stampfen und strampeln, während sich die Welt außerhalb des Hier und Jetzt auflöst.

Dann ist es vorbei. Etwas Klebriges aus einem anderen Fläschchen wird auf seine Haut aufgetragen, gefolgt von einem Verband. Er bekommt zwei Tabletten angeboten, die er ohne Wasser schluckt, sobald er in der Lage ist, seine Kiefer auseinanderzubekommen. Odi wischt die Klinge ab, steckt das Messer in die Tasche und zieht Azi zu einer kurzen Umarmung an sich.

«Ich bin stolz auf dich.»

Azi lässt sich bereitwillig halten und zittert. Gleich darauf gibt Odi ihn wieder frei und beginnt, seinen Rucksack methodisch auszupacken.

«Da sind deine neuen Kleider; Ohrhörer für dich und Adam; ein Wegwerftelefon, mit dem du den Hack abschicken kannst; und sogar eine Sonnenbrille. Und noch ein paar Extras für mich – für das extrem raffinierte Ablenkungsmanöver, das zu inszenieren ich im Begriff stehe.»

Wie schon bei früheren Gelegenheiten wird Azi das Gefühl nicht los, dass Odi das alles irgendwie amüsant findet. Doch dieses Mal macht es ihm nichts aus. Er stützt sich an der Wand ab, massiert seinen Kiefer, bemüht sich um einen beherzten Tonfall und versucht sich in einer konkreteren Formulierung seiner unmittelbaren Zukunft.

«Okay. Schauen wir mal, ob ich's blicke. Ad bleibt hier, lässt sein Programm arbeiten, versucht, die genaue Quelle der Gomorrha-IPs herauszufinden und alle ihre Daten abzusaugen – vorausgesetzt, ich kann reinkommen und ihm Zugang verschaffen. In der Zwischenzeit sorgst du dafür, dass wir dabei nicht gewaltsam gestört werden.»

«Genau.» Odi zurrt den Verband um Azis Unterarm fest und reicht ihm ein frisches Shirt. Unter Schwierigkeiten windet sich Azi in seine neuen Kleidungsstücke.

«Noch eine letzte Sache, Odi. Gibt es irgendetwas, das ich über dein Ablenkungsmanöver wissen sollte, bevor du loslegst?»

Odi sieht ihn mit einer fast kindlichen Vorfreude an.

«Nur dass das mit der extremen Raffinesse ein Scherz war. Dein Tracker ist in meiner Tasche. Ich habe bereits die zwei bei deinem Freund angebrachten lokalisiert und eingesteckt. Yacine wird mich jetzt mit dem Auto am Hintereingang abholen. Ich werde es so aussehen lassen, als würden wir alle Hals über Kopf fliehen. Das ergibt eine ausgezeichnete Ablenkung, garantiert.»

Unerwartet förmlich streckt er Azi die Hand hin und schüttelt sie kräftig, bevor er sich verabschiedet.

«Wir verschaffen dir so viel Zeit wie möglich. Meine Hoffnungen ruhen auf dir. Und …», Odi zögert, «wir müssen beide beten, dass dein Freund uns nicht alles vermasselt.»

# KAPITEL 42

•••

Fünf Minuten später überquert Azi völlig unbehelligt eine von der kalifornischen Sonne gut durchbackene achtspurige Straße und spaziert auf den Campus des Existential Institute.

Odi und Yacine sind, wie versprochen, mit quietschenden Reifen davongefahren. Ad hat schweigend Azis neuen Look studiert – Sonnenbrille, Basecap, Skinny Jeans, T-Shirt von Superdry, klassische Tennisschuhe von Reebok – und ihn dann zu einem astreinen CTO-Arschloch erklärt.

Zusätzlich zu seiner neuen Garderobe und einem schmerzenden Arm hat sich Azi noch einen nicht sichtbaren Ohrhörer, ein mit Malware bestücktes Wegwerftelefon und den Namen Douglas Dingwall zugelegt.

Alles ist so absurd, dass er es noch nicht geschafft hat, Angst zu haben.

Entgegen Azis Erwartungen stehen, von außen kaum einsehbar, auf dem Campus nur niedrige Gebäude, die sich zwischen dem Highway und der Bucht auf einem Stück Land verteilen, auf dem es früher nichts als Schlamm und Meeresvögel gab, bis das Institut wie ein Raumschiff mit einem Terraforming-Auftrag dort landete. Ein Fußpfad unter einer schattenspendenden Holzpergola zieht sich parallel zu Privatstraßen, Parkplätzen und üppiger Vegetation entlang. Das Ganze gleicht eher einem botanischen Garten als einer Konzernzentrale. Nicht eine einzige Person ist zu sehen, weshalb es für Azi angesichts seiner extrem beschränkten Zeit eine immense Erleichterung darstellt, als ein Mann mit einem Gefährt, das wie ein minimalistischer Golfbuggy ausschaut, auf ihn zugebraust kommt.

«Hey, Doug, willkommen! Mann, das ist ja der reine Wahnsinn. Dass wir dich hier und jetzt bei uns haben, dass wir das geschafft haben – ich bin so was von aufgeregt. *Wir* sind so was von aufgeregt. Ich bin Chuck und ausschließlich für dich da. Hüpf rein!»

Chucks Outfit hat eine unheimliche Ähnlichkeit mit dem von Azi: Sonnenbrille, Basecap, Skinny Jeans, Shirt von Lanvin, klassische Edelsneakers von Common Project. Und es gelingt ihm, Azi mit einer Begrüßung von strahlender Aufrichtigkeit zu infizieren. Da Gesundheit, Lockerheit und Begeisterung zu den primären Statusmerkmalen der Hightechindustrie gehören, muss Chuck nach Azis Einschätzung ein wichtiger Mann sein. Da beginnt Ad von irgendwo tief in seinem Ohr zu sprechen.

*Und schon geht's los, Alter. Das ist Charles Bartlett, Director of Digital Evangelism. Der ranghöchste Typ, den ich zu fassen bekommen hab. Du triffst dich mit ihm für einen supereiligen Ideen- und Inspirationsaustausch.* Kurze Pause. *Er ist ein totaler Psycho. Aber er ist nicht dumm, also pass auf.*

Azi hüpft in den Buggy. Gebäude Nummer eins, zu dem sie unterwegs sind, sieht von Größe und Form aus wie zwei zusammengeschraubte Flugzeughangars, und anscheinend wurde auch alles andere diesen Dimensionen angepasst. Der Fußweg, auf dem sie unterwegs sind, würde in England als Straße durchgehen. Der wenig hilfreiche, da abstrakte Gebäudeplan am Eingang ist zehn Meter hoch und in eine matt schimmernde Metallplatte eingeätzt. Die unregelmäßig zwischen Nebengebäuden verstreuten Blumenbeete protzen mit Felsbrocken, Wasserfällen und Bäumen von einer Größe, wie man sie eher in Nationalparks erwarten würde. Fast sieht es so aus, als hätte sich der Architekt über Unternehmensgigantomanie lustig gemacht.

Azi fühlt sich wie in Disneyland. Das ganze Gelände, erzählt Azis Begleiter ekstatisch, sei eine Gartenstadt; das Wasser werde permanent recycelt; viele Nahrungsmittel kämen aus dem großen Dachgarten auf Gebäude eins. Und obendrein gebe es noch mehrere riesige Roboter, die große Teile der Landschaftsarchitektur nach Belieben umgestalten könnten. Hier muss Azi unwillkürlich unterbrechen.

«Entschuldige, meintest du gerade riesige Roboter?»

«Oh ja! Supersüße Dinger. Riesige Roboterkräne, in der Erde versteckt. Erasmus ist ein Gott, wenn es um Zukunftssicherheit geht. Seine Vision von diesem Ort hier, die Dimensionen, in denen er denkt ...» Chucks Stimme verliert sich in wehmütigem Staunen. *Ich hab's dir ja gesagt, dass die irre sind*, flüstert Ads Geist.

Laut Ad hat das Institut bislang bereits über zehn Milliarden Dollar aus den Taschen von Multimilliardären erhalten, die sich – auf der Suche nach gesellschaftlichen Anliegen, die zu ihren Ambitionen passen – TED-Talks ansehen und dann im Dienst der guten Sache entsprechend spenden. Kein Anliegen ist größer als die Zukunft der Menschheit, und deshalb können anscheinend auch die Spenden nicht groß genug ausfallen.

Der Buggy kommt sanft neben einem Totempfahl aus recyceltem Metall zum Stehen, und Azi wird auf eine Veranda aus Kanthölzern, Tragbalken und gehämmerten Metallplatten geleitet. Eine drei Meter hohe Tür gleitet auf und führt in einen himmelhohen Empfangsbereich, wo hinter einem Stehpult ein Angestellter in dunklem Hemd Azi missmutig beäugt. Douglas Dingwall, hat Azi beschlossen, ist ein miesepetriger wortkarger Brite und hocherfreut, auf jemanden gestoßen zu sein, dessen Abgrund an Kundenunfreundlichkeit von britischer Tiefe zu sein scheint und an dem er seine neue Persönlichkeit erproben kann.

«Name», intoniert der Rezeptionist übellaunig.

«Douglas Dingwall», gibt Azi genauso übellaunig zurück.

«Funktion.»

«Chief Technology Officer, Total Knowledge.»

«Reisepass oder Führerschein.»

Dies ist der Punkt, an dem sein vorgeblicher Ärger perfekt inszeniert werden muss. Azi sieht den Mann an, als wäre er soeben aufgefordert worden, eine Pergamenturkunde vorzulegen. «Physische Identifikation? Sie benutzen noch immer ein *physisches* Identifikationssystem?» Die Frage bewirkt verlegenes Gehüstel, weshalb Azi fortfährt. «Ich finde das amüsant. Ich *bin* meine Identifikation: mein Gesicht, meine Augen, mein Körper, meine Daten. Mehr habe ich nicht bei mir, also verschwenden Sie nicht meine Zeit. Googeln Sie mich doch einfach, verdammt noch mal.»

Nach einer hektischen Geste Chucks tut der Mann am Rezeptionspult genau das – und landet hoffentlich, denkt Azi, auf Ads umgeleiteter Website von Total Knowledge und den dazu passenden Suchergebnissen. Azi blickt finster drein, wirft abwechselnd und demonstrativ mal Chuck einen Blick zu, mal dem Rezeptionisten und einer abstrakten Metallskulptur, die entweder zwei Pinguine oder eine phantastisch missratene Nackte darstellen könnte.

Unter Chucks wachsamen Blicken arbeitet sich der Mann durch mehrere Bildschirmseiten mit Ergebnissen, rollt die Augen wegen dieses Verstoßes gegen das Sicherheitsprotokoll, druckt dann einen Passierschein aus und übergibt ihn. Mit marionettenhaft ruckartigen Bewegungen nimmt Chuck ihn entgegen und befestigt ihn an Azis Hemd.

«Ich muss dich persönlich begleiten. Sehr unorthodox, das Ganze, aber das ist es ja, was wir an euch Typen so lieben … ihr lebt Daten, ihr atmet Daten, ihr *seid* Daten. Es ist wunderbar.

Also, du bist heute mein Stargast. Und weil du ja noch nie hier warst, solltest du jetzt achtgeben. Hier ist das schöne Stück!»

*Oh, wow*, murmelt Ads Stimme spöttisch, *er wird jetzt gleich die bescheuerte Nummer mit der Tür abziehen. Chuck muss verliebt sein.*

Azi hat keine Ahnung, aus welchem Grund Ad jetzt über Türen spricht, doch die stumpfe Gewalt von Chucks Charisma lässt sich in der Nahdistanz nur schwer unterlaufen. Noch ehe Azi erneut eine finstere Miene aufsetzen kann, hält Chuck seinen Dienstausweis an eine dunkle Platte. Zehn Meter einer Glaswand beginnen, sich vor ihnen zu kräuseln, zu schillern und dann zu brechen; die gesamte Oberfläche zersplittert in ein Dutzend Scherben. Azi weicht zurück, als jedes einzelne Stück Glas eine gemächliche Reise zu einer in der Wand versteckten Nische antritt. Chuck strahlt wie ein Prediger bei der Heilsverheißung.

«Ein Wahnsinnsding, oder? Wir machen diese Tür nicht für jeden auf; es gibt noch eine normale an der Seite. Die hier ist nur für besondere Besucher! Erasmus hat sie in Auftrag gegeben. Er hat das Konzept entworfen, und dafür gibt es ein Patent mit seinem Namen. *Wo sich Meer und Himmel treffen.* So hat er es genannt. Erasmus liebt das Meer. Im Meer erhaschen wir einen Blick in die Ewigkeit. Dorthin, wo alles Leben begann.»

Azi überlegt kurz. «Rod Stewart», sagt er.

«Was?»

«Rod Stewart. Von dem stammt die Zeile: *Where the Ocean Meets the Sky*. Aus ‹Rhythm of My Heart›, mit Dudelsackmusik als Intro. So eine Art schottischer Country-Rock.»

«Nein, nein. Das hat damit nichts zu tun.»

«Erasmus mag keine britische Rockmusik?»

«Mag er nicht, nein.»

«Schade. Ab und zu hör ich den Rod der frühen Neunziger ganz gern.»

Während die Glastrümmer ihre wundersame Reise beenden, stellt Azi zufrieden fest, dass Chuck aufgehört hat zu lächeln.

«Also, hey! Was hältst du davon, hm?»

Chuck tippt Azi auf die Schulter und nimmt ihm die VR-Brille vom Kopf. Einen Augenblick lang strahlt für ihn der Raum, in dem sie sich befinden, eine Art Hyperrealität aus. Azi kann nicht glauben, wie fehlerfrei sich die reale Wirklichkeit seinem Blick darbietet. Er verspürt den Drang, mit den Fingern durch die dunkle, teppichähnliche Polsterung zu fahren, die den größten Teil der Wände und der Decke bedeckt, erinnert sich dann aber, dass es seine Aufgabe ist, Chuck in der Defensive zu halten.

«Mir ist schlecht.»

«Aha. Manche reagieren so. Aber, hey, nicht viele haben das gesehen, was du gesehen hast. Die Synergien bei allem, was du tust, die Möglichkeiten ...»

Erneut verliert sich Chucks Stimme in Staunen. Sie befinden sich in dem Teil des Komplexes, den das Institut seine Virtual Reality Empathy Suite nennt, von der Chuck behauptet, hier gebe es das technisch Modernste auf dem Gebiet der Mensch-Maschine-Interaktion. Azi hat auf diese Weise einige kostbare Minuten damit verbracht, durch eine Reihe von interaktiven Präsentationen der empfindlichsten Ökosysteme der Erde zu driften – in Gestalt eines etwas unförmigen Pandas.

Chucks Umgang mit Azi ist von ausgesuchter Freundlichkeit und einer Professionalität bestimmt, die nicht zu bewundern unmöglich ist. Aus Chucks Perspektive ist Doug Dingwall ein Mann, den er soeben buchstäblich mit der Vorsehung konfrontiert hat; ein künftiger Kollege, der gerade einen Blick auf den Endpunkt alles vorstellbaren Guten wirft.

Aus Azis Perspektive haben er und Ad eine einzige Chance, einen sehr speziellen Kunstgriff in der Nähe eines zentral vernetzten Systems anzuwenden, das jemand aus der Institutsleitung – nämlich Chuck – benutzt. Um seine Chance auf ein Gelingen des Tricks zu maximieren, braucht er einen geistig so weit wie möglich erschöpften Chuck, weil – wie Erfahrung und Forschung nahelegen – dies genau der Weg ist, jemanden zu täuschen, der es eigentlich besser wissen müsste.

Chuck mit seiner anpasserischen Gutmütigkeit scheint aber auf alarmierende Weise immun gegenüber Erschöpfung zu sein. «Wir befinden uns mitten in einem großen Projekt in Richtung VR», sagt er und lotst Azi zu einer anderen, asymmetrisch schimmernden digitalen Innenansicht. «Strategische Investments, Akquisitionen. Sehen heißt glauben!»

«Wird es da keine Probleme geben, wenn die Leute anfangen zu glauben, sie wären Pandas?»

Azi gibt absichtlich den Spielverderber, aber er hat nun mal eine tiefe Abneigung gegen Virtual Reality. So gut wie jede mit atemloser Begeisterung vorgeführte VR-Präsentation malt ein Bild von unendlicher Freiheit. Man setzt sich die magische Brille auf und wird in ein Reich purer Einbildung entlassen: Man kann auf der Mondoberfläche herumspazieren, über die Türmchen fremdartiger Städte fliegen, mit Freunden an einem platonischen Lagerfeuer abhängen. Wann immer Azi sich tatsächlich darauf eingelassen oder darüber nachgedacht hat, was das alles bedeutet, hat er sich allerdings mit einer Technologie nicht etwa einer Flucht aus der Realität, sondern mit einer der Gefangennahme durch die Virtualität konfrontiert gesehen.

In der VR ist unser *Körper* die Schnittstelle. Grobschlächtig virtualisierte Versionen unserer Hände hantieren mit unwirklichen Objekten; alles kann nur innerhalb der Begrenzungen einer regelbasierten Verkörperlichung gesehen und erfahren werden. In der VR gibt es kein Entkommen von der eigenen Körperlichkeit, kein Getippe und keine flinken Mausmanipulationen, kein Multitasking und kein Hin- und Herspringen zwischen einzelnen Bezugsrahmen. Man ist der Gnade der eigenen Fleischlichkeit ausgeliefert, und das auf eine Weise, wie sie im normalen Leben kaum vorkommt. Und unser virtuelles Gefängnis ist vollständig der Kontrolle durch jemand anderen unterworfen. Das Ganze ist das Gegenteil von alldem, was sich Azi jemals online zu erreichen erhofft hat.

Kein Wunder, denkt er, dass so viele Hightechunternehmen so begeistert sind von diesem unwiderstehlichsten aller Tools. Warum soll man sich mit der Veränderung der Welt abplagen, wenn man Pixel für Pixel eine virtuelle erschaffen kann, und das mit unternehmensgerechten Voreinstellungen? Warum sollte man die Menschen sich an öffentlichen Orten versammeln lassen, wenn man ein firmeneigenes Gemeinschaftserlebnis erschaffen kann?

Azi gibt Chuck die VR-Brille mit einem Kopfnicken zurück und beschließt, Ads zunehmend dringlichere Aufrufe zu befolgen. *Zeit, dass du was unternimmst, Alter. Halt dich an das, was ich dir gesagt habe. Du beherrschst vielleicht Tech-talk, aber der Silicon-Valley-Slang ist ein ganz anderes Kaliber.* Azi wendet sich mit einem bedeutungsvollen Blick an Chuck.

«Ich gebe zu, ich bin beeindruckt. Von der Technologie, aber auch von dir, Chuck. Es dreht sich alles um den Menschen, nicht wahr?» Chuck deutet eine nonverbale Zustimmung an, die so rückhaltlos ausfällt, dass Azi sich Sorgen macht, Chuck könnte sich vor Begeisterung überschlagen.

«So, Chuck, jetzt würde ich gern mit euch offen und ehrlich über die Art von Vorschlägen plaudern, die ihr in der Vergangenheit auf den Tisch gelegt habt. Über die Rechtslage, über ein Finanzierungskonzept. Wie wir die Dinge vorantreiben können. Kannst du da für mich was organisieren?»

Das ist eine große Bitte. Andererseits ist aber, wenn Ad recht hat, Total Knowledge absoluter Marktführer in dieser Gegend, und jeder weiß, dass informelle Gespräche zwischen emotional verkrüppelten Ideologen die Stützpfeiler von Innovationen sind.

«Selbstverständlich», strahlt Chuck. «Es wäre mir ein außerordentliches Vergnügen. Ein informelles Meeting. Zwei unserer Besten können Material zusammenstellen, ein paar Sachen ausgraben. Du wirst es nicht glauben, wie schnell die arbeiten! So viele großartige junge Typen wollen hier bei uns arbeiten; die Leute sind einfach erstaunlich. Da entlang.»

Azi schickt sich an, ihm zu folgen, wird aber sofort von Ad gestoppt. *Warte! Noch nicht, Alter. Sorry. Ich muss da noch eine Sache klären. Zwei Minuten.* Azi sieht Chuck an, als sie gerade in einen langen, hellen Korridor einbiegen, und blafft dann ein einziges Wort. «Kaffee.»

«Wie bitte?»

«Ich könnte jetzt echt einen Kaffee gebrauchen.» Lügen sollten immer möglichst dicht an der Wahrheit sein.

«Natürlich! Himmel, du musst mir vergeben. Ich bin diesen Monat nicht auf Koffein. Wie möchtest du deinen Kaffee?»

«Möglichst stark.»

Zum ersten Mal scheint Chuck weniger selbstsicher zu sein. Wer hätte gedacht, dass eine Bitte um ein heißes Getränk ihn aus seiner Komfortzone kicken würde? Azi nutzt seinen Vorteil.

«Und könnte ich bitte in deinem Büro zuerst einen privaten

Moment mit dir haben, bevor die anderen dazukommen? Nur wir beide?»

«Aber klar doch. Hey», Chuck scheint etwas gefunden zu haben, bei dem er wieder lächeln kann, «hast du schon mal Nitrokaffee versucht? So was von cremig, du wirst es nicht glauben. Als würdest du Sahne trinken! Er wird dein Leben verändern.»

Azi willigt ein, folgt Chuck um die Ecke in eine Küche und sieht dann schweigend zu, wie dieser Gerätschaften bereitstellt, die wie Requisiten aus einem Horrorfilm aussehen: offenbar eine Apparatur aus Stahl und Glas mit einer Einspritzpumpe für flüssigen Stickstoff, womit man ein dunkelbraunes, eiskaltes Gebräu produzieren kann. Azi nippt. Die Flüssigkeit ist wie Seifenschaum. Es könnte sich um die abscheulichste und unnützeste Freveltat aller Zeiten handeln, die man je einer unschuldigen Kaffeebohne angetan hat.

Nun, da Chucks Gleichmut wiederhergestellt ist, marschieren sie an Reihen von anspruchsvoll etikettierten Besprechungsräumen vorbei – *Ewigkeit, Resilienz, Pathos* – und dringen tiefer ins Herz des Gebäudes vor. Schließlich gelangen sie zu Chucks Büro. Es ist fast zehn Meter lang und fünf Meter breit und hat keine Ecken; die Hälfte seines blasenförmigen Äußeren besteht aus Glas, die andere Hälfte aus Beton. Wie alles andere in diesem Gebäudeteil scheint es aus einer Betonklippe herausgeschabt worden zu sein, die sich schwindelerregend und durch ein Labyrinth von Fußwegen, Lichthöfen und abgehängten Treppen bis hinauf zum Dachgarten erstreckt. Chuck holt für diese Großartigkeit zu einer anerkennenden Geste aus.

«Hier schlägt das Herz des Instituts! Auf der anderen Seite der Wand arbeitet unsere Forschungsabteilung der nächsten Generation. Ein Wahnsinnsprojekt. Der Kampf um den inneren Raum. Dort wird nach Erasmus' Ansicht entschieden, ob das einundzwanzigste Jahrhundert gewonnen oder verloren wird. Herzen und Köpfe, Überzeugungen und Erfahrungen, Maschinen, die uns besser kennen als wir uns selbst … aber das alles ist sogar jenseits meiner Gehaltsstufe. Also, komm rein. Hier können wir ungestört sprechen.»

Azi spult die Phrasen ab, die Ad ihm ins Ohr geflüstert hat. «Wir arbeiten gerade an ein paar Dingen. Integrierte Systeme. Cloud. Big Data. ML, AI, IoT – mit hybridem Ansatz. Ein paar richtig smarte Sachen mit unseren Data Lakes, Datenaggregation und -analyse in Hochgeschwindigkeit, alles blockchaingepowert. Demnächst starten wir eine Finanzierungsrunde. Es sei denn, natürlich –» Azi lässt den Rest des Satzes aufreizend in der Luft hängen und wirft Chuck einen Blick zu, von dem er hofft, dass er als verschwörerisch ankommt. «Chuck, mir fällt gerade ein, dass ich mit jemandem gesprochen habe, der hier gearbeitet hat. Er sagte, ihr hättet stimmaktivierte und sprachgesteuerte Systeme in allen euren Büros?»

«Das ist korrekt, ja. Verschlüsselt nach unseren Stimmsignaturen. Du kennst doch den Star-Trek-Computer –»

«Ich hätte gern, dass du euer System abschaltest, bitte. Ich möchte, dass alles privat bleibt, absolut privat, bevor ich dir sagen kann, was ich mir so vorstelle.»

Chuck beugt sich vor. Sein Verhalten verändert sich, als hätte er den Geruch von etwas unerwartet Köstlichem wahrgenommen. Azi hat jetzt seine volle Aufmerksamkeit, was genau das ist, worauf er gewartet hat. Als Chuck nachdrücklich nickt, lässt Azi seine Finger über zwei seitliche Tasten des Telefons in seiner Tasche schweben.

Wenn er und Ad alles korrekt installiert haben, dann wird dieses Telefon eines tun, sobald Azi beide Tasten drückt: Es wird ein Programm-Nugget im Ultraschallbereich übertragen. Unter Fachleuten spricht man von einem Delfin-Hack. Weil Computer einen weitaus größeren Frequenzbereich als Menschen wahrnehmen können, ist es möglich, in Gegenwart beliebig vieler Zeugen einem stimmaktivierten System geheime Instruktionen zu erteilen. Azi hatte nie die Hoffnung gehegt, auf einen vernetzten Computer im Innern des Instituts Zugriff zu erhalten. Doch er und Ad hatten sich überlegt, dass es ihm doch möglich sein müsste, einen Delfin-Hack in genau dem Moment auszuführen, in dem jemand aus der Führungsetage mit Sicherheitsfreigabe auf Top-Secret-Level spricht, um ihr System zu entsperren. Falls sein Timing perfekt ist. Falls Ads Software funktioniert.

Chuck ist glücklicherweise viel zu aufgewühlt, um Verdacht zu schöpfen. «Ich weiß, was du meinst, ich verstehe total! Betrachte mich als einen Freund, wir machen das. Computer! Username: Charles Bartlett», *los, los, los!*, bellt Ad wenig hilfreich in Azis Ohr, «bestätigen und vollen privaten Modus aktivieren!»

Azi drückt beide Tasten.

Und nichts geschieht. Kein Wort von Ad, und weil Unhörbarkeit einer der Hauptvorteile des Hacks ist, hat Azi auch selbst keine Möglichkeit festzustellen, ob die Aktivierung des Telefons irgendetwas bewirkt hat.

Azi betrachtet die zwei sehr ernsten und sehr jungen Männer, die sich jetzt draußen vor Chucks Büro herumdrücken, trinkt von dieser Ungeheuerlichkeit von einem Kaffee und versucht, treuherzig dreinzuschauen. An einem Tisch in einem Diner in der Nähe müsste Ad in genau diesem Moment die entscheidende Nachricht erhalten: die Bestätigung, dass sich die Hintertür des Basisbetriebssystems des Instituts weit aufgetan hat.

Beiläufig klopft Azi an seinen Ohrhörer. Dreißig Sekunden

sind verstrichen, und ihm wird klar, dass Chuck die ganze Zeit wie ein lauernder Fuchs darauf wartet, dass er sich offenbart. Was ein Problem darstellt: Ohne Ads Input hat Azi nichts zu sagen.

Hat der Hack funktioniert, sagt sich Azi, sollte Ad jeden Moment zurück in seinem Ohr sein, frisch bestückt mit dem administrativen Hauptzugriff auf jedes einzelne Netzwerk und Gerät auf dem ganzen Campus.

Azi versucht, ruhig zu bleiben. Nun, da er darüber nachdenkt, ist diese letzte Perspektive doch zutiefst beunruhigend. Wie weit kann man darauf vertrauen, dass Ad seine Rolle mit einem Mindestmaß an Sinn und Verstand spielt?

Wie um seine Frage zu beantworten, schrillen Alarmglocken los.

# KAPITEL 43

• • •

Wenn man weiß, worauf man achten muss, kann man erkennen, wann ein Unterfangen zu scheitern droht. Als Erstes häufen sich die Zufälle. Als Zweites beginnt man, sich selbst zu beruhigen, dass alles in Ordnung sei. Als Drittes ignoriert man Beweise dafür, dass dies nicht der Fall ist.

Amira spürt, dass etwas faul ist, und konzentriert sich gerade darauf, den Zerfallsprozess bei Stufe eins zu stoppen, weil die Zufälle, über die sie nachdenkt, alles andere als zufällig sind, sobald man sie zueinander in Beziehung setzt.

Es stellt sich heraus, dass der Mann, den der Islamische Staat wegen Verrats so hingebungsvoll erwürgt und zerstückelt hat, Munira Khans überlebender Cousin war und dass es ihm gelungen sein könnte, Zugang zu einigen Dateien zu erhalten, die sie auf gar keinen Fall veröffentlicht sehen möchte. Ein extrem beunruhigender Gedanke.

Es stellt sich des Weiteren heraus, dass Azi und Kumpane auf die Nachrichten der reizenden Munira weder mit der Findigkeit noch mit der Begeisterung antworten, die sie erwartet hatte. Ihre erste mitleidheischende Botschaft sollte die Empfänger wissenlassen, wo sie sich ungefähr aufhielt, gefolgt von ausreichend vielen Indizien für das tragische Märchen von der schönen Maid, die, hinten in einem abgedunkelten Fahrzeug gefesselt, von einer Lasterhöhle zur nächsten in den Nahen Osten verfrachtet wird und im Finstern heldenhafte Depeschen tippt.

Nach Amiras Kalkül sollten wenigstens ein paar Leute zu den Orten unterwegs sein, die sie benannt hat. Stattdessen hat es zwar mehrere Rettungsversprechen gegeben, doch klingen diese inzwischen eher nach Desinteresse. Amiras Zugang zum internen System der *Organisation* ist nach Athen endgültig gesperrt worden, aber das war zu erwarten. Was sie nicht verstehen kann, ist, dass es denen egal zu sein scheint, ob Munira Khan lebt oder stirbt.

Im Moment bringt sie weder die Zeit noch die Sorgfalt auf, um neue Maßnahmen zu ergreifen, aber zunächst ist Anpassung an die veränderte Lage gefordert. Sie könnten jetzt über Munira Bescheid wissen. Und sollten sie ihre Identität irgendwie herausgefunden haben, ist nicht abzusehen, was sie sonst noch zu wissen glauben.

Das Ganze ist doppelt ärgerlich, weil sie – nach so langer und intensiver Planung – jetzt dicht vor dem Ziel steht. In ganz Europa sind die Islamisten, deren Aufenthaltsorte sie an Azi verraten hat, unter ständiger Observation. Sie beobachtet schon die ganze Zeit die Amerikaner und Europäer, wie diese die Dschihadisten beobachten. Die opferbereiten Idioten werden binnen Stunden eingekreist und festgenommen werden.

In der Gegend von Görlitz fügt sich jedoch das zweite Teilstück ihres Puzzles perfekt an der richtigen Stelle ein. Zwei Dutzend weitere Dschihadisten befinden sich gerade im Anmarsch auf die Defiance-Kundgebung. Sie haben genug Sprengstoff in ihren präparierten Vans, um die Menschenmenge zehnmal umzubringen. Sie sind diejenigen, die sich heute ins Bewusstsein der Welt einbrennen und damit die chaotischen Erschütterungen auslösen werden, die ihre Auftraggeber so gründlich eingeplant haben. Es wird Amiras Meisterstück werden. Es ist zu spät, um irgendetwas zu ändern.

Und doch: *Am Ufer warten die Tiger, im Wasser die Krokodile.* Dieser liebevolle Hinweis, den sie ihrer Großmutter mütterlicherseits zu verdanken hat, ist eines der wenigen erinnernswerten Überbleibsel aus ihrer Kindheit. *Gefahren lauern überall* – genau wie Volltrottel vom Schlag eines Michaels. Sie steigt mit Bedauern aus der großen Marmorbadewanne, die der Mittelpunkt eines der Badezimmer ihrer Suite ist, schlüpft in einen Morgenrock und fördert aus ihrem Gepäck eine Vielfalt von speziellen Smartphones zutage: je eines für die unterschiedlichen Identitäten oder Facetten ihrer Operationen.

Es gibt ein Update vom Islamischen Staat, das sie ignoriert. Sie nehmen gerade das Hotel auseinander, in dem der Verräter getötet wurde, weil sie wahrscheinlich im Moment nicht genügend viele Kandidaten für eine Hinrichtung auftreiben können. Und es gibt ein Update von ihren Defiance-Quellen, das besagt, im Vorfeld der Kundgebung dieses Nachmittags verlaufe alles reibungslos. Sie beschweren sich darüber, dass Tommi verboten habe, antifaschistische Protestierer zu verprügeln. Als Letztes gibt es ein Update vom Campus des Instituts, welches sie darüber informiert, dass im Basisbetriebssystem gerade Ungewöhnliches vor sich geht und mit Hochdruck untersucht wird.

Dieser Zufall bedeutet, dass sie Untätigkeit nicht einmal mehr in Erwägung ziehen darf. Träge zupft sie sich eine Augenbraue und gestattet es dem Schmerz, ihr Unbehagen zu verstärken. Sie gräbt das sicherste und am wenigsten benutzte ihrer Handys aus, schaltet es ein, identifiziert sich mit Fingerabdruck, Passwort, Gesichtserkennung und Hardware-Schlüssel. Äußerlich gleicht es jedem anderen Telefon in ihrem Besitz, aber es kann nur unter einer einzigen sicheren Nummer Anrufe tätigen oder empfangen.

Sie unterdrückt alle Indizien für ein Zittern ihrer Hand oder Stimme, wählt und wartet. Es dauert eine volle Minute, bis er abhebt, aber sie weiß, dass es in seinem Fall nichts mit einem Statusdünkel zu tun hat. Dieser Mann hat es nicht nötig, Spielchen zu spielen. Als er sich meldet, vermittelt sein Tonfall pures Selbstbewusstsein.

«Meine Liebe, gerade habe ich mit Michael telefoniert.»

Sie lächelt sanft. «Und wie geht es meinem Kollegen?»

«Nicht so gut. Ich hoffe, du hast dich schon von ihm verabschiedet. Für meine Zwecke ist er eher weniger geeignet. Er hat gelogen und dann zugelassen, dass ich herausgefunden habe, dass er gelogen hat. Und dann hat er es abgestritten. Eine dreifache Enttäuschung.»

Eine herzerfrischende Nachricht, auch wenn sie für ihre aktuellen Sorgen unerheblich ist. «Ich freue mich, berichten zu können, dass der Plan davon nicht beeinträchtigt wird, trotz seiner Inkompetenz. Im Gegenteil: Die Anwesenheit von protestierenden Demonstranten wird die Wirkung unserer Operation noch verstärken.»

Es tritt eine nachdenkliche Pause ein. «Du hast selbstverständlich recht. Ich misstraue zwar unnötiger Kompliziertheit, aber ein paar antifaschistische Leichen werden das Chaos noch pikanter machen. Nicht dass Michael davon wüsste.»

Sie gestattet sich, wehmütig zu klingen. «Jammerschade, ich wäre gern dort gewesen. Um ihn mir persönlich vorzunehmen.»

Er lacht in sich hinein. «Wenn du möchtest, werde ich es verschieben. Dann kannst du ihn selbst töten.»

«Das würde ich gern, danke.» Genug geplaudert, sagt sie sich schweren Herzens. Zeit, zur Sache zu kommen. «Ich fürchte, ich habe ernste Nachrichten.»

Der plänkelnde Ton verschwindet aus seiner Stimme. «Was muss ich wissen?»

«Drei Dinge. Der in Syrien überlebende Cousin wurde exekutiert. Die *Organisation* sucht nicht wie erwartet nach Munira.

Und – wie du selbst wissen wirst – das Core-OS meldet schwerwiegende Fehler.»

«Was schlägst du vor?»

Sie will hart und entschlossen klingen und fokussiert ihren Zorn. «Dass ich die Sache persönlich untersuche. Dass ich dich über alle Entwicklungen auf dem Laufenden halte. Und dass mir alle Optionen offenstehen.»

«Einverstanden. Niemand außer dir betritt den Forschungsbereich, niemand außer dir verlässt ihn. Keine Zeugen. Du darfst bei allem nach eigenem Gutdünken verfahren. Sollte sich irgendwo eine systemrelevante Schwachstelle finden, werden wir uns vielleicht nie wieder sprechen ...»

«Ich verstehe.»

«... aber ich habe umfassendes Vertrauen.»

Sie legt eine Hand auf die glatte Haut ihrer Wange.

«Danke, Erasmus.»

# KAPITEL 44

•••

«Du musst doch zugeben, Alter, dass das mit dem Alarm eine nette Geste meinerseits war.»

«Nein, war es nicht.»

«Wie hätte ich denn sonst auf den Campus gelangen können? Oder wo wir schon dabei sind: Wie hätte ich dich denn sonst wieder rauskriegen sollen? Und ich habe dich davor bewahrt, dass du dich als Schwachsinnslaberer selbst zum Idioten gemacht hättest. *Es gibt keine größere Liebe, als wenn jemand sein Leben für seine Freunde* –»

Azi muss an sich halten, um Ad nicht bei den Schultern zu packen und durchzuschütteln. «Das war nicht der Plan, Ad. Wir hatten vereinbart, dass du vom Diner aus recherchierst, mir Infos über den Ohrhörer gibst und kein Aufsehen erregst. Wie das Wort Alarm sagt, dient er dazu, alle zu alarmieren. Alarme erregen Aufmerksamkeit. Das Ganze sollte eine subtile Infiltration werden. Was du stattdessen gemacht hast, war –»

Ad ist im Nu im Selbstgerechtigkeitsmodus. «Ich habe die Reihenfolge verändert. Meinen Exploit, meinen Anruf. Du warst in Zeitnot, sie waren drauf und dran, den Stecker zu ziehen. Und das hier», mit ausholender Geste umfasst Ad die Szenerie aus Chaos und Zerstörung ringsum, «ist die einzige Möglichkeit, wie wir an diese IP-Adressen rankommen.»

Azi mustert seinen Freund von oben bis unten und danach die tobende Höllenlandschaft des Campus. Er muss zugeben, dass Ad nicht ganz unrecht hat, obwohl es doch ein wenig übertrieben erscheint, alle Feuer- *und* Erdbebenevakuierungsalarme gleichzeitig auszulösen und zusätzlich das gesamte interne Sicherheitssystem zu deaktivieren. Und dabei ist noch nicht berücksichtigt, was auch immer Ad mit den öffentlich zugänglichen autonomen Systemen des Instituts angestellt hat, die gerade ein chaotisches Eigenleben entwickeln.

Direkt nach dem Angriff auf die Meltdown-Lücke, wodurch Azi, Chuck und fünftausend Angestellte schnellstens zu den für den Notfall vorgesehenen Evakuierungszonen geschickt wurden, sind vier Roboterkräne aus ihren Silos aufgetaucht und jetzt damit beschäftigt, den Landschaftsgarten Stück für Stück zu demolieren. Elektrische Buggys unterschiedlicher Größen sausen wie anarchische Gliederfüßer mit quietschenden Reifen die Pfade rauf und runter und treiben die Evakuierten reihenweise in die gepflegten Blumenrabatten und Grünflächen.

All das hat für ausreichend Ablenkung gesorgt, damit Azi die Anweisungen, die ihm Ad durch den Ohrhörer zuschrie, befolgen und vom Rand eines gärtnerisch blickdicht gestalteten Weges zu der riesengroßen Metallskulptur schlüpfen konnte – einem Engel, vielleicht, oder einem geschmolzenen Airbus –, hinter der sie sich gerade verstecken. Der Anblick eines fast zwanzig Meter hohen Baumes, der mühelos von einem dreißig Meter langen Metallarm geschreddert wird, ist nichts, was Azi so schnell vergessen wird. Trotzdem ist er nicht in der Stimmung zu vergeben.

«Wenn ich es nicht besser wüsste, würde ich sagen, dass das hier der Streich ist, den du denen schon seit dem Tag spielen wolltest, an dem sie dich rausgeschmissen haben. Ist das deine Rache? Scheiße ist das. Du hast Scheiße gebaut. Wie sollen wir jetzt da rein- und wieder rauskommen? Jetzt wissen alle, dass irgendwas vorgeht. Wir sind am Arsch, am Arsch, *am Arsch*!»

Wann hat sich Azi das letzte Mal so aufgeregt? Er kennt bereits die Antwort: ein halbes Leben zuvor, in einer Hütte in Croydon. Nach allem, was er durchgemacht hat, kommt es ihm irgendwie absurd und beschämend vor, hier auf diesem Parkplatz zu stehen und zuzuschauen, wie das Desaster immer größere Ausmaße annimmt. Er findet es dämlich, so dicht vor dem Ziel zu stehen, so hart gearbeitet zu haben, um dann alles durch einen Dummejungenstreich in die Luft zu jagen. Doch Ad gibt kein bisschen nach. Er zeigt zur Rückseite des massigen Gebäudes eins und bebt vor Zorn.

«*Dort* müssen wir hin. Und das ist der *einzige* Weg, Alter. Krieg das doch endlich in deinen Schädel rein. Weil es sich nämlich herausgestellt hat, dass der Ursprung dieser Gomorrha-IP-Adressen, den du so unbedingt aufspüren willst, vom Hauptstromnetz abgetrennt ist und sich in einer gottverdammten topsecret Forschungsanlage befindet: in einem dreifach gesicherten Bunker mit Ringen von automatischem Abriegelungsscheiß drumherum. Und der einzige Weg in diesen Bereich führt über ein gnadenloses Naturkatastrophen-Evakuierungs-Kacke-am-Dampfen-Szenario. Was genau das ist, was ich geliefert habe, und zwar für dich. Es ist ein verdammtes Weltwunder, Alter, und wir beide stehen hier zusammen und ...» Ad muss wegen der Heftigkeit seiner Emotionen schlucken «... und du bist noch immer das gleiche undankbare Gutmenschenarschloch, das du schon immer warst. Du nimmst das Almosen, das ich dir hinhalte, und schleuderst es mir dann wieder ins Gesicht. Du *blöder Arsch*!»

Azi starrt seinen Freund an, wie er inmitten dieses Chaos tobt, zusammengekrümmt in der gleißenden Sonne unter einer riesigen abstrakten Statue auf einem Milliarden-Dollar-Campus, braungebrannt und schlank, fünftausend Meilen und fünfzehn Jahre von ihrer Kindheit entfernt – und doch noch immer von ihrer gemeinsamen Vergangenheit umgeben. Azis Angst, Ads Wut. Sie versinken darin ganz wie früher.

«Es tut mir leid», sagt Azi. «Es tut mir leid, Ad. Du hast recht. Es ist die einzige Möglichkeit. Ich hab einfach ... ich habe einfach eine Menge durchgemacht. Und so ...»

Er macht eine Geste zu dem Mahlstrom hin.

«... habe ich mir unser Wiedersehen nicht vorgestellt.»

Azi lässt den Arm fallen und grinst. Ad macht ein finsteres Gesicht, reißt beide Arme weit auseinander und grinst ebenfalls.

«Kommt jetzt der Teil, wo wir uns umarmen?», fragt Azi in aller Unschuld.

«Nie im Leben. Jetzt kommt der Teil, wo wir denen endgültig den Arsch aufreißen.»

«In Ordnung. Und wie viel Zeit haben wir?»

Ad wirft einen Blick auf den Computer, den er sich unter den Arm geklemmt hat, dann auf das Chaos, das sich hinter ihnen immer weiter ausbreitet, und zuckt mit den Achseln. «Wenn wir sofort losrennen, wenn wir es durch alle Luftschleusen nach drinnen schaffen: eine halbe Stunde. Hängt davon ab, wie schnell das Militär hier ist.»

Azi besieht sich prüfend ihre Route: Sie müssen sich bloß durch Beete mit hohen Zierpflanzen kämpfen und aufpassen, dass wild gewordene Robotergärtner sie nicht abmähen. Ihr Laufweg endet in einer Zone unergründlichen Schattens.

Sie rennen los.

Wie mag das aussehen, wenn man mehr als eine Milliarde Dollar in die Zukunft von Virtual, Augmented und Mixed Reality investiert? Über diese Frage hat sich Azi noch nie Gedanken gemacht. Doch selbst wenn er es getan hätte, wäre er nie darauf gekommen, dass man dafür so viel leeren Raum benötigt.

Durch eine Reihe von weit offenen Luftschleusen – sehr

großen Kammern aus Stahlbeton, als Folge der Meltdown-Attacke dankbarerweise für Frischluft geöffnet – sind Azi und Ad schließlich beim Forschungsbereich auf der anderen Seite jener Klippe angelangt, an die sich Chucks Büro anschmiegt. Azi hat erwartet, etwas Ähnliches wie die Korridore, Zwischengeschosse und Konferenzbereiche vorzufinden, durch die Chuck ihn geführt hatte. Nachdem er und Ad zunächst vor der letzten geräuschlosen Drehflügeltür einen Schritt zurückgetreten sind, betreten sie stattdessen einen so riesigen höhlenartigen Raum, dass dessen Decke und hintere Wände unsichtbar bleiben.

«Mein lieber Schwan. Bist du hier schon mal gewesen, Ad?»

«Natürlich nicht. Hier kommt nie jemand her. Das hier ist voll automatisiert, total abgeriegelt ... wir sind jetzt nur deswegen hier, weil sie sich nie haben träumen lassen, dass jemand alles gleichzeitig lahmlegen könnte.»

«Indem er ein Erdbeben vortäuscht.»

«Exakt. Pläne für eine Totalevakuierung sind eben tricky.»

Es gibt keine Echos, wie Azi bemerkt; von ihnen beiden ausgehende Resonanzen werden von den teppichähnlichen Überzügen jeder Oberfläche geschluckt. Es ist wie eine monströs proportionierte Empathy Suite.

Bei all ihrer gespielten Kaltschnäuzigkeit empfinden sie die Szenerie aber auch als beängstigend bizarr. Es ist nicht erkennbar, woher das dämmerige Licht kommt, an das sich ihre Augen langsam anpassen, und man sieht auch keine Verbindungswege oder Unterteilungen, die den Innenraum strukturieren würden, nur ein paar kastenähnliche Konstruktionen. Es dauert eine Weile, bis Azi herausgefunden hat, woran sie ihn erinnern: an die Wohnraumattrappen, in denen bei IKEA die Einrichtungsgegenstände ausgestellt werden. Ad deutet auf eine Lichtanlage, die über dem ersten Kasten aufgehängt ist.

«Das sind Projektionsboxen der nächsten Generation. Du stellst dich hinein, die Maschine vollzieht deine Bewegungen nach, du trägst eine Spezialbrille. Es ist, als wärst du in einem vollständig eingerichteten virtuellen Raum. Oder was auch immer sie wollen, dass du sehen sollst.»

Die Boxen haben jeweils die Ausmaße einer respektablen Gartenhütte, doch angesichts der Dimensionen dieses Gebäudes sehen sie aus wie Kinderspielzeug, wie aufs Geratewohl auf dem Spielplatz eines Riesen verstreute Bauklötze.

«Warum ist das so riesig?», fragt Azi und prüft mit seinem gesunden Arm den Verband unter seinem Hemd. Er ist ganz warm und feucht, nicht nur von Schweiß. Schnelle Fortbewegung ist bestimmt nicht das, was sein Körper im Augenblick braucht.

«Keine Ahnung, Alter.» Ad späht ins dämmrige Licht. «Der Stromverbrauch ist lächerlich, aber von draußen konnte ich mir keine Einzelheiten beschaffen. Deswegen sind wir ja hier.»

Azi nimmt sich zusammen. Sie haben einen Plan, sie haben ein Ziel. «Okay. Du hast die IP-Adressen eingegrenzt und ihre Herkunft irgendwo hier innerhalb dieses Bereichs verortet. Also suchen wir nach einem Ethernet-Hub oder irgendwas, von wo aus wir netzwerken können. Und wir haben weniger als eine halbe Stunde, um ihn zu finden, deinen Hack zu benutzen und Beweise zu sammeln. Haben wir Glück, kriegen wir Zugang zu allem auf Gomorrha. Haben wir Pech …»

Azis Entschlossenheit ebbt in dem Maße ab, wie das gedämpfte Halbdunkel seine Worte verschluckt. Hinter den am weitesten entfernten Projektionsboxen kann er etwas Skelettartiges ausmachen, das sich weit nach oben erstreckt. Entfernungen abzuschätzen ist hier schwer. Die nicht sichtbare Decke kann weniger als hundert Meter entfernt sein, die hintere Wand dagegen bis zu dreihundert. Nach dem, was sie draußen erlebt haben, ist die Verlassenheit hier unheimlich. Das Zwielicht scheint zu schimmern und zu pulsieren.

«Warum gibt's hier keine Menschen, Ad? Es gibt nicht mal Hinweise auf Menschen. Das ist wie ein Mausoleum.»

Ad umklammert den Laptop und marschiert zügig voraus. «Du hast vielleicht eine Phantasie! Los, Alter, mach schon. Das ganze Mixed-Reality-Zeug, sogar die Lichtboxen – alles von gestern. Ihre Forschung dreht sich heute ausschließlich um Automatisierung. Um sich selbst überwachende isolierte Systeme. Was immer zum Teufel dieses Monster da vorn ist, es könnte so was sein.»

Sie nähern sich der skelettartigen Silhouette, die sich als vielfach gegliederter und mit Gelenken versehener Arm herausstellt, der etwa dreißig Meter über ihnen eine Kugel hält und dessen freitragender Sockel auf pechschwarzen Metallstreben ruht. Es sieht aus wie ein Glied vom Chitinpanzer eines unmöglichen Insekts. Azi schaudert.

«Was in Gottes Namen hat denn das mit der Rettung der Menschheit zu tun?»

Ad öffnet den Laptop, tippt hektisch einige Sekunden und pfeift dann. «Rein gar nichts, soweit ich sagen kann. Odis schöne Maschine hat eine Menge spezieller Sensoren und sagt mir, dass dieses *Dingsda* eine irre elektromagnetische Aktivität aufweist.»

«Heißt?» Azi hat keine Ahnung, in welche Richtung das Ganze geht, ist sich aber sicher, dass es am Ende unangenehm wird.

«Es analysiert uns. Genau jetzt. Es hat sein eigenes Netzwerk, sodass ich nicht eindringen kann, es sei denn, es gibt eine Art Zugang und – ach du Scheiße, du gottverdammte Scheiße.»

«Ach du Scheiße was?»

Noch ehe Ad antworten kann, liefert ihnen das Universum die Antwort in Form eines kreischenden metallischen Albtraums über ihren Köpfen. Die Kugel am höchsten Punkt des Arms wird von Lichtwellen überflutet, und der Stützarm beugt sich mit unheimlicher Präzision. Ad und Azi sehen einander an, betrachten das erwachte Biest und rennen los.

Sie kommen nicht weit. Unbehelligt von nässenden Wunden stürmt Ad voraus, bleibt nach zehn Metern abrupt stehen und brüllt in jähem Entsetzen.

«Azi. Scheiße! Hilf mir, was ist das in meinem Gesicht? Es klebt fest, ich krieg's nicht runter –»

Azi ist direkt hinter ihm. «Was ist los? Jesus, was geht hier ab, bist du okay?»

Ad zerkratzt sich das Gesicht, aber dort scheint nichts zu sein – bis Azi zu ihm hingeht und eine Art klebrigen, sich windenden Wurm spürt, der sich über seinen eigenen Oberkörper schlängelt. Ad schlägt jetzt mit beiden Armen um sich und schwingt den Laptop wie eine Waffe.

«Was zum Teufel ist das, Azi? Ich kann das Zeug nicht loswerden, es versucht, mich zu ersticken! Hilf mir –»

«Ad.» Azi zwingt sich, vollkommen reglos dazustehen. «Ad! Hör auf, dich zu bewegen. Stopp. Ich kann es spüren. Heilige Scheiße, heilige Scheiße. Ich denke, das sind Kabel, Drähte, so was in der Art. Hör einfach auf, dich zu bewegen.»

Azi setzt sein Körpergewicht ein, um sich fallen zu lassen und so dem Griff dessen zu entkommen, was auch immer ihn einschnüren wollte. Er stürzt auf den gespenstisch texturierten Boden. Er blickt nach oben und wünscht, er hätte es nicht getan. Unzählige Ranken hängen von der leuchtenden Kugel herab und fallen bis auf einen halben Meter über den Boden hinab. Ad ist regelrecht eingewickelt, und die sich windende Matrix umschlingt ihn, als wäre sie instinktgesteuert.

*Wir werden von einer Roboterqualle angegriffen*, flüstert eine Stimme in Azis Kopf. *Wir werden gerade von einem absolut bösartigen autonomen Weiß-der-Teufel-Was umgebracht, und, ganz ehrlich, ich habe nichts in meinem Repertoire, das mit so was fertigwird.* Ad schreit noch immer, und seine Schreie werden nach jedem Atemzug verschluckt und in ein Nichts aufgelöst. Azi schaut ihn kurz an.

«Ad! Ad, lass den Lap fallen. Wenn du kannst, lass ihn auf den Boden fallen. Sofort!»

Ad schafft es, sein Entsetzen teilweise in Wut zu verwandeln. «Scheiß auf den Lap. Ich werde gerade von Cthulhu gefressen!»

Azi verdrängt den Gedanken, was geschehen könnte, falls er scheitert, stützt sich auf seine Ellbogen und reißt den Laptop an sich. Dieser hängt noch einen Moment lang im Griff der Ranken, deren Enden sich in seine Richtung kringeln. Dann fallen er und die Maschine zu Boden.

Azi öffnet den Computer. Die schwache Bildschirmbeleuchtung illuminiert einen Schwarm von sich windenden Glühfäden. Ad schreit nicht mehr. Azi aktiviert ein Snifferprotokoll, lässt es so viel des elektromagnetischen Spektrums überprüfen, wie der Rechner verkraftet, und versucht, lesbare Datenpakete zu identifizieren. Er braucht etwas, irgendetwas, das ihm einen Zugang zum System ermöglicht. Sollte es sich bei dem Ding um einen Prototypen handeln und sollte es für eine Kontrolle von außen konstruiert sein, dann müsste es etwas geben, einen Riss in seiner digitalen Rüstung.

Jetzt ist kein Geräusch mehr zu hören. Ad zuckt obszön wie ein Fisch am Angelhaken. Die Kugel in der Höhe ist von Licht durchsiebt und scheint herabzusinken; der Abstand zwischen den Tentakeln und Azis Kopf schrumpft Zentimeter um Zentimeter. Er erkennt, dass das Ding an die Grenzen seiner Beweglichkeit stößt. Es stemmt sich gegen die Streben, will sich unbedingt befreien.

Dann sieht er es. Ein einfaches Programm, das die Komplexität des Algorithmus umschließt wie ein Rückhalteimpuls. Ein Koordinatensystem für die Bewegungssteuerung des Arms. Eine halbe Minute, und er ist eingedrungen und setzt die Autonomie der Kugel außer Kraft. Der Arm fährt jäh nach oben, die Ranken versteifen sich, Ad zuckt ein letztes Mal und fällt zu Boden. Stille tritt ein, bis …

«Ha!» Für jemanden, der noch vor einer Minute wie ein schon nahezu Verblichener aussah, ist Ad bemerkenswert munter. «Da hast du's, du robotisches Arschgesicht!»

«Was zum Teufel ist denn jetzt wieder los? Ich dachte, du wurdest gerade verdaut», ruft Azi aus.

«Evolutionsbiologie, Alter. Ich habe mich totgestellt. Außerdem hatte ich den Mund voller Tentakeln. Aber es war meine eigene souveräne Entscheidung, so zu tun, als würde ich nicht mehr atmen oder leben. Und es hat funktioniert.»

«Na schön.» Azi beschließt, auf Spitzfindigkeiten zu verzichten. «Das war grässlich.»

Ad nickt, kommt schwankend auf die Beine und hilft Azi, das Gleiche zu tun. Beide zittern. Über ihnen steigt die Kugel am Ende ihres Arms weiter nach oben und glänzt wie ein falscher Mond. Die feinen Fäden, die darunter hängen, sind beinahe schön anzusehen, wie sie zwischen Schatten und Licht hin und her schwingen und die Reflexe der anderen verändern. Ad steht neben Azi, hat den Laptop genommen und beginnt, die Systeme der Qualle zu untersuchen.

«Die Sensoren von diesem Monster sind irre, Azi. Teuflisch, genial und irre. Sie nehmen Spurenelemente aus der Luft auf,

Bewegungen, Geräusche und Magnetfelder. Das Ding ist wie ein Tiefseeraubfisch. Wie eine Waffe. Weiß der Geier, was sie sonst noch hier haben.»

Azi verzichtet auf den überflüssigen Hinweis, dass ihnen jetzt noch fünfzehn Minuten bleiben, um die Herkunft der IP-Adressen festzustellen, dass die Wahrscheinlichkeit, hier lebend hinauszukommen, immer mehr gegen null tendiert. Sie befinden sich in einer riesengroßen, feindseligen und entmenschten Systemlandschaft. Niemand weiß, dass sie hier sind, niemand wird kommen, um sie zu retten. Und die von Ad ausgelöste Zerstörung des gesamten Campus ist auf das autark eingehegte Potenzial an Scheußlichkeiten des Instituts eindeutig ohne Auswirkungen geblieben. Was können sie also überhaupt ausrichten?

«Ad», sagt Azi und versucht, sich zu konzentrieren. «Wie kann ein Ort wie dieser ein globales Darknet beherbergen? Die waren doch hier noch nicht mal mit dem Bau fertig, als du im Institut gearbeitet hast, stimmt's?»

Ad blickt vom Laptop hoch. «Das stimmt. Die ganze Zeit über wurde gebaut wie verrückt. Riesige Maschinen sind hier rein und raus gefahren.»

«Genau. Genau.» Ein Gedanke nimmt in Azis Kopf Gestalt an. Er ist so aberwitzig, dass er nicht allzu sehr darüber nachdenken will, bevor er ihn ausspricht. «Okay. Ich habe einen ... man könnte es wohl einen Plan nennen. Wir werden ein paar hundert Meter von dieser Stelle wegrennen, zurück zu den Lichtboxen. Wir übernehmen die Kontrolle über die Bewegungen dieses Dings. Dann sagen wir ihm, es soll sich selbst mehrmals zu Boden schmettern.»

Ad reißt die Augen auf. «Nicht dass ich es missbilligen würde, diesen grässlichen Automaten umzubringen; aber das wollen wir tun, weil –»

«Weil das, wonach wir suchen, nicht in diesem Raum ist. Es ist darunter.»

Nach Azis Selbsteinschätzung ist sein Gedankengang schlüssig. Jedenfalls hat er – nach kalifornischer Art – Erkenntnisse selektiert und bis zu deren logischen Extremen weitergedacht. Laut Ads Aussage haben die IP-Adressen ihren Ursprung genau an diesem Ort. Dieses Bauwerk wurde aber erst letztes Jahr fertiggestellt. Wenn jedoch das Institut schon jahrelang ein privates Darknet betreibt, muss dieses sowohl gut versteckt als auch älter als dieses Bauwerk sein. Und der supersichere Ort, der diese Bedingungen erfüllt, liegt direkt unter ihnen.

Mit nervösem Grinsen gibt Ad eine knapp befristete Verzögerung für die Zeit ein, in der sie sich noch in Reichweite der Quallensensoren befinden, und dann gelingen ihm und Azi eine Mischung aus Sprint und Humpeln in Richtung der Projektionsboxen. Nach dreißig Metern bleiben sie stehen. Azi schnauft schwer und unregelmäßig; Schmerzen ziehen sich seine Seite und den Arm hinauf. Trotz seiner Bekanntschaft mit den Tentakeln wirkt Ad körperlich unangestrengt.

«Was glaubst du?», keucht Azi und beäugt die Kugel in der Ferne. «Hat das Ding genügend Eigendynamik, um aus seiner Konstruktion auszubrechen?»

Bevor Ad diese höchst interessante technische Frage beantworten kann, saust die Kugel mit enormer Geschwindigkeit herab und verschwindet. Gleich darauf kommt die Wucht des Aufpralls bei ihnen an. Die Auskleidung des Hangars absorbiert den größten Teil des Schalls, aber die kinetischen Energiewellen fahren ihnen direkt in die Knochen, hämmern ihnen die Luft aus den Lungen und treiben sie schutzsuchend in eine der Projektionsboxen. Azi nimmt verschwommen wahr, wie Metall kreischend Beton zermalmt und zertrümmert, während der riesige Arm immer wieder aufs Neue zuschlägt.

Sogar in dieser Entfernung bebt der Boden noch nach jeder Stoßwelle. Lichtblitze zucken an den Rändern von Azis Gesichtsfeld. Er versucht zu sprechen, kann sich aber kein Gehör verschaffen. Dann bemerkt er, wie Ad ihm etwas ins Gesicht schreit und mit Gesten signalisiert, sie sollten sich weiter von der Aufprallzone entfernen. Ohne Vorwarnung taucht einen halben Meter zu ihrer Linken ein klotziger Apparat auf, der in Form und Größe einem Konzertflügel ähnelt und die Projektionsbox zur Hälfte demoliert.

Azi rennt los, stolpert und stürzt. Die Welt besteht nur noch aus der rhythmischen, bösartigen Wucht einer Perkussionsmaschine, die sich selbst vernichtet. Ob das wohl Blut ist, was ihm seitlich aus dem Gesicht tropft, überlegt Azi, während er sich an den Boden schmiegt, oder Schweiß oder Tränen?

Nicht zum ersten Mal handelt es sich wahrscheinlich um einen Mix aus allen dreien.

# KAPITEL 45

•••

Sich auf allen vieren durch die Überreste einer hausgroßen Metallqualle zu kämpfen, die sich ihrerseits einen Weg durch eine Stahlbetondecke gehämmert hat, ist noch unlustiger, als es klingt. Teilweise deshalb, weil das Licht so schwach ist, dass man fortwährend aufpassen muss, um nicht über zerfetzte Drähte, Betonbrocken und Metalltrümmer zu stolpern, aber hauptsächlich deswegen, weil noch immer unklar ist, ob Azis Plan funktioniert oder bloß einen Hundert-Millionen-Dollar-Krater ins Herz einer gespenstischen Forschungseinrichtung geschlagen hat.

Schließlich ruft Azi mit einem triumphierenden Schrei Ad zu der Furche, die die Hülle der Qualle in den Boden gepflügt hat, bevor sie ihren endgültigen Ruheplatz fand. Licht dringt aus einem Hohlraum, und die geborstene Mechanik des Ungetüms wirft Schatten. Eine zähe Flüssigkeit verfärbt den Boden, die die beiden, so gut es geht, ignorieren.

«Ad, schau mal. Hier!»

Sie hieven eine verbogene Metallplatte zur Seite und bahnen sich ihren Weg nach unten. Der Lichtschein aus der Furche wird so hell, dass sie eine Weile brauchen, um zu glauben, was sie sehen.

«Dort unten ist irgendwas.» Ads Tonfall verrät blankes Staunen.

Sie spähen durch ein Loch im Boden in einen makellos sauberen und spartanischen Betonbunker. Azi arbeitet sich näher heran und sieht, ungefähr vier Meter unter ihnen, einen Staub- und Schutthaufen auf einem absolut glatten Fußboden, in dessen Glanz sich die zahlreichen Lichtwannen von der Decke spiegeln. Seitlich werden die charakteristischen dunklen Metallgitter von Serverkäfigen sichtbar.

«Das ist ein Rechenzentrum! Wir haben es gefunden!» Zum zweiten Mal an diesem Tag denkt Azi daran, Ad zu umarmen, überlegt es sich jedoch anders.

«Okay. Okay! Packen wir's an», sagt Ad.

«Ad, was treibst du da?»

«Ich putsch mich gerade auf. Bis zu dem Schutthaufen da unten sind es nur drei Meter. Vergiss nicht, wir haben keine Zeit zu verlieren. Ich geh mich mal nützlich machen.»

«Warte doch! Wir müssen das erst besprechen. Warte, du –»

Ad verschwindet. Nach Gepolter und einem Aufschrei erklingt eine kleinlaute Stimme.

«Äh – Azi ... mein Bein könnte ein wenig kaputt sein.»

Azi stöhnt auf und lugt hinunter.

«Ist das Blut?»

«Kann sein. Ein bisschen. Wart mal, ich versuch aufzustehen. Nein, nicht gut. Okay, dann wird eben gehumpelt. Die gute Nachricht: Das hier ist definitiv ein Rechenzentrum.»

Schließlich gelingt es Ad, sich so weit fortzubewegen, dass er den Laptop holen und auf dem Schutthaufen eine einigermaßen flache Stelle für Azi zum Daraufspringen schaffen kann. Um die physische Integrität ihres Unterfangens ist es nicht gut bestellt. Die Schmerzen in Azis Arm und Brustkorb werden immer unerträglicher. Ad hat eine Schnittwunde an der Hand und einen verstauchten Knöchel. Zwar kann er mit Azis gequälter Unterstützung noch gehen, aber ihre Hoffnung auf rasches Handeln und schnelle Flucht wird immer geringer.

Um sie herum wummert die Klimaanlage. Die dunklen Serverracks stehen aufgereiht in den Käfigen, ihre Ventilatoren und Leitungen liegen frei, und dazwischen winden sich dicke

Kabelstränge. Es handelt sich um eine Serverfarm, in all ihrer brutalen Funktionalität; sie ist das System, das hinter dem steckt, was ulkigerweise gern «Cloud» genannt wird. Wolkig und schwerelos, denkt Azi, als wären ihre Betreiber Engel in einem Gefilde mit Sonnenschein und Harfenklängen. Doch der größte Teil der Daten der Welt residiert in armierten Bunkern wie diesem, in dem Hunderte Kilometer von Netzwerkkabeln viele tausend Grundplatinen miteinander verbinden, die so dicht mit Daten bepackt sind, wie es die Gesetze der Thermodynamik erlauben.

Trotz der Kühlwasserleitungen, die sich wie die Wurzeln eines wolkenkratzerhohen Baumes unter der Decke drängen, ist die von der geballten Rechenleistung dieser Maschinenanlage abgestrahlte Wärme spürbar. Wenn sich alles, was sie bislang herausgefunden haben, bestätigt, dann beinhalten die in diesen über und über verkabelten Servern gespeicherten Informationen einige der am rigorosesten gehüteten Geheimnisse des Planeten. Alles, was sich Azi und Ad in den Weg stellt, sind ein paar Käfige aus Bewehrungsstahl. Ein Hindernis, das wenigstens nicht versuchen wird, sie umzubringen.

Mit geschäftsmäßigem Kopfnicken drückt Azi den Laptop zurück in Ads Hände und holt aus seiner Tasche eines der letzten Spielzeuge, die Odi ihm anvertraut hat: ein Schlossöffner-Set. Jeder Hacker sollte eines haben. Schon erstaunlich, sinniert Azi, während er sich daran macht, den nächstgelegenen Käfig zu öffnen, wie viel Vertrauen die für Computersicherheit Verantwortlichen in physische Schlösser setzen, wo sie doch praktisch nutzlos sind.

Das Käfigschloss ist sekundenschnell offen.

Azi legt sich Ads Arm über die Schulter und tritt über die Schwelle.

«Zeitcheck, Ad.»

«Seit du mich das letzte Mal gefragt hast, wie lange wir für das hier brauchen werden: noch eine volle Minute, dann ist unsere Zeit um, und wir sind mehrere scheiß Minuten im Minus, Tendenz steigend. Also: Es war schön, diese kleine Unterhaltung zu führen. Weil sie uns nämlich gerade holen kommen.»

Wie es beim Hacken oft geschieht, fühlen sich selbst die dramatischsten und gefährlichsten Angriffe bald nur noch wie eine kniffelige Schulaufgabe an. Nur dass in diesem Fall die Strafe für die Zeitüberschreitung bestenfalls der Tod sein dürfte, wohingegen es in den meisten anderen Fällen Folter und mechanoide Meeresungeheuer sind.

Mit anderen Worten: Sie haben es bis zur letzten Hürde geschafft, nur damit dann alles auf die banalste Weise scheitert. Der Laptop hat sich direkt mit der Serverfarm verbunden, was der Goldstandard für Zugriffe ist. Doch das schiere Ausmaß und die Komplexität des Systems bedeuten, dass nichts klar erkennbar und einfach ist oder schnell zu bewerkstelligen wäre.

«Ad, mach schon! Siehst du irgendwas, das nach Masterliste, Suchtabelle, Datenbank, Systemkarte aussieht – irgendwas in der Art?» Azi redet sich ein, dass er nicht in Panik ist. Er spricht nur sehr laut und sehr schnell, um Zeit zu sparen.

«Himmelarsch, Alter, ich versuch's ja. Alles ist verstreut. Alles ist individualisiert: Router, Protokolle, Switch Chips. Und irre viel Strom. Ich hab keine Ahnung, warum die so viel brauchen. Wie viele Nutzer hat Gomorrha? Wie groß kann es sein? Es ist eine absolut beschissene Katastrophe. Ich weiß noch nicht mal richtig, wonach ich eigentlich suche.»

«Hast du mal bloß nach dem Namen gesucht?»

«Klar hab ich das. Nichts. Nichts weiter als die normale massive und undurchdringliche Architektur eines Parallelservers, der Host für ungefähr eine Gigatonne Dateien ist.»

Azi sagt nichts und zwingt sich, seine Gedanken zu ordnen. Da kommt ihm eine Idee.

«Vergiss alles. Schau, ob du was zum Namen Jim Denison findest.»

Azi hat sich gerade an die Abmachung erinnert, die er unter dem Deckmantel seines Alter Ego unterschrieben hat: Einzelheiten zu Jims Adresse und Standort und Unterstützern, dazu die detailliert aufgeführten unangenehmen Konsequenzen bei Missbrauch. Was, wenn diese Personalisierung über die Abmachung hinaus und in die Struktur der Software selbst eingegangen wäre? Was, wenn der Darknet-Marktplatz für jeden einzelnen seiner Nutzer maßgeschneidert wäre?

Nach quälend langer Verzögerung blickt Ad auf. «Alter ... ich hab was gefunden! Hier, schau's dir an.»

Azi sieht prüfend auf den Bildschirm.

«Was seh ich da, Ad? Was sind das alles für Daten?»

«Das ist alles, absolut *alles*, was dieser Jim Denison mit seinem Gerät jemals gemacht hat, von dem Augenblick, in dem er sich bei Gomorrha eingeloggt hat, bis zu dem Augenblick, in dem sein Telefon keinen Akku mehr hatte. Plus eine Tonne Megadaten, Verweise und Mitteilungen. Facebook ist nichts dagegen. Es gibt hier Programme, mit denen man ausspionieren kann, was jemand tut, wohin jemand geht, irgendwas im Alltag der Leute, das auch nur entfernt im Zusammenhang mit Gomorrha stehen könnte. Es ist wie, wie ...»

«Der weltgrößte Phishing-Scam. Es ist eine Trap.»

«Das ist echt abgefuckt. Wenn du da Admin wärst, was

könntest du nicht alles anstellen mit den Sachen, die du weißt; mit den Leuten, die du kontrollierst ... Das ist es, was wir brauchen. Jetzt sofort. Die Details eines Admin-Accounts. Dann können wir dessen Protokolle auf den Lap laden und durch einen Ausgang, den wir öffnen können, abhauen. Und nicht sterben.»

«Super! Und ich habe noch eine Idee.» Azi unterbricht sich, um sein Gehirn seine Arbeit tun zu lassen und den Gedanken zu Ende zu führen. Dieses Mal tut es ihm den Gefallen nicht. Er zwickt sich, fährt sich mit beiden Händen über den rasierten Schädel, versucht, seinen Verstand in Gang zu massieren. Es geschieht nichts.

«Scheiße, nein. Ich habe doch keine Idee.» Azi ist untröstlich. «Ich hab nen Filmriss. Ich brauch einen Moment. Ich brauch ... Was ist das?»

Weit hinter ihnen ertönt das Geräusch einer sich öffnenden schweren Tür. Sie schrecken zurück und gehen in den Serverkäfig zu dem hohen Maschinen-Rack, schmiegen sich so dicht an, dass sie dessen Wärme spüren. Ad krümmt sich noch immer über den Laptop, Azi kniet neben ihm, als sie ein näheres Klirren von Metall hören, dem Schritte folgen. Eine Person, die schnell geht. In dem hell ausgeleuchteten Bunker kann man sich nirgendwo verstecken; es gibt nur die summenden Maschinen, die Kühlwasserleitungen droben, den polierten Beton unten.

Azi kann es nicht glauben. Sie sind so nahe herangekommen. Sie haben das Herz von Gomorrha berührt. Es ist unerträglich. Er hört die Schritte näher kommen. Er richtet sich halb auf, wie um seinen Freund zu beschützen. Dann dringt das Echo einer Frauenstimme zu ihm, kalt und klar.

«Lassen Sie sofort alles stehen und liegen und zeigen Sie mir Ihre Hände. Ich bin bewaffnet. Lassen Sie mich –»

Die Stimme bricht ab. Nach einer ungläubigen Pause fährt die Stimme zornbebend fort.

«Ich glaub's ja nicht. Ausgerechnet du. Du bist eine Pest, Azi Bello. Der Schaden, den du angerichtet hast, der Ärger, den du verursacht hast ...»

Neue Pause.

«Mit euch abzurechnen wird mir ein Vergnügen sein.»

# KAPITEL 46

• • •

Azi dreht sich um und findet eine dunkle Ahnung bestätigt: Vor ihm steht die Frau, die er als Munira kennt, mit einer Pistole in der Hand. Haarfarbe, Kleidung, die amüsierte Verachtung ihres Gesichtsausdrucks – alles an ihr ist anders. Aber sie ist unverkennbar die Gleiche. Zwar war ihm klar gewesen, dass alles, was sie miteinander hatten und taten, eine Lüge war. Aber auf das war er nicht vorbereitet.

«Munira?»

Sie neigt den Kopf. «Nicht mehr. Hast du vergessen, dass du sie hast sterben lassen?»

Ad sieht verstört mal Azi und dann die Frau an, die reglos in der offenen Tür des Serverkäfigs steht. Azi atmet tief ein und versucht dann, das, was in ihm vorgeht, in Worte zu fassen.

«Wer bist du? Warum tust du das ... Wie konntest du das nur tun?»

«Azi, ich habe jetzt keine Zeit für Fragen. Du wirst mir alles sagen, was ich wissen muss. Und zwar sofort.»

«Und danach bringst du uns um.»

Sie lässt ein schwaches Lächeln aufblitzen. «So wird es wohl kommen. Du hast ja genügend viele Filme gesehen.» Sie klopft mit der Pistole gegen die Metalltür des Käfigs. «Aber vorher kann ich dir noch ziemlich weh tun.»

Azi hat plötzlich einen Kloß im Hals – Entsetzen und Abscheu schnüren ihm die Luft ab. Sein Körper will sie noch immer an sich drücken, die Wärme und Sicherheit ihrer Hände spüren. Von ganz weit weg spricht sein Mund weiter.

«Wenn ... wenn wir ja schon so gut wie tot sind, warum sollten wir dir etwas sagen?»

«Azi, bitte. Ich mache das nicht zum ersten Mal. Jeder spricht. Es dauert nur eine Weile. Aber dann reden sie alle.»

Hass ist es, aus dem er jetzt schöpfen muss. Ausreichend Hass, um sich selbst Mut zu machen und sie am Weitersprechen zu halten, um sein Blut in Wallung zu bringen. «Fuck you, Munira oder wer auch immer du bist. Fuck you, fuck you, fuck you! Es ist vorbei. Wir wissen alles. Dieser Ort ist umstellt. Du bist erledigt.»

Sie muss lachen, als wäre sie hocherfreut, weil er seinen Text so gut gelernt hat.

«Du bist ja ein ganz harter Kerl, Azi. Bewundernswert. Ein niedlicher Bluff. Aber ich habe ein verkürztes Verfahren, das mich immer zur Wahrheit hinführt. Adam ... schau mich an. So ist's recht. Ich weiß alles über dich. Schenk mir ein Lächeln.»

Ad sieht hoch, zögert kurz und zeigt Munira den Mittelfinger. «Nein danke. Sie sind nicht mein Typ.»

«Aber das war ich mal. Erinnerst du dich? Und ich bin so froh, endlich die Gelegenheit zu haben, das hier zu tun.»

In einer einzigen fließenden Bewegung richtet sie ihre Pistole auf Ad und drückt ab. Sein linker Unterschenkel scheint zu explodieren. Mit einem erstickten Schrei fällt Ad nach vorn. Zwischen seinen auf die Wunde gepressten Fingern quillt Blut hervor, das in dem fluoreszierenden Licht schwarz zu sein scheint. Munira bringt erneut die Pistole in Anschlag.

«Er wird sterben, aber erst nach einer Weile. Genügend Zeit also für das andere Bein. Dann für die Arme. Und dann bist du an der Reihe, Azi.»

Azi hat in der zurückliegenden Woche mehr an Gewalttätigkeit erlebt, als er es sich für sein ganzes Leben hätte träumen lassen. Doch das hier hat eine neue Qualität. Hier ist es der Schmerz von jemand anderem. Und er könnte ihn beenden.

Als hätte sie es mit einem denkfaulen Schüler zu tun, fährt Munira fort.

«Sieh genau hin. Ich werde deinem Freund so lange weh tun, bis er um seinen Tod bettelt. Ich werde ihn verstümmeln und zum Krüppel machen, während du zuschaust. Mir macht das nichts aus. Aber ob du es aushältst, wage ich zu bezweifeln.»

Azis Blick wandert über die Käfigwände, den polierten Fußboden, die grelle Beleuchtung. Ad atmet schnell und wimmert mit hoher Stimme wie ein Kind.

«Munira ... bitte, tu's nicht. Sag mir, was du wissen willst. Irgendetwas muss es da geben. Lass mich ihm einfach helfen, er verblutet sonst.»

«Wie hast du herausgefunden, dass das Institut mit drinsteckt?»

«Über IP-Adressen. Vom Islamischen Staat. Ich habe deinen Cousin erpresst ... ihren Cousin. Er hat Files geschickt mit Exit-Nodes für Gomorrha in diesem Gebäude.»

Sie nickt. «Aha. Und wie genau habt ihr es hier hereingeschafft?»

«Ad hat eine Sicherheitslücke eingebaut, als er im Institut gearbeitet hat. Ins Hauptbetriebssystem, in der Cleanzone. Sie erlaubte Zugriff auf alles. Also haben wir sie aktiviert, um ein Ablenkungsmanöver zu starten.»

«Und dann habt ihr einfach beschlossen, euch den Weg durch den Fußboden zu hämmern?» Sie klingt ungeduldig. «Ich bin doch kein Idiot. Ihr hattet jemanden von innerhalb des Instituts. Wer war das?»

«Niemand, ich schwör's! Wir haben das allein hinbekommen.»

Bei diesen Worten zielt Munira mit ihrer Pistole auf Ads unversehrtes Bein. «Du lügst. Letzte Chance.»

Azis visuelle Wahrnehmung hat sich seltsam verändert.

Außer der kleinen dunklen Waffe erscheint ihm alles andere unscharf.

Heftig schnaufend wendet sich Ad an ihn. «Scheiß ... auf ... sie, Alter. Sag ihr ... nichts.»

Ad hat sich zurück in eine sitzende Position gehievt und bringt anscheinend seine Schmerzen so weit unter Kontrolle, dass er sich vorbeugen kann. Wenn er und Ad gleichzeitig loslegen könnten, überlegt Azi, wenn sie Munira durch irgendetwas ablenken könnten, dann hätten sie vielleicht eine hauchdünne Chance. Vielleicht gibt es Hoffnung.

Der penetrante Geruch von Blut liegt warm und herb in der Luft. Azi versucht, Muniras Aufmerksamkeit zu gewinnen.

«Das waren wir! Nur wir, sonst niemand. Aber ich –»

Sie seufzt und drückt erneut ab. Es gibt einen Knall und einen klatschenden Aufschlag. Ads unkontrollierte Schreie sind die eines Tieres. Er fällt auf sein Gesicht. Unter ihm bildet sich eine dickflüssige Blutlache, seine Hände schlagen heftig auf die Einschussstelle ein. Azi will zu ihm hin, doch die Pistole zeigt nun in seine Richtung. Munira zwingt ihn zu Reglosigkeit.

«Und wie steht es jetzt mit deinem Gedächtnis, Azi?»

«O mein Gott, o Jesus, bitte ... Es gab keinen von innerhalb. Odi, der hat uns geholfen. Er ist mit mir nach Kalifornien geflogen. Wir sind zusammen aus Athen gekommen. Nachdem Ad Kontakt aufgenommen hatte, weil ich ihm eine Nachricht geschickt habe. Die Amerikaner haben sich geweigert zu helfen. Es waren nur ich, Odi und Ad, ich schwör's. Bitte, bring ihn nicht um. Ich erzähle dir alles, wirklich. Bitte! Bitte.»

«Schön. Was habt ihr über Gomorrha herausgefunden?»

«Nichts! Noch nichts. Wir haben ja gerade erst angefangen. Nichts. Nichts! O Jesus, bitte –»

Die unverständlichen Laute, die noch immer von Ad

kommen, verdrängen alles andere aus Azis Kopf. Sie sind das Entsetzlichste, was er je gehört hat. Der Pistolenlauf ändert behutsam die Richtung.

«Ich ziele jetzt auf seinen linken Arm. Letzte Chance, mir zu sagen, was du ausgelassen hast. Und zwar alles.»

«Ich schwör's, ich schwör's, da ist nichts ... wir haben einen Delfin-Hack benutzt, die Riesenqualle hat den Boden durchschlagen, wir sind runter, haben das Schloss geknackt, ich ... bitte, lass mich ihm helfen.»

«Jetzt wird es allmählich langweilig, Azi. Der Schaden, den ihr angerichtet habt, ist unfassbar. Aber ihr sollt wissen, dass das keine Rolle mehr spielt. Was auch immer ihr glaubt, hier drinnen gefunden zu haben, wird mit euch sterben. Wahrscheinlich sollte ich euch gratulieren. Aber jetzt heißt es Ciao, Freunde, das war's.»

Sie zielt auf Ads Gesicht. Mit grimmiger Konzentriertheit beginnt Azi, sie mit Worten zu überschütten.

«Ich bitte dich! Schau her, ich liege auf Knien vor dir. Lass mich dir etwas sagen, was du nicht weißt. Über die *Organisation*. Und über das Institut. Über Erasmus. Den Direktor. Es gibt etwas, das ich über ihn weiß, etwas, das wir gefunden haben. Aber lass Ad am Leben, bitte, lass es mich dir sagen. Es ist auf dem Laptop, schau, bitte, lass es mich dir zeigen ...»

*Die Organisation, das Institut, Erasmus.* Die Wörter wirken wie Cold Reading, eine Taktik, derer sich Betrüger und Spiritisten gern bedienen. Aber sie funktioniert. Beim letzten Wort weiten sich ihre Augen unwillkürlich. *Erasmus.* Da gibt es etwas, das ihr wichtig ist. Etwas, das sie fürchtet oder liebt oder unbedingt wissen will.

Azi richtet sich mühsam auf dem vom Blut glitschigen Boden in eine kniende Position auf, bettelt und fleht und wiederholt Erasmus' Namen, gestikuliert zum Laptop hin. Dann, in dem Augenblick, in dem ihr Blick abschweift, macht er einen Satz und tritt mit aller Kraft gegen die Metalltür des Serverkäfigs.

Munira dreht sich um, aber zu spät. Die Tür knallt ins Schloss, und sie ist ausgesperrt. Azi hofft, dass das Metallgeflecht zu engmaschig für eine Pistolenkugel ist. Ohne sich umzuschauen, wendet er sich Ad zu und reißt sich sein eigenes T-Shirt vom Leib. Erst als er verzweifelt versucht, die blutdurchtränkten Gewebefetzen um Ads zerschossene Beine zu wickeln, hört er, wie Munira in sich hineinlacht.

«Sehr clever. Filmreif, Azi. Toll gemacht. Dann werdet ihr jetzt eben auf eine neue und spannende Weise sterben.»

Sorgfältig schiebt Munira ihre Pistole ins Halfter zurück, verschränkt die Arme und spricht mit konzentriert monotoner Stimme.

«Computer, Username Amira Dewan, verifizieren. Alle Protokolle außer Kraft setzen. Alle Ausgänge sperren. Kühlwasser ausleiten. Bestätigung.»

Ein fernes Rauschen füllt nach ihren Worten den Raum. Azi kümmert sich weiter um Ad und wirft noch einmal einen Blick zu Munira.

«Mach's gut, Azi. Der ganze Bereich hier wird bald unter Wasser stehen. Mit Elektrizität oder mit Menschen verträgt es sich nicht besonders. Ihr werdet tot sein, die Server werden tot sein. Und ich werde mich in einer sehr großen Marmorwanne entspannen, irgendetwas Teures trinken und nicht einen einzigen Gedanken an das hier oder an euch verschwenden. Nicht einen. Tut mir leid, Azi, dass das mit uns beiden nichts geworden ist.»

Sie dreht sich um und geht davon. Ihre Absätze hinterlassen eine Kräuselspur in den ersten Wellen.

# KAPITEL 47

• • •

Es hat sie viel Zeit gekostet, Erasmus zu der Einsicht zu bringen, dass ihre Vorgehensweise die einzig mögliche war; ihn zu überzeugen, dass sie die Zeitpläne, die Zielvorgaben und den Verrat bewerkstelligen konnte. Aber es ist ihr gelungen, und jetzt endlich beginnt sich ihr Plan zu entfalten.

Am Stadtrand von Paris werden bei einer unblutigen Razzia vier schwer bewaffnete Dschihadisten in einem zivilen Van festgenommen. Alle haben französische Pässe und standen unter permanenter Beobachtung, seit die *Organisation* zum ersten Mal von ihrer Existenz erfahren hatte.

An verschiedenen ländlichen Schauplätzen außerhalb deutscher Großstädte werden vier Gruppen gut gekleideter junger Männer festgenommen, während sie letzte Vorbereitungen für etwas treffen, das nach einem Wochenendausflug in schicken neuen Wohnmobilen aussehen soll. Einer der Wagen explodiert, weil es einem Neunzehnjährigen gelingt, unbemerkt zurück ins Innere zu gelangen und den Sprengstoff zu zünden, der in den Sitzpolstern versteckt war. Vier Polizisten und die beiden übrigen Verdächtigen sind sofort tot, der fünfte Polizist stirbt später im Krankenhaus.

Am südlichen Rand von Berlin wird eine Versammlung von sechs Männern in einem unauffälligen angemieteten Büro durch Gas außer Gefecht gesetzt, das man über das Belüftungssystem in den Raum gepumpt hat, bevor sie an die Kiste mit automatischen Waffen gelangen konnten, die seit der Vorwoche auf einer Anlieferungsrampe stand.

Weitere vierundzwanzig Personen werden in Frankreich, Deutschland und Italien mit minimalen Kollateralschäden aufgespürt. Es handelt sich um die größte, am eindrucksvollsten koordinierte und erfolgreichste Antiterroroperation, die Europa je gesehen hat. Zwei Männern gelingt es, sich vor einer Festnahme selbst zu töten, der eine mit dem Zünder einer größeren Sprengvorrichtung, der zweite mit einem Küchenmesser; allen anderen Eventualitäten ist man professionell zuvorgekommen.

Ganze Regionen sind abgeriegelt. In den sozialen Medien und Nachrichtensendungen wird heftig spekuliert, und es wimmelt von Verschwörungstheorien. Der französische Präsident, die deutsche Kanzlerin und der italienische Premierminister kündigen eine gemeinsame Pressekonferenz in Brüssel an, wo sie sich mit anderen Staatsoberhäuptern präsentieren und über das Ausmaß der abgewendeten Krise informieren wollen. Hinter den Kulissen sind mehrere Sicherheitsdienste damit beschäftigt, alte Dienstvorschriften zu schreddern, Protokolle über Bord zu werfen und sich zu fragen, was zum Teufel eigentlich in all den Systemen und Netzen schiefgelaufen ist, die ihnen zur Verfügung stehen.

Munira ist froh, Azi und seinen Freund so rechtzeitig losgeworden zu sein, um all dies in Echtzeit miterleben zu können. Sie muss das Hotel umgehend verlassen, aber es ist auch wichtig, die Ausführung eines so lange geplanten Unternehmens sowohl zu genießen als auch daraus zu lernen. Eigentlich ist das, was gerade vor sich geht, eine simple Sache, die mit der Unausweichlichkeit eines tickenden Uhrwerks abläuft. Das macht ja das Wesen gut ausgearbeiteter Pläne aus: Sie verwandeln sich in die einzig mögliche Form von Zukunft, weil man jede andere Abzweigung, die die Ereignisse nehmen könnten, verbaut hat.

*Vereinfachen, vereinfachen, vereinfachen.* Das ist ihr persönliches Motto, mit dem sie auch das sinnlose und vielschichtige

Leid ihrer Kindheit wie eine Schlangenhaut abgestreift hat. Was gibt es Nutzloseres als eine in Wohlstand und Tradition hineingeborene Tochter, die als glänzende Trophäe für die Ambitionen von jemand anderem dient? Trotz und Widerstand erwachsen aus der Abwesenheit von Bedauern. Apropos «Widerstand»: Das große Finale in Görlitz steht endlich kurz bevor.

Tommis Kundgebung wird stattfinden. Die Sicherheit der Veranstaltung wird von den minütlich erwarteten vier Mannschaftswagen mit Spezialkräften des Terrorismusabwehrzentrums von Interpol gewährleistet werden. Andere Polizeieinheiten und Einsatzkommandos wurden gebeten, sich zurückzuhalten. Ein pittoresker Haufen von Demonstranten wird das zu erwartende Chaos nur noch vergrößern.

Bei einer Massenhysterie ist nichts effizienter als ordnungsgemäß legitimierte Männer, die am Ort des Geschehens eintreffen und sofort das Kommando übernehmen. Ein Staat lebt und stirbt mit seinen Gewalt-, Sicherheits- und Beglaubigungsmonopolen – und diese zu demontieren und neu zu formatieren hat sie sich verpflichtet.

Für das alte Europa hat die letzte Stunde geschlagen.

# KAPITEL 48

• • •

Zunächst ist Azi mit nichts anderem beschäftigt, als die Blutungen an Ads Beinen zu stillen. Auf wundersame Weise scheint die Reduzierung ihrer beiden T-Shirts auf ein paar Fetzen einigermaßen wirkungsvoll zu sein, nachdem diese oberhalb der Knie so fest verknotet wurden, wie es mit glitschigen Händen möglich ist. Azi schließt Ad fest in die Arme, versucht, seinen zitternden und nach Luft ringenden Freund zu beruhigen, und flüstert ihm zu, dass alles gut werde.

Erst als er sich vergewissert hat, dass das Blut nur noch tröpfelt, wagt er es, auf dem Laptop nachzusehen, ob sein Versuch erfolgreich war. Er und Ad haben den Delfin-Hack auf diesem Computer programmiert. Theoretisch ist der Computer die ganze Zeit betriebsbereit gewesen, um auf Tastendruck aus seinen Lautsprechern unhörbare Frequenzen zu emittieren. Sollte es Azi geschafft haben, seinen Tastendruck genau in der Minute zu setzen, in der die Frau, die er als Munira kannte, ihre Befehle sprach, müsste der Computer jetzt Zugang zu Amira Dewans Administratorenkonto haben.

Theoretisch.

Azi bemerkt, dass Ad ihn mit nahezu glänzenden Augen beobachtet, weil er erfasst, was Azi zu tun versucht. Trotz aller Schmerzen gelingt es Ad, seine frühere Stimme ansatzweise wiederherzustellen.

«Alter … hat's funktioniert?»

«Durchhalten, nicht aufgeben!», befiehlt Azi der Maschine. «Bin am Checken, bin am Checken. Ich warte darauf, dass das System mit deinem Programm spricht. Es wird funktionieren.»

«Wenn nicht, dann gehst du raus. Versuchst es wenigstens.»

«Totaler Quatsch, Ad. Du kommst mit mir mit. Wir gehen beide. Wir sind zusammen rein, also gehen wir zusammen raus. Wir sind gut.»

«Vergiss nicht ...» Ad scheint den Satz nicht vollenden zu können.

«Ad? Ad! Bleib bei mir. Schau, da kommt er, der Zugang, Amira Dewan ... er leuchtet auf!»

Sie sind drin. Azi kann es auf dem Bildschirm sehen: ein Protokoll von Aktivitäten unter Amira Dewans Masteraccount. Es ist eindeutig zu spät, um zu verhindern, dass das Rechenzentrum mit Wasser vollläuft. Nichts, was sie unternommen hat, um die Kühlwasserableitung zu starten, sieht umkehrbar aus. Und die Hoffnung, dass sie durch das Loch in der Decke zurückklettern können, hat Azi auch nicht. Allerdings wird auf dem Bildschirm eine Funktion mit der Etikettierung *Exit neun* aufgezeigt, die sie offenbar für ihre eigene Flucht benutzt.

Azi sieht auf dem Schirm, was geschieht. *Exit* leuchtet ein paar Sekunden auf und erlischt dann wieder. Das muss ihre Fluchtroute gewesen sein. Er wartet, bis sie das Gebäude verlassen hat. Sekunden vergehen wie Stunden. Dann befiehlt er *Exit* die Freigabe. Erneut leuchtet die Funktion auf – und erlöscht wunderbarerweise nicht.

Sollte Azi einen Weg aus dem Rechenzentrum hinaus finden, bevor sich das Rinnsal in einen Sturzbach verwandelt, könnten sie es vielleicht schaffen. Solange er Ad mitschleppen kann. Solange die Frau, die er jetzt Amira nennen muss, tatsächlich das Gebäude verlassen hat und nicht irgendwo darauf lauert, ihnen den Rest zu geben. Solange das, was sie draußen erwartet, nicht so tödlich ist wie das hier drin.

Er packt Ad um die Hüfte, ignoriert den höllischen Schmerz unter den Resten seiner Wundnähte und öffnet die Tür des

Serverkäfigs. Dann spürt er, dass Ad sich sträubt, dass er zurück zum Laptop gestikuliert und zum Anschlusskabel, das ihn noch immer mit den Servern verbindet.

«Vergiss nicht, Azi ... worum es eigentlich geht.»

«Wovon redest du, Ad? Wir sind hier nicht im Kino. Du stirbst, wenn wir hier nicht rausgehen.»

«Das Spiel gewinnen. Gomorrha.»

«Scheiß drauf. Scheiß auf alles. Du liegst im Sterben.»

Ad gibt Azi einen leichten Schubs und deutet auf den Laptop.

«Dann sterbe ich ... wenigstens ... nicht umsonst.»

Azi kann ihn nicht retten, wenn Ad nicht kooperiert. Selbst halb tot ist er noch der sturste Mistkerl der Welt.

Fluchend springt Azi zum Laptop, hebt ihn gerade noch rechtzeitig hoch, ehe Wasser den Boden des Serverkäfigs flutet. Wie viel Zeit bleibt ihnen noch, bevor das Basisbetriebssystem abschaltet und Exit neun schließt? Azi versucht, sich ausschließlich auf Tastatur und Bildschirm zu konzentrieren, und vertieft sich in Amira Dewans Account.

Wie sein vorheriger kurzer Blick auf Jim Denisons Daten schon vermuten ließ, war jede einzelne Aktion von jedem einzelnen Nutzer des Gomorrha-Darknets jederzeit für sie sichtbar gewesen. Der Blick auf diese Datensätze zeigt sogar, dass sie ununterbrochen Mitteilungen und Content kreiert, Auktionen manipuliert und so Gomorrha benutzt hat, um die Fäden für alle seine Nutzer in der Hand zu halten.

Hektisch versucht Azi, Files auf den Laptop zu kopieren. Als Erstes erfasst er die allerneuesten Protokolle, die Datenblöcke, die mit Ort und Datum gecodet sind. Hinter ihm auf dem Boden atmet Ad jetzt schneller und flacher.

Auf dem Schirm erkennt Azi etwas wieder. Die Orte im Nahen Osten, die Zeitangaben – vertraute Dokumente aus dem

Speicherauszug, den Sigma, als die er sie damals kannte, beim ersten Kontakt mit ihm teilte. Es sind die Namen der Dschihadisten, die sie verraten hat, indem sie deren Details an Azi weitergab. Dollarbeträge in zweistelliger Millionenhöhe sind in falsche europäische Identitäten gepumpt und die Bezieher von genau dem Darknet verraten worden, von dem sie zuvor unterstützt wurden. Was ist Sigmas Plan gewesen?

Dann sieht er es. Zwei Dutzend weitere Namen und Orte, keine, die er schon kennt, dazu alle Transaktionen und Mitteilungen bis zur unmittelbaren Gegenwart. Die jüngste Nachricht wurde nur eine halbe Stunde vor Amiras Auftauchen im Rechenzentrum abgeschickt. Eine zweite, geheime Dschihadistenarmee. Azi klickt auf «kopieren». Hinter ihm gibt es ein Geräusch. Seine Knie rutschen einen Zentimeter tief durch Wasser, als er sich umdreht und sieht, wie Ad vornüberfällt. Ads Haut wirkt erschreckend blass im Kontrast zu dem Strudel aus Blut und Schmutzwasser. Sie haben keine Zeit mehr.

Azi reißt den Laptop vom Kabel und klemmt ihn unter einen Ellbogen. Mit seinem freien Arm fasst er unter Ads Schulter und versucht aufzustehen. Es ist unmöglich. Ad ist kalt und willenlos, seine Augen blicken unkoordiniert. Azis Körper reagiert inzwischen mit wütenden, stechenden Schmerzen im ganzen Rumpf. Er holt Luft, beugt sich vor und schlägt Ad ins Gesicht, einmal, zweimal. Dann drückt er seine Stirn gegen die des Freundes und spricht mit allem Nachdruck, den er aufbringen kann.

«Halt dich an mir fest, Ad. Du musst durchhalten. Leg die Arme um meine Schultern.»

Ad stöhnt.

«Ad. Jetzt geht's um alles. Ende der Fahnenstange. Wir gewinnen oder verlieren. Lass nicht die anderen gewinnen. Halt dich fest.»

Irgendwie schließen sich Ads kalte Hände um Azis Hals. Er steht auf, nimmt Ads Gewicht auf seinen Rücken, macht einen Buckel und schleppt sich durch die Brühe aus dem Serverkäfig. Die einzige Orientierungshilfe ist das Wasser. Sie sind unter der Erde, was bedeutet, der Weg hinaus ist sicherlich der gegen die Fließrichtung.

Gegen den Lauf des Wassers schiebt er sich zwischen den Serverkäfigen voran; sein halbnackter Körper ist von einem Film aus Schweiß und Feuchtigkeit überzogen. Ad hängt auf seinem Rücken, aber wie lange er noch durchhält, lässt sich nicht sagen.

Dann sieht er sie. Eine Tür oder vielleicht eine Außenwand mit einer beleuchteten Ziffer darüber. Acht. Er blickt nach links und nach rechts, rutscht und schlittert gegen eine Strömung, die ihm nun fast bis zu den Knien reicht. Nächste Ziffer, nächste Tür. Azi hat keinen Blick für das Blut, für die zerfetzten Unterschenkel seines Freundes, für die blinkenden und erlöschenden Serverlichter. Über einer weiteren Tür in etwa zehn Meter Entfernung gibt es einen schwachen Lichtschein. Er lenkt seine Schritte dorthin, halb stolpert, halb kniet er, steht wieder auf, kämpft gegen die Steigung und das Wasser an. Nummer neun. Offen. Und dann …

… cinc Bctonrampc, dic glcißcndc Intcnsität dcs Tagcslichts, ein letzter torkelnder Anstieg und eine Szenerie beispielloser Zerstörung

# KAPITEL 49

• • •

Das Beste beim Zusammentreffen mit einer Schar bewaffneter, gefährlicher und höchst professionell aussehender Amerikaner und deren Fuhrpark aus besonders furchteinflößenden Fahrzeugen, ist, wenn man wie Ad augenblicklich hinten in ein Fahrzeug gehievt wird, welches eine vage Ähnlichkeit mit einem Sanitätswagen aufweist.

Das Schlechteste ist, wenn man wie Azi mit derselben Geschwindigkeit und mit vorgehaltener Waffe zu einem Van dirigiert wird, der die Botschaft aussendet: «Jetzt geht's für immer in den Knast.» Ist ihm während der letzten vierundzwanzig Stunden eigentlich irgendetwas von Bedeutung *nicht* unter vorgehaltener Waffe widerfahren?

Der Campus scheint vom Militär besetzt worden zu sein. Wo er auch hinsieht, eilen Grüppchen uniformierter Männer und Frauen hin und her wie Ameisensoldaten, die das Nest eines Konkurrenten auseinandernehmen. Seine eigene bewaffnete Eskorte, die in einer so martialischen Kampfmontur steckt, wie er sie in Europa nie gesehen hat, stößt ihn energisch auf eine Metallbank, springt wieder hinaus und knallt die Tür des Vans hinter sich zu. Azi befindet sich in einem Hightechsarg, dessen fensterlose und geriffelte Innenflächen sich über zwei lange Bänke wölben. Er atmet ein, und es fühlt sich an, als wäre es das erste Mal, seit sie das Rechenzentrum verlassen haben. Der Van setzt sich in Bewegung.

Erst jetzt bemerkt Azi den Mann, der ihm gegenübersitzt und gelassen die mit Metallplatten bewehrte Decke betrachtet. Der Mann ist Odi und trägt Handschellen, die mit einer stabilen Kette im Boden verankert sind. Azi platzt gleich los.

«Munira, sie war hier. Ich glaube, ihr echter Name ist Amira Dewan. Sie ist direkt vor uns da rausgekommen. Haben sie sie erwischt?»

«Ich glaube, nicht. Durchatmen, Azi. Konzentration.» Odis Augen funkeln eindringlich. «Weißt du, wo sie hinwill? Was hast du herausgefunden?»

«Scheiße, scheiße ... die können mich hören, stimmt's? Könnt ihr mich hören?» Azi hämmert gegen die Wand, seine Stimme übertönt die Schläge. «Sie hat auf uns geschossen und versucht, uns zu ersäufen. Sie hat alles manipuliert, sie hat die Fäden gezogen. Sie muss hier in der Nähe ihren Stützpunkt haben, eine halbe Stunde mit dem Auto. Sie hat eine riesige Marmorbadewanne erwähnt. In einem Hotel? Sie war teuer angezogen. Ausgesehen hat sie wie ... jemand anders.»

Azi betrachtet Odi und registriert sowohl die Handschellen als auch ausgedehnte Blutergüsse, die eine Hälfte seines Gesichts bedecken. Widerstrebend wechselt er das Thema.

«Es sieht so aus, als hätten Yacine und du euer Ablenkungsmanöver genossen.»

Odi lässt ein Lächeln aufblitzen und zeigt einen fehlenden Vorderzahn. «Oh ja, die Amerikaner fanden unsere Überraschungen toll. Deshalb die neuen Armbänder. War es das wert?»

Azi nickt. «Ich habe Beweise gefunden.» Er hebt die Stimme. «Hört ihr mich? Auf diesem Laptop sind die Beweise für alles, was wir euch sagen wollten. Und ihr schenkt dem besser eure Aufmerksamkeit, weil die Informationen nämlich nicht angenehm sind.»

Er wartet einen Augenblick und wendet sich dann flüsternd an Odi. «Also, was zum Teufel soll das Ganze, der Van und das alles?»

«Das hier», flüstert Odi zurück, «ist ein mobiles Büro, ein

technisch aufgemotztes Vernehmungszentrum und eine Abhöreinrichtung. In Europa säßen wir jetzt angekettet an einem Heizkörper in einem Mietcontainer. Schau mal.»

Azi schaut. Zu seinem Erstaunen teilt sich die vordere Wand des Vans in zwei Teile und gibt einen Bildschirm frei, der fast vom Boden bis zur Decke reicht. Gleichzeitig wird vor ihm eine Platte mit einem flachen Ablagekasten und einem Netzwerkkabel herausgeschoben.

Azi schaltet den Laptop ein, schließt ihn an und beginnt zu sprechen.

«Okay, also: Das hier sind Logs von der Frau, die ihr als Munira gekannt habt, und zwar alles, was sie in letzter Zeit über Gomorrha gemacht hat. Sie hat den Laden geschmissen. Und das private Darknet war die ganze Zeit über eine Trap gewesen. Der gesamte unfassliche und faszinierend böse Scheißdreck auf dem Marktplatz – er dient bloß dazu, User anzulocken. Und dann zieht jemand hinter den Kulissen die Fäden. So wie sie es für den Islamischen Staat gemacht hat: liefert zuerst alles, was sie versprochen hat, und verrät sie dann.»

Bildschirm auf Bildschirm mit Daten erscheinen in rascher Folge.

«Hier ist das, was wirklich wichtig ist. Sie hat die Namen der meisten Terroristen in Europa preisgegeben. Aber einige geheim gehalten. *Diese* Namen, *diese* Identitäten. Was immer ihr glaubt, was jetzt gerade passiert: Diese Leute hier sind der Schlüssel dazu.»

An dieser Stelle erwacht der riesige Bildschirm an der Vorderfront zum Leben. Er ist in mehrere Fenster unterteilt und zeigt Videoaufnahmen von Body Cams und Überwachungskameras mit Statusmeldungen, dazu kurze und bruchstückhafte Ansichten ländlicher Gegenden in Europa, Innenaufnahmen von Panzerwagen und Polizeifahrzeugen, eine Reihe von nichtssagenden Amtsräumen – und eine Gruppe von gefangenen und gefesselten Männern in Zivilkleidung neben markierten Waffenverstecken und in Kisten verpackten Gerätschaften.

Odi macht eine erklärende Geste. «Das sind Feeds aus ganz Europa. Die Dschihadisten, die uns bereits bekannt waren, und ihre Festnahmen.»

Azi besieht sich die Statusfeeds, checkt sie mit den Daten auf seinem Bildschirm gegen und ist ganz benommen. Was war Amiras Plan? Sie hat in voller Absicht fünfzig Islamisten verraten, wohlwissend, dass dies den halben Kontinent in Alarmbereitschaft versetzen würde, wohlwissend, dass sie damit Gomorrhas Potenzial aufdeckt. Wozu der Welt einen Tipp geben? Der einzig mögliche Grund, denkt er mit Schaudern, ist der, dass alles ein Gambit war, eine Schacheröffnung mit Bauernopfer für einen Stellungsvorteil, und dass das eigentliche Spiel woanders gewonnen wird. Wo sind diejenigen, die sie nicht verraten hat?

Azi gräbt sich weiter durch die Daten. Namen und Adressen dieses zweiten, geheimen Kontingents sind alle deutsch. Allmählich beginnt das, was er sich ansieht, eine Geschichte zu erzählen.

«Odi, geht da ganz hinten in Ostdeutschland gerade ein großes Ding ab, für das man einen Trupp von Terrorismusabwehrexperten um Absicherung bitten könnte? Angesichts der Tatsache, dass die größte terroristische Operation der Menschheitsgeschichte augenscheinlich in diesem Augenblick ganz woanders vereitelt wird.»

Odi nickt langsam. «Erinnerst du dich an unsere alten Bekannten von Defiance? Tommi hält gleich seine bislang größte Rede. In der Stadt, in der er aufgewachsen ist, in der er die Partei gegründet hat: in Görlitz. Menschenmassen, Presse, Parteispitze.»

Elektrisiert richtet Azi sich auf. «Das ist es. Es gibt vier gepanzerte Vans. Sie gehören Dschihadisten mit allen nötigen Dokumenten, die sie als Angehörige des Terrorismusabwehrzentrums von Interpol ausweisen. Das ist Muniras Plan.» Er klatscht in die Hände, als applaudierte er der Apokalypse. «Sie versetzt ganz Europa in höchste Alarmbereitschaft und macht uns glauben, wir wüssten alles. Dann organisiert sie eine zusätzliche Absicherung für die größte politische Kundgebung des Jahres – nur dass dieses spezielle Sicherheitskontingent gerade im Begriff steht, Gott weiß was zu tun. Tommi umzubringen, die Stadt zu zerstören, ein paar tausend Menschen in die Luft zu sprengen. Oder alles zusammen.»

Azi hört auf zu sprechen, als könnte er selbst die Worte nicht ganz glauben, die aus seinem Mund kommen.

Dann schaltet sich auf dem großen Bildschirm eine Kamera nach der anderen ab.

# KAPITEL 50

• • •

Der Van rollt aus. Azi verharrt über den Laptop gebeugt, während sich die Hecktüren öffnen. Die Hälfte der Feeds auf dem Bildschirm vorn ist jetzt leer, und die Bildanzeige insgesamt verwandelt sich in ein Schachbrett erloschener Impulse.

Drei Männer in Anzügen steigen ein, zwei von ihnen eskortieren in ihrer Mitte eine schwarz gekleidete Frau. Der dritte begibt sich zu Odi, befreit ihn behutsam von den Fesseln und geht wieder nach draußen. Die Frau ist Anna, was möglicherweise die Erklärung dafür ist, dass die Männer neben ihr ein Gesicht machen, als hätten sie den Auftrag, sich um Hannibal Lecters grantige große Schwester zu kümmern.

Mit einem Kopfnicken gehen die drei Männer zurück in einen kahlen Betonbunker, holen einen Karton mit Proviant, heben ihn in den Van und schließen die Türen hinter sich.

Odi reißt den Karton auf und drückt jedem eine warme Dose Sprite in die Hand. Dann quetschen sich er und Anna neben Azi auf die lange Metallbank, sodass sie alle einen guten Blick sowohl auf den Laptop als auch auf das Mosaik des riesigen Bildschirms haben. Dieser ist jetzt fast völlig leer, die verbleibenden Feeds werden von atmosphärischen Störungen zerstückelt. Anna sieht aus, als hätte sie lange nicht mehr geschlafen, doch ihre Stimme sprüht vor Energie.

«Ich bin unter … ungewöhnlichen Umständen aus Europa hierhergekommen. Ich wurde als Einsatzleiterin abgelöst. Aber von jetzt an sind sie auf uns angewiesen, hauptsächlich deshalb, weil alles, was wir herausgefunden haben – und alles, was bisher geschehen ist –, noch nie da war. Gehen wir das Ganze mal durch, Azi.»

Azi kippt hastig das warme, unangenehm süße Getränk hinunter und spürt, wie sehr sein Körper es braucht, wie nah er am Limit ist.

«Hast du mitgehört? Die Terroristen, hinter denen ihr seit Sigmas erster Enthüllung her gewesen seid, waren ein Ablenkungsmanöver. Die Interpolleute, die gerade zur größten politischen Kundgebung Europas unterwegs sind, auf die kommt es an. Das sind fanatische, bewaffnete und speziell ausgebildete Angehörige des IS, die auf einer Tonne Sprengstoff sitzen. Ich nehme an, ihr würdet die liebend gern allemachen. Stimmt's?»

Anna nickt.

«Wir versuchen schon die ganze Zeit, die Behörden in der Region zu kontaktieren, allerdings mit sehr mäßigem Erfolg. Fast das ganze öffentliche Fernmeldewesen ist lahmgelegt, ebenso die meisten lokalen Internet- und Handydienste. Das sollte eigentlich unmöglich sein. Aber eine solche Kontrolle hat Gomorrha schon anderswo ausgeübt.»

Sie legt eine Pause ein. «Was uns zu der wichtigsten aller Fragen führt: *Warum?* Die haben bereits eine solche Macht – welchen potenziellen Vorteil verschafft ihnen diese Aktion, den sie nicht schon hätten? Was wollen die erreichen?»

Azi strengt seinen Verstand an und sucht hektisch nach einem Sinn in dem Durcheinander. Aus welcher Perspektive auch immer er es betrachtet, stößt er nur auf zertrümmerte Strukturen: Identitätsdatenbanken, polizeiliche und nachrichtendienstliche Überwachung, bei Terrorismusabwehr und Kontrolle illegalen Handels, bei Gomorrha selbst. Am Ende dieses Tages wird nichts mehr von dem übrig sein, dem jene diesseits oder jenseits des Gesetzes vertrauen könnten. Dann fällt es ihm wie Schuppen von den Augen.

«Angst, Chaos, Ungewissheit – das ist es, was sie wollen.

Den totalen Vertrauensverlust in existierende Systeme. Dann braucht man nur noch einen Kulturkampf als Zutat, und schon eröffnen sich einmalige Chancen. Für irgendjemanden, für irgendetwas. Wer auch immer hinter Gomorrha steckt, möchte das Vakuum füllen. Die Handlungsschablone dafür heißt Chaos.»

Odi murmelt vor sich hin.

«*Das Programm des Wiederaufbaus ergibt sich aus der Größe der Not unseres politischen, moralischen und wirtschaftlichen Lebens.* März 1933. Ein neues Gesetz, im Feuer der Krise geschmiedet. *Gesetz zur Behebung der Not von Volk und Reich.* Ermächtigungsgesetz für eine Diktatur.»

«Für wen?»

«Für einen Mann, der wusste, was man sich mit Blut erkaufen kann. Der deutsche Reichskanzler. Adolf Hitler.»

Azi hat genug gehört. «Das lassen wir nicht zu! Wir können es stoppen! Bekämpfen wir sie mit ihren Waffen, bekämpfen wir Ideologie mit Ideologie. *Ihr* habt das zu mir gesagt. Wenn es eine Massenkundgebung von Defiance gibt, dann wird es wohl auch eine Gegendemonstration geben, richtig?»

«Ja.» Odi wendet sich Azi zu. «Ich glaube, jemand hat versucht, Gegendemonstrationen zu verhindern, aber die Protestierer haben einen Weg gefunden. Den finden sie immer.»

Azi wird jetzt laut. «Und ob! Sie finden immer einen Weg, weil sie so sind wie ich. Hacktivisten, Idealisten, vernetzte Bürger. Ein paar Übergeschnappte sind auch darunter, aber sie alle wissen, wie man sich selbst organisiert, wie man Lücken im System ausnutzt. Über sie kommen wir in die Kundgebung rein, okay? Dank ihnen haben wir Leute vor Ort und Systeme, die Gomorrha nicht kompromittiert hat. Ein menschliches Netzwerk. Wo sind die falschen Interpol-Vans im Augenblick?»

Genau aufs Stichwort erscheinen auf dem großen Bildschirm eine Landkarte und eine Reihe von Einzelaufnahmen. Letztere zeigen eine Menschenmenge, die sich durch malerische Straßen drängt, Protestschilder und Transparente, die hochgehalten werden, und Scharen von Kindern am Rand. Die Defiance-Mitglieder sind gegenüber den Protestlern bei weitem in der Überzahl. Alles sieht geordnet, beinahe idyllisch aus. Anna gestikuliert mit einem für sie uncharakteristischen Unbehagen.

«Das sind die aktuellsten Bilder, die wir haben. Von vor einer halben Stunde. Die Vans wurden zuletzt bei der Anfahrt zu dieser Straße gesichtet, der Luisenstraße. Lang, eng, Läden und Wohnungen links und rechts, Zufahrt für Fahrzeuge zum Untermarkt, dem Platz dort in der Mitte. Da ist das Zentrum der Kundgebung, dort gehen sie alle für die große Ansprache hin. Und die fängt jeden Augenblick an.»

Azi blickt auf die Karte, dann zu Odi und Anna. Sie blicken zurück, voller Erwartung, dass er etwas sagt. Er trinkt einen letzten Schluck aus seiner Dose, schaut vom Laptop auf den großen Schirm und wieder zurück.

«Ich geb jetzt die Nachricht raus. AZ hat Kontakte, Leute, mit denen zusammen ich Protest-Hacks gemacht habe, ethische Mobs in Chatrooms und Foren. Einige von denen haben die Internet- und Handyblockierung garantiert unterlaufen, ich weiß das. Und die sind ein Netzwerk aus Netzwerken. Was immer ich losschicke, können die teilen. Wie ein sich selbst replizierender Schwarm. Das bringt uns ein Stück weit Dominanz.»

Odi und Anna hören regungslos zu. Azi hat ihre uneingeschränkte Aufmerksamkeit. Das Leben von Gott weiß wie vielen Menschen liegt in seinen Händen. Er hat keine Ahnung, ob sein Plan funktionieren wird oder ob es bereits zu spät ist, aber er lässt sich nicht aufhalten. Er unterdrückt eine Vision von einer höhnisch lächelnden Amira und dem blutenden Ad und beginnt zu tippen.

*Die Defiance-Kundgebung wird gleich von Terroristen angegriffen. Verbreitet es weiter, sagt es der Menge. Blockiert die Luisenstraße! Vier Interpol-Vans sind von Terroristen gekapert worden und müssen gestoppt werden. Sie sind voller Waffen und Sprengstoff. Es ist eine islamistische Verschwörung. Sie ist real, sie ist schon angelaufen. Die Behörden sind hilflos. Blockiert die Straßen, nehmt irgendwas, alles, was ihr kriegen könnt. Verbreitet es weiter und flieht. Seid mutig, seid schnell.*

Das ist zu lang, denkt Azi, und der Text könnte ganz sicher auch mitreißender sein. Doch was zählt, ist, dass die Botschaft hinausgeht, in alle Richtungen und Kanäle; dass sie alle Kommunikationswege überschwemmt, alle Foren, Feeds, Chatrooms und gehackten Geräte, jeden sicheren Messaging-Account, jeden Hashtag. Das ist Terrorismusabwehr in Echtzeit. Azi loggt sich überall ein, wo er kann, und verbreitet als AZ den Aufruf.

Er spiegelt das Display des Laptops auf dem großen Schirm und wartet. Zuerst tut sich nichts. Dann sieht er etwas: einen Funken, ein Aufflackern, einen Flächenbrand von Mitteilungen, Reaktionen, Shares, Dementis, Beschuldigungen. Was auch immer er entfacht hat, brennt weiter und geht unaufhaltsam viral. Nur Gott weiß, was der Rest der Welt daraus machen wird. Allerdings wird auch nur Gott wissen, wie die Welt aussehen wird, wenn alles vorbei ist. Plötzlich stößt Azi auf einen speziellen Feed.

«Da! Das ist ein Hacker, den ich kenne. Ich erinnere mich an den Usernamen. Ursus. Er ist am Schauplatz. Der kann etwas über eine Darksite streamen – schaut mal. Hier.»

Azi klickt, und sie erhalten verwackelte, körnige Aufnahmen durch das Objektiv eines Smartphones am Rand des Untermarkts.

Das Idyll der vorherigen Bilder hat sich in ein Chaos verwandelt. Menschen hasten und drängeln, rangeln und steigen auf der Flucht über andere. Wer auch immer das Smartphone hält, rennt und stürzt selbst davon, brüllt anderen auf Deutsch zu, ihm zu folgen. Er klingt wie ein Teenager. Unter seinen Füßen verschwimmen die Pflastersteine. Er stolpert über eine Frau, die zu Boden gestoßen wurde, und über einen alten Mann, und beide schützen vergeblich ihre Gesichter mit den Armen. Rufende, schreiende und flehende Stimmen vermischen sich. Über dem Gewühl von Körpern flattern noch ein paar verdrehte Spruchbänder; es sieht so aus, als würden Kinder von einem Meer von Händen hochgehoben und weitergegeben. Azi braucht einen Augenblick, um zu begreifen, was vor sich geht: Die Menge hat seine Botschaft erhalten. Sie versucht, die Jüngsten in Sicherheit zu bringen.

Dann taucht am Bildschirmrand etwas anderes auf. Ein TV-Übertragungswagen fährt in Schlangenlinien durch die Menge und kracht durch Absperrpoller. In einer Wolke aus Glasscherben kommt er im Fenster eines Souvenirladens zum Stehen. Der Fahrer wankt auf die Straße, die Stirn blutverschmiert, und wedelt hektisch mit den Armen. Anna beobachtet die Szene mit aschfahlem Gesicht.

«Das ist Anarchie. Sie werden sterben. Sie werden gottverdammt alle *sterben.*»

Azi ist sich weniger sicher. Es geht noch etwas anderes vor sich.

«Wartet! Sehr her. Das ist die Luisenstraße. Der Fernsehwagen ist nicht als Einziger dort. Ich denke, das war … ich denke, das war Absicht. Der Fahrer muss in einem der Netzwerke der Demonstranten gewesen sein oder Zugang dazu gehabt haben. Er wollte das machen.»

Der junge Mann, der ihr Auge und Ohr vor Ort ist, hat sich jetzt bis auf dreißig Meter an die Luisenstraße herangekämpft, stemmt sich gegen den Strom der flüchtenden Menschen und schreit etwas Unverständliches. Dann, als die Kamera eine Sekunde lang nicht tanzt, sehen sie es zum ersten Mal klar und deutlich. Eine erstaunliche, bunt zusammengewürfelte Masse an Fahrzeugen und sperrigen Gegenständen staut sich dort, wo der Übertragungswagen in den Laden gekracht ist: Motorroller, eine umgekippte Bronzestatue, Tische und Stühle aus den Cafés, zwei Kleinwagen, ein Fahrzeug der Straßenreinigung, dessen Bürsten sich noch drehen, ein Wasserspender.

«Sie bringen es tatsächlich fertig! Die Straße, sie ist unpassierbar … es funktioniert!»

Azi hält inne, wagt es zum ersten Mal aufzuschauen – aber dann entdeckt Odi etwas.

«Azi, warte. Sieh hin! Sie müssen sofort von dort weg. Die Terroristen sind bewaffnet, und ich sehe Bewegungen zwischen den Vans. Die müssen erkennen, dass sie in der Falle sitzen, und in dem Augenblick, wo sie –»

Noch ehe er den Satz beenden kann, wackelt das Bild in dem Feed und dreht sich um die eigene Achse. Ein gepanzerter Interpolwagen hat die improvisierte Straßensperre durchbrochen. Der Übertragungswagen stürzt um, Stühle zersplittern, während eine Motorhaube mit Rammschutz und eine vergitterte Windschutzscheibe ins Blickfeld ruckeln. Der Wagen ist dunkel, von schnittigem Design und mit deutlichen Einsatzspuren an der Karosserie. Die Schiebetüren gleiten auf, und Männer in Kampfausrüstung steigen aus und klettern über den Trümmerhaufen. Drei, vier, fünf von ihnen stehen jetzt der Menge gegenüber. In den Händen halten sie automatische Waffen.

Odi und Anna schauen schweigend zu. Der Ton des Feeds kommt zwar nur gedämpft an, aber sie können die Rufe und Schreie der Menge hören, die in dem Maß lauter und unzusammenhängender werden, wie immer mehr Menschen begreifen, was vor sich geht. Odi macht den Mund auf, Azis Hände hämmern leise und rhythmisch auf die Tastatur. Im Bild gehen die Männer mit ihren Waffen in Anschlag.

Dann fällt das Telefon aufs Straßenpflaster. Das Bild auf dem Schirm wird unscharf und trübe; die durch die Wucht der Erschütterung verwackelte Aufnahme zeigt dunkle Steine und hellen Staub. Es sind keine Stimmen zu hören, keine als menschlich identifizierbaren Geräusche. Eine Minute vergeht. Azis Lippe blutet an der Stelle, wo er sich gebissen hat. Ein Tropfen fällt auf die Tastatur.

Plötzlich erhebt sich die Kamera in die staubgeschwängerte Luft, und das Objektiv dreht sich und bringt ihnen annähernd die Perspektive von zuvor. Es ist nicht möglich, etwas scharf zu erkennen, aber die Luisenstraße ist nicht mehr da. Alles, was übrig ist, sind die Skelette von Häusern und Schutthaufen dazwischen.

Ein paar Schritte vor dem Kameraobjektiv liegt ein TV-Übertragungswagen auf dem Dach; ein bärtiger Bronzekopf hat sich tief in seine Verkleidung eingenistet. Menschen rennen, schreien, taumeln durch den Schutt. Aber sie sind am Leben – was man von den fünf bewaffneten Männern nicht sagen kann, die direkt vor dem gepanzerten Fahrzeug standen, das seine unmittelbare Umgebung ausgelöscht hat. Azi spricht als Erster.

«Munira … ich meine, Amira Dewan. Ihr Admin-Account …

sie ist für das hier verantwortlich. Sie hatte eine Direktverbindung zu diesen Typen. Also habe ich denjenigen am Heck gesagt, jetzt oder nie. Dass sie auf ihren Sprengstoff zünden und eine Kettenreaktion in Gang setzen sollen …»

Er unterbricht sich kurz, um das, was er auf dem Schirm sieht, zu verarbeiten. «Und ich dachte … ich dachte, die Straße würde das Schlimmste abfangen. Und alle würden vorher wegrennen. Aber die Zeit hat nicht gereicht, und so … und deshalb … und dann …»

Es gibt keine Worte dafür. Weint er, lacht er, verliert er den Verstand? Beiderseits von ihm werfen die fensterlosen Blechwände des Vans Reflexionen zurück, die einem Regenbogen gleichen. Der Van kann doch unmöglich tun, was er scheinbar tut: zerschmelzen, sich wie eine Blüte öffnen, deren Blätter im schimmernden Licht aufspringen.

Anna regt sich zum ersten Mal seit fünf Minuten.

«Schau nicht so belämmert. Es geschieht wirklich.»

Erschreckt begreift Azi, dass sich der Van tatsächlich selbst entfaltet hat und jetzt den Betonbunker freigibt, in den man ihn und Odi für das Meeting gebracht hatte. Männer und Frauen in Zivilkleidung stehen hier und da an Terminals, halten Telefone, schieben Waffen in Holster. Alle starren sie die drei Gestalten an, die im metallischen Herzen des Bunkers sitzen.

Eine dröhnende, geschlechtslose Stimme erfüllt den Raum; ihr Schall kommt von allen Seiten angerauscht wie das Meer.

«Mr. Azi Bello. Odi. Anna.»

Pause.

«Danke.»

# KAPITEL 51

•••

Sie sind auf dem Weg zu ihr. Und ärgerlicherweise scheint es wenig zu geben, was sie dagegen unternehmen könnte, außer der systematischen Vernichtung, die sie gerade betreibt. Staub- und Aschewölkchen steigen aus dem größten ihrer Koffer auf, in dem die darin enthaltenen Gerätschaften verbrannt werden. Sie hat vielleicht noch zehn Minuten. Sie wird vorbereitet sein.

Dann wird sie unerwartet über das letzte ihrer Telefone angerufen. Es ist das einzige, das noch vernichtet werden muss. Sie meldet sich. Die Notfallmaßnahmen sind getroffen. In diesem Stadium kann nichts mehr geändert werden.

«Erasmus.»

«Meine Liebe.»

Sie holt tief Luft. «Es tut mir leid.»

Seine Stimme klingt fein und mitfühlend. «Jetzt ist nichts mehr zu machen. Bist du bereit?»

«Selbstverständlich. Alles läuft auf mich zu. Gomorrha ist gestorben. Ich bin gespannt auf deine öffentliche Stellungnahme.»

«Das wird schwer werden. Aber es muss sein.»

«Ja.»

«Wir haben noch einen Moment Zeit.» Er zögert und klingt beinahe wehmütig. «Erinnerst du dich an das, was ich dir bei unserem ersten Treffen gesagt habe?»

Die Frage bedarf keiner Antwort. Sie erinnert sich. Er hatte darum gebeten, sie persönlich kennenzulernen. In einem Hotel in Paris, einem Prunktempel. Sie hatte einen jener Männer erwartet, die sie während ihrer gesamten Pubertät beglotzt und begrapscht hatten: personifizierte Überheblichkeit, Libido und chemisch unterstützte Potenz in Armani-Anzügen. Stattdessen kam ein schlanker Mann auf sie zu und sprach – ohne die Stimme zu heben oder Amira niederzustarren – über den Platz, den sie beide in der Geschichte einnehmen sollten. Was er sagte, veränderte ihr Leben.

*Geschichte wird nicht von den Siegern geschrieben. Sie wird von den Überlebenden geschrieben. Sehen Sie sich die Juden an. Fünftausend Jahre Unglück und Exil. Und doch haben sie durchgehalten. Zeit ist die einzige Richterin, und sie kennt nur ein Urteil: durchhalten oder aussterben. Alles, was für eine Spezies zählt, ist, sich immer weiter bis zum Ende aller Tage am Leben zu erhalten. Alles Übrige sind Nebensächlichkeiten.*

An beiden Enden der Leitung tritt Schweigen ein. Kein verlegenes, sondern ein anerkennendes. Schließlich spricht Erasmus.

«Du wirst durchhalten müssen. Sie werden versuchen, dich kleinzukriegen.»

«Ich weiß.»

«Wir werden uns lange Zeit nicht sprechen. Aber ich werde dich holen kommen. Denk daran.»

Sie glaubt ihm. «Mach ich.»

«Jetzt habe ich noch etwas, von dem ich möchte, dass du es hörst. Du bedeutest mir sehr viel. Betrachte es als ein Geschenk.»

Ihr Mikrofon schaltet sich stumm, dann hört sie europäische Rufzeichen eines Telefons, etwa eine Minute lang. Danach meldet sich eine laute, tiefe Stimme vom anderen Ende.

«Hallo?»

Erasmus antwortet in einem Ton, den sie bei ihm zuvor noch nicht vernommen hat. Er klingt unsicher, unterwürfig.

«Hallo, Tommi? Hier ist Ihr Freund aus Übersee.»

«Gut. Zwei Minuten. Sie können sprechen.»

«Ich wollte mich nur noch einmal vergewissern. Ob Sie wohlauf sind.»

Ein heftiger Husten kommt über die Leitung. «Das wissen Sie doch. Das Ganze lief nicht so wie besprochen.»

«Tut mir leid. Es hat unvorhergesehene Komplikationen gegeben.»

«Kein Problem. Alles wird gut. Es ist genug Blut geflossen für meine Heldentaufe. Genug Angst, dass die ganze Nation zu mir überläuft.»

«Ich bin stolz, dass ich von Nutzen sein konnte. Und selbstverständlich –»

«Ja?»

«Das ist nur der Anfang. Diese Dienstleistungen, die ich Ihnen zur Verfügung stellen kann: Sind Sie schon zu einer Entscheidung gelangt?»

«Ich werde Sie wissenlassen, was ich entscheide. Wann ich entscheide.»

«Selbstverständlich, Herr Christian. Ich stehe zu Ihren Diensten.»

Plötzlich klingt der Mann, der mit Erasmus spricht, unsicher, als gäbe es etwas, das er erklären müsse. «Das war nötig gewesen, verstehen Sie. Wenn es eine andere Möglichkeit gegeben hätte ... Jeder vergossene Tropfen deutschen Blutes schmerzt mich, als wäre es mein eigenes.»

«Ich verstehe das vollkommen. Die Deutschen haben immer Vorrang vor den Ausländern.»

«Und vor den Juden! Ganz zu schweigen von den Scheißarabern. Jawohl. Jetzt muss ich los.»

«Alles Gute für Sie, Herr Bundeskanzler!»

Eine letzte, geschmeichelte Pause. «Noch nicht. Aber bald.»

Im Telefon klickt es. Amiras Mikrofon ist wieder aktiv.

«Noch fünf Minuten, bis sie bei dir sind. Lebewohl, meine Liebe. Halte durch.»

Sie schaltet das Telefon aus, legt es zurück in den Koffer und begeht ihren letzten Akt der Vernichtung. Nichts Verwertbares bleibt zurück. Erasmus ist unangreifbar. Sie sieht in den Ganzkörperspiegel, zupft den Saum ihres Kleids zurecht, schlüpft in die Schuhe, die sie sich ausgesucht hat, und gießt sich ein Glas Wein ein.

Azi Bello lebt. Das ist ein Problem. Und sie nimmt es persönlich – als das einzige Problem, an dessen Lösung sie gescheitert ist.

Amira Dewan trinkt einen Schluck Wein und prostet ihrem schönen Spiegelbild zu. Sogar jetzt kommt es letztlich nur darauf an, welche Geschichte man erzählt; mit welchen Fakten man die Darstellung eines Sachverhalts aufbereitet.

Jedes Ende ist auch ein neuer Anfang.

# KAPITEL 52

• • •

Binnen weniger Minuten findet sich Azi, nach einer Reihe von Ereignissen, die ihm vielleicht zu einem späteren Zeitpunkt in seinem Leben begreiflich werden, in einem beruhigend anonymen und fensterlosen Büro wieder. Er sitzt an einem IKEA-Tisch und Anna ihm gegenüber. Vor ihm steht eine Tasse Kaffee. Er kann sich nicht mehr richtig erinnern, wie er hierherkam oder wann genau Odi sie verlassen hat. Was er aber weiß, ist, dass vor allem zwei Dinge eine Antwort verlangen und dass diese Frau eindeutig wieder in die Rolle von Jemand-der-mehr-weiß-als-er geschlüpft ist.

«Also … was ist mit Ad.»

«Lebt. Sollte wieder auf dem Damm sein. Irgendwann.»

«Munira … ich meine, Amira.»

«Es heißt, dass wir sie in ein paar Minuten haben werden. Im Four Seasons im Silicon Valley.»

Azi zögert. Die nächste Frage ist komplizierter.

«Die Kundgebung in Görlitz. Was ist geschehen? Wie viele Tote?»

«Du hast Tausenden das Leben gerettet.»

«Schön. Aber das war nicht meine Frage.»

«Aber das ist das, was ich dir sage, weil ich nicht in der Lage bin, dir deine Frage zu beantworten.»

«Waren es zehn, zwanzig, dreißig? Oder Hunderte? Oder …»

Anna sieht ihn fest an. Dann wendet sie, zu seiner Überraschung, den Blick ab.

«Vielleicht hundert, vielleicht etwas mehr. Grob geschätzt. Es ist … unfassbar. Ich habe so was noch nie gesehen, noch nie seit …»

Sie zuckt mit den Achseln, unterbricht sich, sieht ihm wieder in die Augen.

«Du musst zur Ruhe kommen, Azi. Es gibt Dinge, über die du nicht grübeln solltest, bevor du dich ausgeruht hast.»

Nun ist er mit Achselzucken an der Reihe. Zum ersten Mal, seit Anna in seine Hütte getreten war, verspürt er den Pulsschlag der Gefahr nur schwach. Wie einen Alkoholkater, der auf nichts zurückzuführen ist, was auch nur annähernd unterhaltsam gewesen wäre. Die Zukunft liegt voraus, unergründbar. Da draußen gibt es Entsetzliches, hinter dem noch Entsetzlicheres lauert. Doch das kann warten, zumindest für diesen Augenblick.

«Also, Anna. Was passiert denn jetzt?»

Sie sieht ihn gleichmütig an. «Ich könnte zurückfragen, was du möchtest, das passiert. Aber das wäre unaufrichtig. Du kehrst nicht in dein altes Leben zurück.»

Das wusste Azi bereits, weswegen er überrascht feststellt, dass ihm diese Information die Kehle zuschnürt. «Klar.»

«Was mich interessiert», fährt Anna fort und zieht es vor, seine Gemütsbewegung zu ignorieren, «sind die Motive der Menschen. Die meisten in unserem Metier – Verfassungsschutz, BND, NSA, verdeckte Ermittler, Spezialagenten – machen sich eine Menge Gedanken darüber, *was* die Leute tun. Sie sind besessen von dem, *was* geschieht. Aber sie sind nicht so sehr am *Warum* interessiert. Das ist mein Ressort.»

«Okay.» Azi hat keine Ahnung, in welche Richtung sich das Gespräch entwickelt, aber das ist ihm nicht neu.

«*Warum* ist ein brisantes Wort. Es zerpflückt die Dinge und ruiniert die besten Verschwörungen. In Anbetracht dessen, was du weißt – und wohin wir dich wegsperren müssten, um sicherzustellen, dass du es nicht noch mal machst –, könntest du vielleicht an einer Verlängerung unserer gegenwärtigen vertraglichen Beziehung interessiert sein. Vorausgesetzt, unsere Gastgeber lassen uns irgendwann wieder das Licht des Tages erblicken.»

Das war nicht, was Azi erwartet hat. «Du bietest mir einen Job an.»

«Ganz bestimmt *nicht*. Was ich anbiete, ist, dich nicht ins Gefängnis zu stecken und dann den Schlüssel wegzuwerfen.»

«Mit Bezahlung?»

Anna lächelt. «Du darfst es dir als eine sehr, sehr exklusive Tätigkeit als freier Mitarbeiter vorstellen. Wir haben erst kürzlich eine griechische Ärztin auf ähnlicher Basis verpflichtet. Ich würde sagen, du wirst sie mögen, aber ich glaube, sie hat vor, dir beim nächsten Zusammentreffen den Kopf abzureißen.»

«Jesus. Eleni? Ist das dein Ernst?»

«Wir sind immer auf der Suche nach neuen Talenten. Und ich bin extrem überzeugungsstark.»

«Das glaube ich sofort. Eine Frage: Bedeutet das, dass du mir sagen kannst, für wen ich *nicht* arbeite – wie eure Firma eigentlich heißt?»

«Wir haben einen langweiligen Namen. Global Operations. Das könnte alles Mögliche sein. Mit voller Absicht.»

«Aha. Aber das klingt ja total blöd. Sollten wir in Zukunft zusammenarbeiten, muss ich mir was Cooleres ausdenken.»

Anna streckt die Hand für einen Händedruck aus, der lange genug dauert, dass Azi unter der geballten Kraft ihres Zugriffs zusammenzuckt.

«Damit eines klar ist, Azi: Ich behalte mir das Recht vor, dich zu erledigen, solltest du jemals, jemals mein Vertrauen missbrauchen. Oder anfangen, meiner Organisation Nicknames zu geben.»

Azi hebt eine Braue.

«Oh, ich habe nichts anderes erwartet.»

# DANK

•••

Gemeinhin stellt man sich das Verfassen eines Romans so vor: Ein Autor macht vor der Welt die Tür zu und schließt sich ein. Gesellschaft leistet ihm nur seine Inspiration. Monate oder Jahre vergehen, bis er schließlich wieder auftaucht, den fertigen Text in der Hand hält und bereit ist, sich der Welt zu stellen. Manche Romane werden vielleicht auf diese Weise geschrieben, aber meiner nicht. Von Anfang an hatte ich außerordentlich viel dem scharfen Blick meines Agenten Jon Elek und der Kompetenz und dem Engagement meiner Lektorin Melissa Cox zu verdanken. Dieses Buch wäre ohne die beiden nie erschienen, beziehungsweise es wäre nicht annähernd der Text geworden, der dem Lesepublikum jetzt vorliegt. Ich stehe tief in der Schuld der beiden, auch in der von allen Mitarbeitern bei United Agents und des Verlags Hachette, die mich mit ihrem Expertenwissen unterstützt haben. Das gilt nicht zuletzt auch für meinen US-Lektor Josh Kendall und für Lily Cooper, Redaktionsassistentin bei Hodder & Stoughton, meiner Korrektorin Susan Opie und Charlotte Webb, die die Korrekturfahnen gelesen hat. Danke an euch alle. Es war mir eine Ehre und eine ganz neue Erfahrung zugleich.

Dieser Roman wurde auch inmitten eines familiären Mahlstroms geschrieben, und meine Frau Cat hat das Kunststück fertiggebracht, ihren Beruf, unsere zwei kleinen Kinder und mehr als ein Dutzend Durchsichten des entstehenden Manuskripts miteinander in Einklang zu bringen – und es dazu noch mit mir auszuhalten. Ohne sie hätte ich es einfach nicht geschafft, auch nicht ohne die kollektive Unterstützung und das Vertrauen unseres familiären Umfelds. Sie alle waren meine ersten und ausgesprochen wohlwollenden Leser, wozu auch Freunde gehörten, die mir geholfen haben, nicht den Mut zu verlieren: Anton Irvine, Ziyad Marar, Susha Ireland, Jamie Bartlett.

Jamie nimmt in dieser Aufzählung eine Doppelfunktion ein, weil seine Sachbücher *The Dark Net* und *Radicals* zu den Werken gehören, die mich für dieses Thema motiviert und die das Faktenmaterial für die Fiktion geliefert haben. Die reale Welt ist viel, viel seltsamer als alles, was ich mir ausdenken könnte, und wer mehr darüber erfahren möchte, sollte einen Blick in Jamies Bücher werfen und auch in die Texte von Carl Miller, Evgeny Morozov, Jaron Lanier, Kevin Mitnick, Mikko Hyppönen, Thomas Rid und in die von zahllosen anderen, die sich mit den dunkleren Seiten des technisch Machbaren auseinandersetzen.

Ich biete deshalb keine Bibliographie an, weil dieser Text erklärtermaßen ein Werk der Fiktion ist – und eines, das ich mit großem Vergnügen schräg zur Realität geschrieben habe, indem ich Glaubwürdiges mit Ausgedachtem vermischt habe, dazu Zeitgeschichtliches mit Dingen, die mir einfach Spaß gemacht haben. Im Gegensatz zur Realität hat die Fiktion die Verpflichtung, einen Sinn zu ergeben. Aber es ist auch gestattet, dies zu selbstgestellten Bedingungen zu tun, und ich hoffe, dass ich auf diese Weise den Text mit ein wenig intelligentem Witz, mit Hoffnung und Inspiration angereichert habe. Wir haben, weiß Gott, alle drei nötig.